André Storm

LICHT AUS!

Kriminalroman

KBV

MIX
Papier aus verantwortungsvollen Quellen
FSC® C083411

Originalausgabe

www.kbv-verlag.de
E-Mail: info@kbv-verlag.de
Telefon: 0 65 93 - 998 96-0
Umschlaggestaltung: Ralf Kramp
unter Verwendung von © Pixel-Shot - stock.adobe.com
Lektorat: Volker Maria Neumann, Köln
Druck: CPI books, Ebner & Spiegel GmbH, Ulm
Printed in Germany
ISBN 978-3-95441-560-1

Für Nick und Emily

Auf der anderen Seite des Lichts?
Ist es dunkel.

Peter Rudl

PROLOG

Erwachen. Er vernahm ein fernes, gedehntes Stöhnen und stellte im gleichen Augenblick fest, dass er selbst es war, der dieses Geräusch von sich gab. Er öffnete die Augen. Zumindest fühlte es sich so an. Sein Sehsinn war nicht in der Lage, einen Unterschied auszumachen. Um ihn herum herrschte Dunkelheit. Mit dem Geräusch, welches als Nächstes das eingeschränkte Feld seiner Wahrnehmung erreichte, kam die Erinnerung.

Er lag im Kofferraum eines fahrenden Autos. Seine Hand versuchte, die pochende Stelle am Hals zu berühren, an der ihm der Entführer den Elektroschocker an den Hals gesetzt hatte. Handschellen. Die Hände auf dem Rücken gefesselt. Ein Anflug von Panik wischte die Benommenheit beiseite, die ihm bis jetzt eine Art tauber Distanz bei der Einschätzung seiner Lage verliehen hatte. Er zappelte, zerrte wirkungslos an den Fesseln. Schrie.

Als er glaubte, das Entsetzen könne sich unmöglich steigern, wurde der Wagen langsamer. Er hörte, wie feiner Kies an die Innenseiten der Radkästen schlug, als die Reifen zum Stehen kamen. Das Motorengeräusch verebbte. Stille um ihn herum.

KAPITEL 1

Das Kapitel, in dem Ben wartet, wartet und wartet – und dann den Flugverkehr über Dortmund gefährdet

Ben sah auf die große Wanduhr, die sich auch wunderbar im Wartesaal eines Vorstadtbahnhofs gemacht hätte. 9:33 Uhr. Genau eine Minute später als das letzte Mal, als er nachgesehen hatte, und zwei Minuten später als das vorletzte. Er trommelte mit den Fingern auf die Tischplatte, dann lehnte er sich im Bürostuhl zurück, dessen in die Jahre gekommene Scharniere ein angestrengtes Seufzen von sich gaben.

»Der kommt wohl nicht mehr«, gestand er sich ein. Auch ein weiterer Blick zur Uhr, die nach wie vor auf 9:33 Uhr stand, vermochte an diesem Sachverhalt nichts zu ändern. Er stieß ein verärgertes Schnauben aus.

»Wie hieß der Kerl noch?« Er zog die Tastatur näher zu sich heran und öffnete die Google-Suchmaske auf dem Monitor. »Ivo …«, murmelte er und tippte mit seinem Zeigefinger die drei Buchstaben ein. »Ivo … nicht Einstein … äh … Sunstein. Ja, Sunstein war es, glaub ich.« Ben erwartete nicht, dass er mit seiner Recherche Erfolg haben würde, er hielt es mehr für einen Zeitvertreib.

Sein Neun-Uhr-Termin hatte am Telefon mit aufgeregter Stimme davon gesprochen, dass er in einem Hotel in der Nähe von Bens Detektei wohne und, so wörtlich, »dringend mal rüberkommen« müsse. Es handle sich um etwas, »mit dem er nicht zur Polizei gehen« könne. Bei der *Detektei* handelte es sich in Wahrheit um Bens »Büro-Schrägstrich-Probenraum«, in dem er seine Shows einstudierte, Angebote schrieb und Telefonate führte. Etwas über ein Jahr war es her, dass Ben Pruss, seines Zeichens Zauberkünstler mit mäßigem Erfolg, den, wie die Presse ihn titulierte, *Varieté-Killer* festgesetzt hatte. Seitdem verdingte er sich nebenberuflich als Privatdetektiv, und damit war sein Büro/Probenraum eben zu einem (Detektiv-)Büro/Probenraum avanciert.

Ben hatte sich einen rollbaren Riesenstadtplan von Dortmund im Format 250 x 200 cm an die Seitenwand gehängt, den ihm sein Kumpel Dennis auf fragwürdigen Wegen aus dem Fundus ihrer alten Schule besorgt hatte. Er diente einzig dazu, die beiden Zauberplakate von Houdini und Dante zu verdecken – und im günstigsten Fall, um etwas Eindruck zu schinden. Zur Steigerung der Dramatik hatte er an einigen Stellen des Plans kleine rote Klebepfeile angebracht, die dem interessierten Betrachter suggerierten, dass dort ein bedeutungsvoller Ort in einem von Bens zahlreichen Fällen zu finden sei. Um die Idee der *zahlreichen Fälle* im Kopf seiner Besucher zu festigen, hatte er die Sammlung seiner Zauberzeitschriften in ein offenes Hängeordnersystem sortiert. Die Reiter der Ordner waren fantasievoll beschriftet, unter anderem mit Titeln wie *Schulz gegen Schulz*, *Kapitalsache Reuter*, *Diebstahl KBV* und natürlich

Zack Varieté. Wenn Ben auch noch immer nicht viel von seinem neuen Job wusste, so hatte er doch schnell gemerkt, dass ein klein wenig Show auch hierbei Wunder wirkte.

Nachdem er den Nachnamen in das weiße Feld der Suchmaschine getippt hatte, drückte er die Entertaste. 235.000 Ergebnisse. Ben gab einen Grunzlaut von sich und ergänzte seine Suchanfrage um das Wort *Dortmund*. Siehe da, durch diesen Kunstgriff detektivischer Recherche (der Ben ein überlegenes Grinsen und ein gehauchtes »Yes, Baby!« entlockte) dezimierte sich das Suchergebnis auf schlappe 809. Er überflog die Treffer auf der ersten Seite. Ivo tauchte auf und auch Sunstein. Aber immer waren es Ivos mit anderen Nachnamen oder Sunsteins mit anderen Vornamen, die der knappe Textschnipsel unter dem blau gefärbten Webseitenlink anzeigte.

Ben klickte auf die 2 am Ende der Webseite, und weitere Suchergebnisse erschienen. Der oberste Eintrag erregte seine Aufmerksamkeit. *AStA Copyshop Dortmund* lautete dieser, und darunter stand in etwas kleinerer Schriftart *Unsere Mitarbeiter: Horst Dellwig, Anke Pahl und Ivo Sunstein ...*. Ein weiterer Klick, und Ben gelangte auf die entsprechende Seite. Ihr Inhalt wartete nicht mit viel mehr Information auf als der Google-Schnipsel, enthielt aber zusätzlich die Adresse und Telefonnummer. Er griff zum Hörer seines ockerfarbenen Telefons, welches er ein paar Monate zuvor in einem Second-Hand-Laden gekauft hatte. Neben vielen geheimnisvollen Zusatzknöpfen besaß es ein kleines, graues Display. Ben hatte zwar keine Ahnung, wofür das ganze Zeug gut war (zumal weder das Display noch die Knöpfchen irgendeine Funktion zu haben schienen), doch er fand, dass es veritabel nach *Chef* aussah. Er tippte die Nummer ein, die auf dem Monitor angezeigt wurde.

»Ja?«, meldete sich eine gereizt klingende Männerstimme. Ben fand den Klang durchaus verständlich, zog man in Betracht, dass es sich bei dem jungen Mann höchstwahrscheinlich um einen Studenten handelte und der Tag noch recht jung (mittlerweile 9:36 Uhr) und ungemütlich kühl war.

»Hallo, Ben hier«, eröffnete er und gab sich Mühe, wie ein Studienkollege zu klingen. »Ich wollte Ivo sprechen.«

»Ist nich da. Hat eigentlich Dienst seit acht Uhr heute, aber der Arsch ist nich jekommen. Ick musste einspringen. Hab eben offen jemacht. Die ham mich hier aus dem Bett jeklingelt. Schlange vor de Tür bis zur Mensa. Elende Scheiße. Hab jar keine Zeit für so wat. Der Sack liecht mit Sicherheit wieder unter irgend nem Balkon.«

Ben hielt den Hörer beim Monolog des offenbar aus Berlin stammenden Herrn ein Stück weit vom Ohr entfernt. »Na jut. Äh, na gut«, antwortete er und sparte sich die Frage, warum Ivo Sunstein »unter irgendeinem Balkon« liegen sollte. Stattdessen fragte er: »Hast du vielleicht seine Telefonnummer?«

»Nee. Hab ick nich, deswejen ham ja alle bei mir anjerufen. Seine Adresse kannste von mir aus haben. Wohnt inner Bornstraße 92, det weeß ick. Direkt neben den Hannibal. Hau ihm eine rein von mir, wenn de ne siehst.«

Ben bedankte sich und legte auf. Das von den Dortmundern Hannibal genannte Hochhaus kannte er. In seiner unvergleichlichen terrassenförmigen Bauweise war es eine der berühmtesten Bausünden der frühen Siebziger.

Sobald die Zeitungen voll waren von der Story über den jungen Privatdetektiv Ben Pruss, der den Varieté-Killer zur Strecke gebracht hatte, trudelten fast täglich irgendwelche Anfragen bei ihm ein. Vorwiegend von gehörnten Ehefrauen und -männern oder betrogenen Firmenbossen, die sich sicher waren, dass sich ihr »kranker« Mitarbeiter in Wirklichkeit nebenbei den ein oder anderen Euro dazuverdiente, während in der Firma jede Woche ein neuer gelber Schein hereinflatterte. Ein weiterer positiver Nebeneffekt war, dass auch die Zauberei plötzlich wieder prächtig lief. Es schien als schick zu gelten, sich seinen sechzigsten Geburtstag von dem Mann bespaßen zu lassen, der drei Leute vor dem nahezu sicheren Tod gerettet und einen Mörder überführt und dingfest gemacht hatte. Doch wie es meistens im Leben ist, dauern die angenehmen Zeiten nicht ewig an. Nach knapp zwei Monaten ebbte das Interesse an Ben und seinem Dienstleistungsspektrum wieder ab.

Genau das war der Grund, warum er die Zeit und Muße hatte, an diesem Morgen vor Haus Nummer 92 in der Bornstraße aufzutauchen und der Frage nachzugehen, warum der Kerl, der um neun einen Termin mit ihm ausgemacht hatte, unverschämterweise nicht aufgetaucht war. Während Ben auf das verwitterte Tastenfeld mit den zehn Klingeln starrte und nach dem Namen Sunstein fahndete, stellte er sich die Frage, wie groß die Wahrscheinlichkeit sei, dass dies gar nicht sein Ivo Sunstein war, sondern ein ganz anderer? Schließlich hatte seiner ja ein Hotel erwähnt.

»Trotzdem. Nicht sehr groß bei dem Namen«, murmelte er vor sich hin, als er das schwarze Schildchen mit den eingestanzten weißen Buchstaben I. Sunstein oben links im Tastenfeld ausmachte. »Na bravo, ganz oben.« Ben klingelte und wartete. Dann klingelte er erneut und wartete wieder. Niemand öffnete.

Er ging zurück auf den Bürgersteig und blickte an der verwitterten, grauen und in den ersten zwei Metern mit einem farbenfrohen *All Cops Are Bastard*s verkündenden graffitbeschmierten Hauswand hinauf. Das Treppenhaus teilte das Haus in zwei Hälften mit jeweils fünf Wohnungen auf beiden Seiten. Ben nahm an, dass Ivo im Dachgeschoss links wohnte. Die Fenster auf der rechten Seite glänzten, als wären sie von Meister Propper persönlich gewienert worden, während die Fenster auf der linken Seite schon seit Langem keinen Putzlappen mehr zu Gesicht bekommen hatten. Gardinen waren ebenfalls Fehlanzeige – genau wie bei Ben zu Hause. Er rümpfte die Nase, immer noch den Blick nach oben gerichtet, und überlegte, was zu tun sei, als sich die Haustür knarzend und quälend langsam nach innen öffnete. Eine gepflegt wirkende, ältere Dame in weißer Bluse, altrosa Daunenweste und hautenger Jeans verließ das Haus und musterte Ben. Sie kam um einiges leichtfüßiger auf ihn zu, als er es nach der umständlichen Türöffnungszeremonie erwartet hatte.

»Kann ich Ihnen helfen, junger Mann?«

Ben erwiderte ihr verschmitztes Lächeln und antwortete: »Ich suche Herrn Sunstein. Wissen Sie zufällig, wo der ist?«

»Nein, tut mir leid. Ich teile mir nur eine Etage mit diesem Herrn, ansonsten pflegen wir keinen Kontakt.« Ihr Gesichtsausdruck war in dem Moment einen Hauch finsterer geworden. Die Art, wie sie »mit diesem Herrn« ausgesprochen hatte, fachte Bens Interesse weiter an. »Sie mögen ihn wohl nicht besonders?«

»Sind Sie ein Freund von ihm?«

»Ich kenne ihn gar nicht. Ich habe jetzt eigentlich einen beruflichen Termin mit ihm, deswegen wundere ich mich, dass er nicht zu Hause ist.«

Die ältere Dame verdrehte die Augen und zog ihre Stirn in Falten. Dann sagte sie mit einer Stimme, die deutlich pikiert klang: »Vielleicht sollten Sie es mal bei der Polizei versuchen? Dort hält er sich hin und wieder auf.«

Polizei? Das passte! Ivo Sunstein hatte ihm gegenüber angedeutet, dass er eine Geschichte zu erzählen habe, mit der er sich nicht an die Polizei wenden könne. Er lachte. »Oh. Auf welcher Seite der Gitterstäbe denn?«

Nun lachte auch die Frau und trat ein Stück näher an Ben heran. Mit konspirativer Stimme, obwohl sich weit und breit keine weitere Person in Hörweite befand, raunte sie: »Sowohl als auch. Sie müssen wissen, dass der Herr nicht ganz richtig im Kopf ist.« Um ihren Worten Nachdruck zu verleihen, drehte sie eine imaginäre Kurbel an ihrer rechten Schläfe. »Ständig ruft der die Polizei an und zeigt irgendwelche Frauen an. Wegen Falschparken oder wenn die den Hundedreck nicht vom Bürgersteig nehmen. Nur Frauen! Ich hab das genau gehört.« Sie zwinkerte Ben geheimnistuerisch zu. »Durch die Tür. Zwei Polizisten waren neulich da und haben ihm klipp und klar Bescheid gegeben, dass er das sein lassen soll, weil sie andere Dinge zu tun hätten, als ihm hinterherzurennen. Und er sollte sich von irgendeiner Frau fernhalten, der er nachgestiegen ist, wissen Sie? Nachgestiegen!« Sie schüttelte empört den Kopf.

»Nachgestiegen?«, wiederholte Ben.

»Ja! Gestalkt hat der die. So was gab's früher gar nicht. Hab ich neulich noch bei Aktenzeichen XY gehört. Deswegen war der auch mal im Knast.«

»Da haben Sie ja so einiges mitbekommen«, antwortete Ben und gab sich Mühe, die Anerkennung, die er empfand, möglichst kraftvoll zum Ausdruck zu bringen.

»Ich finde immer, wenn es was Interessantes gibt, muss man die Ohren spitzen, oder?«

»So ist es«, erwiderte Ben und fragte: »Hat er Sie auch belästigt?«

»Mich? Nee. Ich bin ihm wohl zu alt. Oder zu hässlich … Zum Glück.« Wieder zwinkerte sie Ben zu.

»Kann gar nicht sein«, sagte Ben lächelnd. »Wann haben Sie ihn denn zum letzten Mal gesehen?«

»Jetzt klingen Sie selber wie einer von der Polizei. Warten Sie mal.« Sie überlegte einige Sekunden, bevor sie antwortete: »Das war am Montag. Montagnachmittag.« Und als könnte Ben nicht wissen, welcher Tag heute war, schob sie hinterher: »Vorgestern war das. Vorgestern Nachmittag.« Sie nickte und trat zwei Schritte zurück. »So, ich muss dann auch los, sonst verpass ich den Bus.«

Ben bedankte sich und lief zurück zu seinem in die Jahre gekommenen Ford Fiesta, den er nicht weit vom

Hauseingang entfernt in einer Parklücke abgestellt hatte. Von hier aus war es möglich, den Eingangsbereich perfekt einzusehen. In den letzten Monaten hatte er einige Erfahrungen mit Observationen gemacht und festgestellt, dass er diese für einen Privatdetektiv absolut unerlässliche Arbeit gar nicht so übel fand. Langeweile war kein Problem für ihn. Sein Gehirn wechselte dabei nach einiger Zeit in eine Art meditativen Stand-by-Modus, in dem das Denken weitgehend abgeschaltet war und nur noch seine Sinne funktionierten. Ein Zustand vollster Aufmerksamkeit, den er als äußerst angenehm empfand. So angenehm, dass er beim letzten Mal fast vergessen hätte, die Verfolgung aufzunehmen, als sich seine Zielperson nach zwei Stunden endlich gezeigt hatte. Was schade gewesen wäre, denn der Kerl war mit seinem BMW direkt zu einem Hotel gejagt, hatte unter dem falschen Namen Heiko Eiermann eingecheckt und kurze Zeit später, in einen seidenen Bademantel gehüllt, zwei aufreizend gekleidete, junge Damen empfangen. Ein paar Schnappschüsse von der Begrüßungszeremonie an der Zimmertür reichten, um den Verdacht der Ehefrau zu erhärten und zwei Dortmunder Scheidungsanwälte glücklich zu machen.

Observationen waren eindeutig sein Ding. Und in dem Kurs, den er besuchte (acht Wochenenden an einer Akademie in Köln, siebenundzwanzig Lerneinheiten per E-Mail und zwei praktische sowie zwei theoretische Prüfungen zum zertifizierten Privatdetektiv) wurde das Thema ebenfalls behandelt. Ben war sich bewusst, dass eine Beschattung in diesem Fall *eigentlich* nicht angebracht war. Observationen wurden dann durchgeführt, wenn

a) gesichert war, dass die Zielperson sich im Haus befand und innerhalb einer überschaubaren Zeitspanne mit an Sicherheit grenzender Wahrscheinlichkeit das Haus wieder verlassen würde, oder

b) gesichert war, dass die Zielperson das Haus innerhalb einer überschaubaren Zeitspanne mit an Sicherheit grenzender Wahrscheinlichkeit wieder betreten würde.

Was für ein Fall?, fragte er sich und gab sich gleich selbst die Antwort. Es gab überhaupt keinen Fall. Es gab allenfalls einen Termin, der nicht wahrgenommen wurde – und fertig. Er saß hier einzig und alleine deswegen rum, weil er sonst nichts zu tun hatte.

Das Wort *Stalker* kam ihm wieder in den Sinn, und es fiel ihm schwer, die Parallele zu seinem eigenen Verhalten zu verleugnen. Aber irgendetwas reizte ihn an dieser Sache. Sollte er sein Besteck rausholen und die Tür zu Sunsteins Wohnung knacken? Eher nicht. Doch dann kam ihm eine andere Idee. Er kramte in der Hosentasche nach seinem Huawei-Handy und forderte zweimal erfolglos: »Okay, Google, ruf Kai Siebert an!«, woraufhin er das Telefon auf althergebrachte Weise durch Wischen entsperrte und Kais Nummer per Hand aus den Kontakten raussuchte.

* * *

»Da siehst du doch nichts, wenn ich da ranfliege, Alter. Guck dir mal die dreckigen Fensterscheiben an. Lass uns lieber einsteigen wie beim Schottner damals.« Kai schaute Ben herausfordernd und mit einem maliziösen Funkeln in den Augen an. In seiner Hand hielt er einen DJI Inspire 2 Quadrocopter mit eingebauter X4S-Kamera, das Neueste vom Neuesten. Ben war die Idee gekommen, sie könnten mit der Drohne die Fenster abfliegen, um sich auf diese Weise ein Bild von den Innenräumen von Ivo Sunsteins Wohnung zu machen. Möglicherweise lag der Bewohner ja tot oder hilflos in einem der Räume. Nach dem, was Ben von diesem Typen gehört hatte, hielt er solch eine Variante für durchaus möglich. Er hatte Kai die Situation am Telefon geschildert, und der war kurzerhand – Gott segne die Freiberuflichkeit – angerückt. Nicht ohne Ben empört darauf hinzuweisen, dass es sich bei seinem Fluggerät nicht um eine herkömmliche Drohne handele, sondern um einen Highend-Quadcopter der – so wörtlich – *Extraklasse*. Ben quittierte diese klare Ansage mit einem wortreichen »Mmmh« und legte auf. Er hatte drauf gewettet, dass Kai sich gleich auf den Weg machen würde. Erstens wartete dieser ständig auf einen Grund, seinen Highend-Dingsda sinnvoll einsetzen zu können (das Dortmunder U und den Phönixsee hatte er tausendfach zu allen Tages-, Nacht- und Jahreszeiten auf Film sowie Foto gebannt). Und zweitens hatte er selten etwas so Dringendes zu erledigen, das nicht bequem noch ein paar Stunden, Tage oder Wochen verschoben werden konnte. Nur sporadisch arbeitete er als Programmierer an irgendwelchen Projekten und traf sich vor und nach der Arbeit am Laptop mit merkwürdigen Typen, die immer ein Handy am Ohr und eine dicke Geldbörse in der Arschtasche hatten und stets in bar bezahlten. Ein Umstand, der dafür sorgte, dass Kai ebenfalls immer über genug Barreserven verfügte und sich ab und zu solche Spielereien wie den Drohnentestsieger, pardon Quadcopter-Testsieger, leistete.

Kai hatte irgendwann im letzten Jahr bei Ben geklingelt und gefragt, ob er ein paar Tage bei ihm übernachten könne, nachdem er von seiner Freundin Steffi vor die Tür gesetzt worden war. Aus diesen *paar Tagen* war nun ein Fünkchen mehr als ein Jahr geworden, und Kai machte keine Anstalten, an dieser Situation etwas ändern zu wollen.

»Klar. Ich breche mit dir da ein, und dann landen wir wieder unter irgendeinem hundert Jahre zugestaubten Bett. Nee danke, einmal hat mir das gereicht«, antwortete Ben auf Kais Vorschlag, lieber gleich in die Wohnung einzusteigen.

»Auch wieder wahr. Hast du dich hier schon mal umgesehen? Lass mal hinters Haus gehen, da wird der gute Herr ja auch noch ein paar Fenster haben, und da fallen wir nicht gleich auf.«

Sie gingen die gepflasterte Einfahrt neben dem Haus entlang, der zum Garagenhof führte. Jeweils vier Garagen mit alten, zigfach überstrichenen, grauen Holztoren standen sich hier vis-à-vis gegenüber. »Entweder hat der kein Auto, oder er ist weggefahren«, sagte Ben, der auf eine offene Garage deutete, deren gemauerte und weiß gekalkte Innenwand die krakelige Beschriftung *DG links* trug.

»Sie verfügen über eine außergewöhnliche Beobachtungsgabe, Ben Pruss«, feixte Kai in Bens Richtung.

Wenn das Haus schon von der Vorderseite kein Schmuckstück war, war es von der Rückseite ein Schandfleck. Der Putz war hier so dunkelgrau verfärbt, als hätte über Jahrzehnte ein Kohleofen seinen Ruß direkt auf die Hauswand gepustet. Da das Haus wahrscheinlich aus den Fünfzigerjahren stammte und in einer Hochburg des Kohlenpotts stand, war diese Erklärung durchaus plausibel. Neben dem Eingang zum Keller und den brav aufgereihten Mülltonnen gab es einen schmalen, mit Waschbetonplatten ausgelegten Patt, der in früheren Zeiten dazu gedient hatte, die Kohlen in der Schubkarre bis vor die Kellerfenster zu schieben. Daneben lag ein vermoostes Rasenstück mit Wäschespinne, auf die eine tüchtige Hausfrau sechs blütenweiße Laken zum Trocknen aufgehängt hatte.

»Lass da hinter die Laken stellen. Da sieht man uns nicht sofort.« Ben hatte sich an Kais Redeweise gewöhnt, der gerne Wörter wie *uns, ich* und *wir* in seinen Sätzen unter den Tisch fallen ließ, wenn sie für das grundlegende Verständnis nicht unabdingbar waren.

Im Schutze der sanft vor sich hinflatternden und aprilfrisch duftenden Laken setzte Kai die Drohne auf die Wiese und startete sie mit der Fernbedienung, die, durch einen um sein Genick geschlungenen Nylonriemen gehalten, vor seinem Bauch hing. Sanft und nahezu geräuschlos erhob sie sich gut einen Meter in die Luft. Auf dem hochauflösenden Monitor war das gestochen scharfe Bild ihrer Beine und ein Stück des Rasens zu erkennen. Kai drückte den Schalthebel nach vorne, und die Drohne schwebte Meter um Meter weiter in die Höhe. Nach wenigen Sekunden stabilisierte Kai sie auf Sunsteins Fensterniveau. Langsam ließ er sie in Richtung des ersten Fensters gleiten und kurz davor stoppen. Wie ein übergroßes Insekt hing das Gerät lautlos in der Luft. Über einen weiteren Schalthebel ließ sich die Kamera in jede beliebige Richtung schwenken sowie raus- und reinzoomen.

»360 Grad«, sagte Kai mit hörbarem Stolz in der Stimme, als er mit der Kamera eine Rundumsicht auf den Bildschirm zauberte.

»Schlafzimmer«, sagte Ben und meinte den Raum hinter der Glasscheibe, der soeben auf dem Monitor ins Blickfeld rückte.

»Bin ich froh, dass wir nicht bei *dem* unterm Bett liegen müssen«, murmelte Kai, der soeben auf einen geöffneten Pizzakarton mit einem vergammelten Stück Thunfischpizza gezoomt hatte. Drei zur Hälfte gerauchte Zigarettenkippen steckten darauf wie groteske Wunderkerzen auf einer absonderlichen Torte. »Mmmh. Lecker!«, meine Ben.

»Ja. Im Aschenbecher war eben kein Platz mehr.« Der quoll in der Tat von Zigarettenkippen über, genau wie die Schachtel, die daneben lag und in der die Zigaretten ursprünglich mal gesteckt hatten. »Sunny & Steyn raucht der. Passt ja! Ich wusste gar nicht, dass es die Marke noch gibt«, sagte Kai.

Sunsteins Bett sah aus, als wäre ihm erst gerade jemand entstiegen, der dort eine verdammt wilde Nacht verbracht hatte. Die Wände waren behangen mit Faltpostern aus diversen Männermagazinen neben drei *Working Girls*-Pin-up-Kalendern aus den Jahren 2011 bis 2013. Der größte Schatz im Raum war ein Großbildfernseher, der an der dem Bett gegenüberliegenden Seite an der Wand prangte und mit etlichen futuristisch anmutenden Lautsprechern verbunden war. Durch die Kamera wirkte es auf Ben, als wäre die Mattscheibe im Gegensatz zu allem, wirklich *allem* anderen im Raum, staubfrei und blitzblank. Der Typ setzte Prioritäten, ging es Ben durch den Kopf. Unter der Mörderglotze standen mehrere Gerätschaften, die wild untereinander und mit dem Fernseher verkabelt waren. Ein Gegenstand, der weitgehend vom Bett verdeckt war, erregte Kais Aufmerksamkeit, und er zoomte ihn ran. Beide erkannten gleichzeitig die breit ausgestreckten Beine einer gelblich blonden Gummipuppe, die ihren Mund zu einem immerwährenden, wollüstigen O verzogen hatte.

»Äääääh!«, machten beide gleichzeitig, als Kai die Kamera instinktiv wieder auf den Kalender lenkte, der mit einer jungen Blondine, die nichts weiter als einen gelben Helm, eine blaue Latzhose und High Heels trug, weitaus gefälliger auf die beiden wirkte.

»So hochauflösend müsste die Kamera gar nicht sein, wenn du mich fragst«, sagte Ben angeekelt. »Flieg mal ans nächste Fenster.«

Kai drückte den Hebel nach rechts, und einen Moment später rückte die Küche ins Bild, deren Anblick ebenfalls nicht die Lust weckte, sich spontan eine Schürze umzuwerfen und mit Gusto ein pikantes Szegediner Gulasch zu zaubern. Bergeweise schmutziges Geschirr, offene Ravioli-Dosen, eine vertrocknete Scheibe Mortadella, die man in ihrem Zustand wunderbar als Türkeil verwenden konnte, weitere drei, nein, vier, fünf Pizzakartons und ein Kühlschrank, der schon von außen so versifft aussah, dass Ben dankbar war, dass er dessen garantiert äußerst vitales Innenleben nicht sehen musste … Sechs Pizzakartons.

»Zum Glück ist das nächste Fenster Riffelglas. Sein Scheißhaus will ich mir, ehrlich gesagt, nicht ansehen«, sagte Kai.

»Dann lass uns auf die andere Seite gehen, vielleicht sehen wir im Wohnzimmer was Interessanteres.«

»Entspann dich«, sagte Kai und blickte hoch zur Drohne, die er soeben über das Dachniveau hatte steigen lassen. »Ich bin auch ein Ass im Blindflug.« Er senkte den Blick zurück auf den Monitor, und Ben sah, wie das Fluggerät hinter dem Dach in Richtung Straßenseite verschwand. »Mit der geilen Cam geht das wie geschmiert.«

Kaum ausgesprochen, kamen nach wenigen Sekunden, in denen nur vermooste Dachziegel zu bestaunen waren, die Fenster ins Bild. Dahinter ein Raum, der nach Vorstellung von Architekt und Vermieter wohl das Wohnzimmer sein sollte. Es gab hier sogar eine Couch und einen weiteren Großbildfernseher, doch der eigentliche Blickfang war die Wandseite gegenüber den Fenstern. Ben und Kai schauten ungläubig auf das Bild des Monitors. Die Wand war über und über mit Fotos beklebt. Großformatige, kleinformatige, einige gerahmt, der Großteil direkt auf die Wand geklebt.

Ben stieß ein tonloses Pfeifen aus. »Das müssen ja Hunderte sein.«

»Ziemlich genau dreihundert.«

»Wie kommst du denn da drauf?«

Kai schaute Ben mitfühlend an. »Zwanzig Stück in der Breite und fünfzehn in der Höhe. Macht dreihundert. Etwas weniger wegen den paar Gerahmten und den Großen. Ich kann zählen.« Er blickte wieder auf den Monitor. »Und rechnen.«

»Du guckst wie Bambi«, sagte Ben schnippisch und fuhr fort: »Wie es aussieht, hat unser Freund echte Probleme mit Frauen.«

»Zumindest mit *einer* Frau«, antwortete Kai, der näher an die Fotos heranzoomte. Jetzt wurde deutlich, dass es sich bei allen Motiven um ein und dieselbe Frau handelte. Eine junge Dame mit langen, platinblonden Haaren. Auf einigen Fotos trug sie sie offen, auf anderen zu einem Zopf oder zwei Zöpfen gebunden, manchmal locker, manchmal streng gescheitelt. Auf wieder anderen trug sie einen Dutt. Hin und wieder war sie in aufregender Abendkleidung zu sehen, dann in Schlabberlook. Auf einigen Bildern trug sie nur Unterwäsche oder nichts weiter als ein Badehandtuch um die Brust. Die meisten Motive wirkten, als wüsste die Frau nicht, dass sie fotografiert wurde. Ben und Kai sahen sich mit hochgezogenen Brauen an.

Dann meinte Kai: »Ich fotografiere den Kram mal ab. Vielleicht finden wir raus, wer das ist.«

Einige Minuten starrten sie beide nur auf den Monitor, während Kai die Drohne millimetergenau justierte und einzelne Abschnitte der Wand fotografierte. Dann hob er das Fluggerät wieder über Dachniveau und ließ es langsam zur rückwärtigen Hausseite und wieder in ihr Sichtfeld gleiten.

»So, runter das Teil und ab nach Hause.«

»Warte noch«, sagte Kai und lenkte die Drohne zurück an das Schlafzimmerfenster. »Ich will noch dieses Mädel in Latzhose fotografieren, die sieht echt Hammer aus!«

»Ach hör doch auf mit diesem Kinderkram! Lass uns abhauen. Sei froh, dass wir nicht gesehen worden sind.«

»Was machen Sie denn hier?«, gellte eine hohe Frauenstimme jenseits ihres Sichtfeldes hinter den Bettlaken. Kai zuckte vor Schreck zusammen und drückte instinktiv den Schalthebel nach vorne. Ben sah, wie die Drohne gegen die Fensterscheibe im fünften Stock prallte, einen Moment in der Luft taumelte, um dann, gemächlich, aber unweigerlich, seitlich abzusacken.

»NEIN«, schrie Kai, der panisch auf das Fluggerät stierte und hektisch mithilfe des Steuerknüppels versuchte, sein schwankendes Lieblingsspielzeug vor dem sicheren Tod zu retten. Als er erkannte, dass es sinnlos war, rannte er mit weit ausgestreckten Armen in Richtung Hauswand. Dabei riss er zwei Bettlaken mit sich und stieß beinahe noch die mit Lockenwicklern und Wäschekorb bewaffnete Frau um, die sich nur mit einem beherzten Sprung nach hinten in Sicherheit bringen konnte.

»Strömungsabriss. Scheiße!«, schrie Kai verzweifelt in den Himmel.

Ben war komplett erstarrt. Er sah das Fluggerät eine letzte waghalsige Rollenkehre vollführen, dann prallte es mit einem ungesunden *Pong* an die Regenrinne und stürzte ungebremst zu Boden. Direkt neben Kai, der ein weiteres »NEIN!« kreischte und nach wie vor die Arme gen Himmel reckte, als wollte er Gott nach einer dreimonatigen Dürre um ein Tröpfchen Regen anflehen. Ben spürte beim Aufprall einen Schmerz, als wäre die Drohne nicht auf die Waschbetonplatten, sondern ihm direkt auf den Kopf gefallen. Kai sank auf die Knie und stieß ein herzzerreißendes Heulen aus, bei dem er sich mit beiden Armen selbst umarmte. Dann drehten sie gleichzeitig ihre Köpfe in Richtung der Dame, die mit wenigen Worten, ausgesprochen im feinsten Dorstfelder Ruhrdeutsch, großes Leid über Bens Mitbewohner gebracht hatte.

Auch sie stand wie angewurzelt da und verzog das Gesicht in blankem Entsetzen. »Ach du Scheiße«, stieß sie atemlos aus und versuchte ein unschuldiges Grinsen.

* * *

»Mmmh. Dieser Typ kommt mir irgendwie bekannt vor«, sagte Ben, als sie, zurück im Büro, die Bilder von Kais Drohne auf dem Monitor betrachteten. Die Kamera war beim Absturz genauso draufgegangen wie der Rest des Fluggeräts, doch zu Bens Erleichterung konnte die SD-Karte unversehrt geborgen werden. »Ich habe die Blackbox gefunden«, hatte Ben triumphierend ausgerufen, als er noch am Absturzort die Karte aus dem zerbrochenen Kameragehäuse entfernt hatte, und sich damit einen vernichtenden Blick von Kai eingehandelt. Dieser hatte in Windeseile die fünf Phasen der Trauer nach Kübler-Ross hinter sich gebracht:

1. Das Leugnen (noch bevor er die Absturzstelle erreicht hatte): »Das kann nicht sein, Alter! Das, das, das … Scheiße! Das *kann* nicht sein, Alter!

2. Der Zorn (auf Knien, die Drohne in seinen Armen; ein Rotor bewegt sich noch leicht, um dann für immer zu stoppen): »So ein verfickter Scheiß! Ich raste aus! Wegen deinem Scheiß, du Penner!«

3. Das Verhandeln (wieder aufgerichtet, ein leicht verrücktes Glimmen in den Augen, an Ben gewandt): »Be-

stimmt krieg ich die wieder hin. Was meinst du? Die krieg ich doch wieder hin, oder? Krieg ich die wieder hin?«

4. Die Depression (der komplette Rückweg in Bens Auto; Kai fühlt sich nach diesem traumatischen Ereignis nicht fahrtauglich): *leises Wimmern.* »Das geht doch nicht. Die war ganz neu. Was soll ich bloß machen? Ich halte das nicht mehr aus …«

Gerade war er glücklicherweise bei Phase fünf angekommen, der Akzeptanz. Es war zwar erst Mittag, trotzdem hatte er sich eine Flasche Bier aufgerissen – heute sei er ohnehin nicht mehr arbeitsfähig, hatte er Ben erklärt, als er vom Kühlschrank zurückkehrte – und wirkte wieder halbwegs entspannt. Ein Umstand, der neben dem Bier auch der Tatsache zuzuschreiben war, dass er gleichzeitig seiner zweiten Lieblingsbeschäftigung nachging – in einen Monitor glotzen.

Anders als zunächst angenommen waren hier und da auf den Fotos doch weitere Menschen zu erkennen. Auf einem dieser Bilder sah man besagte Dame auf einer Bühne stehen. Neben ihr eine etwas ältere Frau mit brünetten Haaren – der jungen durchaus ähnlich, wahrscheinlich handelte es sich um ihre Mutter. Daneben glotzten, brav aufgereiht und breit lächelnd, vier Männer in die Kamera. Einer von ihnen, ein gepflegter Herr mit grauer Föhnfrisur, bei der kein Haar aus der Reihe zu tanzen schien, in einem edlen Zweireiher, hielt etwas in der Hand, was einem Pokal oder einer Trophäe glich. Aufgrund seiner exponierten Stellung in der Mitte sollte offensichtlich *er* das zentrale Motiv sein. Die Augen von Ben und Kai fanden schnell die blonden Haare und den kurzen Rock auf der rechten Bildseite und scherten sich wenig um die Kerle.

»Süß, die Kleine«, sagte Kai, nahm einen Schluck aus seiner Flasche und quittierte das Ganze mit einem Rülpser, bevor er weitersprach: »Vielleicht sind das Schauspieler, und die haben irgendwo so einen Staubfänger abgeräumt?«

»Nee. Glaube ich nicht. Zoom mal auf das Teil.«

Kai klickte mit dem Mauszeiger und zog ein Rechteck über den entsprechenden Bildausschnitt. Danach poppte der Bereich in vergrößerter Darstellung auf. Leider unscharf und verpixelt. »Doch, das kenne ich.« Ben tippte unruhig mit den Fingerspitzen auf die Tischplatte. Dann stand er auf und ging zu einem Stapel in der Zimmerecke, der aus losen Papieren, Hängeordnern und Magazinen bestand und so aussah, als würde er bereits bei näherer Betrachtung zusammenbrechen.

»Kein Wunder, dass dich keiner mehr als Detektiv will«, sagte Kai, der Ben dabei beobachtete, wie er behutsam in dem Stapel rumfischte. »Wolltest du zu einem Detektiv gehen, der die Fallakten so lagert?«

»Bis hierhin kommen die ja nicht mal. Und außerdem, sieh du zu, dass du dein eigenes Leben in den Griff kriegst, Siebert.« Ben war genervt, gab seinem Freund jedoch insgeheim recht. Er war sich sicher, dass sein Leben um einiges erfolgreicher verlaufen konnte, wenn er erst mal die Kleinigkeiten auf die Reihe bekäme. Altpapier rausbringen, die Hängeordner in den Schrank hängen, den Staubsaugerbeutel wechseln oder überhaupt mal staubsaugen. »Hier ist es!«, rief er und zog eine blau eingeschlagene, dünne Zeitschrift aus dem mittlerweile bedrohlich wankenden Stapel. *Unternehmer vor Ort* lautete der Titel, und darunter war ein großflächiges Foto zu sehen, auf dem eine strahlende junge Frau in der einen Hand einen Blumenstrauß und in der anderen genau dasselbe undefinierbare Ding hielt wie der Mann auf dem Foto. *Unternehmerpreis 2015* stand in großen Lettern über dem Bild.

»2015? Alter, du musst echt mal ausmisten. Wenn das wenigstens ein Working-Girls-Kalender wäre ... und dann war die Zeitung auch noch in der Mitte vom Stapel. Was liegt ganz unten? Deine alten Deutscharbeiten?«

Ben überhörte Kais Gezerre geflissentlich und tippte auf das Bild. »Hier siehst du? Das ist der Dortmunder Unternehmerpreis. Ich wette, die ganzen Preisträger stehen im Internet. Los, mach dich nützlich.« Er zeigte auf den Monitor.

Es dauerte keine halbe Minute, und Kai hatte in der Google-Bildersuche exakt dasselbe Foto aufgerufen. In einem grauen Feld neben dem Bild stand: *Der Unternehmerpreis 2015 ging an Richard von Dauss.*

»Klar! Richard von Dauss.« Ben schlug seinem Freund fester an die Schulter, als er es beabsichtigt hatte. »Das ist der Hüttenking.«

»Hüttenking?«, fragte Kai, der mit beleidigter Miene seine Schulter massierte.

»Ja. Du weißt auch gar nichts. Das ist der bekannteste Bauunternehmer von Dortmund. Der hat Anfang 2000 in Eving massenweise Sozialbauten hochgezogen. Er selber hat damit richtig Kohle gemacht. Die Wohnungen sind angeblich unter aller Sau. Wenn die in der Zeitung von dem schreiben, dann nennen sie ihn nur den Hüttenking.«

»Ja. Von dem hab ich schon mal gehört. Soll ein richtiger Sack sein. So'n knallharter Geschäftsmann, dem es nur um Profit geht.« Kai lachte kurz auf und sagte dann gespielt bewundernd: »Geiler Typ!«

»Dann könnte mit etwas Glück unsere Lady vielleicht seine Tochter sein«, meinte Ben.

»Und mit noch etwas mehr Glück ist die noch Single und auf der Suche nach einem gut aussehenden Programmierer.«

»Blöderweise gibt's hier keinen«, feixte Ben.

Kai hatte bereits *Richard von Dauss Dortmund Tochter* in das Suchfeld eingegeben und einen Artikel geöffnet, in dem genau dasselbe Foto auftauchte. Diesmal mit der Zusatzinformation *Links im Bild Richard von Dauss' Tochter Isana und Ehefrau Elisa.*

»Okay, dann brauchen wir bloß noch die Adresse von dieser Isana«, sagte Ben feierlich.

»Und dann? Willst du da hinfahren und die auch stalken, oder was?«

»Ich frag die nach diesem Ivo aus. Komm, such da jetzt. Ich brauche sowieso noch einen Fall für meine Hausarbeit, und da ist ein Stalker doch zehnmal besser als irgend so ein Fremdgeher.«

»Ist ja gut.« Kai tippte wieder. »Ich glaube nicht, dass wir da irgendwas außer der Firmenadresse finden werden.«

Fünf Minuten später hatte sich diese Befürchtung bewahrheitet. Kai griff zum Telefon und wählte eine Nummer. »Brülli? Bist du das, alter Hengst?« Kai zeigte Ben ein breites Grinsen und einen gehobenen Daumen. »Bist du auf Arbeit, Alter? Gut! Dann tipp doch mal Isana von Dauss ein, und sag mir, wo die wohnt.« Er blieb einige Sekunden still, dann sagte er: »Ja, ist mir klar. Und jetzt mach!« Er verschraubte die Augen in Richtung Ben, dann fuhr er fort: »Nichts? Und Richard von Dauss? … Ja, der Hüttenking.« Wieder folgten einige Sekunden Stille »Nee, die private … Warte, schreib ich auf.« Er notierte eine Adresse und eine Telefonnummer auf einem Post-it-Zettel. »Super, Brülli, danke! Hast einen gut bei mir. Lass mal wieder einen heben!« Dann legte er auf.

»Was war das denn, bitte schön?«, wollte Ben wissen.

»Das war Holger Brüllman, Brülli. Alter Kumpel von mir. Arbeitet bei Cater Carlo.«

»Kater Carlo?«

»Nicht Kater. *Cater*. Das ist doch dieser Cateringservice in Mitte. Klar, dass du den nicht kennst. Ist ja auch für gehobene Ansprüche.« Er gluckste fröhlich. »Beliefern auch die VIP-Lounge beim BVB und so. Ich dachte mir, der von Dauss hat da bestimmt schon mal was bestellt.«

»Clever«, musste Ben zugeben, doch Kai winkte mit einer lässigen Handbewegung ab, dann sagte er: »Wollen wir gleich los? Ich will diese Isana mal live sehen.«

* * *

Das Haus lag an einer wenig befahrenen Straßenecke in Gartenstadt. Ben kannte sich hier aus, denn sein Elternhaus lag nicht weit von hier entfernt in der Stangefolstraße. Als Kind hatte er sich in jeder dieser Straßen mindestens einmal blutige Knie geholt. Er konnte sich daran erinnern, dass zwei Häuser neben dem vom Hüttenking Ulli Wenderka gewohnt hatte. Ein Idiot, aber der Einzige mit einem Tangoball und einer Nintendo 64.

Offensichtlich war das Haus erst in den letzten Jahren saniert worden. Ben hatte es noch mit ockerfarbenen Klinkern und falschem Schieferdach in Erinnerung. Heute war es strahlend weiß verputzt und mit kleinen Fenstern versehen, die im Erdgeschoss allesamt vergittert waren. Das Obergeschoss steckte unter einer glänzend blau geziegelten Dachschräge, die unwillkürlich die Blicke auf sich zog. Ben lenkte seinen Ford Fiesta an den von der Straße aus zugänglichen Häuserseiten vorbei in die parallel verlaufende Nebenstraße und parkte dort am Straßenrand. Seine Karre passte neben den ganzen chromblitzenden Vehikeln genauso gut ins Bild wie Mary Roos als Vorgruppe von Justin Biber. Ben und Kai stiegen aus und gingen die Straße entlang. Ein kastenförmiges Mehrfamilienhaus verdeckte die Sicht auf die Rückseite des Hauses, in dem Richard von Dauss wohnte.

»Komm, wir gucken uns das Haus erst mal von hinten an«, schlug Ben vor, dem der Gedanke, an der Haustür der von Daussens zu klingeln, unbehaglich war.

Kai hatte nichts einzuwenden und folgte Ben den schmalen Pfad entlang, der hinter die Nobelmietskaserne führte. Eine breite, undurchsichtige Hecke trennte den adretten, kleinen Garten vom Dauss'schen Grundstück. Ben fuhr mit dem Kopf dicht vor der Hecke hin und her, um eine Lücke zu finden, durch die er einen Blick auf das Haus erhaschen konnte.

»Guck mal hier«, sagte Kai, der sich hinter einige wohlgeformte Zypressen gedrückt hatte, welche sich als kleines Grüppchen dem Ende der Hecke anschlossen. »Von hier aus kann man genau in den Garten gucken.«

Ben quetschte sich ebenfalls hinter die Zierpflanzen und sah, dass es nicht viel zu sehen gab. Zwei steril wirkende, blütenweiße Hauswände mit drei winzigen, vergitterten Fenstern, eine Verandatür und sechs Kellerfenster, welche mit weißen Schutzgittern versehen waren. Davor eine leere Rasenfläche, die komplett von einer gut drei Meter hohen und undurchdringlichen Hecke umrandet war. Nur an einer Stelle gab es eine mannshohe geschmiedete Eisentür, durch die man den Garten auch von der Straße aus betreten konnte.

»Die stehen wohl nicht so auf natürliches Licht in den Räumen«, sagte Ben.

»Und nicht auf wilde Gartenpartys, wie es aussieht.«

»Guck dir mal das eine Kellerfenster da an. Ist das Pappe, die davorhängt?«

»Sieht so aus. Vielleicht ist das kaputt oder es wurde eingebrochen.«

»Wäre eine Möglichkeit. Und guck mal hier.« Ben deutete auf den Boden unmittelbar vor ihren Füßen. »Diese Aussicht hier fand schon mal jemand interessant.« Auf dem Boden lagen einige Zigarettenstummel, alle nur bis zur Hälfte geraucht. Kai bückte sich und hob mit spitzen Fingern eine der Kippen auf. »Sunny & Stein«, sagte er bedeutungsschwer. Dann: »Okay, es muss mehr als einen Typen geben, der diese Dinger quarzt. Aber wenn du mich fragst, ist das hier einer der Wohlfühlplätze von diesem Sunstein. Man weiß nur nicht, wie lange die hier schon liegen.«

»Doch«, antwortete Ben und fühlte sich für den Moment wie Hercule Poirot und Adrian Monk in einer Person. »Am Sonntagabend hat es den ganzen Tag wie aus Kübeln geregnet. Diese Kippen können also bestenfalls seit Montag hier liegen.«

»Sind Sie von der Polizei?«, ertönte eine knarzende Frauenstimme hinter ihnen.

Kai zuckte vor Schreck zusammen, doch zum Glück lenkte er diesmal keinen fliegenden Fotoapparat. »Ja, natürlich«, stieß er mit einem gereizten Tonfall in Richtung der grauhaarigen Alten aus, die soeben in ihr Sichtfeld trat. Sie trug einen in die Jahre gekommenen, grauen Mohairmantel, unter dessen unterem Rand gut fünf Zentimeter einer geblümten Kittelschürze sichtbar wurden. Das Fleisch ihrer zart-lila schimmernden Beine wurde von fleischfarbenen Nylonstrümpfen abgequetscht, die sich in schmutzig-weißen Gesundheitslatschen verloren. Sie paffte an einer Zigarette und hielt einen aufgewühlten Rehpinscher, der Ben und Kai angriffslustig anstarrte, an der kurzen Leine.

Ruhrpottoma, dachte Ben, und Kai sagte mit dem Duktus eines coolen TV-Bullen: »Haben Sie etwas beobachtet?«

»Hab ich euch doch schon alles erzählt, hömma«, spie die Alte aus, bevor sie einen rasselnden Hustenanfall bekam, der erst enden wollte, als sie sich dreimal laut hörbar mit der Faust auf die Brust geprügelt hatte. Der Rehpinscher bellte dazu und sprang an seiner kurzen Leine wild im Kreis umher.

»Ich würde Sie bitten, alles noch einmal zu wiederholen. Sehen Sie«, er wies mit ausgestreckter Hand in Richtung Ben. »Hauptkommissar Pruss ist extra aus Wiesbaden angereist, um sich persönlich ein Bild zu machen. Also?«

Ben hätte beim Wort »Hauptkommissar« am liebsten auch einen Kröchelanfall bekommen.

»Wenn Se meinen. Gibt Schlimmeres.« Sie sah sie mit einem gequälten Gesichtsausdruck an, der »Schlimmeres« eindeutig auszuschließen schien. »Ich muss ja abends immer raus, hier mit meinem kleinen Fleischwolf.« Sie lachte krächzend und riss demonstrativ an der Leine, was Fleischwolf zwang, einen Satz nach links zu machen. »Früher brauchte ich um acht das letzte Mal, aber der ist ja schon vierzehn, der Alte, ne? Bin ma gespannt, wer von uns beiden et länger macht.« Sie machte eine Pause, und Ben glaubte schon, sie wolle hier und jetzt warten, wer von beiden es wohl länger machen würde, als sie doch wieder das Wort ergriff: »Ich war jedenfalls abends draußen für Pipi. War gar nich ma so spät. Kurz nach elf.«

»Gestern Abend?«, fragte Ben.

»Wat? Gez wolln Se mich wohl auf'n Arm nehm. Gestern war ich natürlich auch um kurz nach elf draußen wegen Pipi, aber dat wolln Se ja nich von mir wissen, oder?« Sie sah Ben an, als wäre er komplett dem Wahnsinn verfallen. »Sie sind doch hier wegen dem Einbruch am Montag, oder?«

»Klar«, Ben hüstelte verlegen. »Hab ich gestern gesagt? Ich meine natürlich vorgestern. Bitte fahren Sie fort.«

Die Alte nickte und zog ihren Kläffer noch näher an sich heran. Offenbar wollte sie ihn in Sicherheit bringen, für den Fall, dass Ben tatsächlich dem Wahnsinn verfallen war. Dann redete sie nur noch in Kais Richtung, den sie ab diesem Moment wohl für den Vertrauenswürdigeren hielt. »Da hab ich se gesehen. Zumindest einen von denen. Vor de Hecke aufe anderen Seite. Stand da neben so 'nem großen Bulli. Schwarz angezogen, mit Kapuze über de Rübe. Da hab ich den Fleischwolf erstma auf'n Arm. Zum Glück isser 'n lieber, der nich bellt, sonst würd ich wohl heute nich hier stehen.« Sie bückte sich ächzend und nahm ihren Fleischwolf auf den Arm. Dann streichelte sie ihm so heftig den Nacken, dass Ben es wunderte, dass dem Hund an dieser Stelle überhaupt noch Fell wuchs. Er schluckte den Kommentar zum Bellverhalten des Hundes, welches er anders wahrgenommen hatte, vorerst runter.

»Und seine Kollegen ham wohl auf der Seite vom Dauss gestanden. Da is 'ne schmale Lücke zwischen der Hecke und der Wand. Gucken Se mal.« Sie machte eine Geste in Richtung Kai, als wollte sie ihn verscheuchen. Er blickte durch die Zypressen und erkannte die Lücke zwischen Hauswand und Hecke. Zu schmal allerdings, um größere Gegenstände auf die andere Seite zu schieben. Kai nickte die Alte wohlwollend an, und sie redete weiter: »Da hab ich gesehen, dass se so'n großen Schinken durch den Spalt geschoben haben.«

»Einen Schinken?«, sagte Ben verwundert, der das Bild einer gut abgehangenen Schweinekeule mit nach hinten herausstehendem Schenkelknochen vor dem geistigen Auge hatte.

Die Alte sah ihn wieder an, als hätte er eine ansteckende Krankheit. »Ja, so ein riesiges Bild eben. Was weiß ich denn? Rembrandt oder Picasso wahrscheinlich. Der Hüttenking hat doch genug Kohle. Dat ham se dem durche Lücke geschoben, und dann hat der das in Bulli und is wech. Die anderen werden wohl durche Tür, oder was?« Sie zog ratlos die Achseln hoch. »Ich hab schon gesacht, was macht er sich auch so 'ne Hecke hier hin, wo keiner rübergucken kann? Das läd se ja ein, diese Kerle, wenn se machen könn, wat se woll'n.«

»Ja, äh.« Kai schlug sich auf die andere Seite der Zypressenbarriere, und Ben tat es ihm gleich. »Vielen Dank, Frau …«

»Metzger«, sagte die Alte.

»Metzger«, wiederholte Kai und sah mit großen Augen zwischen ihr und Fleischwolf, der angriffslustig hinter Frau Metzgers fleischigen Oberarmen hervorlugte, hin und her. »Wir müssen dann gehen. Bitte halten Sie sich doch in den nächsten Tagen zu unserer Verfügung.«

»Ich erzähl den ganzen Scheiß aber nich noch wieder!«, krächzte sie, ließ den Hund aus einem guten halben Meter zu Boden plumpsen und stampfte die Einfahrt entlang zurück ins Wohnhaus. Ben und Kai hatten sie in wenigen Schritten überholt und liefen zielstrebig die Straße entlang zum Haus der Familie von Dauss.

»Mann! Fleischwolf und Metzger, ich werd nicht mehr«, sagte Ben, und dann schütteten sich beide aus vor Lachen.

Auf dem Klingelschild war kein Name eingetragen. Ben überlegte, welche Worte er wählen sollte, wenn die Tür geöffnet wurde. Irgendwie klang in seinem Kopf alles nach Unfug. Und wahrscheinlich war um diese Zeit ohnehin niemand da. Sicher nur die Putzfrau. Am peinlichsten war ihm der Gedanke, sich als Privatdetektiv vorzustellen. Auch ein Jahr nach seiner beruflichen Neuorientierung hörte sich diese Berufsbezeichnung immer noch wahnwitzig in seinen Ohren an. Er hatte schon genug Probleme damit, sich als Zauberer zu outen. *Ich bin Zauberer*. Ein Satz, der ihm stets Magenschmerzen verursachte, kurz bevor er ihn aussprach. Was für eine absurde Wortkombination, die in den Hörern die abwegigsten Assoziationen nach weißen Kaninchen, Zylinderhüten, Zauberstäben und Siegfried und Roy hervorrief. Eine Sternstunde der Peinlichkeit. Doch der Satz *Ich bin Privatdetektiv* stellte sich noch als eine beachtliche Steigerung des Irrwitzes heraus.

Er schluckte das trockene Gefühl in seiner Kehle runter, atmete tief ein und drückte den kupfernen Klingelknopf. Ein durchdringendes *Ding Dong* war im Innern zu hören, und kurze Zeit später waren Schritte im Flur zu vernehmen. Es war Isana, die öffnete, und mit einem Mal war die Schwierigkeit, sich als Detektiv zu outen, um den Faktor hundert gestiegen. Die junge Frau in der Tür, die Ben und Kai freundlich und gleichzeitig fragend anblickte, sah in natura noch umwerfender aus, als es Ivos Bildersammlung bereits versprochen hatte. Ihr platinblondes Haar war hinter dem Kopf zu einem hohen Pferdeschwanz gebunden. Eine breite Strähne hing ihr lässig über der Stirn. Ihre Augen waren unaufdringlich geschminkt. Sie trug einen grauen Pullover und enge Bluejeans. Ihre Füße steckten in bequemen, rosafarbenen Plüschhausschuhen mit aufgenähten Herzchen.

»Isana von Dauss?«, fragte Ben zaghaft.

»Ja?«, antwortete sie ebenfalls zaghaft und schob die Tür ein Stück weiter zu. »Kommen Sie von der Polizei?«

»Nein, nein«, sagte Ben schnell, bevor Kai womöglich noch einmal die Story mit dem Hauptkommissar aus Wiesbaden ausgraben konnte. »Ich bin Ben Pruss. Das ist mein Kollege Kai Siebert.« Er deutete ausladend auf Kai, um den nächsten Satz möglichst lange hinauszuzögern. »Ich bin …« Er räusperte sich, um dann möglichst leise und undeutlich hinzuzufügen: »Privatdetektiv.«

»Ah, okay! Kommen Sie rein«, sagte sie, ohne auch nur den geringsten Anschein zu erwecken, Ben für bekloppt zu halten. Sie öffnete die Tür weiter und ging den beiden Männern voraus in den Flur.

Ben sah Kai verwundert an, der nur mit den Schultern zuckte, dann folgten sie ihr. Isana führte sie in das Wohnzimmer. Ein hoher Raum, der bis unter die Dachschräge reichte und die obere Etage mittels einer Galerie aus weiß lackierten, derben Dachbalken verband. Ein zarter Hauch von Zitrone lag in der Luft, und aus einem unsichtbaren Lautsprecher dudelte *Cheap Thrills* von Sia. Isana deutete lächelnd auf eine weiße Ledercouch, die vor einer Wand stand, welche bis zur Galerie hinauf mit zahllosen Bildern in schwarzen Rahmen behängt war. Alle Fotos waren in Schwarz-Weiß entwickelt worden, und soweit es Ben beurteilen konnte, schienen es ausschließlich Privataufnahmen zu sein. Isana und ihr Vater tauchten auf vielen Motiven zusammen mit anderen Personen auf, die Ben nicht kannte.

Er fühlte sich an die Fotowand in Ivo Sunsteins Wohnung erinnert. Dieses war sozusagen die Luxus-Variante mit einer etwas gesünder wirkenden Auswahl an unterschiedlichen Menschen und Motiven.

Sie setzten sich, und Isana sagte: »Ich hole eben meinen Vater. Der ist oben im Arbeitszimmer.« Dann blieb ihr Blick auf Kai hängen. Eine Sekunde zu lang, entschied Ben.

»Ähm, einen Moment noch«, sagte Ben, und die Frau blieb am Treppenabsatz stehen und drehte sich um. »Wir wollen wahrscheinlich gar nicht zu Ihrem Vater.«

Isana blickte ihn verwundert an. »Sie wollen *wahrscheinlich* nicht zu meinem Vater? Sind Sie nicht wegen dem Einbruch hier?«

»Nein, äh, na ja, vielleicht. Es ist kompliziert.« Ben kam sich reichlich dämlich vor, und ein Blick zu Kai, der dümmlich lächelnd neben ihm saß, zeigte, dass es bei ihm nicht anders war. »Kennen Sie einen Ivo Sunstein?«

Isana ließ wie auf Kommando die Schultern hängen und setzte einen entnervten Gesichtsausdruck auf. Dann griff sie in ihre hintere Hosentasche, holte ihr Handy hervor und tippte darauf herum. Sia hörte auf zu singen, und Isana ließ sich auf einem Sessel nieder, der der Couch gegenüberstand. Sie stellte ihre Beine auf die Sitzfläche und umschlang sie mit den Armen. »Den kenne ich. Leider. Was hat er wieder angestellt?«

»Nun«, Ben rückte auf der Couch ein Stück weit nach vorne. »Herr Sunstein hatte für heute Morgen einen Termin mit mir ausgemacht. Er ist aber nicht erschienen, und wir können ihn nirgends auftreiben.« Während er es aussprach, fand Ben die Argumentationskette eindeutig zu dünn, um zu rechtfertigen, dass diese ihn auf die Wohnzimmercouch eines der reichsten Geschäftsmänner von NRW gebracht hatte.

»Ja, der Typ ist immer da, wo er nicht sein sollte. Ist so seine Art. Was habe ich damit zu tun?«

»Vielleicht nichts. Herr Sunstein hat am Telefon gesagt, dass er dringend mit mir sprechen muss. Wegen einer Angelegenheit, mit der er nicht zur Polizei gehen könne. Es würde um Leben und Tod gehen.«

»Die Frage bleibt: Was habe ich damit zu tun?« Sie sagte diesen Satz mit einem neutralen Gesichtsausdruck in Richtung Ben, dann blickte sie demonstrativ zu Kai und lächelte diesen zuckersüß an. Der erwiderte das Lächeln knapp und glotzte dann bedeppert auf den Couchtisch.

»Wir haben herausgefunden, dass Herr Sunstein Ihnen offensichtlich nachgestellt hat. Ihrer Reaktion nach zu urteilen, ist Ihnen das wohl bekannt. Wir wissen, dass Herr Sunstein gestern oder vorgestern hier am Haus war und es beobachtet hat.«

»Was? Echt? Der Spinner. Der hat ein Kontaktverbot. Der darf nicht näher als zweihundert Meter an mich ran.« Sie schnaubte wütend. »Und der war wieder hier am Haus, sagen Sie?«

»Mit ziemlicher Sicherheit, ja.« Ben berichtete ihr von den gut erhaltenen Zigarettenkippen hinter der Hecke.

»Sunny & Steyn?«, fragte sie, an Kai gerichtet.

»Ja, ja genau. Sunny & Steyn. Raucht kaum noch jemand. Wusste gar nicht, dass es die noch gibt«, beeilte er sich zu antworten und lächelte dabei linkisch. Isana lächelte ebenfalls, und Kai wich ihrem Blick erneut schnell aus. Ben wunderte sich, dass sein Kumpel sich so schüchtern zeigte, doch Isana schien genau das zu gefallen.

Ben hüstelte leicht, um die Aufmerksamkeit wieder auf sich zu lenken, und fing erneut an zu reden: »Frau von Dauss …«

»Nennen Sie mich ruhig Isana«, sagte Isana, und dann, mit einem Blick zu Kai: »Oder Isi.«

Ben verdrehte innerlich die Augen und fuhr fort: »Gut … Isana …«

Sie unterbrach ihn. »Wie habt ihr denn herausgefunden, dass Ivo Sunny & Steyn raucht, wenn ihr ihn noch nie gesehen habt?«

»Also wir …«, begann Kai, doch Ben schnitt ihm das Wort ab. »Lange Geschichte. Wir haben auch herausgefunden, dass hier im Haus eingebrochen wurde. Können Sie sich vorstellen, dass Ivos Anruf bei mir und der Einbruch zusammenhängen?«

Sie antwortete schnell. »Ivo hat hier garantiert nicht eingebrochen, so was kriegt der nicht auf die Reihe.«

Ben räusperte sich und setzte erneut an: »Nein, nein. Aber es könnte doch sein, dass er etwas beobachtet hat. Vielleicht hat er den Einbruch ja gesehen.«

»Wer hat den Einbruch gesehen?«, schallte es mit durchdringender Stimme von der Galerie herunter. Ein Mann in blauem Kapuzenpulli und Jeans stand am Geländer und blickte zu ihnen herab. Graues Haar, Fönfrisur, markante Gesichtszüge – Ben erkannte, dass sie es mit Richard von Dauss zu tun hatten. Auf den Bildern, die er von ihm gesehen hatte, war er immer nur in besten Anzügen und Krawatte zu sehen gewesen. Der legere Aufzug, in dem er jetzt vor ihnen stand, passte nicht recht in das Bild »knallharter Geschäftsmann«, das Ben sich von ihm angelegt hatte. Mit etwas Fantasie aber durchaus in das Bild »knallharter Geschäftsmann, der einen auf locker macht«.

Isana bog ihren Kopf weit nach hinten, um ihren Vater sehen zu können, der hinter ihr die Treppe herunterkam. Kai hieb ihm unauffällig den Ellenbogen in die Seite. Als er seinen Blick endlich auf ihn senkte – er wusste vorher, worum es ging –, zeigte Kai einen Daumen hoch, grinste lüstern und deutete mit den Augen in Richtung Isana. Ben zog die Stirn in Falten und wandte entnervt den Blick ab.

»Hi«, sagte Isana, als hätte sie ihren Vater an diesem Tag noch nicht zu Gesicht bekommen. »Wir reden von Ivo. Der war wieder hier.«

»Wer ist ›Wir‹?«, fragte Richard von Dauss im Gehen und bedachte Kai und Ben dabei keines Blickes. Ben fand, seine Sprachmelodie klang etwas affektiert.

»Das sind Kai und Ben. Privatdetektive. Ich dachte erst, du hättest die engagiert wegen dem Einbruch. Aber eigentlich sind sie hier wegen Ivo.«

»Aha.« Richard von Dauss begrüßte Ben und Kai mit einem Handschlag, der Ben fast die Finger brach, dann setzte er sich in den zweiten Sessel. Isana erklärte ihrem Vater, was sie bisher besprochen hatten, dann sagte er geschäftsmäßig und in kraftvollem Ton: »Ja, so wird es wohl gewesen sein. Klar kann er nicht zur Polizei rennen, denn dann finden die raus, dass er seine Auflagen nicht erfüllt, der Depp.« Er schüttelte den Kopf und presste die Lippen aufeinander. »Ich dachte, mit dem Gerichtsurteil wäre die Sache endlich mal abgehakt, aber der Kerl kapiert es einfach nicht. Woher wusste der überhaupt schon wieder, dass du hier bist.«

»Wohnen Sie denn nicht hier?«, fragte Ben.

»Nee.« Sie kicherte. »Ich wohne nicht mehr bei Papa. Ich wohne im Kreuzviertel. Ich bin nur gerade hier, weil ich zuhause einen Wasserschaden hab und die Handwerker im Haus sind. Ich bin heute erst gekommen, das wusste der Idiot wohl nicht.«

»Woher wusste Ivo überhaupt, dass Sie vorhatten hierherzukommen?«, fragte Kai, der offensichtlich entschieden hatte, endlich aktiv am Gespräch teilzunehmen.

Isana nahm das wohlwollend zur Kenntnis, indem sie ihm ein so überschwängliches Lächeln schenkte, dass Ben am liebsten einen Hustenanfall bekommen hätte. »Gute Frage«, sagte sie geheimnisvoll. »Er fährt jeden Tag tausend Mal mit seinem Auto durch meine Straße. Wahrscheinlich ist er mir hinterhergefahren, als ich am Sonntag ein paar Sachen im Lieferwagen hierhergebracht hab. Oder er hat selbst dafür gesorgt, dass das Rohr in meinem Badezimmer platzt. Das traue ich ihm durchaus zu.« Sie nickte bei ihren Worten und schmollte zuckersüß in Kais Richtung.

»Und dann hat er wohl angenommen, Isi würde auch am Montag schon hier sein«, sagte ihr Vater.

»Und stattdessen hat er den Einbruch beobachtet«, schloss Ben. Er hatte gerade festgestellt, dass er eher mit der Frage beschäftigt war, was Isana an Kai fand, als seine Aufmerksamkeit dem Gespräch zu widmen.

»Was ist denn eigentlich geklaut worden?«, wollte Kai wissen, dem es sichtlich schwerfiel, die Augen von Isana abzuwenden und Richard von Dauss anzusehen.

Dieser presste die Lippen aufeinander und atmete bedeutungsschwer durch die Nase aus, bevor er antwortete: »Ein Gemälde von Joan Mitchell. Großformat. Zwei zwanzig mal eins vierzig.« Kai pfiff durch die Zähne. Von Dauss erhob sich und ging zu einer weißen Kommode, der er ein großformatiges Buch mit glänzendem Einband entnahm. *Joan Mitchell* lautete der Titel. Ben hatte noch nie von dieser Frau gehört, Kai offensichtlich schon. Vielleicht tat er auch nur so, weil er vor Isana den großen Macker markieren wollte. Von Dauss schlug das Buch an einer Stelle auf, die mit einem Post-it markiert war, und drehte es in Kais und Bens Richtung.

Ben war sich nicht sicher, welche Reaktion angebracht war. Wäre es nach ihm gegangen, hätte er am liebsten laut losgelacht und von Dauss gefragt, ob er ihn verarschen wolle. Zum Glück sorgte Kai für eine schicklichere Reaktion, und Ben brauchte lediglich in seiner kataleptischen Starre zu verharren und zart debil lächelnd auf das Gekrakel vor seinen Augen zu glotzen. Knallbunte Farben, wild auf die Leinwand gespritzt – bei allem Wohlwollen war es Ben nicht möglich, so etwas wie ein Motiv zu erkennen, geschweige denn »Talent«. Aber was wusste er schon davon? Er erinnerte sich, dass er einmal im Internet eine Seite mit Gorillakunst gesehen hatte. Dort waren ähnliche Bilder ausgestellt gewesen. Kai stieß ein scheinbar ernst gemeintes »Wow« aus und beugte sich auf der Couch näher an das Buch heran. »Das ist aus den 80ern, oder?«

»1982«, antwortete von Dauss, der dem begeisterten Kai das Buch in die Hand drückte und sich wieder in den Sessel sinken ließ. »Die Einbrecher müssen gewusst haben, dass es hier hängt.«

Ben räusperte sich erneut. Er hatte das Gefühl, einen ganzen Froschteich im Hals zu haben. »Wie viel ist das ... das Gemälde denn wert?« Drei Euro fuffzig vielleicht?, hätte er am liebsten hinzugefügt, hielt aber die Klappe.

»So knapp 500.000.«

Am liebsten hätte Ben wieder ein lautes Lachen ausgestoßen. In seinem Kopf hörte er es sogar: schrill und ein bisschen verrückt. Und gesagt hätte er gerne: Wissen Sie, was ich verstanden habe? ... 500.000! Stattdessen ließ er wieder Kai den Vortritt, der offenkundig wusste, mit dieser auf die Spitze getriebenen, grotesk-farbenfreudigen Abstraktheit umzugehen.

Der nickte wissend einige Male, klappte das Buch zu und legte es mit einem vielsagenden Blick auf den Couchtisch. Dann sagte er: »Das ist der Wahnsinn, ich liebe dieses Bild. Waren Sie schon im Ludwig Museum in Köln? Da gibt es gerade eine Ausstellung.«

Von Dauss nickte: »Ist mir bekannt. Und ich ärgere mich, dass ich mein Bild nicht auch als Leihgabe dorthin gegeben habe.«

Und Isana fuhr fort: »Die hatten bei Daddy angefragt, und ich hab gesagt, er soll es machen.« Sie warf ihm einen scheinbar bösen Blick zu. »Aber er hatte ja Angst, dass was drankommt an seine geliebte Mitchell.«

Offensichtlich hatten alle hier den Verstand verloren, entschied Ben. Er musste das Gespräch wieder auf ein halbwegs intelligentes Niveau bringen, bevor sich die drei noch tiefer in den Irrsinn quatschten. »Haben Sie keine Alarmanlage?«

»Natürlich«, entgegnete von Dauss. »Eine ziemlich teure sogar. Aber diese Typen machen das hauptberuflich. Für die ist das kein Hindernis. Und ich weiß auch, was die wollen.« Er machte eine Pause. »Die haben sich eben bei mir gemeldet.«

»Erpressung«, stieß Kai aus und nickte wissend.

»Exakt«, antwortete von Dauss und nickte ebenfalls. »30.000 Euro, dann bekomme ich das Baby zurück.«

»Stolzer Preis«, sagte Ben, der Sorge hatte, dass ihm die Konversation wegen einer Leinwand voll Kindergartengekrakel zu sehr entgleiten könnte. »Wollen Sie zahlen?«

»Auf jeden Fall! Ich musste der Polizei zwar versprechen, dass ich denen Bescheid geben würde, wenn die Täter sich bei mir melden, aber das mache ich nicht. Ich will mein Bild zurück.«

»Woher wussten die Einbrecher eigentlich, dass Sie so ein wertvolles Bild besitzen?«

Von Dauss atmete schwer aus, bevor er antwortete: »Dass ich Kunstsammler bin, ist kein Geheimnis. Das kann jeder in Erfahrung bringen, der es in Erfahrung bringen will. Dass das Bild in meinem Arbeitszimmer hing, können auch Tausende von Menschen wissen. Meine Schuld.« Er stöhnte gedehnt, bevor er weiterredete: »Über mich war Anfang des Jahres ein Artikel im Managermagazin. Da wurden unter anderem auch Fotos von meinem Arbeitszimmer hier veröffentlicht.« Er deutete mit dem Zeigefinger auf die Treppe zum Obergeschoss. »Auf denen ist das Bild zu sehen. Aus dem dummen Artikel ging sogar hervor, dass das ein Original ist. Ich habe nicht darüber nachgedacht. Pure Eitelkeit. Dafür hab ich jetzt die Quittung bekommen.« Dann stand er auf, sagte: »Ich hole uns mal was zu trinken«, und ging aus dem Raum.

Isana sprang auf und rief: »Warte, ich helfe dir!« Dann lief sie ihrem Vater nach und schloss die Tür hinter sich.

Ben schaute Kai an und deutete auf das Buch. »Du willst mir doch nicht erzählen, dass du diesen Scheiß gut findest.«

»Alter, dass du keine Ahnung von so was hast, ist mir klar. Joan Mitchell ist die Königin des abstrakten Expressionismus. Du musst das mal auf dich wirken lassen!«

»Wenn ich das auf mich wirken lasse, bekomme ich einen epileptischen Anfall. Und was soll dieses Rumgetue mit Isana? Das ist ja peinlich!«

»Ey, was stimmt nicht mit dir, Kollege? Kann ich doch nichts dafür, wenn die mich scharf findet. Du bist ja nur neidisch!«

In diesem Moment öffnete sich die Tür, und Isana und Richard von Dauss kamen zurück ins Wohnzimmer. Ben hatte erwartet, dieser reiche Bauheini käme mit einer Pulle hundertfünfzig Jahre altem Brandy zurück, stattdessen hielt er zwei Flaschen Wasser und je ein Tetrapack Apfel- und O-Saft von Aldi im Arm. Isana jonglierte vier Gläser in den Händen und stellte sie auf dem flachen Couchtisch ab, dann schenkte sie jedem etwas von den Getränken ein.

»Ich kenne Sie«, sagte Richard von Dauss an Ben gewandt, als er einen Schluck getrunken hatte. »Sie sind der Privatdetektiv, der den Varieté-Killer entlarvt hat.«

Ben spürte, wie wallende Hitze in sein Gesicht stieg. Einerseits fühlte er sich geschmeichelt, wenn ihn jemand darauf ansprach, andererseits war es ihm mehr als unangenehm. »Ja, also, das waren wir beide.« Er deutete von sich auf Kai und dann wieder auf sich.

»Gut«, fuhr von Dauss fort. »Offensichtlich verstehen Sie Ihr Handwerk. Ich möchte Ihnen einen Job anbieten.« Er machte eine dramatische Pause, indem er erneut einen Schluck Wasser trank und danach das Glas in seiner Hand schwenkte, als handelte es sich tatsächlich um hundertfünfzig Jahre alten Brandy. »Eigentlich sind es zwei Jobs. Ich möchte, dass Sie Ivo Sunstein finden.«

»Hä?«, sagte Isana. »Sei doch froh, dass der Kerl weg ist.«

Von Dauss wandte sich an seine Tochter, lächelte gutmütig, ohne seine Augen mit ins Lächeln einzubeziehen, und sagte dann: »Ich will schon wissen, was der Kerl zu erzählen hat, Isi. Könnte ein wichtiger Zeuge sein.«

»Aber Sie wollen doch auf die Forderungen der Erpresser eingehen«, warf Ben ein.

»Richtig. Allerdings nur, weil ich meine Mitchell unversehrt wiederhaben will. Das heißt nicht, dass ich nicht will, dass die Kerle im Nachhinein den Arsch aufgerissen kriegen.«

»Klar«, sagte Ben, der sich bestens vorstellen konnte, dass Richard von Dauss eine Koryphäe im Ärsche-Aufreißen war. »Das war Job Nummer eins. Job Nummer zwei soll dann wohl sein, die Erpresser zu finden. Was das angeht, Herr von Dauss, muss ich Ihnen …«

»Darum geht es nicht.« Von Dauss schüttelte den Kopf. »Ich brauche jemanden, der das Geld abliefert und das Bild von den Erpressern holt. Dafür hätte ich mir ohnehin einen Privatdetektiv engagiert.«

»Deshalb habe ich euch ja gleich reingelassen. Weil ich dachte, Daddy hätte schon jemanden angerufen.«

Ben spürte, wie sein Puls an die Decke ging. Er sollte sich mit Schwerkriminellen an einem höchstwahrscheinlich ziemlich abgelegenen Ort treffen und regen Handel mit denen betreiben? Ihm war klar, dass Privatdetektive häufig für solche Jobs engagiert wurden – seinen Eingeweiden war jedoch alles andere als wohl dabei. Von Dauss schien sein Zögern zu bemerken und sagte: »Ich zahle Ihnen 5000 sofort und 5000, sobald das Bild wieder in meinem Arbeitszimmer hängt. Die Suche nach Sunstein rechnen Sie bitte nach Ihrem Tagessatz ab.«

»Machen wir!«, gellte es von Bens rechter Seite. Kai hatte offensichtlich eine Entscheidung getroffen. Feierlich streckte er Richard von Dauss quer über den Couchtisch die Hand entgegen, der sie mit einem skeptischen Blick in Richtung Ben einschlug. »Prächtig«, sagte er etwas zaghaft.

»Ja … prächtig!«, sagte auch Ben und gab sich Mühe zu lächeln. Dann bot er ebenfalls seine Hand zum Handschlag an. Darüber reden wir noch, Kollege, dachte er, und malte sich gleichzeitig aus, was er mit dem Geld anstellen würde – hauptsächlich offene Rechnungen bezahlen und damit das Sorgengefühl in seiner Magengegend für ein paar Wochen lang verkaufen. Dann sagte er: »Wir sollten einmal einen Rundgang machen, damit wir uns ein besseres Bild von dem Einbruch machen können.«

»Sehr gut«, sagte von Dauss. »So mag ich das! Nicht auf dem Arsch sitzen bleiben, bis die Anzahlung im

Portemonnaie ist, sondern loslegen. Kommen Sie, wir starten im Keller.«

»Macht ihr mal alleine«, sagte Isana, und ihr Vater nickte.

»Och, kommen Sie doch mit«, schlug Kai mit einer Miene vor, die vor bitterer Enttäuschung zu zerfließen drohte, doch sie schüttelte nur lächelnd den Kopf. Ben spürte eine gehässige Schadenfreude in sich aufkeimen. Wenn die so scharf auf dich wäre, Siebert, dann wäre sie mitgekommen, dachte er und kam sich ein wenig schäbig dabei vor.

»Sie geht nie in den Keller. Hat sich auch früher schon immer geweigert«, sagte Richard von Dauss zu Ben und Kai, als sie die Kellertreppe hinabstiegen. Er sprach in jenem leisen Flüsterton, der Eltern zu eigen ist, die intime Geheimnisse ihrer Kinder ausplaudern.

»Aha«, sagte Ben und dachte, dass ihr womöglich seine Rescuetropfen helfen könnten, die er gegen sein krankhaftes Lampenfieber schluckte.

»So ein Glück«, meinte Kai mit einem Kichern. »Dann musste sie bestimmt als Kind nie Bier aus dem Keller holen.«

»Sie leidet darunter«, gab von Dauss knapp zur Antwort, ohne Kai dabei anzusehen.

Für den strafenden Blick sorgte Ben.

Richard von Dauss drückte einen Schalter am Fuß der Treppe, und ein seidig gelbes Licht erhellte ein schlauchartiges Gewölbe, von dem rechts und links einige sehr massiv wirkende Türen abzweigten. Die Kellerwände waren geziegelt, und Ben kam sich vor wie in der Kulisse einer kitschigen Mittelalterschmonzette. Bens Gehirn erwartete den Geruch von Erde und Feuchtigkeit, doch das Raumklima fühlte sich hier genauso angenehm an wie eine Etage höher. In der Wand eingelassene Leuchten sorgten für eine sanfte, indirekte Beleuchtung, die den Eindruck vermittelte, das Licht käme direkt aus der Wand.

»Geil, oder?«, fragte von Dauss und griente Ben und Kai an.

»Ich habe mir damals einen Weinkeller hinten links in dieser Art mauern lassen.« Er deutete mit dem Finger auf die letzte Tür im Gang. »Von einer meiner Baustellen hatten wir noch Ziegel übrig, da hab ich die Jungs hier gleich weitermachen lassen.« Er ließ ein satt krächzendes Lachen hören.

Ben und Kai zogen pflichtschuldig die Mundwinkel nach unten und die Augenbrauen nach oben und nickten anerkennend. Von Dauss drehte sich um und öffnete die erste Tür auf der linken Seite.

»Weinkeller?«, flüsterte Kai Ben zu. »Garantiert hat der eine SM-Höhle da hinten!«

Ben nickte konspirativ.

»Die Polizei meint, dass das eindeutig Profis waren«, sagte von Dauss, als sie den kleinen Keller betreten hatten. Das Licht war hier, im Gegensatz zum Gewölbekeller, so grell, dass Ben einen Moment die Augen zusammenkneifen musste, als von Dauss den Lichtschalter betätigte und eine wuchtige Hängeleuchte mit vier nackten Neonröhren den Raum förmlich erstrahlen ließ. Hier befanden sich zweckmäßige Metallregale, prall gefüllt mit Konserven, Waschmitteln und Getränken, mit denen man einige Wochen wohlgenährt – und mit sauberen Unterhosen – überleben konnte.

»Die haben mir erklärt, dass solche Funkalarmanlagen, wie ich eine hab, relativ leicht auszuhebeln sind.« Er zuckte mit den Achseln. »So'n Scheiß weiß man doch nicht. Hab dem Typen, der mir die angedreht hat, ordentlich den Marsch geblasen.« Er krächzte wieder, und Ben dachte, von Dauss hätte lieber mal seinen Kumpel Uwe fragen sollen. Bei dem hätte er Qualitätsware bekommen.

»Die Einbrecher haben wohl mit so einem Funkstörsender das Teil außer Kraft gesetzt. Dann haben sie das Tor zum Garten geknackt, und als Nächstes das Gitter vor dem Kellerfenster hier verbogen.« Er deutete auf das einzige Fenster im Raum. Das Gitter war an einer Ecke weit nach außen gebogen. »Ganz auf haben sie es nicht bekommen. Trotzdem hat es gereicht, dass sie ein Loch in die Fensterscheibe schneiden und durchgreifen konnten. Säcke!«

»Aber der Fensteröffner hat doch auch ein Schloss«, sagte Ben und deutete darauf.

»Richtig«, entgegnete von Dauss. »Der war auch abgeschlossen.« Er zog verdrossen die Schultern nach oben. »Wenn man unbedingt reinwill, ist der kein Hindernis.«

Ben nickte, und von Dauss berichtete weiter: »Einer der Ganoven ist dann in den Keller geklettert und nach oben gelaufen. In mein Arbeitszimmer.« Er presste die Lippen aufeinander und blies die Backen auf. »Bis nach oben hin war keine Tür mehr abgeschlossen. Wäre ja noch schöner, wenn ich in meiner eigenen Bude alle Türen abschließen muss, oder?« Er wartete die Antwort nicht ab und sagte: »Der hat das Bild einfach von der Wand genommen, ist seelenruhig durch die Verandatür in den Garten marschiert und hat seinem Komplizen das Bild durch so einen kleinen Schlitz zwischen Hecke und Mauer durchgeschoben. Passte gerade da durch, zeige ich euch gleich.«

»Nicht nötig«, sagte Kai feierlich. »Das haben wir schon gesehen.«

»Tja, Jungs. Wie es aussieht, seid ihr dann erst mal im Bilde.« Er machte eine Geste, die eher wie ein Scheuchen als ein Fingerzeig in Richtung Treppe wirkte. »Passt mir gut. Hab gleich den nächsten Termin.«

Zurück im Wohnzimmer, tauschten Ben und von Dauss Visitenkarten und Kai und Isana, die nach wie vor auf dem Sessel saß und ihr Glas in beiden Händen hielt, zuckersüße Blicke. Von Dauss versprach, dass er sich melden würde, sobald sich die Entführer näher zur Übergabe geäußert hätten, zu jeder Tages- und Nachtzeit erreichbar zu sein. Er hoffte dabei inständig, dass es eine Tages- und keine Nachtzeit sein würde. Danach verabschiedete sich von Dauss mit *Ich-quetsch-dir-die-Hand-zu-Mus-Teil-2* und verschwand mit federnden Schritten über die Treppe ins Obergeschoss.

Keine Minute später stand er wieder oben am Geländer der Galerie. In der Hand ein Bündel Geld. »Mann, Jungs! Fast hätte ich die Anzahlung vergessen. Hier, wie versprochen, 5000. Aber dafür erwarte ich, dass ihr euch auch mächtig ins Zeug legt.« Er warf es lässig in Bens Richtung, der eher eine Abwehrreaktion vollführte als eine mannhafte Fangbewegung. Eher zufällig fing er das mit einem Gummiring umwickelte Päckchen trotzdem.

Kai drohten beim Anblick des Geldes die Augen aus dem Kopf zu quellen, und auch Ben war sprachlos. Wer mal einfach so 5000 Euro übers Geländer warf, hatte garantiert noch ein paar Mäuse mehr im Safe. Ben bedankte sich höflich mehrere Male und steckte das Geld in seine Innentasche. Als er hörte, wie Richard von Dauss das zweite Mal die Tür seines Arbeitszimmers hinter sich schloss, sagte Ben: »Tschuldigung, Isana, wenn ich neugierig erscheine … darf ich fragen, was mit deiner Mutter ist?«

»Gestorben«, entgegnete Isana ohne Umschweife. »Vor drei Jahren.«

»Oh, das tut mir leid«, sagte Ben, und Kai nickte betreten.

»Ist sie irgendwo auf den Fotos?«, fragte Ben, dem aufgefallen war, dass eigentlich keine Person, die als Mutter oder Ehefrau durchgehen würde, auf den Motiven zu erkennen war.

»Nee. Dad sagt, dass er das nicht aushalten würde, ihr Bild hier immer zu sehen.«

»Ah, das verstehe ich«, antwortete Ben. »Ich denke, wir gehen. Oder Kai?« Er sah seinen Freund auffordernd an.

»Eins noch«, sagte dieser mit wichtiger Miene. »Hab ich gerade erst dran gedacht. Nur falls aus irgendeinem Grund Ben nicht rangehen kann …« Ben verschraubte die Augen, weil er ahnte, was kommen würde. »Ich schreib dir … also euch … lieber auch mal meine Handynummer auf.« Er tastete von außen seine Jacke ab, als suchte er einen Stift und einen Zettel.

»Tolle Idee«, entgegnete Isana, die aufsprang, zu einer Schublade rannte und mit den nötigen Schreibutensilien zurückkam.

* * *

»Meine Güte! Was ist das denn für ein Umgang mit meinen Klienten?«, brach es aus Ben heraus, als sie wieder draußen waren und in Richtung Auto gingen.

»*Unseren* Klienten«, antwortete Kai. »Ich bekomme schließlich genauso wie du 5000 Schleifen für den Job. Reich mal bitte die zwei-fünf schon mal rüber, bevor da was drankommt.« Er hielt Ben demonstrativ die geöffnete Handfläche entgegen.

»Warte ab, Kollege. Doch nicht mitten auf der Straße. Außerdem bin ich der ausgebildete Privatdetektiv. Und du bist nur der Assistent.«

»Das hättest du wohl gerne, Alter. Kannst du ganz schnell mal vergessen! Ausgebildeter Detektiv!« Er stieß einen schrillen, kurzen Lacher aus. »Dein Kurs geht ja gerade erst drei Monate. Außerdem bist du ja nur eifersüchtig, dass sie nichts von dir wollte.«

»Klar, von dir *wollte* sie natürlich was …« Ben machte eine wegwerfende Handbewegung. »Blödsinn.«

»Alter, gönn mir das ruhig. Die einzige Frau, die in letzter Zeit mit mir geredet hat, ist die Stimme aus meinem Navi.«

Sie hatten das Auto erreicht, und Ben schloss die Tür seines Fords auf, setzte sich in aller Ruhe hinein und zog gemächlich den Verriegelungspinn der Beifahrertür hoch. Für eine Zentralverriegelung war seine Möhre um Jahre zu alt. »Jaja, mach du man«, sagte er und ließ den Motor an. »Lass uns lieber über diesen Ivo reden. Kommt es dir logisch vor, dass der am Montag den Einbruch gesehen hat? Schließlich hat der erst heute Morgen bei mir angerufen.«

»Kann doch sein. Vielleicht hat der gestern den ganzen Tag überlegt, was er machen soll. Zur Polizei konnte er ja schlecht gehen mit seinem Abstandsdingsda.«

»Kontaktverbot«, sagte Ben wichtigtuerisch und fühlte sich, juristische Fragen betreffend, seinem Freund weit überlegen. Dann fuhr er fort: »Ansonsten klingt's logisch. Und ins Hotel ist er vielleicht gegangen, weil er wusste oder zumindest geahnt hat, dass die Einbrecher ihn gesehen haben.«

»Ja, und? Die kennen ihn doch nicht. Wenn die ihn nur gesehen haben, wissen die doch nicht, wer das war.«

»Also, dass Isana von Dauss einen Stalker hat, werden schon einige Leute wissen. Eventuell auch die Diebe, wenn die vorher ihre Hausaufgaben gemacht haben. Herauszufinden, wie der Stalker dann heißt, ist nicht so kompliziert.« Ben stieg heftig auf die Bremse, weil das unvermeidliche B 1-Stauende schneller auf ihn zugerast kam als erwartet. Wieder einmal hatte er beim Nachdenken und Reden seine Fahrweise auf Autopilot gestellt.

»Mann, diese Isana ist ganz schön scharf, oder? Verdammte Hacke!«, meinte Kai.

»Bleib doch bitte *einmal* bei der Sache!«

»Gut«, sagte er beschwichtigend. »Ich fasse mal zusammen. Ivo schlägt sich bei von Daussens in die Büsche und beobachtet den Einbruch. Die Diebe sehen ihn und wollen ihm ans Leder. Er schafft es, sich zu verdrücken. Mist, denkt er, jeder, der ein bisschen Grips hat, findet meinen Namen raus. Also traut er sich nicht nach Hause, sondern marschiert ins Hotel. Dort glotzt er den ganzen Dienstag die Pornosender rauf und runter und überlegt, was er machen soll. Blöde Situation. Und kommt dann auf die Idee, Superhirn Ben Pruss anzurufen, der die Kohlen für ihn aus dem Feuer holen soll.«

»So wird es wohl gewesen sein. Auch wenn ich eher annehme, dass er seine portable Isana-Galerie im Handy rauf und runter geglotzt hat und nicht die Pornosender.«

»Garantiert! Und da er nicht bei dir erschienen ist, kann das vielleicht bedeuten …« Der Verkehr setzte sich langsam in Bewegung, doch Bens Autopilot stand nach wie vor auf der Bremse. Er blickte Kai vielsagend an: »Dass die ihn erwischt haben.«

KAPITEL 2

Das Kapitel, in dem Ben und Kai eine sehr innige Verbindung eingehen und etwas Grausiges aus dem Kleiderschrank fällt.

Gleißendes Licht, wo lange Zeit nur Schwärze war. Seine Augen blieben einige Sekunden blind, dann erkannte er den schemenhaften Umriss einer Person, die vor dem geöffneten Kofferraum stand. Neben ihr wurde langsam ein rosafarbener Abendhimmel sichtbar. Eine goldene, tief stehende Sonne blendete ihn. Er sog gierig die frische Luft ein, die auch sein schweißnasses Gesicht kühlte. Er ahnte es. Zum letzten Mal die Sonne. Zum letzten Mal frische, kühle Luft. »Bitte«, begann er mit trockener Stimme. »Bitte. Ich hab nichts gesehen. Ich werde nichts verraten.«

Die Person vor ihm öffnete schweigend ein Seitenfach im Inneren des Kofferraums. Erst das Reißen eines Klettverschlusses, dann ein Knistern. Eine durchsichtige Plastiktüte kam in sein Blickfeld. »Nein, bitte nicht.« Er weinte, und sein Körper zuckte nutzlos hin und her. Durch den Tränenschleier hindurch konnte er nichts mehr erkennen, doch er spürte, dass die Plastiktüte mit einem Ruck über seinen Kopf gezogen wurde. Wenige Sekunden später hörte er das ratschende Geräusch. Ihm war im ersten Moment nicht klar, was es verursacht hatte. Die Erkenntnis, dass es ein Kabelbinder war, kam so schlagartig, wie ihm in seinem geschrumpften Universum die Luft ausblieb. Alle Schreie, alles Flehen endgültig erstickt. Durch seine Tränen und den Dunstschleier auf der Tüte schimmerte der Himmel über ihm wie ein allumfassendes Feuer. Hölle!, war der letzte Gedanke seines Lebens. Dann das dumpfe Schlagen des Kofferraumdeckels. Dunkelheit.

* * *

Die Adresse des Hotels herauszubekommen, in welchem Ivo Sunstein abgestiegen war, stellte sich als unerwartet simpel heraus. Nichts weiter als eine Fleißarbeit. Ben hatte den Telefonhörer gegriffen, alle Hotels in der Nähe seines Büro/Probenraums angerufen und an den Rezeptionen verlangt, mit Ivo Sunstein verbunden zu werden. Beim dritten Versuch hatte er Erfolg. Der Vermisste war im Cheraton Inn abgestiegen, welches keine zehn Minuten zu Fuß entfernt lag. Der Herr am Empfang setzte ihn darüber in Kenntnis, dass Ivo Sunstein am Morgen das Hotel verlassen habe und seitdem nicht wieder aufgetaucht sei.

»Wir sollten noch bis morgen warten«, sagte er zu Kai, nachdem er aufgelegt hatte. »Wenn er bis dahin nicht wieder aufgetaucht ist, werden wir uns mal in seinem Zimmer umsehen.«

»Oh, oh. Du meinst doch wohl nicht etwa, dass du da mit deinem Universal-Schlüsselsatz einsteigen willst?«

Kai hüstelte gekünstelt und zwinkerte seinem Freund zu.

»Mittlerweile bin ich echt gut darin.« Im letzten Jahr hatte Ben von seinem alten Schulfreund und notorischen Kleinst- bis Kleinkriminellen Uwe die Geheimnisse des »Lockpicking« gelernt – die Kunst, Türschlösser schadfrei zu öffnen. Und seitdem hatte er reichlich trainiert. Wenn auch erst ein einziges Mal unter »echten« Bedingungen, als er beim Varietéfall in die Garderobe eines Künstlers eingestiegen war. »Wohl ist mir bei dem Gedanken nicht, muss ich zugeben.«

»Und was machen wir jetzt?«

»Ich weiß nicht, was du machst. Aber ich habe heute Abend noch einen Auftritt in Hörde und muss mir überlegen, was ich da überhaupt zeige. Ich habe keinen Bock, heute irgendwas Großartiges vorzubereiten«, sagte Ben, der von seinem Platz aufgestanden und zum Fenster gegangen war. Er öffnete es, und eine angenehme Brise durchschnitt den stickigen Mief in seinem Büro/Probenraum. »Ah. Das tut gut.« Er atmete tief ein.

»Mann, Alter!«, grummelte Kai. »Und was ist, wenn sich die Entführer in der Zeit melden, wenn du gerade einen Kartentrick versemmelst?«

Unten auf der Straße saß jemand in einem dunkelblauen BMW und blickte zu Ben hinauf. Der bemerkte seinen heimlichen Beobachter nicht und füllte seine Lungen ein zweites Mal mit feinstem Ruhrpottdunst. »Ach, das ist so'n Charity-Ding. Halbe Stunde für 'nen guten Zweck. Rein. Show. Wieder weg. Und übrigens, bei einem Auftritt hab ich seit Jahren keinen Trick versemmelt. Ich bin Profi!«

Die Person im BMW griff in ein schwarzes Ledermäppchen, welches neben ihr auf dem Beifahrersitz lag, und holte einen Computerausdruck daraus hervor. Ihr Blick wechselte zwischen dem Ausdruck und Ben hin und her.

»Wird wohl keiner anrufen in der Zeit ... Hoffe ich zumindest.«

»Na, hoffen wir beide mal. Lass bloß bei der Show dein Handy an«, entgegnete Kai, während Ben das Fenster wieder schloss.

»Jaja. Läuft schon. So, und jetzt raus hier. Ich muss auch noch mein Hemd bügeln.«

Die Person im BMW nickte und legte die Mappe zurück auf den Beifahrersitz.

* * *

Richard von Dauss hatte sich weder am Abend noch in der Nacht bei Ben gemeldet. Zum Glück, denn Ben hatte gedankenverloren und lampenfiebergepeinigt sein Handy kurz vor dem Auftritt auf stumm geschaltet und bis zum Morgen um 05:05 Uhr nicht mehr daran gedacht. Dann war die Erinnerung mitten im schönsten Schlummer mit einem Hammerschlag über ihn hereingebrochen. »Lass ihn nicht angerufen haben. Lass ihn bloß nicht angerufen haben«, hatte er mehrfach gewimmert, während er im Dunkeln nach seinem Handy tastete. Danach war, trotz tonnenschwerer Erleichterung, an Schlaf nicht mehr zu denken gewesen.

Ivo Sunstein war nicht wieder aufgetaucht. Ben hatte es um acht und dann noch einmal kurz vor elf versucht. Gerade wollte er Kai denselben unausgegorenen Schlachtplan wie am vorherigen Nachmittag machen, Ivo Sunsteins Hotel zu besuchen, als sein Handy klingelte.

»Von Dauss hier«, donnerte der Anrufer. »Es geht los. Die Ganoven haben angerufen und mir mitgeteilt, dass ich gleich weitere Angaben erhalten werde, wann und wo die Übergabe vonstattengehen soll.«

»Sehr gut«, sagte Ben, der die Gefühlsexplosion in seinem Bauch alles andere als sehr gut fand. Er drehte sich zu Kai, der, wie er selbst, am Küchentisch saß und mit seinem dritten Frühstück und irgendeiner Tipp-und-Klick-Arbeit am Laptop beschäftigt war. Ben riss die Augen auf und verzog den Mund zu einem stummen Schrei. Er legte die Brötchenhälfte, in die er gerade reinbeißen wollte, zurück auf den Teller. Ihm war der ohnehin nur mäßige Vormittagsappetit vergangen. Sollte der doch ruhig übergangslos in einen ohnehin nur mäßigen Mittagsappetit hinübergleiten. »Wir machen uns gleich auf den Weg, Herr von Dauss. Haben die Diebe noch irgendwas gesagt?«

»Kein Wort. Ich habe nur schon mal erwähnt, dass ich zwei Leute schicken werde. Darauf wollte der Typ sich zuerst nicht einlassen. Als ich klarstellte, dass Sie mein Unterhändler sind und Ihr Kollege ein Kunstexperte, der die Echtheit des Bildes bestätigen soll, hat er eingelenkt.«

»Ich weiß Bescheid. Dann bis gleich«. Er legte auf und blickte Kai mit aufgeregter Miene an. »Na, dann los, du Kunstexperte.«

* * *

Erst um dreizehn Uhr klingelte das Telefon bei Richard von Dauss erneut. Seit sie gegen halb zwölf beim Haus der von Dauss' eingetroffen waren, saßen Ben und Kai gelangweilt auf der Couch herum und spielten mit ihren Handys. Richard von Dauss hatte ihnen nur kurz die Plätze zugewiesen und eine Flasche Wasser mit zwei Gläsern hingestellt. Dann war er ins Obergeschoss verschwunden, um zu arbeiten. Diesmal roch es weder zart nach Limone, noch war eine dezente Musikuntermalung aus den versteckten Lautsprechern zu vernehmen. Zu Kais Missfallen war zudem weit und breit keine Isana zu sehen, die ihm mit ihren zuckersüßen Blicken den Kopf verdrehen konnte.

Im Obergeschoss klingelte das Telefon. Gleich darauf öffnete sich die Tür von Richard von Dauss' Arbeitszimmer, und er eilte mit dem hoch über seinen Kopf erhobenen Mobilteil die Treppe hinunter. Beim dritten Klingeln nahm er das Gespräch an und meldete sich mit einem tonlosen »Hallo?«. Er nahm das Telefon vom Ohr und drückte den Knopf für die Freisprecheinrichtung. Eine derbe Männerstimme ohne vernehmbaren Akzent brummte: »Setzen Sie sich ins Auto und fahren Sie nach Bittermark. Ecke Lots Siepen und Bittermarkstraße stellten Sie Ihr Auto ab. Gehen Sie den Waldweg hinter der Schranke entlang. Immer geradeaus. Ungefähr nach zehn Minuten finden Sie einen Baum mit einem Pfeil. In diese Richtung gehen Sie weiter. Dann kommen Sie ans Ziel. Keine Handys, keine Polizei. Sollten wir das Gefühl haben, irgendwas ist nicht in Ordnung, verschwinden wir, und Sie hören nie wieder von uns. Haben Sie das verstanden?«

Ben, der mit zittrigen Fingern die simplen Anweisungen mitgeschrieben hatte, nickte stumm mehrere Male in von Dauss' Richtung.

Dieser beachtete ihn gar nicht und antwortete: »Natürlich. Ich bin ja nicht blöd. Wie es mit Ihnen steht, bin ich mir allerdings nicht sicher. Ich habe beim letzten Telefonat laut und deutlich vermittelt, dass nicht *ich* kommen werde, sondern mein Unterhändler zusammen mit einem sachverständigen Kunstprofessor.«

»Die sollen sich beeilen«, sagte die Stimme am anderen Ende lapidar. Dann wurde aufgelegt.

Ein paar Sekunden blieb es still im Raum, niemand rührte sich. Ben stellte fest, dass er die Luft angehalten hatte, und gab sich jetzt Mühe, nicht allzu lautstark Luft zu holen. Gerne hätte er über den *Kunstprofessor Siebert* gelacht, doch das musste warten. Er war zu nervös und sehnte sich nach seinen Rescuetropfen, die er immer in der Jackentasche mit sich trug. Gleich im Auto würde er sich eine ordentliche Portion davon einverleiben. Bis dahin musste er Stärke, Tatendurst und Energie vortäuschen. »Na, dann mal los!« Er klatschte in die Hände. »Wo ist das Geld?«, fragte er.

»Da drüben, im Rucksack.« Von Dauss zeigte auf einen schwarzen Wanderrucksack, der schon die ganze Zeit auf dem gefliesten Boden neben dem Fernseher gestanden hatte. Von Dauss ging hin, öffnete den Reißverschluss und zeigte Ben und Kai den Inhalt. »30.000 Euro. Wie besprochen.«

Ben wünschte sich, von Dauss hätte ihm das Geld nicht gezeigt. Jetzt, da er die 30.000 in glatten Bündeln aus Fünfzig-Euro-Scheinen mit eigenen Augen gesehen hatte, drohten seine Beine unter ihm schlappzumachen. Sein Mund wurde trocken, und es piepste in seinen Ohren. »Okay, geben Sie her«, sagte er mit weit mehr Entschlossenheit in der Stimme, als er fühlte, dann blickte er auf seine Notizen. »Ich kenne das. Da ist ein kleiner Parkplatz direkt am Wald.«

»Na, dann los«, sagte von Dauss. »Bringen Sie meinen Schatz zurück! Und dass da bloß nichts drankommt, sonst …« Er ließ das Ende des Satzes unausgesprochen. Dann griff er in seine Hosentasche und fischte einen Autoschlüssel hervor, den er Ben vor die Nase hielt.

»Ach so. Sollen wir mit Ihrem Auto fahren?«, fragte dieser irritiert.

»Vor der Tür steht ein Mercedes Vito Transporter. Oder wollen Sie das Bild zusammenfalten und in ihrem Fiesta durch die Gegend schaukeln?«, antwortete Richard von Dauss ohne einen Anschein von Humor in der Stimme.

Oh Mann, Ben hatte vollkommen vergessen, dass der Schinken riesig war. Am liebsten hätte er sich eine Ohrfeige verpasst, und auch Kai guckte, als ob er es ihm liebend gern gleichtun würde.

»Natürlich nicht«, gab er kleinlaut zurück und nahm den Schlüssel an sich.

* * *

Der Parkplatz war zu dieser Tageszeit nur spärlich genutzt. Die Jogger und Hundebesitzer, die morgens ihre Runde hier starteten, waren lange verschwunden, und für die Abendrunde war es zu früh. Ben parkte den Lieferwagen direkt an der besagten Schranke. Der mit feinem Splitt ausgelegte Weg dahinter zog sich einige Hundert Meter schnurgerade in den Wald hinein und machte dann eine Biegung nach rechts. Ben wusste, dass man, wenn man ihm ganz bis zum Ende folgte, nach einer knappen halben Stunde auf der anderen Seite des Parkplatzes wieder rauskam.

Sie legten ihre Handys ins Handschuhfach und stiegen aus. Obwohl es seit ein paar Tagen nicht mehr geregnet hatte, roch die Waldluft feucht und erdig. Stille umgab sie. Weder regte sich ein Baum, noch zwitscherte ein Vogel. Kai war auf der Fahrt hierher ungewöhnlich still gewesen. Ein Blick in sein Gesicht zeigte Ben, dass er ebenfalls angespannt war. Wenn ich doch wenigstens eine Knarre hätte, ging es Ben durch den Kopf, doch er verwarf den Gedanken gleich wieder und bezweifelte, dass sich dadurch sein Sicherheitsgefühl nennenswert steigern würde. Wahrscheinlich würde er sich nur selbst in den Fuß schießen.

Kai kam mit dem Rucksack in der Hand zu ihm herüber. Während der Fahrt hatte dieser zwischen Kais Füßen gelegen und durch seine bloße Anwesenheit auf Bens Gemüt gedrückt. »Hier, nimm du den. Ich bin ja nur der Assistent.«

Ben griff nicht sofort nach ihm, sondern sagte: »Genau, und ein Assi ist nun mal zum Schleppen da.« Keiner von ihnen lachte über diesen Gag. Ben griff nach dem Rucksack und schnallte sich ihn auf den Rücken. »Busenfreunde auf Wanderschaft. Ganz einfach«, sagte er freudlos, und sie setzten sich schweigend in Bewegung.

Niemand kam ihnen entgegen, niemand folgte ihnen. Trotzdem schauten sie sich bei jedem Knacken, bei jedem Rascheln in alle Richtungen um. Ben hielt nicht erst nach zehn Minuten Wanderung nach einem Pfeil Ausschau, sondern bereits nach zehn Metern. Als er dann, aus leuchtend roter Pappe geschnitten und an eine dicke Eiche gepinnt, vor ihnen am Wegesrand auftauchte, stöhnten Ben und Kai gleichzeitig auf. Sie blieben einen Moment stehen und blickten den Pfeil entlang, der mitten in den Wald deutete. Die ersten fünfzig Meter handelte es sich um recht hellen Laubwald, dahinter folgte ein Abschnitt, welcher eng mit Fichten bewachsen war und nur wenig Licht vom trüben Nachmittagshimmel durchließ. Sie verließen den Weg und machten sich auf ins Dickicht.

Der Boden war weich und feucht, und ihre Schuhe sanken tief in Laub und Moos. Bei jedem Schritt raschelte es so laut, dass kein anderes Geräusch mehr wahrzunehmen war. Ben fühlte sich mit jedem weiteren Meter schutzloser und angreifbarer. Er hatte das Gefühl, beobachtet zu werden. Jedoch, wenn er sich umsah (was er fast unaufhörlich tat), fand er hierfür keinerlei Anzeichen.

Als sie die scharfe Kante erreichten, die den Laub- vom Nadelwald trennte, blickten sie sich wortlos an. Ben nickte. Kai nickte zurück, dann taten sie den nächsten Schritt unter den finsteren Baldachin der Fichten. Da die Bäume hier nicht natürlich gewachsen waren, war es ein Leichtes für sie, der schnurgeraden Bewachsung zu folgen. Der Boden war hier deutlich fester und das Gehen weit weniger anstrengend. Trotzdem kamen sie merklich aus der Puste, weil der Hang leicht anstieg. Wenn sie sich umdrehten, konnten sie den Schotterweg, von dem sie abgebogen waren, schon nicht mehr erkennen. Bis auf ihr eigenes Atmen und ihre Schritte war nichts zu hören. Kein Vogel sang, kein Wind wehte. Das Tageslicht war nur durch einige winzige Löcher im Ästegeflecht der Bäume zu erahnen.

So groß und weit der Wald an dieser Stelle auch wirkte – plötzlich war er zu Ende, und sie trafen auf einen weiteren Waldweg. Die beiden Fahrrinnen zeigten eine breite, frische Reifenspur. In dem Streifen dazwischen wucherte üppiges Gras. Sie sahen sich zu beiden Seiten um. Hinter einer Biegung in knapp zweihundert Metern Entfernung erkannte Ben so etwas wie einen Holzverschlag.

»Da scheint es zu sein«, sagte Kai und setzte sich in Bewegung, ließ Ben aber nach wenigen Schritten den Vortritt. »Ist besser, wenn ich den ängstlichen Professor mime. Mach du den knallharten Detektiv. Aber treib es nicht zu wild.«

Ben grummelte verschnupft und ging weiter, ohne sich umzudrehen.

Der Holzverschlag stellte sich bei näherer Betrachtung als die schmale Außenwand einer durchaus schmucken Waldhütte heraus. Daneben parkte ein Auto, welches komplett von einer blauen Plane abgedeckt war. Die Hütte war aus dunklem Holz gezimmert und hatte ein spitzes Dach, welches zur Vorderseite über einer kleinen Veranda auslief. Zwei bequem anmutende Stühle und ein derber Holztisch vermittelten eine Gemütlichkeit, die Ben in diesem Augenblick nicht nachvollziehen konnte. Drei viereckige Fenster mit kunstvollen Schnitzereien an den Läden rundeten das Bild eines romantischen Fleckchens ab. Unter anderen Umständen wäre Ben gerne hier gewesen. Er dachte kurz an Jenny, dann bemerkte er die Tür in der Mitte der Veranda. Sie stand einen Spaltbreit offen.

»Na dann. Rein da«, sagte Ben. Er betrat die Veranda und blickte durch eines der Fenster. Viel war in dem dunklen Raum dahinter nicht zu erkennen. Erst recht kein Bilderdieb und keine Mitchell. Er lief zur Tür und drückte sie vorsichtig auf. Gerade als er anhob, um »Hallo« zu rufen, stellte er fest, dass er direkt in den Doppellauf einer Flinte blickte.

* * *

Kai machte einen weiten Ausfallschritt nach rechts hinter den Türrahmen, Ben blieb wie festgenagelt stehen und blickte dem maskierten Mann in die Augen, welche ihn verkniffen aus einem mit einer Sturmmaske getarnten Gesicht anstarrten. Der Typ wirkte bullig und untersetzt.

Dumpfbacke, dachte Ben und wunderte sich selbst über die Worte, die dann aus seinem Mund kamen. »Wir sind hier, um ein Geschäft zu machen. Sie können die Knarre runternehmen.« Er fühlte sich ein bisschen wie Walter White.

Bens klare Worte zeigten Wirkung. Dumpfbacke nahm das Gewehr zwar nicht herunter, richtete den Lauf jedoch auf einen Punkt neben Ben und Kai. Dann fiel Ben ein zweiter Mann auf, der sich weiter hinten im Dunkel des Flurs verborgen hielt. Auch dessen Gesicht war unter einer Sturmmaske verborgen, und er trug, wie Dumpfbacke, einen olivfarbenen Parka, eine dunkle Trekkinghose und schwarze Arbeitsschuhe. Er ging gemächlich einige Schritte auf Ben und Kai zu. Er war deutlich größer als der andere. Drahtig und muskulös. »Nehmt die Hände hoch«, befahl er, und beide taten ihm den Gefallen.

Der Oberboss, dachte Ben. Hat Dumpfbacke garantiert eben noch eingetrichtert, dass der die Fresse halten soll. Ben hob seine Hände in Schulterhöhe, Kai hatte sie in voller Länge kerzengerade zum Himmel gereckt, als wollte er ohne Höckerchen eine Glühbirne unter der Decke auswechseln. Zaghaft tat Kai aus seiner zweifelhaften Deckung einen Schritt ins Haus und stellte sich neben Ben. Er berührte Bens Jacke leicht an der Seite, und dieser bemerkte, wie sein Freund förmlich schlotterte vor Angst. Er selbst fühlte sich merkwürdigerweise ganz passabel. Hier ging es um ein Geschäft. Niemand war daran interessiert rumzuballern. Hoffentlich.

Oberboss kam auf sie zu und tastete sie nach Waffen ab. So gründlich, dass danach garantiert geklärt war, dass sie keine Handgranate in der Achselhöhle oder ein Rambomesser in der Arschritze versteckt hielten. Dumpfbacke ließ sie keine Sekunde aus seinen speckigen Augen. »Ist das Geld im Rucksack?«, fragte Oberboss.

Nein, du Idiot, da ist unser Campingkocher und das YPS-Leichtzelt drin, dachte Ben. »Ja«, antwortete er stattdessen und fuhr fort: »Wir wollen erst das Bild sehen.«

Oberboss nickte, ging einen Schritt zurück ins Dunkel und wies mit dem Kopf in Richtung der Tür links von ihnen.

Ben senkte die Arme, setzte sich langsam in Bewegung und merkte erst, als er sich schon fast im anderen Raum befand, dass Kai ihm nicht gefolgt war. Er drehte sich zu ihm um und sah, dass der, noch heftiger zitternd, nach wie vor die Schwelle der Eingangstür platt trat. »Kommen Sie, Herr Professor. Keine Angst. Es wird nichts passieren.« Er drehte sich zu den Maskierten um. »Wir sind doch alles zivilisierte Menschen, oder?«

Zaghaft setzte Kai sich in Bewegung und folgte ihm mit wackligen Schritten.

Sie betraten einen Raum, der sich als weitaus geräumiger herausstellte, als er von außen gewirkt hatte. Die hintere Wand gab ein stattliches Panoramafenster preis, dass einen malerischen Blick auf den Wald erlaubte. Im Vordergrund lag ein kleiner, künstlich angelegter Teich mit Seerosen und einer fein geschwungenen Uferlinie, bepflanzt mit irgendeinem Grünzeug, was Ben bestenfalls als Dünengras bezeichnen würde. Eine gemütliche, dunkelbraune Ledercouch stand vor einem tiefen Couchtisch aus Eichenholz, daneben ein passender Sessel mit Fußhocker, auf dem eine behaglich anmutende Wolldecke lag. Jedes Waidmannherz hätte nach einem anstrengenden Jagdausflug bei diesem Anblick höhergeschlagen. Ein aus Natursteinen gemauerter Kamin zierte die linke, hölzerne Außenwand. Ben bemerkte das rauchige Aroma, das schwer, aber durchaus passend, in der Luft hing. An beiden Seiten neben dem Kamin hingen alte Bilder von Jagdgesellschaften und, wie es sich gehörte, einige Hirschgeweihe sowie eine ausgestopfte Eule und ein weiteres Tier, das Ben nicht zuordnen konnte. Vielleicht ein Hermelin oder Opossum?

Es war ihm egal, denn in diesem Moment erkannte er an der rechten Wand lehnend eine Leinwand mit undefinierbaren Farbschmierereien, die er unschwer als das halbe Million schwere »Meisterwerk« von dieser Joan Dingsbums wiedererkannte. Verdammt wuchtig erschien es ihm mit seiner Breite von über zwei Metern. Er drehte sich zu Kai um, der nach wie vor die Hände erhoben hatte und abwechselnd zwischen dem Gewehrlauf, Oberboss und Dumpfbacke hin und her spähte.

»Herr Professor?«, setzte Ben an, doch Kai zeigte keine Reaktion. Ben hüstelte vernehmlich. »Herr Professor. Dürfte ich Sie freundlichst ersuchen, das Bild auf seine Echtheit zu überprüfen?«

»Waaa?«, gab Kai mit bebender Stimme von sich. »Ach ja. Klar … Ich werde mir dann mal die Echtheit des Bildes angucken.« Ohne das Gewehr, dessen Lauf meilenweit neben ihn zeigte, aus den Augen zu lassen, bewegte er sich in Richtung des Jahrhundertwerks. Um den starren Blick aufrecht halten zu können, musste er schon bald mehr rückwärts als vorwärts laufen. Unter anderen Umständen hätte Ben dieses Verhalten seines Freundes lautstark abgefeiert.

Momentan wollte er nur möglichst zügig fertig werden und war fast froh, als Oberboss das Wort ergriff und rief: »Beweg mal deinen Arsch ein bisschen schneller und scheiß dich nicht ein vor Angst.«

Kai gehorchte, schiss sich nicht ein und drehte sich anmutig in Richtung des Bildes. Er berührte es fast mit der Nase, betrachtete es von vorne wie hinten und kommentierte dann: »Jau. Ist echt.«

»Sind Sie sicher?«, fragte Ben, der sich im Geiste eine eloquentere Expertise ausgemalt hatte.

»Natürlich ist das echt«, grunzte Oberboss. »Und jetzt die Kohle her.« Ben machte Anstalten, den Rucksack vom Rücken zu streifen, doch Oberboss stoppte ihn. »Schön still bleiben.« Er tat einen Schritt auf Ben zu und zog den Beutel eigenhändig ab. Dann riss er ihn an der Kordelklemme auf, nahm nacheinander die Bündel heraus und prüfte sie zwischen den behandschuhten Fingern. »Euren GPS-verseuchten Rucksack könnt ihr behalten«, grummelte er, zog einen Stoffbeutel aus seiner Jackentasche und stopfte die Bündel dort hinein.

Ben und Kai sahen sich fragend an. Ob im Rucksack tatsächlich ein GPS-Sender versteckt war, wussten sie nicht, aber es würde von Dauss ähnlichsehen. Oberboss nickte Dumpfbacke zu und schob seinem Komplizen den Stoffsack entgegen, der ihn, wie ein Rotzbengel seinen Teddy, vor die Brust drückte und den Eindruck erweckte, den wertvollen Schatz nie wieder loslassen zu wollen.

»An die Wand da«, befahl er Ben und Kai in einem Tonfall, der keinen Widerspruch duldete.

»Der Deal ist gelaufen. Wir nehmen das Bild und verschwinden«, entgegnete Ben, einen zarten Widerspruch anbringend.

Dumpfbacke richtete sich demonstrativ auf und wirkte zum ersten Mal länger als breit. Dann lenkte er den Lauf seiner Waffe genau auf Ben. Oberboss griff in seine hintere Hosentasche und förderte ein Paar Handschellen zutage. Er schritt auf Ben zu und schubste ihn in Richtung der seitlichen Wand. »Ihr bleibt noch etwas hier.« Bei diesen Worten griff er Bens linkes Handgelenk und ließ die Handschelle darum einrasten. Ben hatte nicht vor, sich zu wehren – er war heilfroh, dass das Kommando »an die Wand« nicht das bedeutete, was er eine Sekunde lang mit Schrecken vermutet hatte. Oberboss zog ihn zu einem dünnen Rohr, welches oben aus der Wand kam und unten im Boden verschwand. Ben war dieses Rohr bisher gar nicht aufgefallen. Oberboss zog die Handschelle hinter dem Rohr her und winkte Kai zu sich heran, der langsam und erneut gehörig zitternd auf Oberboss zutrat und ihm freiwillig sein rechtes Handgelenk anbot. Sekunden später schnappte die zweite Raste der Handschelle zu. Die beiden Bittermark-Pilger waren getreulich, Seit an Seit, ans Rohr gefesselt.

Oberboss drehte sich zu Dumpfbacke um und bedeutete ihm mit einem Kopfnicken in Richtung Tür, dass damit die Angelegenheit erledigt sei. Dieser ließ den Gewehrlauf sinken und setzte sich in Bewegung.

»Hey«, rief Ben ihnen hinterher. »Ihr könnt uns doch nicht hier zurücklassen.« Ohne ein Wort der Erwiderung verschwanden die beiden mit dem Geld.

Ben und Kai sahen sich ratlos an und Ben hob bereits dazu an, wild an Rohr und Handschelle zu zerren, als sich die Tür erneut öffnete. Oberboss war zurückgekommen. In seiner Hand trug er einen Eisklotz von etwa zehn Zentimetern Kantenlänge, den er Ben und Kai vor die Füße legte, dann drehte er sich um und verschwand für immer.

* * *

»Was soll der Scheiß«, stöhnte Ben, als sie hörten, wie draußen ein Motor aufhustete. Er tippte ungeduldig mit der Schuhspitze an den Eiswürfel.

»Ich glaube, ihr spinnt, ihr Säcke! Kommt gefälligst zurück!«, schrie Kai, der, nachdem das Autogeräusch langsam verebbte, zu neuer Tapferkeit gefunden hatte.

Ben bückte sich und betrachtete den Eisklumpen aus der Nähe. »Da ist der Schlüssel drin«, sagte er mit ungläubiger Stimme.

»Was, Alter?« Auch Kai ging in die Hocke und betrachtete den Eisblock genauer. Es stimmte. In seiner Mitte, umschlossen von zentimeterdickem Eis, war ein kleiner Schlüssel zu erkennen. »Die ticken ja wohl nicht richtig. Ich will hier weg.« Er versuchte, den Eisklotz mit seiner freien linken Hand zu greifen, doch er glitt ihm aus den Fingern, ohne dass er sich auch nur einen Zentimeter vom Boden gelöst hätte.

»Pass auf«, sagte Ben. »Halte du den Klotz mit den Füßen fest, ich trete drauf.«

Gesagt, getan. Kai setzte sich auf den Boden und klemmte den Klotz zwischen seinen Schuhen ein. Den gefesselten Arm dabei nach oben gereckt, um seinem Freund zu ermöglichen, stehen zu bleiben und so eine größere Trittkraft zu entwickeln. Ben hob den rechten Fuß und trat mit Karacho auf den Eisklotz, der den Versuch, ihn zu brechen, mit einem fast verschämten *Bums* quittierte.

Ben schrie vor Schmerzen auf und hüpfte wild auf dem anderen Bein herum. »Verdammte Scheiße«, brüllte er. »So geht das nicht. Wir müssen warten, bis das Ding geschmolzen ist.«

»Vergiss es, Alter«, rief Kai. »Das kann Stunden dauern.«

»Setz dich doch drauf auf das Ding, dann geht es schneller«, entgegnete Ben schnippisch.

»Klar. Ich fang an, den Schlüssel auszubrüten und mir 'nen nassen Arsch zu holen. Das kannst mal schön du machen.« Er trat beleidigt mit der Hacke seines Fußes auf den Block. »Außerdem bist du auch dicker als ich, dann geht es noch schneller.«

»Dicker? Ich bin doch nicht dicker als du. Spinner!«, sagte Ben, der wusste, dass er dicker als Kai war. Missmutig setzte er sich. »Mutiger wohl, aber nicht dicker. Hast ja gerade ganz schön die Show gemacht.« Er zitterte mit Armen und Beinen und verzog sein Gesicht zu einem entsetzten, stummen Schrei.

»Genau. Show!«, blökte Kai zurück. »Du glaubst doch nicht, dass ich *wirklich* Angst hatte.« Er schüttelte den Kopf, dann sprang er auf. »Ich warte hier nicht stundenlang!« Er reckte sein rechtes Bein so hoch, wie es einem unsportlichen Computernerd außerhalb seiner Komfortzone möglich war, und stampfte mit Wucht auf den bisher nicht signifikant geschrumpften Eisklotz. Er traf ihn an der Seite, und sein Fuß rutschte ab. »Scheiße«, konnten beide noch gemeinsam rufen, als sie zusehen mussten, wie der Klotz auf einer langsam schmelzenden Wasserschicht vorbei an Sessel und Ledercouch über den Holzboden glitt und wie ein perfekt platzierter Curlingstein direkt vor dem Kamin zum Liegen kam.

* * *

Einige Sekunden war es still, und beide starrten entgeistert an die unendlich weit entfernte Stelle in der Galaxis, aus der sie der kriminelle Eisklumpen teuflisch anfunkelte.

»Ich. Raste. Aus«, sagte Ben in einem Tonfall, der so gelassen und kaltblütig klang, dass eine Gänsehaut auf Kais Unterarm sichtbar wurde.

»Oh«, sagte dieser mit einiger Bestürzung und hielt es dann für schicklich, wieder den Mund zu halten.

»Ich raste aus!«, wiederholte Ben, diesmal mit deutlich mehr Schwungkraft in der Stimme. »Klasse, du Arsch. Und was sollen wir jetzt machen?« Er rüttelte am Rohr, welches genauso stoisch desinteressiert blieb wie der Brocken drei Meter von ihnen entfernt.

»Warte mal«, sagte Kai, legte sich flach auf den Boden und streckte seinen Körper so lang aus, wie es nur möglich war. Dann zappelte er in gut fünfzig Zentimeter Entfernung vom Eisklotz mit den Füßen herum, ohne diesen auch nur annähernd zu erreichen.

Ben schüttelte resigniert den Kopf. Dann legte er sich ebenfalls auf den Fußboden, streckte die Füße aus und tat es Kai gleich. Aus der Luft hätten sie ausgesehen wie zwei Irre, die sich die dümmstmögliche Stelle für einen Schneeengel ausgesucht hatten. Ben reichte bis auf knappe vierzig Zentimeter an den Klotz heran. Wenn uns jetzt jemand beobachtet, ging es ihm durch den Kopf. Und gleich darauf: Wir werden hier verhungern. Aber vorher fresse ich den Siebert auf, das schwöre ich!

Eine gute Minute strampelten und zerrten sie herum, bis sie einsahen, dass es nutzlos war. Auf diese Weise würden sie nicht an den Schlüssel kommen.

»Mann, Siebert. Jetzt haben wir die Kacke mal so richtig am Dampfen.«

»Irgendwann wird uns von Dauss vermissen. Und wenn in dem Rucksack tatsächlich ein GPS-Sender versteckt ist, muss er uns noch nicht mal suchen.«

Ben grummelte genervt. »Lass uns mal umdrehen und versuchen, das Rohr aus der Wand zu reißen. Vielleicht bricht es ja, wenn wir beide daran ziehen?«

Sie drehten sich um und griffen mit allen vier vorhandenen Händen das Rohr in Höhe der Wandmitte. »Wir stoßen uns an der Wand ab, dann haben wir einen größeren Hebel«, sagte Ben und stemmte sich mit den Füßen an der Vertäfelung ab.

Kai tat es ihm gleich, und beide zerrten unter Ächzen, Stöhnen und Scheiße-Rufen am Rohr. Es brach nicht, doch zumindest bog es sich um einige Zentimeter ins Rauminnere.

»Warte. Wenn ich den Arm zwischen Rohr und Wand durchstecke, kannst du dich länger machen. Dann kommst du vielleicht an den Klotz heran«, sagte Kai und schob seinen an Ben gefesselten Arm fast bis zur Schulter durch den Spalt. Danach senkte er seinen Körper so weit hinab, wie es der nach unten hin wieder enger werdende Spalt zuließ. Ben legte sich auf den Boden und wand sich so weit nach vorne, wie es eben möglich war. »Tiefer, Siebert. Tiefer!«, rief er, als er verzweifelt erkannte, dass seine Füße noch immer nicht an den Klotz heranreichten. »Du musst noch tiefer kommen.«

»Alter, mein Arm wird schon eingequetscht«, beschwerte sich Kai und drückte sich gleichzeitig mit aller Kraft weiter in Richtung Boden. Es fehlte nicht mehr viel.

Bens rechter Fuß erreichte den Eisklotz. Er drückte ihn an der vorderen Kante mit der Schuhspitze nach unten. Der Brocken kippte auf die Vorderseite und somit gute zehn Zentimeter näher an sie heran. Ben, der mittlerweile befürchtete, dass seine Schulter auskugeln würde, ließ ein erleichtertes Stöhnen hören. »Das kostet einen, Siebert.«

Der Rest war ein Kinderspiel. Ben zog den Klotz zwischen beiden Füßen so weit in seine Richtung, dass er ihn mit der freien Hand erreichen und zu sich ziehen konnte. »Wir machen es auf meine Weise!« Er griff in die Innentasche seiner Jacke und zog einen Plastikkugelschreiber daraus hervor. »Eispickel«, sagte er und fing an zu hacken.

Wie sich herausstellte, dauerte die Kombination aus Hacken, Hauchen, Reiben und Gutzureden über eine Stunde. Als sie sich endlich befreit hatten und Ben die Handschelle samt Schlüssel für den Eigenbedarf eingesteckt hatte, schnappte er sich die Wolldecke vom Lederhocker und warf sie über das Gemälde. Weder er noch Kai hatten sich Gedanken über den Rücktransport zum Auto gemacht. Jetzt war der Schinken wenigstens notdürftig eingeschlagen. »Nicht, dass da noch was drankommt.«

»Echt! Sonst reißt der Dauss uns den Arsch auf«, entgegnete Kai, und Ben ergänzte: »Aber richtig!«

»Und wir müssen nicht mal durch den Wald zurück. Wenn wir auf dem Weg bleiben, kommt irgendwann eine Abzweigung zum Wanderweg.«

»Busenfreunde auf Wanderschaft mit Bild«, sagte Ben. »Na, dann mal los!«

* * *

Knapp eine Stunde später kam das Bild bei seinem rechtmäßigen Besitzer an. Von Dauss öffnete die Eingangstür just in dem Moment, als der weiße Lieferwagen am Ende der Straße um die Ecke bog.

»Na endlich, Kollegen!« Von Dauss strahlte über das ganze Gesicht, als Ben die Schiebetür des Wagens öffnete und die halbmillionenschwere Kleckserei breit lächelnd präsentierte. Von Dauss hatte nur Augen für sein Bild. Ben und Kai würdigte er keines Blickes. Isana drückte sich neben Richard von Dauss durch die Tür und klatschte triumphierend in die Hände.

Kai, der die Fahrt über eher still gewesen war, trat strammen Schrittes vor und ergriff das Wort: »War ein schönes Stück Arbeit, Ihr Schätzchen wiederzubekommen.« Der Duktus seiner Stimme erinnerte Ben an den Mann aus der Jever-Werbung, der schwor, niemals ein anderes Bier zu trinken. Als Steigerung entfuhr ihm ein kehliges Lachen. »Die dachten, sie wären harte Hunde. Aber wir waren ein Stückchen härter, oder, Ben?«

Bevor Ben gezwungen war, auf diesen Stuss auch noch eine passende Antwort zu präsentieren, ergriff von Dauss das Wort: »Behaltet's für euch!« Er machte eine Handbewegung, die deutliches Desinteresse ausdrückte. »Tragt die gute Mitchell ins Haus, und ich rufe die Polizei an. Wir treffen uns mit denen im Wald, solange die Spur noch heiß ist.« Er drehte sich um und verschwand ohne ein Wort des Dankes ins Innere des Hauses.

»Kommst du auch mit?«, fragte Kai, den von Dauss' Verhalten offensichtlich nicht störte, an Isana gewandt. Heute trug sie einen roten, kurzen Rock und schwarze Pumps und sah eher nach Party aus als nach Diebesnest. Kai fiel es sichtlich schwer, ihr nicht auf die Beine zu schielen, und auch Ben spürte, wie seine Augäpfel magisch in tiefere Gefilde gelenkt wurden.

»Nein, danke. Wirklich nicht«, sagte sie und winkte lächelnd ab. »Musst du denn unbedingt mit? Wir zwei könnten doch hierbleiben und warten, bis alle wiederkommen.« Ihr Blick funkelte erwartungsvoll.

»Eigentlich …«, setzte er zur Antwort an, doch Ben schnitt ihm das Wort ab.

»Leider ja. Er ist ja ein wichtiger Zeuge. So, und nu pack an.«

* * *

Zwei Beamte in einem Streifenwagen und ein Kriminalkommissar in einem Zivilfahrzeug – einem silbernen Skoda Roomster – warteten bereits, als die Dreiergruppe den Parkplatz erreichte.

»Sie hätten sich *vor* der Übergabe bei uns melden sollen, Herr von Dauss. Wie abgesprochen«, sagte der Kommissar ohne einen Gruß, drückte sich von der Fahrertür ab, an der er gelehnt hatte, und trat strammen Schrittes auf sie zu. Mit einer Geste, mit der böse Hexen Geschwisterpärchen in Lebkuchenhäuser lockten, signalisierte er den Polizisten, dass sie aussteigen sollten.

»Tag erst mal, Herr Kottan«, sagte von Dauss mit finsterer Stimme und einem noch finstereren Blick. »Was ich in Bezug auf ein 500.000 Euro teures Gemälde entscheide, welches mir gehört, ist meine Sache. Was Sie gerne hätten oder nicht, ist mir so egal wie die Farbe Ihrer Unterhose. Konzentrieren Sie sich einfach darauf, Ihre Arbeit zu erledigen.«

»Kottan?«, flüsterte Ben in Richtung Kai.

»Ja. *Kottan ermittelt*«, antwortete Kai in Anlehnung an den Titel einer alten ZDF-Serie. Beide mussten kichern, womit sie sich einen düsteren Blick vom echten Bullen mit Fernsehbullen-Namen einhandelten.

»Wer ist das?«, fragte dieser an Richard von Dauss gewandt.

Kottan trug eine blaue Daunenjacke von Jack Wolfskin über einem karierten Hemd, enge Jeans und beigefarbene Schuhe von Timberland. Seine Haare waren in einem gepflegten Seitenscheitel frisiert, der mit einer nicht übertriebenen Menge Gel in Form gehalten wurde. Jemand, der auch in Outdoorsituationen weitab von der Zivilisation wusste, wie man adrett und gepflegt rüberkommt, dachte Ben. Und trotzdem ein unsympathischer Fatzke!

»Diese Herren arbeiten für mich und haben dafür gesorgt, dass das Bild wieder unversehrt bei mir zu Hause an der Wand hängt, Herr Kottan.«

»Aha«, sagte Kottan und senkte abschätzend seinen Blick auf Ben und Kai. »Und warum haben Sie nicht Ihren Lauber geschickt?«

»Lauber ist nicht verfügbar. Außerdem ist auch das meine Sache. Die beiden Herren heißen Ben Pruss und Kai Siebert«, erwiderte Richard von Dauss.

»Angenehm«, sagte Ben, meinte »Unangenehm« und überlegte, wer wohl dieser Lauber sein könnte.

Kai nickte andeutungsweise.

»Wo fand die Übergabe genau statt?«, wollte Kottan wissen.

Ben erzählte ihm von der Waldhütte und schlug vor hinzufahren.

»Sie fahren bei den Kollegen mit, ich fahre hinterher«, war die knappe Anweisung von Kottan, und er setzte sich in sein Auto. Ben, Kai und von Dauss quetschten sich auf die Rückbank des 3er BMW der Streifenpolizisten.

Kottan gab den Polizeibeamten (die sich während der Fahrt als Herr Walter und Herr Götz geoutet hatten) die Anweisung, die Aussagen von Ben und »dem Anderen« aufzunehmen. Er selbst schlenderte vor der Hütte herum, blickte hie und da durch einige Fenster und steckte sich dann eine Zigarette an. Er nahm einen tiefen Zug und hielt einige Sekunden die Luft an, bevor er den Rauch genüsslich durch Mund und Nasenlöcher ausatmete und ihm hinterherblickte. Seine Motivation, den Rauch der Kippe möglichst effizient in die Lungen aufzunehmen, schien weitaus größer als die, die Erpresser zu schnappen und nach Spuren zu suchen. Von Dauss stand eine Minute da und behielt Kottan im Auge. Mit jeder Sekunde war ihm die wachsende Ungeduld deutlicher anzusehen. Mal verzog er den Mund, mal legte er genervt die Stirn in Falten. Dabei wippte er von einem Fuß auf den anderen, so als müsste er dringend mal aufs Klo. Irgendwann ließ er ein gedehntes Stöhnen hören, holte sein Handy aus der Hosentasche und lief, mit dem Daumen bereits den Touchscreen des Handys befummelnd, hinter einen großen Brennholzstapel und außer Sichtweite.

Ben, der Kottan und von Dauss beobachtete, während er dem bleistiftschwingenden Götz seine Aussage machte, hätte die Zeit auch lieber genutzt, um in der Angelegenheit Ivo Sunstein weiter zu forschen. Er merkte, wie ihn Götz' Fragerei von Sekunde zu Sekunde mehr nervte.

Irgendwann schnipste Kottan seinen bis zum Filter gequalmten Zigarettenstummel mindestens fünf Meter weit über den Platz und ging der kleinen Uniformträger/Zivilisten-Gruppe entgegen. Er wollte alles noch einmal hören. Ben stöhnte. Kai tat es ihm gleich. Sie hatten es zwar nicht explizit abgesprochen, doch den Teil mit dem außer Reichweite geflutschten Eisblock erwähnten sie mit keinem Ton. Ben hoffte inständig, dass die Wasserlache bereits im Holzboden versickert war.

»Dann gehen wir mal rein«, war seine einzige Reaktion, als er Kais und Bens Geschichte zweimal aus erster Hand gehört hatte. »Götz? Sie versuchen bitte mal, den Besitzer der Hütte rauszufinden. Herr von Dauss? Für Ihr Geld sieht es schlecht aus. Ich denke, Sie können winke winke sagen.« Von Dauss sah so aus, als wollte er liebend gern winke winke in Kottans Hackfresse machen.

Kottan öffnete die Haustür, indem er sie professionell mit der Spitze seines Schuhs anstieß. »Nichts anfassen«, sagte er bedeutungsschwer in den leeren Flur hinein. Ben begann: »Ja, hier stand also ...« Kottan klopfte hektisch seinen ausgestreckten Zeigefinger vor die Lippen, und Ben verstummte eingeschüchtert. Er blickte sich mit wichtigtuerisch zusammengekniffenen Augen in jede Richtung um und fragte: »Wo hat die Übergabe stattgefunden?« Es war nicht mehr als ein Raunen.

»Hier links im Raum«, antwortete Ben.

Kottan nickte und betrat den Raum, der nach rechts abzweigte. Ben, Kai und von Dauss tauschten vielsagende Blicke aus und gingen langsam hinterher. Da diese Tür ebenfalls nur angelehnt war, öffnete Kottan sie erneut mit der Schuhspitze. Im Augenwinkel erkannte Ben, dass es sich um ein kleines Schlafzimmer handelte. Gerade als Ben die Schwelle als Erster der drei überschreiten wollte, stellte Kottan sich ihm demonstrativ in den Weg und schnitt ihm den Zugang ab. »Waren Sie auch während der Übergabe hier in diesem Raum? Angeblich doch nicht.«

»Äh, nein.«

»Dann bleiben Sie auch *jetzt* draußen.« Er griff in die Innentasche seiner Daunenjacke und holte ein paar schwarze Latexhandschuhe heraus, die er mit einem satten Schmatzen über die Hände zog. Er schaute unter das klobige, mit aufwendigen Schnitzereien verzierte Holzdoppelbett, dann öffnete er die Schubladen in den Nachttischen rechts und links und steckte jeweils seinen Kopf so weit in die kleinen Laden, dass es so aussah, als wollte er jeden Moment mit dem ganzen Körper hinterherspringen. Nirgendwo fand er etwas, das Ben nicht weiter verwunderte. Wenn *er* einer der Kunstdiebe gewesen wäre, hätte er sicherlich auch nicht seinen Führerschein oder Organspendeausweis in das Nachttischschränkchen gelegt und später vergessen. Dann trabte Kottan in Richtung des Kleiderschranks, der wie das Bett ebenfalls mit kunstvollen Schnitzereien verziert war. Bei ihrem Anblick musste Ben an einen Wochenendausflug ins Erzgebirge denken, den er mal mit seinen Eltern und gegen seinen Willen unternehmen musste. Aus irgendeinem Grund klopfte Kottan mit den Fingerknöcheln der rechten Hand an eine der schweren Türen. Ben hätte am liebsten »Herein!« gerufen und konnte sich nur mit Mühe zügeln. Kottan drehte gefühlvoll den Schlüssel um.

Anscheinend hatte die Tür nur darauf gewartet, dass jemand so etwas Leichtsinniges tun würde. Mit einem Schlag sprang sie auf, und etwas Großes kippte senkrecht hinaus und landete mit einem dumpfen Schlag auf der Kante des Bettes. Noch während dieses Etwas seitlich über den Rand rollte und komplett auf den Boden platschte, erkannte Ben, um was es sich handelte. Nein, unmöglich. Ben kniff die Augen zusammen und sah noch einmal genauer hin. Nicht *etwas* war aus dem Schrank gefallen.

Sondern jemand.

* * *

Die Qualität des Polizeieinsatzes hatte sich innerhalb einer Sekunde von Rosenheimcops auf CSI Miami verwandelt. Kottan hatte die kleine Gruppe mit Nachdruck aufgefordert, »Subito, subito« die Hütte zu verlassen. Ben, Kai und von Dauss saßen in knapp fünfzig Metern Abstand vom Haus entfernt auf flachen Aluminiumklappstühlen, die ihnen ein Polizist aus einem Kleinbus herangeschafft hatte, an welchem nach wie vor das Blaulicht leuchtete und die Umgebung in ein gespenstisches Licht tauchte. Die Sonne ging langsam unter und schaute als orange leuchtende Scheibe durch die Baumwipfel seitlich der Hütte. Der Himmel hatte eine zartrosa Färbung angenommen, und es war für den Spätsommertag noch angenehm warm. Hätte man dem Trio einen Grill vor die Füße gestellt und den Kleinbus der Polizei gegen einen VW Bulli mit Sonnenmarkise ausgetauscht, hätte die Szenerie angenehme Assoziationen geweckt.

Die Fassade der Hütte wurde durch zwei grelle Scheinwerfer auf schweren Stativen hell ausgeleuchtet, und auch aus dem Innern strömte gleißend weißes Licht auf die Veranda. Überall rannten geschäftige Polizisten herum, die meisten in Uniform, einige in Zivil, darunter auch Kommissar Huntrich von der Mordkommission, den Ben schon von seinem Varieté-Fall kannte. Mitarbeiter der kriminaltechnischen Untersuchungsstelle in blütenweißen Ganzkörperanzügen schafften potenzielle Beweismaterialien aus dem Haus und sortierten diese routiniert in Kästen und Tüten in einem weißen Transporter.

»Wahrscheinlich der Dritte im Bunde«, sagte Kai und drückte mit einem knorrigen Ast Löcher in den weichen Waldboden. Er und Ben hatten eine Zeit lang schweigend dagesessen, während Richard von Dauss damit beschäftigt war, in sein Handy zu sprechen und lauthals und mit Nachdruck alle möglichen Termine zu verschieben. Des Öfteren schien er dabei gezwungen zu sein, seiner Sekretärin am anderen Ende »den Arsch aufreißen zu müssen« – nur so konnte sich Ben einige seiner rüpelhaften Kommentare und Erwiderungen erklären. Er drehte sich demonstrativ weg von von Dauss und bemühte sich, seine Ohren auf Durchzug zu stellen.

»Was?«, fragte Ben, der damit beschäftigt war, den Waldweg nach einem neu eintreffenden Scheinwerferpaar abzusuchen. Er hoffte darauf, dass seine Jugendfreundin Jenny Dienst hatte, die als Rechtsmedizinerin arbeitete und mit der er sich nach dem Varietéfall einige Male getroffen hatte.

»Der Tote aus dem Schrank. Wahrscheinlich ist es der dritte Kerl aus der Diebesbande«, erklärte Kai.

»Ja. Wird wohl so sein. Durch zwei teilt es sich leichter.«

»Na ja«, meinte Kai. »30.000 lassen sich ganz einfach durch drei teilen und …«

»Verschon mich«, unterbrach ihn Ben. »Warum haben sie ihn wohl hiergelassen? Wäre es nicht besser gewesen, ihn irgendwo anders zu entsorgen? Wo man nicht gleich darauf kommt, dass er hier dazugehört?«

»Mmmh«, machte Kai und starrte wie hypnotisiert auf die Löcher, die er mit stupider Gleichmäßigkeit in den Waldboden rammte.

Ben war Kais Meinung zu dem Thema momentan egal, denn jetzt sah er tatsächlich zwei Scheinwerfer aufleuchten, welche die Abenddämmerung zerschnitten und düstere Baumsilhouetten hinter dem Haus sichtbar werden ließen. Der dazugehörige Transporter fuhr wenig später in sein Sichtfeld und stoppte hinter den anderen Fahrzeugen. Bens Herz schlug höher, obwohl der Fahrer (oder hoffentlich die Fahrerin) in den spiegelnden Autofenstern nicht zu erkennen war – die Beschriftung *Gerichtsmedizin* sorgte schon allein für genügend Spannung. Im letzten Jahr hatte es sich für ihn so angefühlt, als würden er und Jenny sich näherkommen. Endlich. Schon seit ihrer gemeinsamen Schulzeit war er, mehr oder weniger heimlich, in sie verliebt. Doch irgendwie hatte es wieder nicht hingehauen. Seit April oder Mai war der Kontakt merklich zurückgegangen. Davor hatten sie sich ständig über Whatsapp geschrieben, und zwei, drei Mal hatten sie sich sogar getroffen und den Nachmittag miteinander verbracht. Vielleicht musste er einfach nur mal die Initiative ergreifen, dachte er, als die Fahrertür aufgestoßen wurde und eine Frau mit langen, rehbraunen Haaren ausstieg. Jenny. Kai neben ihm murmelte irgendwas, doch Ben hörte ihn gar nicht. Er winkte nur kurz ab, während seine Beine bereits in Jennys Richtung unterwegs waren. Wohlbedacht, dabei nicht zu hastig zu wirken und schon gar nicht den Anschein zu erwecken, er würde rennen. Auf halbem Weg, knapp zwanzig Meter von ihm entfernt, erkannte sie ihn und riss die Augen weit auf. Er wollte gerade breit lächeln und eine liebevoll-freundlich-witzige Begrüßung in ihre Richtung schmettern, als ihm die Umstände ihres Treffens in den Sinn kamen. Also beließ er es vorerst dabei, die Mundwinkel sachte zu heben und durch ein Kopfnicken einen Gruß anzudeuten.

»Ben Pruss?« Es war nicht Jenny, die gesprochen hatte, was Ben deutlich missfiel. Er schaute sich um. Kommissar Huntrich stand hinter ihm. Ben hatte sein Kommen nicht bemerkt. Er trug, soweit Ben das bei dem schwindenden Tageslicht erkennen konnte, einen hellgrauen

Trenchcoat und ein blau gestreiftes und bis obenhin zugeknöpftes Hemd, welches straff in eine verwaschene Bluejeans gesteckt war. Er sah aus, wie Ben ihn im Gedächtnis hatte. Bullig, kantiges, mit Falten durchzogenes Gesicht, eckige Brille. Nur der Bauchansatz, den er im letzten Jahr vor sich hergeschleppt hatte, hatte anscheinend einer Bowlingkugel Platz gemacht.

»N'abend«, sagte Ben rasch und drehte sich wieder um. Enttäuscht sah er, wie Jenny im Eingang der Hütte und damit aus seinem Blickfeld verschwand. »Mist«, murmelte er und verzog den Mund.

Kommissar Huntrich, der dieses Drama sowie Bens letzte Äußerung nicht mitbekommen hatte, sagte: »Wie kann es sein, dass Sie schon wieder bei einer Leiche auftauchen? Haben Sie keine anderen Hobbys?«

»Was?«, fragte Ben, der immer noch geknickt zur Tür der Hütte starrte. Er schüttelte den Kopf und sah Huntrich in die Augen. »Äh. Ja. Das kann ich mir auch nicht erklären, Herr Huntrich. Ich setze es nicht drauf an, wenn Sie das meinen. Das hier war ein ganz normaler Job.«

»Ganz normaler Job?«, fragte Huntrich mit einem spitzen, nicht unfreundlichen Unterton. »Wie oft waren Sie denn schon bei der Auslösung eines gestohlenen Meisterwerks beteiligt? Mehr als drei Mal?«

Meisterwerk? Du hast das Bild wohl nicht gesehen, dachte Ben und antwortete: »So meinte ich das nicht. Ich meinte, dass niemand ahnen konnte, dass hier jemand tot aus dem Schrank purzelt. Wissen Sie schon, wer es war? Ein Komplize der beiden anderen?«

Huntrich antwortete nicht auf die Frage, sondern schüttelte nur den Kopf. Dann forderte er Ben auf, seine Geschichte zu wiederholen. Der Reihe nach, ab dem Zeitpunkt des Anrufs bei von Dauss am heutigen Mittag. Er kramte einen kleinen, ledernen Spiralblock mit einem winzigen Kugelschreiber hervor, der in seiner Riesenpranke lächerlich aussah, und machte Notizen, während Ben Bericht erstattete. Ja, er wisse, dass Richard von Dauss eine Absprache mit der Polizei hatte. Nein, er habe nicht versucht, Richard von Dauss von der Übergabe abzubringen, und nein, er werde Kommissar Huntrich nicht verraten, wie viel Kohle er für den Job bekommen hatte. Nein, bei der Übergabe seien sie nicht im Schlafzimmer gewesen, und nein, sie hätten nicht erkennen können, mit was für einem Fahrzeug die Diebe flüchteten, weil es vollständig unter einer grauen Abdeckplane verborgen war. Hier stockte Ben abrupt in seiner Rede, und Huntrich sah ihn wachen Auges an. »Hat irgendwas bei Ihnen Klick gemacht?«, fragte er und zog demonstrativ eine Augenbraue hoch.

Ben nickte gedankenverloren. »Das Fahrzeug unter der Plane. Mit dem die Diebe nach der Geldübergabe abgehauen sind. Das war definitiv zu klein für das Bild. Der Schinken ist ja zwei Meter zwanzig lang. Das hätte nie da reingepasst. Die müssen das Bild mit einem anderen Wagen hergefahren haben.«

Huntrich nickte und machte sich eine weitere Notiz in sein Büchlein.

KAPITEL 3

Das Kapitel, in dem Uwe Köttner gleich zweimal einen uneigennützigen Dienst erweist und »Der Geilste« auf den Plan gerufen wird.

Der alte, graue Hotelkasten des Cheraton Inn in der Nähe der Innenstadt machte von außen nicht viel her. Von innen ebenfalls nicht, doch es war sauber und verkehrsgünstig gelegen. Es erfreute sich großer Beliebtheit bei Geschäftsleuten kleinerer Unternehmen, die nicht die Zimmerpreise vom Wittekindshof oder Steigenberger bezahlen wollten. Eine weitere, oft eingebuchte Kundenkategorie bildeten Ehemänner, die zu Hause rausgeflogen waren und ein Bett für die nächsten einsamen Nächte suchten.

Ben und Kai gehörten folglich nicht zur Zielgruppe dieses Hotels, denn in Bens Leben gab es niemanden, der ihn rauswerfen könnte, und Kai verfügte seit den vergangenen 271 Tagen, in denen er von Steffi getrennt war, bereits über eine alternative Schlafmöglichkeit. Das Gebäude lag in der zweiten Reihe hinter der Straße, und die beiden betraten den mit roten Steinen holprig gepflasterten Parkplatz des Hotels. Zu dieser Tageszeit – es war fast elf

– war er nur spärlich ausgelastet. Die Gäste, die heute auscheckten, waren schon verschwunden, während die, die später eincheckten, erst ab vierzehn Uhr einen Anspruch auf ihr Zimmer hatten. In knapp zehn Metern Entfernung zum braun verglasten Vorbau, unter dem sich eine gläserne Eingangstür permanent drehte, blieben sie stehen. Von hier aus konnten sie den Tresen der Rezeption problemlos einsehen. Zwei Monitore standen mit den Rückseiten zu ihnen auf einer etwas tiefer liegenden Tischplatte hinter dem Tresen. Momentan war der Platz verwaist, was ihrem Plan durchaus zuträglich war.

»Warte hier«, sagte Kai, dann lief er links am Eingang vorbei, schlug sich in die Sträucher, die den Bau auf beiden Seiten säumten, und war prompt aus Bens Blickfeld verschwunden. Nach einer Minute kam er auf demselben Weg wieder zurück. »Hab nur mal eben in den Kabuff hinter der Rezeption geguckt. Ist ein kleines Büro, und der Rezeptionsheini sitzt da rum und schaukelt sich die Eier.« Zur bildhaften Untermalung seiner Worte griff er sich mannhaft in den Schritt. »Sieht nicht sehr motiviert aus. Vielleicht können wir reinmarschieren, ohne dass der sich für uns interessiert. Dann geh ich schnell an den Computer und checke, in welchem Zimmer dieser Sunstein eingebucht ist.«

»Mmmh«, machte Ben. »Hört sich nach einem tollen Plan an. Und wenn der Rezeptionsheini sich doch für uns interessiert?«

»Egal. Dann improvisieren wir eben.«

Auf leisen Sohlen und mit dem festen Entschluss, möglichst unsichtbar zu sein, betraten sie das Hotel durch die Drehtür und mussten feststellen, dass sie durchaus sichtbar waren. Der Rezeptionsheini stand in der Bürotür und lächelte sie breit und eine Spur zu freundlich an. Offensichtlich war er motivierter, als es auf Kai den Eindruck gemacht hatte.

»Ja«, begann Ben und blickte irritiert zu Kai, der geflissentlich in Richtung Wand starrte und sich scheinbar sehr für die golden schimmernde Wandverkleidung begeisterte. »Also, wir interessieren uns für ein Hotelzimmer«, sagte er und entschied, dass das die unauffälligste aller Einlassungen gegenüber einem Hotelrezeptionisten war.

»Gerne«, sagte der Rezeptionsheini, nickte mehrfach und stolzierte auf seiner Seite des Tresens zum rechterhand angebrachten Monitor.

Ben überlegte, ob es ihm möglich war, den Kollegen hinreichend abzulenken, um Kai den Weg zum linken Monitor freizuschaufeln. Der war ebenfalls eingeschaltet, stand aber keine drei Meter vom ersten entfernt. Sollte der Rezeptionsheini zufälligerweise blind auf dem rechten Auge sein und drei bis fünf Minuten den Kopf nicht in diese Richtung drehen, war dieses Unterfangen durchaus im Rahmen des Möglichen.

»Sie wollen bestimmt ein Doppelzimmer, oder?«, fragte er und lächelte dabei so herzlich wie ein Pfarrer, der soeben verkündet hat, dass er die Braut jetzt küssen dürfe. Dabei nickte er schon wieder einige Male.

»Einzelzimmer!«, sagte Ben stürmischer als beabsichtigt und fuhr dann fort: »Zwei Einzelzimmer, bitte … Getrennt.«

»Ja, zwei getrennte Einzelzimmer«, bekräftigte Kai und spiegelte das Nicken seines diensteifrigen Gegenübers.

Ben stupste ihn mit dem Ellbogen an, und das Nicken stoppte schlagartig. Dann blickte er sich mit großer Geste im Raum um und sagte: »Ich mach das hier schon. Wolltest du nicht auf die Toilette?« Er zeigte dabei auf eine entsprechend gekennzeichnete Tür, die sich in einigen Metern Abstand zur Bürotür hinter dem Rezeptionstresen befand. Ben war die Tür gerade erst aufgefallen, und er hielt diese Ausrede für spitzfindig.

»Toilette? Eigentlich ...«, begann Kai, doch Ben unterbrach ihn.

»Ja, richtig! Toilette«, er blickte Kai mit verschwörerisch hochgezogenen Brauen an. »Die ist gleich hier vorne.« Er deutete mit der Stirn in die Richtung, ohne den starren Blick von Kai zu lösen.

»Ach so ... ja«, verkündete dieser kleinlaut und machte sich auf den Weg.

Jetzt hieß es, diesen Typen so lange wie möglich hinzuhalten. »Was gibt es da denn für Kategorien?« Ben rückte etwas weiter nach rechts, um dem Rezeptionsheini – laut Namensschild hieß er S. Bruckner – unauffällig zu zwingen, seinen Kopf etwas weiter in die Kai-freie Zone zu manövrieren. Der hatte soeben die Toilettentür lautstark geöffnet und wieder ins Schloss fallen lassen und beobachtete mit verkniffenem Gesichtsausdruck das Geschehen am Tresen. Dabei schlich er in einer Weise an der Wand entlang in Richtung Bürotür, als balancierte er auf einem schmalen Fenstersims im zwanzigsten Stockwerk eines Hochhauses.

»Standard«, antwortete Bruckner.

Toll, dachte Ben und machte das Beste draus: »Okay, okay.« Just in diesem Moment verschwand Kai durch den Spalt der offenen Bürotür. Dank seines Balanceakts ohne fünfzig Meter in die Tiefe gestürzt zu sein. »Haben Sie denn keine Suiten?«

»Doch, eine. Aber Sie wollten ja zwei Zimmer, richtig? Die Suite wäre für zwei Personen. Wenn Sie also doch zusammen …«

»Nein, nein. Das kommt nicht in Frage. Nur vielleicht nehme ich die Suite, und meinen Kollegen schieben wir in die Holzklasse ab.« Am liebsten hätte er sich eine Ohrfeige gegeben, denn bei den Worten »mein Kollege« streifte sein Blick unwillkürlich die Toilettentür, und prompt drehte sich Bruckner ebenfalls in diese Richtung. »Holzklasse?«, fragte er irritiert, doch Ben ging nicht drauf ein. »Also, welche Vorteile hat die Suite?«

»Ja, also die Suite ist sieben Quadratmeter größer als Standard, und es gibt ein kostenfreies Nähset inklusive sowie ein paar Frottee-Hausschuhe, außerdem …«

In diesem Moment kam Kai aus dem Büro, reckte den Daumen nach oben und rannte auf Zehenspitzen in Richtung der Waschräume. Wow, das war schnell gegangen! »Ach, wenn ich es mir recht überlege«, sagte Ben, während Kai zurück an seine Seite trat. »Wir überlegen uns das noch mal, oder?«

»Ja, absolut«, bekräftigte Kai. Bruckner blickte sie verständnislos an und sagte: »Freies WLAN auf allen Zimmern.«

»Äh ja, vielen Dank.« Sie machten sich zurück auf den Weg zur Drehtür. Bruckner stand noch einige Sekunden ratlos da, drehte sich dann aber um und schlurfte gemächlich zurück in sein Kabuff.

»Lass uns eine Runde in der Tür machen und dann gleich wieder rein«, raunte Ben Kai zu.

Sie hatten Glück. Diesmal erwartete sie kein begeistert lächelnder Bruckner in der offenen Tür, und sie zweigten nach rechts ab in Richtung Hausflur. Vier Stockwerke später standen sie, außer Atem vom Treppensteigen, vor Ivos Zimmertür. »Scheiße«, sagte Ben, der seine Dietrichsammlung in den Händen hielt.

»Scheiße«, sagte auch Kai und blickte seinen Freund ratlos an. Die verdammte Tür hatte ein Kartenschloss.

* * *

Uwe Köttner – genannt Kötti – beäugte das Türschloss der alten Dame – genannt Frau Stork – mit skeptischer Miene. Er erkannte es sofort wieder. Genau wie die mit einer beigebraunen Makramee-Eule behängte Wohnungstür. Er selbst hatte das Schloss ein paar Jahre zuvor hier eingebaut. Und, hol's der Teufel, er hatte ihr weiß Gott keinen Schund verkauft.

»Wenn ich das hier aufmache, dann ist nicht nur Ihr Schloss im Eimer. Auch die Tür kriegt was ab. Nicht viel, aber ein paar Kratzer werden es schon sein.« Er rieb sich über sein beachtliches Kinn, das genauso rotspeckig glänzte wie seine spiegelglatte und seit mindestens fünfzehn Jahren naturnackte Schädeldecke. »Und 'n neues einbauen muss ich ja auch noch. Das wird teuer, Frau Stork. Das wird teuer.«

»Ach, Herr Köttner«, sagte die Alte, die mit klapprigen Beinen neben ihm stand. Es schien, als wäre der schwarze, knorrige Gehstock, an dem sie sich mit zitternden Händen festhielt, die einzige Stütze, die sie davor bewahrte, sich lang auf den Boden zu legen. »Es nützt ja alles nichts. Dann muss ich das eben bezahlen. Obwohl der Schlüssel ja direkt neben der Tür am Schlüsselbrett hängt.« Und als ob Uwe das nicht wüsste, fügte sie hinzu: »Wir kommen nur nicht ran.«

Uwe presste die Lippen zusammen und schob seine Mundwinkel nach unten. Seine Augen weiter starr auf das Schloss gerichtet, so als ob ein frostiger Blick genügen würde, um den Riegel auf magische Weise zur Seite zu schieben. »Hamm Se denn nirgendwo 'nen Schlüssel abgegeben? Vielleicht bei 'nem Nachbarn oder der Familie?«

»Doch, natürlich!«, antwortete Frau Stork mit einem Blick, der klarmachte, dass er es schließlich nicht mit einer beknackten alten Pute zu tun hatte. »Meine Tochter hat einen. Hab ich ihr gleich gegeben, nachdem sie mir das Schloss eingebaut haben vor drei Jahren.«

»Gut!«

»Na ja. Inzwischen ist sie nach München gezogen. Und, Herr Köttner, wenn sie mir den Schlüssel schickt? Wer kümmert sich um meine Mimi?« Dabei blickte sie mit sehnsuchtsvollem Blick zur Makramee-Eule.

Uwe wusste, dass sie ihre Katze meinte, die auf der anderen Seite der Tür stand und sicher einen ähnlichen Gesichtsausdruck zur Schau stellte wie ihre leidgeprüfte Besitzerin.

»Ach, Frau Stork«, sagte Uwe. »Passen Sie auf, wir machen es so. Ich hab beim Reinkommen gesehen, dass Ihr Schlafzimmerfenster auf Kipp ist. Ich steige Ihren Balkon hoch und öffne das Fenster von außen. Dann klettere ich rein und schließe von innen auf.«

»Ja ist das denn nicht zu gefährlich, Herr Köttner? Und kann man das Fenster so einfach von außen aufmachen?«

»Das kriege ich schon hin. Mach das ja nicht zum ersten Mal. Und ja, Frau Stork, ein Fenster auf Kipp ist ein offenes Fenster!« Er hob lehrerhaft den Zeigefinger und schob die Augenbrauen nach oben. »Immer schön schließen, wenn Sie das Haus verlassen.«

Uwes Körperstatur, die seit der siebten Klasse eher in die Breite als in die Länge gewachsen war, kaschierte seine recht ausgereiften, athletischen und akrobatischen Fähigkeiten. Sah man genauer hin, erkannte man, dass seine Oberarme und Beine aus purer Muskelmasse bestanden. Gut, für einen Waschbrettbauch hatte es nicht gereicht, dafür schmeckte ihm das Dortmunder Bier zu gut.

Keine zehn Minuten später öffnete er Frau Storks Tür von innen, nachdem er im Flur zwei weitere Makramee-Eulen und einen Makramee-Elefanten gezählt und Mimi im Vorbeigehen den Kopf getätschelt hatte.

»Sie sind ein Engel, Herr Köttner!«, verkündete die Alte mit feucht verschleierten Augen.

»Na, na«, entgegnete Uwe, der gut und gerne zwei Handvoll Leute aufzählen konnte, die etwas anderes behaupten würden.

»Was bekommen Sie von mir?«

»Geben Sie mir dreißig Euro, und versprechen Sie mir, dass Sie einen Ersatzschlüssel hier in der Nähe abgeben. Und dass Sie Ihre Fenster nicht mehr auf Kipp lassen, wenn Sie das Haus verlassen, denn ein gekipptes Fenster …« Er machte eine Pause und sah Frau Stork großväterlich an.

»… ist ein offenes Fenster. Ach, Herr Köttner. Dreißig Euro, da können Sie doch nicht von leben.« Sie kramte in ihrer Handtasche, welche die ganze Zeit um ihre Schulter gehangen hatte, und fischte einen Fünfzig-Euro-Schein hervor. »Hier, nehmen Sie den. Und keine Rechnung bitte. Das bleibt unter uns!« Sie zwinkerte Uwe verschwörerisch zu, der das Geld mit einem Lächeln annahm und es in seiner Hosentasche verschwinden ließ.

Im selben Moment klingelte sein Handy. Das heißt, es brüllte den Refrain von Motörheads *Hellraiser*. Er holte es rasch hervor, blickte zunächst Frau Stork milde mit einem *Keine-Ahnung-wer-so-was-hört*-Gesichtsausdruck an, und sah dann auf das Display. »Prussi, du alter Sack. Was willst du denn von mir?«, brummelte er leise.

* * *

»Da brauchst du schon andere Geschütze als deine Nasenbohrer, Prussi«, brummte Uwe, der Ben im Vorjahr beigebracht hatte, wie man Türschlösser mit einem speziellen Lockpickingset »beschädigungsfrei öffnete«, aber offenbar auch Experte für Kartenschlösser war. Er hatte ein Gerät aus seinem Rucksack gekramt, das für Ben aussah wie einer dieser Scanner, mit dem Zugbegleiter die Fahrkarten erfassten. Nur war bei diesem Gerät die Scanvorrichtung entfernt worden, stattdessen schauten zwei dünne Kabel aus der Vorderseite heraus, an deren Enden eine scheckkartengroße Plastikplatte angebracht war.

»Das ist ein gepimpter Ticketscanner«, sagte Uwe, schob die Plastikkarte in den Schlitz von Ivos Tür und drückte ein paar Tasten. »Der geht alle Möglichkeiten durch, und wenn's hier grün blinkt ...«, er tippte auf eine kleine Leuchtdiode, die offenbar nachträglich in ein gebohrtes Loch an der Seite des Scanners montiert worden war, »heißt es nur noch: Karte raus, Tür auf!«

»Nicht schlecht Herr Kollege«, sagte Kai. »Ist das bei den Karten auch ein HiCo-Magnetstreifen?«

»Nee, nee, das ist 'ne RFID-Karte, 13,56 Megahertz. Passiver Transponder. Wird erst im Lesegerät aktiviert.«

»Na, so passiv ist dein Transponder wohl doch nicht«, sagte Kai, und beide lachten herzhaft über diesen gewagten Scherz.

Ben verstand kein Wort. »Grabbel mal nicht so an der Tür rum«, sagte er barsch, griff in die Innentasche seiner Lederjacke und holte ein Plastiktütchen mit blauen Einmalhandschuhen heraus. Schlagartig verstummte das Lachen, und die beiden anderen nahmen brav jeweils ein Paar entgegen und stülpten es sich über die Hände. Ben tat es ihnen gleich. »Und wie lange dauert das überhaupt?«, wollte er wissen und merkte selbst, dass seine Stimmlage einen Deut zu schroff klang. Er hasste es eben, Gags nicht zu kapieren.

»Joa«, Uwe massierte sich nachdenkend die rot geäderten Wangen. »Das dauert so zwischen zwei Minuten und zwölf Stunden«, fuhr Uwe fort.

»Nee, echt?« Ben ließ sich rücklings an die Wand fallen und ließ theatralisch den Kopf hängen.

Kai nickte und verschränkte die Arme vor der Brust, so als hätte er die Antwort schon im Voraus gekannt.

»Aber nur beim ersten Mal.« Wieder kam ein speckiges Lachen aus Uwes Kehle. »Da hat es ziemlich genau sechs Stunden gedauert. Wenn man dann noch mal ins selbe Hotel kommt und die nichts umgestellt haben, geht es schneller. Das Goldstück merkt sich den Frequenzbereich.« Er streichelte zärtlich über das Lesegerät.

Ben sah Uwe mit einer hochgezogenen Braue an. »Du hast hier schon einmal eine Tür aufgemacht?«

»Einmal?«, konterte Uwe mit einem maliziösen Lächeln, welches Kai sogleich in sein eigenes Gesicht spiegelte, während er beifällig nickte. Man hätte meinen können, Kai sei jedes Mal an vorderster Front dabei gewesen. Er winkte ab. Lieber wollte er gar nichts wissen, das könnte auf Dauer gesünder sein.

In diesem Moment schwang die Fahrstuhltür nach einem dezenten Pling auf, und eine Putzfrau trat aus der Kabine. Schwer damit beschäftigt, einen Regalwagen, der gute zwanzig Zentimeter größer war als sie und vollgepackt mit Wischeimer, Mob, Bettwäsche, Handtüchern, Plastikzahnputzbechern, Frottierhausschuhen (wohl nur für die Suite!) und Duschhauben, aus der schmalen Kabine zu zerren. Noch hatte sie das Trio nicht entdeckt. Eines der Gummiräder ihres Wagens verfing sich in der Rille zwischen Fahrstuhlboden und Flur, und sie fluchte leidenschaftlich in einer Ben unbekannten Sprache, die ihn an würziges Essen und starken Schnaps denken ließ. Gleichzeitig riss sie an ihrem Wagen und versuchte, das Rad aus der Klemme zu lösen. Die drei nutzten die Gelegenheit, um sich so unauffällig wie möglich vor der Tür zu drapieren und dabei die technischen Gerätschaften weitestgehend unsichtbar werden zu lassen. Die Putzfrau hatte ihren

Karren endlich auf den Flur gezerrt und ihre Schimpftirade übergangslos in ein traurig-schönes Liedchen übergehen lassen, welches Ben an rassige Mädchen und knisternde Lagerfeuer erinnerte. Eben setzte sie dazu an, sich in die andere Richtung des Ganges aufzumachen und die kleine Gruppe nicht zu bemerken, als Bens Handy lauthals losdröhnte und alle vier im Flur befindlichen Herrschaften vor Schreck zusammenfahren ließ.

* * *

Es hatte Zeiten gegeben, in denen Jenny es abwegig gefunden hatte, neben einer aufgeschnittenen Leiche zu stehen und Hunger zu verspüren. Das waren Zeiten gewesen, in denen der Umgang mit Verstorbenen noch nicht, wie man so schön sagte, ihr tägliches Brot gewesen war, sondern ein notwendiges Übel in ihrem Medizinstudium. Das lag nun einige Jahre und mehrere Hundert Leichen zurück, und während Jenny den Brustkorb des Körpers aus der Waldhütte mit der standardmäßigen Y-Naht zunähte, hörte sie, wie ihr Magen knurrte. Ihre Gedanken wanderten zu der Frage, was die Kantine wohl im Angebot hatte. Die Kollegen der Mordkommission waren zwar ganz versessen darauf, die Ergebnisse so schnell wie möglich im E-Mail-Postfach zu haben, aber Jenny kannte die Abläufe. Momentan war überall Mittagspause angesagt, und vor dem Nachmittag würde sowieso niemand mehr aktiv werden.

Viel Neues gab es ohnehin nicht zu sagen. Das Meiste hatte sie Huntrich schon am Tatort mitgeteilt. Der Mann war an Sauerstoffmangel gestorben. Für diese Erkenntnis brauchte man nicht unbedingt Rechtsmediziner zu sein, denn die Leiche hatte eine durchsichtige Plastiktüte über den Kopf gezogen gehabt. Primäre Todesursache war allerdings der Kabelbinder gewesen, der dem Mann so stramm um den Hals gezurrt worden war, dass die Blutversorgung des Gehirns durch die Kopf- und Wirbelsäulenarterien schlagartig zum Erliegen kam. Bereits nach wenigen Sekunden war das Opfer bewusstlos gewesen. Der Tod war erst nach acht bis zehn Minuten eingetreten. Den Todeszeitpunkt hatte sie auf vorvergangenen Abend, Mittwoch, zwischen fünfzehn und vierundzwanzig Uhr festlegen können. Die Untersuchung der Leichenflecken hatte ergeben, dass der Mann nicht unmittelbar nach seinem Tod in den Schrank gesteckt worden war, sondern eine längere Zeit flach auf der Seite gelegen hatte. Der kriminaltechnischen Untersuchung zufolge gab es keine Indizien dafür, dass dieser erste Ablageort ebenfalls in der Hütte gewesen war. Wahrscheinlich war eher, dass der Tote mit einem Auto zu seinem späteren Ablageort gekarrt und dort im Schrank verstaut worden war. Seine Identität war bislang noch unbekannt. Zumindest hatte bis jetzt kein Mitarbeiter der Mordkommission einen Namen in den Computer gefüttert.

Jenny bedeckte den Leichnam mit einem weißen Tuch. Auf dem Weg zur Kantine würde sie ihre beiden Sektionsgehilfen anweisen, den Körper zurück ins Kühlfach zu bringen. Sie warf ihre Einmalhandschuhe in den Mülleimer, wusch sich am stählernen Waschbecken ausgiebig die Hände und warf ihren Kittel durch die Klappe für Schmutzwäsche.

Auf dem Gang vor der gläsernen Tür zur Kantine (Jenny hatte an der Kreidetafel, die davor auf dem Boden stand, gelesen, dass es heute Currywurst mit Pommes oder Spaghetti Napoli mit gemischtem Salat gab), traf sie auf Ingo Hermstedt. Seines Zeichens Polizei-Oberkommissar und am Vortag ebenfalls am Einsatz an der Waldhütte beteiligt.

»Moin, die Dame!«, begrüßte er sie mit zu einem halben Grinsen hochgezogener Wange. Er beschleunigte seinen Schritt, um Jenny die Tür zur Kantine aufzuhalten, wobei er einen Bückling andeutete und den freien Arm zu einer einladenden Geste ausstreckte.

»Moin«, sagte Jenny, und: »Danke.«

Er verzog das Gesicht wieder zu seinem einseitigen Lächeln. »Würde die hübsche Dame mir wohl die Ehre erweisen, heute an einem Tisch mit mir zu speisen?«

»Boah, Ingo. Geh mir nicht auf die Nerven, sonst musst du an den Katzentisch«, antwortete Jenny und spielte dabei nur zu fünfzig Prozent die Genervte. Die anderen fünfzig Prozent von ihr *waren* genervt. Sie fand Ingos vorwitzige Art merkwürdig, und wenn er sie nicht gefragt hätte, hätte sie von sich aus bestimmt nichts gesagt. Andererseits musste man ein gemeinsames Mittagessen auch nicht überbewerten.

Sie bestellten ihr Essen und trugen es auf grauen Plastiktabletts zu einem Tisch am Fenster. Von hier aus hatten sie einen prachtvollen Blick auf den Parkplatz. Jenny betrachtete ihre Mahlzeit, Spaghetti Napoli, und überlegte, ob sie nicht die falsche Entscheidung getroffen hatte. Ingos Currywurst/Pommes sahen doch recht verlockend aus.

»Schon gehört?«, fragte Ingo und steckte sich mit bloßen Fingern eine Pommes in den Mund.

Jenny sparte sich eine Antwort und sah den Polizisten nur herausfordernd an.

»Der Typ gestern. Der Tote aus der Hütte. Das war dieser bekloppte Ivo.«

»Ivo?« Sie zuckte mit den Achseln. »Kenne ich nicht.« Gleichzeitig rastete irgendetwas in ihrem Gehirn ein, was momentan noch nicht ganz greifbar war.

»Jetzt kennste den wohl«, Ingo Hermstedt gluckste. »In- und auswendig. Oder?« Aus dem Glucksen wurde ein Gackern, und einige Kollegen an den anderen Tischen drehten sich irritiert zu ihnen um. Ingo schien das nicht zu merken und stopfte sich zwei Stücke Currywurst auf einmal in den Mund. »Der war verrückt. Kam ständig zu uns ins Revier, um irgendwas oder irgendwen anzuzeigen. Dabei war *er* derjenige, der Dreck am Stecken hatte.« Er steckte zwei weitere Wurststücke hinterher und spülte sogleich mit reichlich Cola nach. Kauen schien Nebensache zu sein. »War 'n Stalker. Hat jahrelang der Tochter vom Dauss nachgestellt. Echter Spinner!«

In dieser Sekunde machte das Rädchen, das eben eingerastet war, Klick bei Jenny. Ben hatte was von einem Ivo erzählt. »Wie heißt der denn weiter?«, fragte sie. Ihr Interesse war geweckt.

»Sunstein heißt der. Wenn du mich fragst, dann hat der bei dem Diebstahl mitgemacht. Und wahrscheinlich haben's seine Komplizen irgendwann nicht mehr mit dem ausgehalten und ihn abgemurkst.« Er gackerte wieder. »Der labert dir 'ne Krawatte ans Ohr. Kann's denen nicht verübeln.«

Jenny kannte die »Krawatte am Ohr« bisher nicht, spürte aber, wie ihr langsam eine wuchs.

Ingo ließ sich nicht beirren. »Am Dienstag war der noch bei uns auf dem Revier. Ich hab schon vom Fenster aus gesehen, wie der über die Straße geeiert kam. Bin ihm gleich entgegen und hab ihm gesagt, wenn er nicht abhaut, kriegt er 'nen Arschtritt.«

»Am Dienstag?«, fragte Jenny.

Ingo, der schon für seinen nächsten Redeschwall mit Cola nachgeölt und lautstark Atem geholt hatte, hielt inne, schraubte nachdenklich die Augen nach oben und sagte dann: »Jo.«

»Das war einen Tag bevor der umgebracht wurde. Hat er denn gesagt, was er wollte?«

Diese Frage schien Ingo nicht in den Kram zu passen. Er rückte ungeduldig auf dem Stuhl hin und her und spielte nervös an seinem Colaglas herum. »Nö. Nicht so richtig ... Ich meine, der Kerl hat immer nur Scheiße erzählt. Am liebsten hätte ich erwirkt, dass der einen Mindestabstand von hundert Meter zu jedem Polizeirevier einhalten muss.«

»Oh Mann, Ingo! Du kannst doch niemanden nach Hause schicken, ohne den angehört zu haben. Schließlich ist der einen Tag später abgemurkst worden.« Jenny hatte ihre Stimme zu einem wütenden Flüstern gesenkt, obwohl sie nicht schlecht Lust hatte, Ingo lauthals und vor versammelter Mannschaft abzukanzeln.

»Die Sache hatte echt nichts damit zu tun. Er hat mir erzählt, dass er gesehen hat, dass die rechte Hand von von Dauss, ein Typ namens Lauber, dessen Tochter umgebracht hat. Kompletter Schwachsinn ist das. Ich bin natürlich gleich rein und hab die Handynummer von ihr rausgesucht. Die haben wir nämlich, weil es ja ständig Ärger mit ihr und dem Typen gab. Und dann bin ich wieder raus und hab vom Diensthandy aus da angerufen. Und was ist?« Er machte eine rhetorische Pause und sah Jenny einen Moment mit einem grinsenden rechten Mundwinkel und hochgezogener Stirn eine Sekunde an, bevor er die Antwort gab: »Sie ist drangegangen. Nach dem zweiten Klingeln.«

»Und du hast das aufgeklärt?«

Ingo hob sein Glas an die Lippen und trank einen ausgiebigen Schluck. Sein Essen hatte er schon längere Zeit nicht mehr angerührt, und auch Jenny verspürte keinen Appetit mehr. Zögernd sagte er: »Ich hab sie angerufen und den Lautsprecher vom Handy angemacht, damit er mithören kann. Dann ist die drangegangen, und ich hab gleich gesehen, dass er hört, dass sie es ist. Ist zusammengezuckt und hat sich richtig ertappt gefühlt. Ich hab aufgelegt und ihm den Weg die Treppe runter gezeigt.«

»Du hast nicht mir ihr gesprochen?«

»Nee. Ich dachte ja nicht, dass da irgendwas dran sein würde«, antwortete er kleinlaut. »Und war ja auch nicht. Schließlich ist ja dieser Dauss nicht gekommen und hat den Tod seiner Tochter angezeigt.« Er kniff die Lippen aufeinander, als würde ihm erst jetzt die Tragweite seiner Handlung oder seiner Nicht-Handlung bewusst. Doch Ingo Hermstedt gehörte nicht zu den Typen, die gerne einen Fehler eingestehen. »Konnte ja nicht riechen, dass der am nächsten Tag ermordet wird. Dann hätte ich das natürlich ganz korrekt aufgenommen.«

»Echt Scheiße gebaut, Hermstedt«, sagte Jenny. »Und wer ist überhaupt dieser Lauber?«

»Ach, so'n Laufbursche vom alten Dauss. Rechtsanwalt, glaube ich.« Er machte eine fahrige Handbewegung. »Du verpfeifst mich doch nicht, oder?« Man merkte ihm seine Aufregung deutlich an.

Jenny war sich sicher, dass er sich mehr darüber ärgerte, ihr die Geschichte erzählt zu haben, als über den Fehler, den er bei seiner Polizeiarbeit gemacht hatte. Nicht auszuschließen, dass die Geschichte bei vielen seiner männlichen Kollegen schallendes Gelächter ausgelöst hätte. Und wahrscheinlich hätten sie erst recht feierlich mit ihm abgeklatscht, wenn er Ivo Sunstein wirklich einen Arschtritt verpasst hätte.

»Ich warte erst mal ab, in welche Richtung das geht. Wenn ich rausfinde, Hermstedt, dass Ivos Auftauchen bei dir irgendwas mit seinem Tod zu tun hatte, dann halte ich nicht für dich den Mund. Weiß noch jemand von der Geschichte? Ihr seid doch immer mindestens zu zweit auf dem Revier.«

»Nee. Thomas Bergmann hatte mit mir Dienst. Der saß an dem Abend stundenlang auf dem Pott. Hatte 'nen Döner vom Türken an der Poppelsdorfer, und davon kriegt der immer Blähungen. Der war …«

»Danke schön. Kann's mir denken.« Jenny legte die Gabel, die sie verkrampft in ihrer Hand gehalten hatte, auf die mittlerweile kalt gewordenen Nudeln. Dann stand sie auf, griff sich ihr Tablett und ließ Ingo Hermstedt ohne ein Wort des Abschieds sitzen.

* * *

»Verdammte Hacke«, fluchte Ben und fummelte in seiner Hosentasche nach dem Handy. Die Putzfrau, die sich offenbar in dem langen Flur allein wähnte, hielt sich beide Hände an die Brust, blickte die drei Herren vor sich mit weit aufgerissenen Augen an und schrie in ihrer fremden Sprache etwas, das übersetzt vielleicht ebenfalls »Verdammte Hacke« bedeuten mochte.

Ben spürte, wie er nach hinten in das Zimmer gezogen wurde. Kai drehte sich beschwichtigend zur Putzfrau um und machte einige tiefe Verbeugungen, bei denen er die Handflächen aneinandergepresst vor die Brust hielt, als wäre er ein japanischer Samurai. Dann drehte er sich abrupt um und stürzte ebenfalls in Sunsteins Zimmer.

Ben gab der Tür einen feierlichen Tritt und schnitt so sein Trio vom Flur und von der verstörten Reinigungskraft ab. »Gerade rechtzeitig!«, stöhnte er. Ein brummiges »Oho!« von Uwe versprach Ben die nächste Überraschung, noch bevor er sich umgedreht hatte. Uwe deutete aufs Bett, auf dessen zerwühlter Steppdecke eine protzige Spiegelreflexkamera lag. »Oho!«, wiederholte auch Ben. Dann fiel ihm der Anruf wieder ein. Er hatte ihn nicht weggedrückt, sondern angenommen. »Hallo?«, meldete er sich.

»Ist der Nikolaus bei dir, oder was?«, meldete sich Jennys Stimme, die allerdings nicht allzu amüsiert klang.

»Ah! Jenny!« Er lächelte, was Kai dazu animierte, sich mit beiden Händen an sein Herz zu fassen und schmachtend gen Himmel zu gaffen. Ben wand sich mit genervtem Gesichtsausdruck ab. »Was? Äh, nein.

Das war nur Uwe. Und Kai ist auch hier. Wir sind …« Was sollte er sagen? In ein Hotelzimmer eingebrochen? »… unterwegs.«

»Hallo«, riefen Uwe und Kai wie aus einem Munde in Richtung Telefon.

»Hallo«, rief auch Jenny, unhörbar für die beiden. Ben, bemüht um etwas mehr Privatsphäre, verdrückte sich ins Badezimmer. »Du. Ich habe eben was erfahren. Aber vorher muss ich wissen, dass ich mich gestern nicht verhört habe.« Sie machte eine kleine Pause, als würde sie ihren nächsten Satz noch einmal überdenken. »Kennst du einen Ivo?«

Ben zuckte buchstäblich zusammen bei der Frage und fühlte sich merkwürdig ertappt. Ja, weißt du. Ich stehe just in diesem Moment in seinem Hotelzimmer, ging es ihm durch den Kopf. Dann fiel ihm ein, dass er den Namen gestern vor Kai erwähnt hatte, als auch Jenny anwesend war, und er entspannte sich etwas. »Ja, ich kenne einen. Oder auch nicht. Ist kompliziert. Ich hab mit Kai gestern über den gesprochen, als du auch dabei warst. Was ist mit ihm?«

»Wie heißt der mit Nachnamen?«, stellte Jenny eine Gegenfrage.

»Sunstein, wieso?«

»Weil das der Typ ist, der euch gestern tot vor die Füße gepurzelt ist.« Ben hatte Mühe, sich nach diesem Schocker nicht selbst vor die Füße zu purzeln. Es fühlte sich für einen Moment so an, als würde die kleine Badezimmerwelt sich einmal um 360 Grad drehen. Ach du heilige Scheiße, dachte er. Und ich stehe hier in seinem Hotelzimmer. Und die Putzfrau wird sich zu hundert

Prozent an uns erinnern. Zu tausend Prozent. Ich bin so was von am Arsch! Wir sind alle am Arsch!

»Ben?«, hörte er eine Stimme, die aus weiter Ferne zu kommen schien. Eine unsichtbare Kraft führte das Handy zurück an sein Ohr. »Echt jetzt?« Sein Mund war trocken. »Irrtum ausgeschlossen?«

»Eine offizielle Identifikation steht noch aus, aber ich denke, daran ändert sich nichts mehr. Was hattest du mit dem zu schaffen?«

»Lange Geschichte. Erzähle ich dir demnächst mal.«

»Mmh. Okay.«

Er räusperte sich, als er merkte, dass er Jenny mehr Erklärungen schuldig war, und er gab ihr einen knappen Bericht, wie er über Ivos Anruf an den Kontakt zu Richard von Dauss gekommen war.

»Dir ist natürlich klar, dass du das nicht rausposaunen darfst, Ben. Erzähle es Kai und Uwe meinetwegen, wenn die da mit drinhängen, aber sonst keinem. Auch nicht dem von Dauss. Die Sache wird bald sowieso öffentlich gemacht, dann erfährt er das schon.«

»Klar, Jenny. Ich sag nichts.«

»Und noch was. Ivo war am Dienstagabend auf dem Polizeirevier und hat angegeben, er hat den Mord an Isana beobachtet.«

»Den Mord an Isana von Dauss?«

»Wie viele Isanas kennst du denn noch?«

»Aber die lebt ja nun mal.«

»Tja. So ist es wohl. Angeblich hat er gesagt, dass der Lauber – das ist anscheinend so ein Laufbursche von Richard von Dauss oder so – sie umgebracht hat. Der Kollege vom Dienst ist nicht großartig drauf eingegangen. Hat Isana angerufen und wieder aufgelegt, als sie sich gemeldet hat. Dann hat er Ivo rausgeworfen.« Sie grummelte missbilligend. »Der hat natürlich Panik, dass rauskommt, dass er nicht nach Vorschrift gehandelt hat.« Sie machte eine Pause und ergänzte mit leiser Stimme: »Ich wollte nur nicht, dass du dich wieder irgendwo reinreitest.«

»Das finde ich ganz lieb von dir, Jenny.« Er bemerkte zum ersten Mal sein Bild im Spiegel und sah sich selbst mit skeptisch gerunzelter Stirn an. »Ich glaube, ich hab mich schon irgendwo reingeritten.«

* * *

Zumindest Kai nahm die Neuigkeit über Ivo Sunstein überrascht auf. Seinem Gesicht war spontan anzusehen, dass er das Hotelzimmer eines frisch Ermordeten gleichermaßen nicht als den besten Aufenthaltsort erachtete. Uwe, der zum ersten Mal etwas von einem Ivo Sunstein gehört hatte, blieb gelassen.

»Lauber?«, sagte Kai. »Von dem hat doch auch dieser Kommissar Kottan erzählt, oder?«

»Ja, hat er. Arbeitet für den Dauss.«

Kai nickte. »Dann sollten wir schnell mal hier abzischen, oder? Die Bullen werden bestimmt nicht lange auf sich warten lassen.«

»Habt ihr irgendwas gefunden?«, wollte Ben wissen?

»Nur sein …«, begann Uwe, doch Kai unterbrach ihn mit einem Kopfschütteln. »Später!«, sagte er und öffnete behutsam die Tür Richtung Flur.

Die kleine Gruppe zog es direkt ins Treppenhaus. Den Fahrstuhl mieden sie wortlos, und sie taten gut daran. Durch die Glastür im Erdgeschoss erkannten sie Kommissar Huntrich, der zusammen mit einem Kollegen am Rezeptionstresen lehnte. Der Rezeptionsheini nickte wie ein Fünfjähriger, den man gefragt hatte, ob er gerne eine Schleckmuschel haben würde. Er plauderte dabei wie ein Wasserfall. Was er sagte, war für Ben leider nicht mehr als ein unverständliches Gemurmel. Zwei uniformierte Kollegen warteten vor der Fahrstuhltür auf die Kabine. Mit reichlich Wagemut und einem Quäntchen Glück wäre es eventuell möglich gewesen, sich unbemerkt an Huntrich und seinem Kollegen vorbeizuschleichen, da diese weitgehend mit dem Rücken zu ihnen gewandt standen. Den beiden Polizisten würden sie auf jeden Fall in die Arme laufen, und zumindest einen von denen erkannte Ben vom Einsatz am Vortag wieder. Auch bestand die Gefahr, dass der Rezeptionsheini ihnen irgendwelche dummen Fragen hinterherrufen würde, wenn sie plötzlich zu dritt aus dem Hausflur stolzierten.

»Hinterausgang«, zischte Uwe und drehte sich zur Notausgangstür um, die am anderen Ende des schmalen Treppenhauses lag und hinters Haus führte.

»Warte«, sagte Ben und hob die Hand. Dann öffnete er die Tür einen Spaltbreit und versteckte sein Gesicht hinter dem wuchtigen Aluminiumrahmen, in den die Glasscheibe eingelassen war.

»Und Herr Sunstein hat am Mittwochmorgen das Haus verlassen? Und danach haben Sie ihn nicht mehr gesehen?«, hörte Ben Huntrich fragen.

»Richtig! Er hat das Haus verlassen und ist weggefahren«, antwortete der Rezeptionsheini. »Und ich weiß, dass er nicht wieder hier war, denn unser Hot-L-System …« Er sprach das letzte Wort so deutlich aus, dass sogar ein Papagei das Wortspiel begriffen hätte, und deutete weiter nickend auf den Monitor vor seinem Kopf. »… erkennt, wenn die Karte in den Schlitz neben der Tür gesteckt wird, damit der Strom im Zimmer anspringt. Den hat er … warten Sie …« Er hämmerte zackig etwas in die Tastatur. »… um 8:22 Uhr am Mittwochmorgen herausgezogen und seitdem nicht wieder intromittiert.« Er lachte schelmisch. »So steht es hier. 8:22 Uhr.« Sein Lachen wurde breiter und das Nicken heftiger, als er zum Abschluss noch einen Gag nachlegte: »Und wenn er nicht die ganze Zeit im Dunklen verbracht hat, war er nicht mehr hier.«

»Vielen Dank«, sagte Huntrich und nickte dem Rezeptionisten zu, ohne dabei zu lächeln.

In diesem Moment ertönte ein dreifaches Plinken, und die Fahrstuhlkabine öffnete sich mit einem gutmütigen Scharren. Huntrich griff nach etwas, das auf dem Tresen gelegen hatte, wahrscheinlich die Schlüsselkarte, dann raunte er den Polizisten ein Wort zu, das in Bens Stoffwechselsystem für einen Adrenalinschub sorgte: »Treppe.« Dabei deutete er auf die Tür zum Treppenhaus.

»Notausgang! Los!«, rief Ben in Richtung seiner beiden Kumpels, die hinter ihm gestanden und ebenfalls gelauscht hatten. Er ließ die Tür so sachte wie möglich ins Schloss fallen.

»Nicht, dass es da einen Alarm gibt«, sagte Kai, als Uwe zur Notausgangstür am anderen Ende des schmalen Korridors rannte.

»Gibt's nicht«, sagte der und zeigte auf einen flexiblen, metallenen Kabelschlauch, der aus der Tür ragte und im Rahmen wieder verschwand.

Ben kapierte das zwar nicht, aber es reichte ihm als Erklärung. Uwe riss einen Plastiknippel, mit dem die Tür verplombt war, zur Seite und drückte die Klinke. Zu Bens Erleichterung ertönte kein Alarm, und er hoffte inständig, dass auch kein Lämpchen in diesem verdammten »Hot-L-System« aufflackern würde.

Sie fanden sich auf einem schmalen, mit roten Waschbetonplatten gepflasterten Pfad zwischen Hotelwand und einer gut drei Meter hohen Hecke zum Nachbargrundstück wieder. Es war durchaus im Bereich des Möglichen, wenn nicht gar Wahrscheinlichen, dass einer der vier Polizisten sie von hinten gesehen hatte, doch zum Glück folgte ihnen niemand. Auf dem Weg zum Auto, das, genau wie Uwes, in einer Seitenstraße neben dem Hotel geparkt war, begann Kai von ihrem Fund in Ivos Hotelzimmer zu berichten: »Nichts.«

»Wie nichts? Gar nichts? Da lag doch seine Kamera.«

»Ja. Und in der Kamera war keine SD-Karte. Kein Bild. Sein Autoschlüssel lag auch da rum. Ich hab einmal draufgedrückt und durch das Fenster gesehen, dass die Karre auf dem Parkplatz steht. Ich dachte erst, wir könnten uns die später auch vornehmen. Aber nach deiner Geschichte hatte ich nicht mehr die rechte Lust dazu.« Er atmete schwer, obwohl sie nur zügig gingen. Die Rache seines Körpers, dessen anstrengendste Betätigung es gewöhnlich war, zwei bis fünf Kilometer pro Tag in Programmiercodes und auf Internetseiten zu scrollen.

»Oh Mann, wie blöd.« Ben kickte wütend vor einen weißen Kiesel, der mit einem satten *Plock* an der grau getünchten Außenwand des Hotels abprallte. »Na, oder vielleicht auch nicht. Jetzt, wo der tot ist, ist es besser, wenn wir uns da raushalten.«

»Vielleicht halten wir uns gar nicht raus. Zumindest noch nicht.« Kai griff in seine Hosentasche und holte einen der Einweghandschuh hervor, die Ben vor ihrem Besuch in Ivos Zimmer ausgeteilt hatte. Ben sah, dass etwas mit Kugelschreiber darauf geschrieben stand. »Die Kamera hat WLAN und war im Hotel eingeloggt. Die ist so eingestellt, dass alle Bilder in die Cloud hochgeladen werden, sobald ein Netz da ist. Und hier habe ich mir die Zugangsdaten zu seiner Cloud aufgeschrieben.«

»Echt? Wo hast du die denn her? Aus der Kamera rausgehackt, oder was?«

Kai und Uwe kicherten. »Genau«, antwortete Kai. »Die standen mit Filzstift geschrieben auf der Innenseite seiner Objektivkappe. Jetzt müssen sie nur noch stimmen.«

* * *

Sie stimmten. Und Sekunden später fanden sich Ben und Kai in einer *Isana Bildersammlung* wieder, die es von der bloßen Anzahl her locker mit der Google-Bildersuche für den Suchbegriff *süßes Kätzchen* aufnehmen konnte. Wohlgeordnet in einzelnen Ordnern, welche jeweils eine Datumsangabe als Namen trugen. Noch vor ein paar Monaten gab es nahezu für jeden Tag einen einzelnen Ordner. In der letzten Zeit befanden sich tage- oder sogar wochenweise Lücken dazwischen, was wahrscheinlich mit Ivos Kontaktverbot zusammenhing. In den Ordnern gab es einige recht pikante Motive von Isana, und Ben wollte sich gar nicht vorstellen, unter welchen Umständen Ivo an diese gekommen war. Kai hätte gerne länger in den Ordnern gestöbert, doch Ben insistierte, dass sie sich lediglich auf die Aufnahmen im letzten Ordner, mit Namen *15092020*, konzentrieren sollten. Doch hier wurden sie jäh enttäuscht. Keine Isana – was Ben okay fand – und auch kein Einbruch und schon gar kein Mord. Die letzten Motive zeigten Ausschnitte des Hauses von Richard von Dauss, aufgenommen von der Stelle, an der sie die Zigarettenkippen gefunden hatten. Allesamt unspektakulär und nichtssagend. Wahrscheinlich Probeaufnahmen, um für den Fall gerüstet zu sein, dass hinter den Fenstern plötzlich etwas Stalker-Würdiges vonstattengehen würde. Allein das letzte Bild machte Lust auf mehr – aber mehr gab es nicht. Im Prinzip war auch hier nichts zu erkennen – doch gerade das machte den Unterschied aus. Für Ben sah es so aus, als hätte Ivo die komplett falsche Brennweite oder Tiefenschärfe oder Schärfentiefe oder was auch immer man an so einer Kamera alles verdrehen konnte, eingestellt. Einzig das Gesicht eines älteren Mannes war auf dem Bild scharf zu erkennen. Er schien direkt in die Linse der Kamera zu blicken, und Ben hatte den Eindruck, sein Ausdruck spiegele so etwas wie das Gegenteil freudiger Überraschung wider. Alles andere auf dem Bild war entweder unscharf oder komplett undefinierbar. Mit viel Wohlwollen erkannte man eine Art kariertes Muster und im Hintergrund zwei Schlieren, die entfernt ebenfalls an menschliche Wesen erinnerten. Kai spielte an einigen Reglern auf dem Bildschirm herum, doch auch eine Nachbereitung an Helligkeit und Kontrast brachte keine tieferen Einsichten. »Kennst du den?«, fragte er und deutete auf das Gesicht des Unbekannten.

»Nie gesehen«, antwortete Ben.

»Ist ja auch egal. Auftrag ist ausgeführt. Geld haben wir. Und außerdem eine Menge Bildmaterial von Isana von Dauss, das ich gleich erst mal in aller Ruhe prüfen werde.« Er beugte sich wieder nach vorne und griff zur Maus.

»Nee, warte mal.« Ben drehte sich zu seinem *Die-größten-Zauberer-des-zwanzigsten-Jahrhunderts*-Dreimonatskalender um, der hinter ihm an der Wand hing. »Der Ordner heißt 15092020«, sagte er.

»Und?«

»Der 15.9. war der Dienstag. Der Einbruch war am Montag. Am 14. Warum rennt der am Dienstag noch mal zu dem Haus und macht komische Fotos, wenn er am Montag dieses Affengekritzel aus dem Haus geklaut hat?«

»Ist das nicht egal?«, schlug Kai vor, doch Ben überhörte das.

»Klick dich mal in den Ordner vom Montag. Dann gucken wir uns mal an, was der Knabe an dem Tag getrieben hat.«

Kai stöhnte theatralisch und verschraubte die Augen, trotzdem gehorchte er. Eine Seite mit kleinen Vorschaubildern öffnete sich. »Meister Ivo und sein Joan-Mitchell-Fanclub beim kollektiven Bruch sind das jedenfalls nicht«, sagte Kai.

»Klick mal größer.» Ben konnte auf den kleinen Vorschaubildern außer Schwärze und Licht nichts erkennen. Um ihn anzutreiben, gab er Kai einen Klaps auf den Rücken.

»Mmmh«, machte Kai, als das erste Bild sich über die volle Größe des Displays erstreckte. Man erkannte eine lichtdurchflutete Bühne und einige verschwommene Gestalten darauf.

»Mmmh«, machte auch Ben. Dann rückte er etwas näher an den Bildschirm heran und nickte. »Ich weiß, was das ist. Klick mal weiter, dann siehst du es auch.«

Kai tat wie ihm geheißen, und bereits in Bild drei waren die Menschen auf der Bühne nicht mehr verschwommen. Zumindest nicht die, auf die es ankam.

»Die schöne Helene«, sagte Kai, der extra viel Schmalz in seine Stimme legte.

»Richtig«, pflichtete ihm Ben bei. »Helene Fischer war am Montag in der Westfalenhalle. Meine Eltern waren auch da. Und unser Ivo offensichtlich auch.«

»Oder er hat das irgendwie getrickst, um ein Alibi …« Kai stoppte mitten im Satz, denn auf dem Bild, welches er gerade geöffnet hatte, war Ivo Sunstein zu erkennen, der ein breites Selfie-Lächeln in seine Handylinse schickte. Im Hintergrund stand Helene Fischer, die in einem Hauch von goldenem Minikleid einem athletischen Schwarzen am Hals hing und ihn so anschmachtete, als wäre er der letzte Macker im ganzen Universum.

»Soll einer sagen, der würde nur auf Isana von Dauss stehen.« Ben stieß ein keckerndes Lachen aus.

»Der Junge wusste eben nicht, was seine Liga ist«, sagte Kai und drehte sich zu Ben um. »Wenn der bei dem Konzert war, dann war er definitiv nicht am Haus vom Dauss dabei.«

»Richtig. Heißt aber immer noch nicht, dass er mit der Sache nichts zu tun hat. Könnte tatsächlich so eine Alibinummer sein, wenn die anderen aus der Truppe nur die Drecksarbeit erledigen mussten. Meinst du, wir sollen das der Polizei stecken?«

Kai winkte ab. »Nicht nötig. Ich wette, der hat in seinem privaten PC das Passwort zur Cloud abgespeichert. Und wenn nicht, finden die das trotzdem raus, das ist keine Kunst bei diesem Anbieter, der ist so offen wie ein Scheunentor. Jetzt lass mal weiter in die Isi-Ordner gucken!«

»Vergiss es«, sagte Ben und erwischte die Maus eine Sekunde vor Kai, der gerade danach greifen wollte. Er klickte auf das X rechts oben im Dateiexplorer, der sogleich zusammenschrumpfte und verschwand.

»Mann«, sagte Kai und griff sich schnell den mit dem Passwort beschrifteten Gummihandschuh, der neben dem Mauspad lag, und stopfte ihn in seine Hosentasche.

»Mir kommt das komisch vor. Ivo ist der Stalker von Isana. Okay, das ist Fakt. Er hat mit den Kunstdieben zusammengearbeitet. Okay, könnte ich auch noch mit leben und auch damit, dass die ihn kaltgemacht haben. Nur warum war der am Dienstagabend bei der Polizei und faselt was davon, dass Isana umgebracht wurde?« Ben runzelte die Stirn und schaute Kai fragend an. Als dieser den Mund öffnete, um zu antworten, redete Ben weiter: »Und was sollen diese beiden komischen letzten Fotos?

Die sehen ja schon so aus, als ob er da irgendwie hektisch nur noch abgedrückt hätte.« Kai holte Luft, um seinem Freund zu antworten, doch auch diesmal war Ben schneller: »Und warum war der überhaupt am Dienstag wieder am Haus, wenn der Montag den Raubzug mitgemacht hat? Oder zumindest mitgeplant hat? Und die Fotos sind ja von Dienstag. Ich glaube nicht, dass der auch die Zeitstempel manipuliert hat wie dieser Schotti im letzten Jahr. Das hat doch alles keinen Sinn.« Ben klopfte mit den Fingerspitzen mehrmals auf die Tischplatte.

»Also, wenn du mich fragst ...«, begann Kai und ergab sich dann mit verdrehten Augen Bens neu anschwellendem Redefluss.

»Und irgendwas hat der Rezeptionsheini zu uns gesagt, das ich komisch fand. Aber was?« Ben trommelte weiter mit den Fingern und starrte gedankenverloren zur Decke.

»Komm, Ben, lass gut sein.« Kai klopfte ihm freundschaftlich auf die Schulter. »Lass uns ein Bierchen aus dem Kühlschrank holen und ein bisschen feiern. Und dann gucken wir uns in den Ordnern um, und vielleicht finden wir da noch was ...«

»Ach hör doch mal auf mit deinen Ordnern! Die kannst du dir später auf deinem Laptop anglotzen, solange du willst. Und wehe, du holst dir einen runter auf meiner Couch.«

»Würde ich niemals tun«, sagte Kai mit einem etwas zu unschuldigen Lächeln. Dann erhob er sich vom Stuhl. »So, und ich bin dann ...« Er stoppte, weil das Handy in seiner Hosentasche klingelte. »Siebert«, meldete er sich und grinste Ben breit an.

* * *

Wenn Ben Pruss ein Mensch war, der oft nicht schlau aus sich wurde, war Kai Siebert einer der Sorte, die das Konzept von »nicht schlau aus sich werden« überhaupt nicht kannten. Er war in seinen eigenen Augen die Schlauheit persönlich. Wenn einer unumwunden zugeben würde, er habe die Weisheit mit Löffeln gefressen, dann er. Klar, mit Kochlöffeln! Und wenn die Dinge besonders gut liefen, hatte er keine Probleme damit, in Bens Badezimmer zu stehen und seinem Spiegelbild mit einem schalkhaften Lächeln zuzuraunen, dass er doch einfach nur »der Geilste« sei.

Auch Ben vertraute er diese Tatsache gerne an, egal ob dieser es hören wollte (was nie vorkam) oder nicht (was immer vorkam). Und glauben konnte Ben es schon gar nicht. Denn betrachtete man Kais Leben von außen, erkannte man schnell, dass die Anlässe, in denen Kai »der Geilste« war, stetig weniger wurden. Klar, er war »der Geilste« gewesen, als er das Abi mit einer Einsernote durchgezogen hatte. Er war »der Geilste« gewesen, als er die reiche Steffi kennengelernt hatte und mit ihr zusammengezogen war. Er war »der Geilste« gewesen, als er sich selbstständig gemacht und einige große Fische als Kunden an Land gezogen hatte.

Mittlerweile war er aber schon »der Geilste«, wenn er sein Schlafumfeld von Luftmatratze auf Feldbett umstellte oder wenn er eine Tüte Chips von der Tanke mitbrachte und mit Ben teilte oder wenn er alleine am Samstagabend eine Flasche Absolut Wodka killte. Ben beneidete ihn hin und wieder für seine Fähigkeit, nahezu immer mit sich selbst im Reinen zu sein. Klar, im vergangenen Jahr hatte er wie ein Häufchen Elend vor Ben gestanden, als Steffi ihn rausgeworfen hatte. Doch schon nach ein paar Tagen hatte Ben den Eindruck, dass seine Trauer eher der Tatsache geschuldet war, dass er nun keinen Zugang mehr zum 85-Zoll-Smart-TV und zum Kingsize-Wasserbett (beides mit besten Grüßen von Steffis Papa) hatte. Er startete zwar noch ein paar halbherzige Versuche mit Steffi, doch mehr als eine mittelmäßige On/Off-Beziehung bekamen die zwei nicht hin. Irgendwann hatte Kai sich dann weitgehend von ihr distanziert, und mit diesem Schritt war endgültig besiegelt, dass Bens rechte Couchseite von nun an Kais neue Schaltzentrale war, von der aus er in die Geschicke der Welt eingreifen würde. »Bin ich der Geilste, oder bin ich der Geilste?«, hatte Kai Ben gefragt, als dieser ihm den Entschluss mitgeteilt hatte, einen endgültigen Schlussstrich unter ihre Beziehung zu ziehen. Ben antwortete darauf mit seiner Standardantwort – indem er schwieg und die Augen verdrehte. »Der Geilste« merkte davon nichts, denn seine Frage war ohnehin rein rhetorisch gemeint.

Mittlerweile hatte »der Geilste« eine Kuhle in die Couch residiert und glotzte den lieben langen Tag in seinen Laptop. Zuerst war er noch brav am Küchentisch seiner Arbeit nachgegangen. Doch er neigte in den zahlreichen Denkpausen dazu, exzessiv zu kippeln, und irgendwann war ihm der 19,99-Euro-IKEA-Küchenstuhl namens »Stefan« dann einfach unter dem Arsch zusammengekracht. Der seitdem (präsentiert mit den Worten: »Sieht doch wieder geil aus!«) nur noch als locker zusammengesteckte stuhlähnliche Attrappe unter der wohlklingenden Bezeichnung »Kai-Stuhl« sein Dasein in der Küche fristete. Ben hatte ihm daraufhin strikt verboten, auch noch den zweiten und letzten Stefan zu besetzen, den früher oder später ein ebensolcher gewaltsamer Möbeltod ereilt hätte. Kein Problem für Kai. Auf der Couch arbeiten fand er sowieso um einiges »geiler«! Ben war schleierhaft wie, aber anscheinend verdiente er sogar Geld. Zumindest ab und zu, und er beteiligte sich mittlerweile an der Miete. »Nur nicht zu fünfzig Prozent, Alter. Ist ja nur vorübergehend, und ich penne auf der Luftmatratze.«

Im Augenblick war »der Geilste« allerdings *wirklich* geil. Im buchstäblichen Sinne. Es war Isana gewesen, die bei ihm angerufen und gefragt hatte, ob er sich mit ihr treffen wolle. Er wollte! Und er hatte Ben zigfach versichert, er habe gewusst, dass sie sich melden würde. Er saß im Auto und war auf dem Weg zu ihr. Zur Feier des Tages trug er seine feinste Scotch&Soda-Jeans und dazu ein schwarzes Hemd mit grauem, körperbetontem Jackett und dazu passendem Einstecktuch mit Paisley-Muster. Kai wusste sich zu kleiden, wenn es drauf ankam, und es waren zwei BREIM-Faltkleiderschränke von IKEA nötig, um seinen ganzen Kram unterzubringen. Einer davon stand in Bens Schlafzimmer neben dessen eigenem, nur zur Hälfte gefüllte Kleiderschrank, der andere hatte seinen Platz in Bens kleinem Flur gefunden.

Zehn Minuten später als verabredet stand er vor der Tür, vor der er am Vortag ebenfalls schon Position bezogen hatte. Er war extra überpünktlich losgefahren, hatte aber – da er den kritischen Blick eines Mannes aufgesetzt hatte, der gleich ein verdammtes Hammer-Date haben würde – festgestellt, dass die Karosserie seines Opel Astra von oben bis unten verschlammt war. Vom Dortmunder Nieselregen über angetrockneten Schneematsch bis hin zu Saharasand in jeder Ritze waren alle ortsüblichen Verschmutzungen auf seiner Karosserie präsent. Er konnte sich beim besten Willen nicht daran erinnern, wann die Karre das letzte Mal eine Waschanlage von innen gesehen hatte. So war er schnell noch einen Umweg gefahren, um diesen unhaltbaren Zustand zu ändern. Den Staubsauger zog er bei der Gelegenheit auch einmal über die Fußmatten und die Sitzbezüge (ein Euro musste dafür reichen), und jetzt war alles perfekt, und dem spätabendlichen Geschlechtsverkehr stand, seiner Meinung nach, nichts mehr im Wege. Nach einer Abstinenz von mehreren Monaten hatte er einen eindeutigen Plan A und hoffte, dass Isana mitspielen würde. Plan B, der vor ihrem Anruf noch Plan A war, nämlich sich ihre Bilder in Ivos Ordnern anzusehen, war durch die Aussicht auf realen Beischlaf mehr oder weniger uninteressant geworden. Er schwor sich, die Bilder unangesehen zu löschen, sollte er Isana in gewünschter Weise näherkommen. Wirklich!

Er klingelte. Eine halbe Minute später hörte er das Klacken von Absätzen auf den Fliesen, dann öffnete sie die Tür. Bereits beim ersten Mal, in Jeans, Plüschpantoffeln und Bluse, hatte sie hammermäßig ausgesehen, und der Gedanke an ihr rotes Kleid hatte Kai noch in einen seligen Schlummer begleitet, als er spät abends das Licht gelöscht hatte. Doch es gab, wie er feststellen musste, noch eine Steigerung. Isana trug ein schwarzes, trägerloses Kleid und schwarze, hochhackige Sandalen. In der Hand hielt sie die Idee einer Handtasche, in die neben zwei Scheckkarten maximal noch ein Fünfzig-Euro-Schein passte und vielleicht ein Kondom. Das war's. Der Abend war lau, doch es würde später noch merklich kälter werden. Also musste hinter so einem Outfit doch irgendein Plan stecken, und Kai war guter Dinge, dass dieser nicht zu weit entfernt von seinem Plan A angesiedelt war.

»Hi«, sagte er und lächelte sie an.

»Hi!« Sie schlüpfte durch die Tür und zog sie mit einem Klack hinter sich zu. »Na, was machen wir?«

»Mmh, eigentlich hab ich gedacht, wir gehen nach Bottrop in die Skihalle, aber ich glaube, dafür trägst du nicht die richtigen Schuhe.«

»Ha! Unterschätz mich bloß nicht. Ich mache seit meinem dritten Lebensjahr Skiurlaub. Den kleinen Hügel da fahre ich locker auf diesen Dingern runter. Wenn du willst – ich bin dabei!« Sie lachte, und Kai spürte, wie sich passend zu seinem Unterleib auch sein Herz erwärmte. Sie schob sich an ihm vorbei und betrat als Erste den Pfad zur Straße.

»Ach nee, muss nicht sein. Ich stand noch nie auf Skiern. Vielleicht gehen wir doch lieber ins *La Vida*?«

»Hört sich auch gut an«, sagte sie und kniff ihm ein Auge zu.

Als wenige Minuten später Kais Motor aufbrummte, bemerkte er nicht, dass im selben Moment, ein Stück weit die Straße runter und im Schatten zweier Eichen stehend, ein weiteres Auto gestartet wurde, welches nur zehn Sekunden nach seinem die Straße in derselben Richtung verließ.

* * *

Ziemlich genau zu der Zeit, als Kai den geriffelten Schlauch des gelben Saugmonsters an der Tankstelle in Richtung Beifahrerfußmatte zerrte, tippte Ben die Begriffe *richard von dauss dortmund* ins Eingabefeld seines Browsers. 27.423 Einträge spuckte Google aus, doch Ben gab sich mit den ersten zehn Treffern zufrieden und überflog die dahinterliegenden Seiten. Neben von Dauss' eigenem Bauunternehmen waren das Webseiten, die sich mit der heimischen Wirtschaft oder der Lokalpolitik befassten. Ben, der sich eben noch der Illusion hingegeben hatte, es könne interessant sein, sich ein wenig über Richard von Dauss zu informieren, stellte fest, dass es in Wirklichkeit todlangweilig war. Er stützte die Ellenbogen auf die Tischplatte und legte die Wangenknochen auf beide Fäuste. Er bemerkte seine verzerrte Fratze in der Spiegelung des Monitors und stieß mit geschlossenem Mund ein schnaufendes Lachen aus. Dann starrte er wieder auf das Foto von Richard von Dauss. Der stand neben einer Leinwand, auf der eine Powerpointpräsentation abgespielt wurde. Selbstverständlich zeigte es ein Diagramm, dessen Linien deutlich nach oben wiesen, ohne jedoch über irgendeine Art von Beschriftung zu verfügen. Das offensichtlich gestellte Foto sollte suggerieren, dass Richard von Dauss einen Vortrag hielt. Anscheinend einen lustigen, denn die Zuschauer lächelten ausnahmslos, genau wie der Speaker, der dazu noch beide Daumen in den Himmel reckte. Ben schnaubte. Dann wechselte er mit dem Mauszeiger den Tab und kehrte zum Google-Suchergebnis zurück.

Er klickte in die Google-Suchleiste, markierte das *richard* und ersetzte es durch *isana*. Diesmal spuckte die Suchmaschine 5233 Ergebnisse aus, die auf 340 schrumpften, als Ben den Link zur Bildersuche anklickte. Das erste Foto zeigte die junge Dame in einem schwarz-weißen, stark weichgezeichneten Porträtfoto, bei dem sie mit einem zarten Lächeln verträumt einen Meter neben die Linse der Kamera stierte. Ben öffnete die Bildquelle in einem neuen Tab und landete auf Isanas Facebookseite. Leider waren die Inhalte, sofern es welche gab, nur ihren »Freunden« zugänglich. Ben unterdrückte den Impuls, auf »Als Freund hinzufügen« zu klicken, und wechselte wieder in das Ergebnis der Bildersuche. Die nächsten Fotos hatten, soweit er es an den Motiven erkennen konnte, nichts mit Isana zu tun. Dabei waren das Foto eines Fußballfeldes, mehrere andere Frauen, eine Erdbeere und ein kleiner Ausschnitt des Signal-Iduna-Parks. Er scrollte weiter nach unten und erkannte auf den zweiten Blick erneut ein Motiv, auf dem tatsächlich Isana zu sehen war. Im ersten Moment war Ben nur Richard von Dauss aufgefallen, der – anscheinend war das sein Hobby – wieder mal auf irgendeiner Bühne posierte. »Alte Rampensau«, raunte Ben und vergrößerte das Bild. Es handelte sich um die Preisverleihung, dessen Motiv ihm schon vor zwei Tagen an Ivos »Isana-Gedächtnis-Wand« aufgefallen war und das er später im *Unternehmer vor Ort*-Magazin wiedergefunden hatte. Diesmal bemerkte er, dass neben Isana eine dunkelhaarige Frau stand. Sie lächelte wie alle anderen auf dem Bild übers ganze Gesicht und schien schwungvoll in die Hände zu klatschen, da sie nur verschwommen zu erkennen waren. »Könnte sein, dass du die Mutter bist«, murmelte er in derselben Tonlage wie »Alte Rampensau«. Er vergrößerte das Bild ein weiteres Mal, wodurch es leicht an Schärfe verlor. Eine Ähnlichkeit war durchaus erkennbar, vielleicht aber auch nur Einbildung. Ben hielt sich selbst nicht für besonders talentiert, was Abwägungen dieser Art betraf, und seit er bei einem Auftritt einmal eine Mutter jünger als ihre Tochter geschätzt hatte, hielt er sich in der Öffentlichkeit mit solchen Mutmaßungen komplett zurück.

Er tauschte in der Suchleiste den Begriff *isana* zurück zu *richard* und betrachtete ebenfalls nur die Bildergebnisse. Nahezu auf jedem Bild war Richard von Dauss zu sehen. Ben vergrößerte Bild Nummer eins und klickte sich mit dem nach rechts gerichteten Pfeil durch die Galerie. Auf den ersten fünfzig oder sechzig Bildern erkannte er weder die Frau noch Isana. Doch ihm fiel eine männliche Person auf, die überdurchschnittlich oft mit von Dauss zusammen auftauchte. Oft stand sie etwas im Hintergrund, manchmal saß sie neben ihm. Der Mann schien kleiner als von Dauss. Er wirkte eher speckig als muskulös, und seine runde Brille erinnerte Ben an einen Buchhalter.

Ben rieb sich die Augen und gähnte. Um ihn herum war das Zimmer dunkel geworden, und nur der flackernde Röhrenmonitor sorgte für etwas mattes Licht. Er rollte mit dem Bürostuhl zu seinem ansehnlichen

Dokumentenstapel. Das Dortmunder Unternehmermagazin lag oben auf. Ben öffnete die Seite mit von Dauss, Isana und der unbekannten Frau. Auch hier war der namenlose Fremde im Hintergrund zu erkennen. Die Bildunterschrift, die Ben vorher noch nicht beachtet hatte, besagte: *Der Preisträger Richard von Dauss. Im Hintergrund Ehefrau Elisa und Tochter Isana, Tabbart Lauber.*

* * *

»Und du?«, fragte Kai, der Isana soeben ausschweifend über die Geschichte seines eigenen Computerimperiums aufgeklärt hatte. Dabei wohlwissend verschweigend, dass sein Firmensitz die rechte Seite von Bens Wohnzimmercouch war und sein technisches Equipment nicht über ein 13,5-Zoll-Laptop mit Ubuntu-Betriebssystem und einer ultraleichten Razer-DeathAdder Elite-Gamingmouse hinausging.

»Friseurin«, sagte sie lächelnd und nippte an ihrem zweiten Glas Rotwein.

Der Kellner rückte heran und servierte zackig den Hauptgang. Für sie hausgemachte Bandnudeln in Babytomatensoße und frischen Salzwiesenchampignons und für ihn zartes Kalbsbäckchen aus heimischer Zucht mit Feldsalat an fruchtigen Granatapfel-Parmesanchips.

»Echt?«, fragte Kai, der sich nicht sicher war, ob Isana ihn auf den Arm nehmen wollte oder nicht.

Sie lachte. »Das hat mein Vater auch gefragt, als ich ihm gesagt habe, dass ich das werden will. Der hat auch genauso geguckt.« Sie zeigte auf sein Gesicht, dessen Mimik er schnell wieder unter Kontrolle brachte. »Überrascht?«

»Mmh. Schon ein bisschen«, gab er zu. »Hab ich zumindest nicht mit gerechnet. Ich dachte eher, du arbeitest bei deinem Vater in der Firma oder machst zumindest so was Ähnliches. Oder bist …« Er stockte.

»… einfach nur Tochter, was?«, beendete sie für ihn den Satz und steckte sich eine akkurat aufgewickelte Nudel in den Mund.

»Das hast du gesagt«, antwortete er lachend und nahm ebenfalls einen ersten Bissen. »Wow, das schmeckt genial!« Einige Sekunden kauten sie schweigend, dann sagte Kai: »Nee. Finde ich cool, dass du das machst, was du willst.«

»Ja. Das wollte ich schon immer werden. Daddy ist, glaube ich, nicht überglücklich damit, hat aber schnell eingesehen, dass er es nicht ändern kann.« Sie zog unschuldig die Schultern hoch. »Ich darf ihm sogar die Haare schneiden«, fügte sie scherzhaft hinzu.

»Wo arbeitest du denn? Vielleicht komme ich mit meiner Mähne dann das nächste Mal zu dir.«

»Bei Stephan Singer in der Thier-Galerie.«

»Okay, dann wohl doch nicht.« Er zog die Stirn kraus. »Ich müsste drei Stunden für einen verdammt reichen Kunden in die Tastatur kloppen, um die Kohle zu verdienen, damit die mir meine Augenbrauen zupfen.«

»So schlimm ist es auch nicht. Ich mach dir 'nen super Preis. Frag einfach nach Sandy Blonde.«

»Sandy Blonde? Echt?« Er sah sie verdutzt an.

»*Jetzt* hab ich dich verarscht.« Sie zwinkerte ihm verführerisch zu, und er überlegte, was er tun konnte, um dieses Zwinkern möglichst schnell wiederzusehen.

Eine Zeit lang blieb es still zwischen den beiden, und sie aßen schweigend, tauschten lediglich hier und da ein Lächeln aus.

»Du darfst es niemandem verraten, okay?«, sagte Kai nach einer Weile. Seine Stimme hatte einen leisen, verschwörerischen Unterton bekommen. Er wusste nicht, ob es schlau war, ihr zu erzählen, was schon die ganze Zeit an ihm nagte, doch er konnte nicht an sich halten.

»Was?« Sie sah ihn interessiert an und hob ihr Weinglas an die Lippen.

* * *

»Tabbart Lauber? Was ist das denn für ein bekloppter Name?« Ben warf die geöffnete Zeitschrift zurück auf den Stapel, von dem sie langsam und gemächlich hinunterglitt und platschend auf dem Boden landete. Er wandte sich wieder der Tastatur zu, doch Google weigerte sich zu helfen. Ein Mann dieses Namens war nicht auffindbar. Auch ein Blick ins Telefonbuch, welches Ben in einem Ordner mit der Beschriftung *Außeneinsätze* im Regal aufbewahrte, brachte keine Person dieses Namens zum Vorschein.

»Lauber, Lauber …«, murmelte er vor sich hin. Dann fiel es ihm ein. Dieser Kommissar Kottan hatte Richard von Dauss gefragt, warum der nicht »seinen Lauber« geschickt habe. Und von Dauss hatte geantwortet, dass Lauber nicht verfügbar sei.

Ben schaltete Computer und Monitor aus. Für heute war Feierabend. Morgen würde er sich diesen Lauber mal vornehmen. Das Problem war, dass er dazu seine Eltern besuchen musste.

* * *

»Der Tote aus der Hütte ...« Kai machte eine Pause und überlegte, ob er nicht lieber einen Rückzieher machen sollte. Vielleicht konnte er sich mit »... sah ganz schön gruselig aus« aus der Affäre ziehen?

»Ja?«, fragte Isana und nahm einen Schluck Wein.

»Das war Ivo Sunstein.« Er war sich sicher, jeden Moment eine Weindusche abzubekommen.

Isana riss die Augen auf, dann blähte sie ihre Wangen und stellte das Weinglas mit deutlich zittrigen Fingern zurück auf den Tisch. Sie hob die Hand vor den Mund, schluckte hastig und hustete. Als sie sich wieder gefangen hatte, tupfte sie sich mit der Serviette die Tränen von den Augen. Kai hatte eine deutliche Reaktion erwartet, war angesichts dieses Ausbruchs aber etwas irritiert.

»Ivo Sunstein?«, fragte sie mit noch brüchiger Stimme.

»Äh. Ja.« Er spürte förmlich, wie der freundliche Engel des baldigen Beischlafs, der eben noch auf seiner Schulter geruht und den Daumen weit Richtung Himmel gereckt hatte, blitzschnell Reißaus nahm und sich der Teufel der einsamen Nacht auf der anderen Schulter hinterhältig ins Fäustchen lachte.

»*Der* Ivo Sunstein?« Sie pochte mit Zeige- und Mittelfinger auf ihre Brust, und Kai sah neue Tränen in ihren Augen.

Er hoffte, dass diese vom Verschlucken herrührten und nicht der Tatsache geschuldet waren, dass Ivo gestorben oder besser gesagt ermordet worden war. Anstatt eine Antwort zu geben, sagte er in zerknirschtem Tonfall: »Du, tut mir leid. Ich wollte dir keinen Schrecken einjagen. Morgen hättest du es sowieso erfahren, und ich dachte, ich sollte es dir lieber sofort sagen.«

»Schon okay«, antwortete sie und trank einen Schluck Wasser. »Das kam nur ein bisschen plötzlich. Ich hab einfach nicht damit gerechnet.«

»Schon klar.«

»Was hat der denn da gemacht? Weiß man das schon?«

»Vielleicht gehörte der zu den Einbrechern?«

Isana sah ihn einige Sekunden schweigend an, dann verengten sich ihre Augen zu Schlitzen, und sie schüttelte den Kopf. »Kann ich mir nicht vorstellen.« Sie legte ihr Besteck auf ihren noch halb vollen Teller.

Kai tat es ihr gleich. Er verspürte zwar durchaus noch Appetit – dieser verging ihm selten –, doch unter den gegebenen Umständen hielt er es für unpassend, weiter zu essen. Kein Koitus, kein Kalbsbäckchen, das Leben konnte hart sein.

»Ivo war auf mich fixiert. Komplett durchgeknallt und an nichts außer an *mir* interessiert.« In Kais Ohren klang es nicht, als wollte sich Isana mit dieser Aussage hervortun oder zu etwas Besonderem machen. Vielmehr klang ihre Stimme sachlich, eher ein Stück weit resigniert. »Der hat sich nicht für irgendwelche Dinge interessiert oder für Geld. Der hat in der Zeit, in der er hinter mir her war, drei Jobs verloren.«

»Vielleicht hat er gerade deswegen Geld gebraucht?«, gab Kai zu bedenken.

Isana lächelte ihn milde an. »Und dann soll er sich mit diesen Gangstern eingelassen haben? Nie im Leben. Der ist zu einer Rosine zusammengeschrumpft, wenn ihm ein anderer Mann zu nahe gekommen ist. Klingt vielleicht blöde, aber der hätte nie einen anderen Typen auf mich aufmerksam gemacht.«

»Klingt nicht blöde«, antwortete Kai und stellte fest, dass *das* ziemlich blöde klang. »Nur, dass er ja nun mal tot in der Hütte lag.«

Der Kellner kam und fragte, nach einem skeptischen Blick auf die Teller, ob es nicht geschmeckt habe – was beide kräftig verneinten –, und räumte ab.

Als sie wieder alleine am Tisch waren, griff Isana zu ihrem Weinglas und leerte es in einem Zug. »Dann wird er die Einbrecher eben beobachtet haben. So, wie wir uns das schon überlegt hatten. Und die haben ihn dann später gefunden und einkassiert.«

Kai hätte sich am liebsten geohrfeigt. Er würde Isana auf keinen Fall auch noch erzählen, dass sie herausgefunden hatten, dass Ivo am Dienstag bei der Polizei gewesen war und am Montag gar nicht beim Einbruch dabei gewesen sein konnte. Er wünschte sich, er hätte einfach mal das Maul gehalten. »Ja, vielleicht. Muss wohl so sein«, murmelte er und klang wenig überzeugend.

Isana atmete hörbar ein und aus. »Ich glaube, ich gehe besser nach Hause«, sagte sie in einem Tonfall, der leises Bedauern ausdrückte.

»Ich hab dir den Abend verdorben. Tut mir leid«, entgegnet Kai, der zerknirscht aussah und sich genauso fühlte.

»Stimmt.« Sie lächelte ihn an. »Trotzdem bin ich dir dankbar, dass du es mir gesagt hast. Nach all dem Scheiß, den ich mit Ivo erlebt habe, und es war wirklich Scheiß, das kann ich dir sagen, bin ich ab jetzt wenigstens befreit. Und damit muss ich erst einmal klarkommen.« Sie blickte ihm direkt in die Augen.

»Wir könnten …«, begann Kai, doch Isana unterbrach ihn kopfschüttelnd: »Heute nicht. Frag morgen noch mal!«

KAPITEL 4

Das Kapitel, in dem Ben endlich mal rechtzeitig irgendwo hinkommt (wo er gar nicht erwünscht ist) und eine unbekannte Person etwas Zug bekommt.

Ja, Bennilein. Hättest du angerufen, dann hätte ich gekocht!«

»Mama, es ist halb elf. Ich bin nur kurz da und auch gleich wieder weg«, sagte Ben, der feststellte, dass er schon von seinen Eltern genervt gewesen war, noch bevor er überhaupt den Klingelknopf unterhalb des angelaufenen Messingschildes gedrückt hatte. Die protzigen, drei Zentimeter hohen, eingravierten Buchstaben auf dem Schild erinnerten ihn immer wieder daran, dass hier *Dr. Pruss* zu Hause war und nicht jemand, der ihm elterliche Gefühle entgegenbrachte.

Ben war um kurz nach fünf schweißgebadet aus einem Albtraum aufgewacht. Ivo Sunstein hatte sich in seine REM-Phase gedrängt und Ben vorgeworfen, er habe ihm nicht richtig zugehört. Diese Tatsache alleine war noch nicht hinreichend, um sich die Auszeichnung Albtraum zu verdienen. Klarheit darüber schuf jedoch die Randbedingung, dass Ivo Sunstein sich ihm als verwesende und gleichzeitig lebendige Leiche präsentiert hatte. Ben schauderte beim Gedanken daran. Um Ivos Hals war der Kabelbinder geschlungen gewesen, der ihm tief ins teigige, blasse Fleisch schnitt. Die durchsichtige Plastiktüte, die ihm der Mörder über den Kopf gezogen hatte, hing, wie eine groteske Halskrause, zerrissen unter dem Kinn. Ivos Kleidung war die eines Zombies. Vielen Dank auch, *Walking Dead*! Sein T-Shirt starrte vor Dreck und Flecken von getrocknetem Blut. Von der Jeans war nicht mehr als ein Fetzen übrig, der Ivo in zerrissenen Streifen über die Beine fiel. Wie bei Hulk früher im Fernsehen. Ivo Sunstein schien auf einer Art Bühne zu stehen, Ben meinte sich sogar an Scheinwerfer erinnern zu können. Neben ihm ein Auto, das für Ben aussah wie ein alter Cadillac aus einem James-Dean-Film. Der Kofferraum stand offen, und Ivo stützte sich mit einer Hand an die Heckklappe. Fast wäre es Ben gelungen, sich bei diesem Anblick aus dem Schlaf zu winden, doch bevor das geschah, hörte er Ivo mit kehliger, röchelnder Stimme sagen: »Du hast mir nicht richtig zugehört … Du hast mir nicht richtig zugehört … Du hast mir nicht richtig zugehört …« Das genügte, um Ben im Bett hochschrecken zu lassen.

In den ersten Sekunden schien es ihm, als hätte er Ivos Stimme mit in die Realität genommen. Es sollte ihm nicht gelingen, in dieser Nacht noch einmal in den Schlaf zu finden. Trotz Rescuetropfen, die er sich, sobald er wieder halbwegs klar denken konnte, auf die Zunge geträufelt hatte. Stattdessen gingen ihm immer wieder Ivos Worte durch den Kopf. Wobei hatte er ihm nicht richtig zugehört? Er hatte ja kaum mit ihm gesprochen.

Das Telefonat hatte nicht mal zwei Minuten gedauert, und Ben konnte sich partout nicht an eine Äußerung seitens Ivo erinnern, die noch irgendeine unentdeckte Relevanz hatte oder die er möglicherweise missverstanden hatte. Doch er war noch nicht dazu in der Lage, den Traum als das abzutun, was er höchstwahrscheinlich war: nichts als ein wirrer Traum.

»Wölfchen, der Junge ist da«, rief seine Mutter in den Flur und setzte mit einem Tonfall, der Vorwurf und Verwunderung gleichzeitig auf die Spitze trieb, hinzu: »Wusstest du, dass der heute kommen wollte?«

Aus einem der Räume hinter der Flurtür kam ein Grunz-Schnaub-Laut, der sowohl als »Ja«, »Nein« oder »Ist mir scheißegal« hätte durchgehen können.

Ben verdrehte die Augen und lief seiner Mutter hinterher, die in einem braunen Hosenanzug und braunen Pumps vor ihm herstakte. Im zweiten düsteren Flur, der dem ersten düsteren Flur folgte, roch es nach Kaffee und gebratenen Eiern. Die Küche lag im hellen Sonnenlicht da. Einem außenstehenden Betrachter vermochte sie das Bild einer altmodischen, Wärme, Herzlichkeit und Gemütlichkeit versprühenden Familienzentrale vorzugaukeln. Nicht so Ben. Er bemerkte seinen Vater, der auf der braunen Eckbank saß und Zeitung las.

»Moin«, sagte er, denn er wusste, dass sein Vater das Wort *Moin* verabscheute.

Erneutes Grunzen hinter der Zeitung, diesmal eventuell ein »Tag«, »Hallo« oder »Hau doch wieder ab«.

»Ich müsste mal in den Keller an die alten Telefonbücher«, sagte Ben, der sich gleich wieder umdrehte und in Richtung Kellertreppe ging. Allerdings bewegte er sich langsam, denn er kannte den Ablauf genau, der unweigerlich folgte.

»Ben?« Die Stimme seines Vaters war nun *sehr deutlich* zu verstehen. Die Zeitung gab ein nachdrückliches Rascheln von sich, als sie unsanft auf dem Tisch abgelegt wurde.

Ben zwinkerte seinem Spiegelbild im ovalen Flurspiegel wissend zu. Dann wand er sich zur offenen Tür und blickte seinem Vater in die Augen. Dieser erwiderte seinen Blick streng über den Rand einer kantigen Lesebrille hinweg. »Kantig« war das Schlüsselwort, um Wolfgang Pruss treffend in einem Wort zu beschreiben. »Ja«, sagte Ben, ohne es zu deutlich wie eine Frage klingen zu lassen.

»Was willst du mit meinen Büchern?«

»Ich muss eine alte Adresse raussuchen. Geht schnell.« Er drehte sich um, wohl wissend, dass er noch nicht entlassen war.

»Du wolltest doch immer, dass ich die alten Telefonbücher wegwerfe, weil keiner so einen ›alten Scheiß‹ brauchen würde.«

»Daddy.« Bens Vater hasste *Daddy* noch mehr als *Moin*. »Ich finde es total klasse, dass du die sammelst. Siehste ja. Jetzt kommen sie zum Einsatz.«

»Ist das wegen deinem Scheiß, den du machst?«

Okay, das Schlüsselwort heute hieß *Scheiß*. Dieses Wort liebte sein Vater. Natürlich nur im trauten Kreise seiner Familie, niemals in der Öffentlichkeit. Ben entschied sich, nicht darauf anzuspringen. »Ich bin unten, wenn mich jemand sucht«, sagte er und ging ein zweites Mal in Richtung Kellertreppe.

»Ben? … BEN?«, hörte er es hinter sich aus der Küche schallen und dann die Stimme seiner Mutter: »Lass ihn halt in die Bücher gucken. Gleich ist er ja wieder weg.«

Diesmal zog Bens Spiegelbild im Vorbeigehen die Stirn kraus. »Ja. Gleich bin ich wieder weg …«, sagte er zu sich selbst.

Es war durchaus beachtlich, was sich da in knapp zwei Metern Höhe vor Ben erstreckte. Eine Schlange aus peinlich genau aneinandergereihten Telefonbüchern der Stadt Dortmund seit 1969. Bei dem Anblick fragte Ben sich jedes Mal, was im Jahre 1969 bei seinem Vater wohl schiefgelaufen sein mochte. Die Exemplare bis 1978 trugen die Jahreszahl noch auf dem Buchrücken. Danach hatte ein gewiefter Verlagsmensch festgestellt, dass dieses Stück Pappe auch wunderbar als Werbefläche für Taxiunternehmen oder Schlüsseldienste verscheuert werden konnte. Auf diesen Exemplaren hatte sein Vater Klebeetiketten mit den Jahreszahlen angebracht – vorbildlich und akkurat mit seiner Normschriftschablone geschrieben. Zumindest bis 1992, denn ab diesem Jahr hatte ein Drucker Einzug ins Hause Pruss genommen, und die Normschriftschablone war Rationalisierungsmaßnahmen zum Opfer gefallen. Ben trat einen Schritt näher heran und betrachtete die Jahreszahlen. 1992 bis 1998 das eckige, graue Druckbild eines Epson-9-Nadeldruckers, gefolgt von zwölf Jahren mittlerweile recht verblichener Farbe aus einem Tintenpisser. Danach, bis zum Exemplar vom letzten Jahr (das aktuelle lag auf dem Sideboard im Flur neben dem Telefon) das gestochen scharfe Bild eines Laserdruckers.

Aufs Geratewohl nahm Ben das Telefonbuch von 2013 aus dem Regal und suchte nach Tabbart Laubers Namen. Erfolglos. Laubers gab es einige, einen Tabbart nicht und auch keinen »T.«. Er stellte das Buch zurück, wobei er sich Mühe gab, es möglichst präzise und »randgleich« zu den anderen Exemplaren auszurichten. Dann griff er sich das Telefonbuch von 2000. »Yes«, zischte er in den menschenleeren Raum hinein, als er den Eintrag eines *Rechtsanwalt Lauber, Tabbart* samt Telefonnummer und Adresse in Schüren, Londoner Bogen 98, ausmachen konnte. Er eilte zur Tür und griff den daneben hängenden Schreibblock samt angekettetem Kugelschreiber von der Wand, den ein eingefleischter *Schreib's-dir-sofort-auf-sonst-vergisst-du's*-Prediger hier angebracht hatte. Er benutzte seinen Oberschenkel als Unterlage und schrieb die Adresse ab. Gerade wollte er gehen, als ihm einfiel, dass es keine schlechte Idee sein würde, sich abzusichern. Er ging zurück und kontrollierte auch die späteren Ausgaben auf den Namen Tabbart Lauber. Bis ins Jahr 2010 blieb der Eintrag derselbe, danach verschwand Lauber spurlos aus dem Fernsprechverzeichnis. Dir werde ich gleich mal einen Besuch abstatten, dachte er zufrieden.

Und tatsächlich sollte es für Tabbart Lauber ein großes Glück bedeuten, dass Ben so hartnäckig war. Für Ben selbst eher nicht.

* * *

Tabbart Lauber liebte Ordnung. Das fing bei seinem stets gepflegten Äußeren an, für das eine penible morgendliche Rasur genauso wichtig war wie ein Anzug von Marzotto oder Strellson in Kombination mit einem blütenweißen Hemd. Lauber war mit seinen ein Meter fünfundsechzig und der kräftigen Statur, die seit Jahren konstante hundertzehn Kilo auf die Waage brachte, kein Adonis, doch darauf kam es ihm auch nicht an. »Du musst was hermachen«, hatte sein Vater immer zu ihm gesagt, und er hatte sich dran gehalten. Ordentliches Aussehen, ordentliches Umfeld und vor allem ordentlich geleistete Arbeit.

Er saß in seinem Büro am Schreibtisch – beide Handflächen rechts und links neben seinem muskulösen Oberkörper auf die derbe Tischplatte aus Mahagoni gelegt – und starrte auf die Flammen des Ethanolkamins, der als einziges Dekorationselement an der weißen Wand ihm gegenüber angebracht war. Für Lauber war er mehr als bloße Zierde. Die lautlos tanzenden Flammen sorgten dafür, dass sein Kopf frei wurde und sein Gehirn sich perfekt auf eine Sache fokussieren konnte. Aus vier makellos aufeinander abgestimmten Lautsprechern funkelten kristallklare Töne von Tschaikowskis Winterträumen. Er dachte an die Wichser. Die Wichser, die es sich herausgenommen hatten, seinen Boss zu erpressen. Er dachte an Ivo Sunstein – auch ein Wichser –, der sich schlussendlich – Halleluja, was für ein toller Nebeneffekt – ein für alle Mal verpisst hatte. Und er dachte an Ben Pruss und Kai Siebert – mit ziemlicher Sicherheit auch Wichser, doch für den Moment nützlich. Seine messerscharfen Gedanken zogen ein knallhartes Resümee aus den Ereignissen der vergangenen Tage und bündelten sich dann in einem einzigen Gedankenstrom, die nächsten Arbeitsschritte betreffend. Es war ganz logisch, alles lag, über jeden Zweifel erhaben, vor ihm – und das überraschte ihn nicht. Er wusste, dass er ein Genie war. Er zog das Telefon an sich heran, stellte die Freisprecheinrichtung ein und wählte eine Nummer. Wie immer aus dem Kopf.

»Hallo?«, meldete sich eine männliche Stimme.

Einen Moment antwortete Lauber nicht, sondern genoss sanft lächelnd die Tatsache, dass sich die Stimme auf der anderen Seite ängstlich, gehetzt und verfolgt anhörte. Eine Stimme, die in den zurückliegenden zwanzig Jahren, in der er sie kannte, nahezu immer arrogant und überheblich dahergekommen war.

»Es sieht nicht gut aus, Sander. Gar nicht gut.« Er lehnte sich genüsslich in seinem Bürosessel zurück und wartete auf eine Reaktion.

»Haben die was?«, fragte die Stimme auf der anderen Seite.

»Erst mal habe nur *ich* was, Sander. Aber *die* werden auch was bekommen.« Er übertrieb genussvoll die Betonungen. »Über kurz oder lang. Und dann sieht es nicht gut für dich aus.«

Und dann erzählte Lauber seinem Zuhörer in aller Ruhe und in jeder Einzelheit, was *DIE* über kurz oder lang haben würden und was *DIE* dann mit ihm anstellen würden. Er war sich sicher, dass das Meiste davon nicht eintreffen würde, doch darauf kam es nicht an. Im Augenblick kam es nur darauf an, kleine, unschuldige Samen auszustreuen. Gießen, hegen und pflegen und zur vollen Blüte bringen, das würde Sander von ganz alleine tun.

»Scheiße, Lauber. Du musst was tun. Wir alle hängen da drin. Wir …«

»Beruhig dich«, kläffte Lauber mit herrischer Stimme. Wenn er eins nicht leiden konnte, dann war es weinerliches Selbstmitleid. Er wollte gerade weiterreden, als ein gläsernes Scheppern aus dem Erdgeschoss an sein Ohr drang. »Scheiße«, murmelte er und legte auf.

* * *

Der Londoner Bogen war ein modernes Wohnviertel, und manche Häuser wirkten, als hätten die Bauherren mehr als nur einen Bogen überspannt. Ben parkte seinen Ford Fiesta vor Hausnummer 98, einem eierschalenfarbenen Bungalow, und Ben überlegte, was er überhaupt beabsichtigte. Eine innere Unruhe hatte ihn gepackt und hierhergeführt. Irgendetwas stimmte nicht, das spürte er genau. »Warum haben Sie denn nicht Ihren Lauber geschickt?«, hatte Kottan gefragt, und von Dauss hatte geantwortet: »Lauber ist nicht verfügbar.« Aber das Bild war von Dauss doch verdammt noch mal wichtig gewesen. Und anstatt Lauber »verfügbar zu machen«, hatte er einem wildfremden Typen den Auftrag gegeben, der aus einem völlig anderen (und vielleicht sogar idiotischen) Grund heraus an seiner Tür geklingelt hatte. Ben tippte mit den Fingern nervös ans Lenkrad. Sollte er klingeln? Und dann? Na ja, er würde sagen, wer er war und dass er aus purer Neugierde hier war. Dann würde sich sicher alles klären. Alle würden lachen und danach ihres Weges gehen. Ja, das klang nach einem soliden Plan.

Ben stieg aus dem Auto, als sich just in diesem Augenblick die Tür des Bungalows öffnete und ein älterer, klapperdürrer Herr mit hellbraunem Anzug und viel zu großer Fliege heraustrat. »Wollen Sie zu mir?«, fragte er.

»Sind Sie Tabbart Lauber?«, stellte Ben die Gegenfrage.

»Lauber? Nein.« Der Mann stieß ein Kichern aus. »Da kommen Sie ein paar Jahre zu spät.« Er zog mit seinem Fuß umständlich einen losen Kantstein in seine Richtung und beförderte ihn vor die Tür, um sie offen zu halten. Dann schlurfte er in Bens Richtung. An der Grenze zwischen Bürgersteig und Garten trafen sie aufeinander. »Lauber hat uns das Haus verkauft. Jahre her.«

»Ah. Schade. Ich habe nur diese alte Adresse von ihm bekommen. Sie wissen nicht zufällig, wo er jetzt wohnt?«

»Ich kann Ihnen die Adresse geben, unter der er damals zu erreichen war, als er hier ausgezogen ist. Ist nicht weit von hier. Nur einmal über die B 236. In Gartenstadt.«

Na toll, dachte Ben, von dort, wo er gerade herkam.

Der Mann kicherte wieder. »Hat sich damals vergrößert, obwohl er ja alleine wohnt. War anscheinend der Wohlstand ausgebrochen.« Er deutete mit dem Daumen über die Schulter. »Dabei muss ich hier meine Frau schon manchmal fünf Minuten suchen, bis ich sie finde.«

Ben lachte. Der alte Mann war ihm sympathisch. »Haben Sie eine Ahnung, warum bei ihm plötzlich der Wohlstand ausgebrochen ist?«

»Das wird wohl mit dem Hüttenking zusammenhängen«, antwortete der Alte. »Kenn' Se? Den von Dauss?«

»Ah. Ja. Schon mal gehört.«

»Der hat den vertreten. Also der Lauber. Als Anwalt. Und dann hat der plötzlich nur noch für den gearbeitet. Exklusiv, wissen Se? Da wird der wohl ordentlich was für gekriegt haben.« Er hob seine Hand und rieb Daumen und Finger übereinander, so als würde er ein Bündel Hunderter auffächern.

»Aha. Dann nimmt der keine neuen Mandanten an?«

»Keine Ahnung. Hab seitdem nichts mehr mit ihm zu tun gehabt. Fahren Se doch mal hin. Ist hier vorne.« Er zeigte in irgendeine Richtung. »Harlanstraße 16. Kenn' Se oder soll ich Ihnen erklären, wie Sie da hinkommen?«

»Nee, nicht nötig. Kenne ich«, antwortete Ben, der keine Ahnung hatte, sich aber lieber auf sein Navi verließ als auf seinen bemitleidenswerten Orientierungssinn.

Lauber hatte den feinen Bungalow mit der außergewöhnlichen Farbe gegen ein zweistöckiges Haus mit weißem Klinker, blau schimmernden Dachpfannen und Doppelgarage eingetauscht. Eine vierköpfige Familie hätte sich in diesem Haus prächtig aus dem Weg gehen können. Hinter jedem Fenster hing ein Plissee, alle in einheitlichem Design. Nirgendwo auch nur ein Schimmer von Dekoration oder Pflanzen hinter den Scheiben. An der Seite des Hauses fristete lediglich eine kleine Restmülltonne ihr Dasein. Alles sprach dafür, dass hier jemand allein lebte.

Ben parkte vor der Einfahrt am Straßenrand und stieg aus. Ihm fiel ein grauer Opel Astra auf, der rechts auf dem gepflasterten Hof des Hauses stand. Die Bezeichnung Hof traf es am besten, denn der Platz war komplett mit nackten, grauen Steinen belegt. Hier gab es garantiert keine Frau! Gerade als Ben die Einfahrt betrat, bemerkte er, dass die Fenster des Opels sowohl auf Fahrer- als auch auf Beifahrerseite ein Stück weit heruntergelassen waren.

Er wandte sich der Haustür zu und blieb abrupt stehen. Jemand hatte geschrien, da war er sich sicher. Er blickte sich um. Die Straße war verwaist, die anderen Häuser lagen still da. Wieder ein Schrei, diesmal war Ben sich ganz sicher. Er rannte zu Laubers Haustür. Sekunden bevor er den Klingelknopf drückte, war er sich sicher, dass die Schreie – gerade ertönte ein neuer, längerer, klagender – aus Laubers Haus kamen.

»Herr Lauber«, rief Ben und pochte mit der Faust heftig vor die Tür. »Herr Lauber, sind Sie das?«

Er lief an der vorderen Hausseite entlang und schaute durch die Fenster im Erdgeschoss. Die Räume dahinter waren menschenleer. Wieder ein Schrei, noch lauter. Dann ein Hilferuf. Ben warf sich auf die Knie, schirmte seine Augen mit den Händen gegen das Sonnenlicht ab und blickte durch das vergitterte Kellerfenster. Ich muss die Polizei rufen, ging es ihm durch den Kopf, und seine Hand bewegte sich schon in Richtung Hosentasche. Doch dann erkannte er durch den Spalt der dem Kellerfenster gegenüberliegenden Tür einen Körper auf dem Boden liegen. Erst als dieser sich seitlich hin- und herbewegte, erkannte Ben, dass es sich um einen Menschen handelte. Vielleicht war Lauber die Kellertreppe hinuntergefallen und lag verletzt am Boden?

Ben sprang auf die Beine und trat, so fest er konnte, gegen das Gitter des Kellerfensters, welches seinen kläglichen Versuch nur mit einem trockenen Knarzen quittierte. Auch die weiteren Tritte waren nicht effektiver. Ben hastete zurück zu seinem Auto und riss dabei sein Handy aus der Hosentasche. Während er damit beschäftigt war, einer entspannt klingenden Polizistin die Situation zu erörtern, setzte er den Motor in Gang. Die Beamtin versicherte ihm, dass ein Streifen- und ein Rettungswagen unterwegs seien, und er warf das Handy auf den Beifahrersitz. Dann rangierte er rückwärts aus der Parklücke und rauschte in Laubers Einfahrt. Ihm war eine Idee gekommen und er hatte nicht vor zu warten, bis die Polizei irgendwann anrückte. Hier war eindeutig Gefahr im Verzug.

Er rangierte das Auto langsam an das Kellerfenster heran. »Passt«, sagte er zu sich selbst und fuhr einige Meter rückwärts. Er griff den Gurt und schnallte sich an. Dann drückte er das Gaspedal runter und fuhr seinen Ford mit Wucht vor das Gitter des Kellerfensters, welches sich mit einem dumpfen Schlag, gefolgt von einem durchdringenden Scheppern, nach innen bog, um dann im Ganzen in den Kellerraum zu stürzen und laut krachend auf dem Betonboden aufzuschlagen. Ben setzte das Auto zurück, rammte dabei fast den Astra, dessen Existenz er ganz vergessen hatte, und stieg aus. Vor dem entstandenen rechteckigen Loch kniete er sich hin und starrte in den dunklen Keller. Die Tür, durch die er eben eine Person am Boden zu erkennen glaubte, war nun verschlossen.

»Hallo?«, rief er und spürte, wie sich Angst in seinem Nacken breitmachte. »Ich habe die Polizei gerufen. Die ist jeden Moment hier.« Wie auf Kommando hörte er in der Ferne das Aufheulen eines Martinshorns. »Ich komme jetzt rein«, wiederholte er und musste sich Mühe geben, dass seine Stimme fest und beherzt klang. »Ich steige jetzt durch das Fenster und komme herein … zu Ihnen … in den Keller.«

In der Sekunde, in der er seine zaghafte Ankündigung wahrmachen wollte, hörte er ein dumpfes Geräusch und einen weiteren markerschütternden Schrei. »Verdammte Scheiße«, zischte er und schob seinen Körper ins Innere.

* * *

In dem Raum befand sich nichts Brauchbares. Schwerter, Dolche oder Schrotgewehre gab es hier genauso wenig wie irgendein improvisiertes Schlaginstrument, mit dem er einen potenziellen Angreifer außer Gefecht setzen konnte. Er griff sich einen recht solide wirkenden Straßenbesen. Damit würde er im Notfall zumindest für Abstand sorgen können oder einen Stauballergiker kampfunfähig machen. Noch einmal lauschte er. Kein Sirenengeheul. Mit zwei Schritten stand er hinter der Tür, die angelehnt war. Er stupste sie zaghaft mit der Spitze des Schuhs auf. Ein Mann lag auf dem Boden des Kellergangs. Offenbar bewusstlos. Sein ehemals weißes Hemd glänzte dunkelrot von frischem Blut – eine Tatsache, die Ben erst mal verdauen musste. Das Gesicht der Person oder das, was einmal ein Gesicht gewesen sein mochte, war ebenfalls verschmiert mit Blut, Schweiß und Erbrochenem. Die Augen waren zugeschwollen, und die Nase schien merkwürdig verdreht. Doch zum

Glück hob und senkte sich der Brustkorb. Ben hielt den Besen vor sich wie ein Löwendompteur an seinem ersten Ausbildungstag und scannte den Raum. Hier im Gang war niemand anderes zu sehen, aber möglicherweise in einem der Räume, die rechts und links abzweigten. Langsam und möglichst leise lehnte er den Besen gegen die Wand und kniete sich zu dem Verletzten. Gerade wollte er ihn auf die Seite drehen, da schlug dieser die Augen auf, ließ ein klägliches Stöhnen vernehmen und zuckte zusammen, als er Ben vor sich bemerkte.

»Psst«, machte Ben. »Alles wird gut. Polizei und Krankenwagen sind schon auf dem Weg.«

Draußen war das Martinshorn wieder zu hören. Lauter, durchdringend. Weit konnten sie nicht mehr sein.

Oben in der Wohnung rief jemand: »Scheiße, der Spinner hat uns zugeparkt!« Dann Gerenne und hektisches, unverständliches Gemurmel. Ben kapierte, dass der Astra nicht Lauber gehörte. Dann heulte ein Motor auf, und ein Wagen fuhr mit aberwitzig durchgetretenem Gaspedal davon. »Das war meiner«, keuchte der Verletzte, der sich langsam auf die Seite wälzte und sich zaghaft in eine sitzende Position hievte. »Diese Wichser haben meinen Mercedes geklaut«, zischte er durch zusammengepresste Lippen, und man sah ihm an, dass jedes Wort schmerzte.

»Ich habe das Auto von denen wohl zugeparkt.« In dem Moment klingelte es, und Ben dämmerte es, dass die Rettungskräfte ohne Sirene durch das letzte Stück des Wohngebiets gefahren waren. »Ich öffne eben. Eine Sekunde. Okay?« Der Mann nickte andeutungsweise und begann damit, sich mit seinem Ärmel Blut und Rotze vom Gesicht zu wischen. »Sie sind Pruss, richtig?« Ben nickte.

»Und Sie Lauber.« Auch Lauber nickte und sagte: »Wir müssen uns unterhalten.«

* * *

Ben erkannte durch das getönte Glas der Haustür zwei Sanitäter in voller Montur und mit Notfallkoffer. »Wo ist der Verletzte?«, fragte einer von ihnen, als Ben die Tür aufschob. Jedes überflüssige Wort des Grußes sparte er sich. Er war lang und dünn und schaute Ben aus einer randlosen Brille an, die auf einer rot glänzenden und verpickelten Nase saß. Dann drückte er sich, zusammen mit seinem bedeutend kleineren, doch voluminöseren Kollegen an Ben vorbei in den Flur.

Knödel und Knackwurst, dachte Ben und sagte laut: »Im Keller. Da vorne links. Ist die Polizei noch nicht da?«

»Gleich ist Heimspiel. BVB, Gladbach. Die brauchen etwas länger heute. Was ist passiert?«, entgegnete Knödel. Beide wirkten abgeklärt. Kühl. Wenn man den ganzen Tag zu Notfällen unterwegs war, musste man sich wohl zwangsläufig so eine unaufgeregte Grundhaltung zulegen.

»Der Mann wurde überfallen. Ich vermute, er ist zusammengeschlagen worden. Als ich ankam, hörte ich ihn schreien. Dann war er eine Zeit lang bewusstlos. Er hat viel Blut aus …« Ben stockte. Er blickte den Kellergang runter zum Fuß der Treppe. Lauber war verschwunden.

* * *

»Herr Lauber?«, rief Ben die Treppe hinunter und quetschte sich an den beiden Rettungskräften vorbei, die gemessenen Schrittes die Stufen hinuntertrotteten. »Herr Lauber?«, rief Ben noch einmal, als er den Fuß der Treppe erreicht hatte und neben dem Einzigen stand, was von Lauber noch übrig war: eine stattliche Blut- und Kotzelache. »Hier lag er.« Ben blickte verwirrt zu den Sanitätern, die ebenfalls unten angekommen waren und sich ratlos im Kellergang umsahen. »Muss aufgestanden sein. Vielleicht ins Bad oder so«, sagte er und rannte zur nächstgelegenen Tür. »Hallo? Herr Lauber?«

Der Raum war leer. Ein Geräusch erregte seine Aufmerksamkeit. Er drehte sich in Richtung des Kellerfensters, das er demoliert hatte. Ist da eine Autotür zugeschlagen worden? Von welchem Auto? Hatte Lauber vor, sich mit Bens Wagen zu verdünnisieren? Schließlich war die Karre der Gauner zugeparkt und Laubers Benz gestohlen. Im hintersten Kellerraum fand Ben die Tür nach außen in den Garten offen stehend vor.

»Der muss nach draußen gegangen sein«, rief Ben den Sanitätern zu. »Vielleicht ist er verwirrt.« Doch weder hinter dem Haus noch davor war eine Spur von Lauber zu finden. Die beiden Autos standen weiterhin an Ort und Stelle. Lauber war wie vom Erdboden verschluckt. »So ein Mist«, sagte Ben mehr zu sich selbst. Die Sanitäter dackelten behäbig hinter ihm her. Na bravo, dachte Ben, als nun auch noch ein Polizeiwagen in die Einfahrt fuhr.

»Was sollen wir jetzt machen?«, fragte Knackwurst.

»Auf keinen Fall fahren Sie wieder«, sagte Ben in einem Ton, der barscher klang, als er es beabsichtigt hatte. Etwas gemäßigter fuhr er fort: »Der Typ hat ordentlich einen abgekriegt. Ich kann mir vorstellen, dass der verwirrt irgendwo hier rumläuft. Vielleicht könnten Sie sich mal umschauen?«

Die Sanitäter sahen sich fragend an, dann zog der Dicke die Schultern hoch, stellte den Notfallkoffer auf das Pflaster, und beide trabten in unterschiedliche Richtungen davon.

»Haben Sie uns angerufen?«, fragte die junge Polizistin, die aus dem Streifenwagen ausgestiegen war und zusammen mit ihrem Kollegen auf Ben zukam.

Dieser erkannte die feinen, blonden Locken und die zarten Grübchen der Dame sofort wieder und war plötzlich mehr als begeistert. »Sie kenne ich doch! Sie waren letztes Jahr bei Evelyn Pracht zum Personenschutz.«

»Stimmt! Da kann ich mich gut dran erinnern. Sie sind Ben Pruss, richtig? Der Detektiv.«

Beim Wort Detektiv aus dem Mund dieser schönen Frau wallte es in Ben heiß auf. »Ja«, sagte er und röchelte das Wort eher wie ein Minischwein auf dem Laufband heraus. Dabei vollführte er eine abwinkende Geste, die gleichzeitig Lässigkeit und Ungezwungenheit vermitteln sollte, es aber nicht tat. Dann räusperte er sich und sagte: »Ich habe Ihren Namen vergessen.«

»Janine Merk.« Sie wandte sich ihrem Kollegen zu und ergänzte. »Und das ist Polizeioberkommissar Stephan Witt.«

Ben nickte dem Polizisten freundlich zu, der ihm ebenfalls wohlwollend zunickte, und richtete sich dann wieder an Janine Merk: »Der Mann, der hier wohnt, Tabbart Lauber heißt der, ist überfallen worden. Ich kam gerade zufällig hier vorbei und ...«

»Klar, ganz zufällig«, unterbrach sie ihn und zwinkerte ihm zu. »Vor ein paar Tagen holen Sie das Bild vom von Dauss wieder, und heute sind Sie ganz zufällig bei seinem Mädchen für alles vor dem Haus. Logisch.«

Ben lächelte verlegen. »Ist auch egal. Jedenfalls waren zwei Typen bei ihm im Haus, die ihn in die Mangel genommen haben.« Ben erzählte Janine Merk die ganze Geschichte, während sich ihr Kollege Witt schon einmal ins Innere des Hauses begab. Als Ben zu der Stelle gelangte, in dem sein Auto ins Spiel kam, bemerkte er, dass der Schaden an seinem Wagen doch größer war als zunächst angenommen. Der linke Scheinwerfer hing zersplittert an einem fingerdicken Kabelstrang herunter. Der Blinker lag vor dem gähnenden Fensterloch zum Keller und würde ebenfalls nie mehr sein freundliches Leuchten von sich geben. Ben bekam einen Klumpen im Magen, als er daran dachte, dass er mit seiner mickrigen Haftpflichtversicherung selbst auf dem Schaden sitzen bleiben würde. Hoffentlich machte Lauber nicht auch noch Stress wegen des Kellerfensters.

Als er geendet hatte, kamen die beiden Sanitäter um die Ecke, Knackwurst aus Richtung Straße und Knödel aus dem Garten hinter dem Haus. Als beide bei Ben und Janine Merk angekommen waren und ihren Misserfolg bei der Suche kundtaten, fühlte Ben sich mit seiner Lebensmittel-Assoziation ihnen gegenüber ein zweites Mal bestätigt.

»Es wäre gut, wenn Sie noch etwas vor Ort bleiben könnten, wenn das möglich ist«, sagte Janine Merk an die beiden gewandt. Dann ging sie zum Streifenwagen und schickte eine Fahndung nach Tabbart Laubers Wagen raus. An Ben gewandt sagte sie: »Wir gehen mal rein und sehen uns die Sache von drinnen an.«

Als er an Laubers bunt gemischter und langsam trocknender Lache verschiedenster Körperflüssigkeiten detailliert die Auffindesituation beschrieb, fragte er sich ernsthaft, ob Witt und Merk vielleicht dachten, er hätte einen Schaden. Stephan Witts investigative Fragerei schien zumindest nahezulegen, dass sie seiner Story mit einiger Skepsis begegneten.

»Und Sie sind nicht zufällig selber hier eingebrochen und haben das alles fingiert?«, fragte Witt mit einem wissenden Lächeln.

»Warum sollte ich das getan haben?« Und wie fingiert man eine Blut- und Kotzelache, wollte er noch hinzufügen, hielt sich aber zurück.

»Vielleicht, weil Sie hier irgendetwas gesucht haben? Der Raum mit den Akten dort drüben wurde durchwühlt.« Er deutete mit dem Finger in Richtung der Tür unmittelbar hinter Ben. Diesem war das bei seiner Suche nach Lauber ebenfalls aufgefallen.

»Dann hätte er wohl nicht den Krankenwagen und die Polizei gerufen, oder?«, gab Janine Merk zu bedenken.

»Es sei denn …«, entgegnete Witt, doch Janine Merk blickte ihren Kollegen nur mit hochgezogenen Brauen und zusammengekniffenen Lippen an, was dieser zum Anlass nahm, den Rest seines Satzes runterzuschlucken.

Ben fiel auf, dass Janine Merk einen Stern mehr auf der Schulterklappe trug als Witt. Sie war demnach Polizeihauptkommissarin und hatte dementsprechend die Leitung.

»Ja, es war genau so, wie ich es Ihnen gesagt habe. Und ich kann mir wirklich nicht erklären, warum Lauber abgehauen ist.«

»Tja, so wie ich das sehe, können wir hier nicht mehr viel ausrichten, bis Lauber wieder auftaucht und eine Aussage macht. Wir verabschieden uns, Herr Pruss.« Janine Merk griff sich zum Gruß an die Dienstmütze.

»Und was soll ich machen?«, fragte Ben.

Sie sah ihn verwirrt an. »Sie können auch gehen.«

»Mein Wagen ist kaputt.«

»Sorry, darum müssen Sie sich selbst kümmern. Wir können Sie gerne ein Stück mit in die Stadt nehmen«, bat sie an.

»Ja, und dann sind hier noch die beiden kaputten Fenster. Wir können doch das Haus nicht offen stehen lassen.«

»Richtig, das geht natürlich nicht. Komm, Stephan, wir versuchen mal, ob wir das Kellerfenster irgendwie wieder ins Loch gesteckt bekommen.« Sie machte eine Kopfbewegung, die Witt dazu veranlasste, brav hinter ihr herzuzockeln.

Ben stellte fest, dass die langsam zerfließende Körperflüssigkeitspfütze soeben seine Schuhspitze erreicht hatte, und er trat angeekelt einen Schritt zurück. Dabei fiel sein Blick auf die Tür des Aktenraums, den die Einbrecher durchwühlt hatten. Sie war nur angelehnt. Er neigte seinen Kopf ein Stück, um die beiden Polizisten dabei zu beobachten, wie sie sich mit dem losen Fenstergitter abmühten. Es schien nicht so ganz einfach zu sein, es wieder in das Loch zu pfropfen. Er schob die Tür zum Aktenraum ein wenig weiter auf. Ein metallener, grauer Aktenschrank für Hängeordner nahm fast die gesamte Wand ein. Davor lag eine große Menge an herausgerissenen Ordnern wild auf dem Boden verteilt. Irgendwas hatten die Einbrecher gesucht – und vielleicht auch gefunden. Ben wollte gerade die Tür wieder zuziehen, als er an einem der Hängeordner, der am Boden lag, einen beschrifteten Reiter bemerkte, der sein Interesse weckte. Er tat einen Schritt in den Raum hinein und hob ihn auf. Im Ordner befanden sich gut zwanzig bedruckte DIN-A4-Blätter und ein paar Fotos.

»So, das sollte erst mal reichen«, hörte er Witts Stimme aus dem Nebenraum, und Ben wusste, dass er nicht tun sollte, was er jetzt tat. Mit an Sicherheit grenzender Wahrscheinlichkeit war das vollkommen sinnlos. Mit *absoluter* Sicherheit war es verboten. Er schob den Ordner unter die Lederjacke und klemmte ihn sich hinter seinem Rücken unter den Hosenbund. Dann machte er einen großen Schritt in den Flur zurück, zog die Tür zu und fühlte sich schrecklich.

* * *

Ohne Auto und mit gestohlener Akte unter der Jacke, die ihm wie eine Brennnessel den Rücken verbrannte, kam Ben zwei Stunden später zu Hause an. Ihm war zum Glück eingefallen, dass er mit siebzehn bei einer

Werbeaktion in der Innenstadt mal in den ADAC eingetreten war. Als Belohnung hatte er dafür eine Sonnenbrille bekommen, was ihn damals großzügig über die Tatsache hinwegsehen ließ, dass er gar keinen Führerschein besaß, geschweige denn ein eigenes Auto. Eine halbe Stunde später kam ein gelber Engel sportlich mit seinem schmutzig-gelben Kastenwagen auf den Hof gefahren. Bereits von Weitem sah er so klapprig und ausgezehrt aus, als wäre er nur Tage davon entfernt, ein echter Engel zu werden.

»Scheiße kehr«, sagte er durch das offene Seitenfenster an der Fahrerseite. Er sprach nur durch seinen rechten Mundwinkel, da der andere eine krumme selbstgedrehte Zigarette hielt. »Nich Sie«, fügte er an Ben gewandt hinzu. »Borussen.« Dabei deutete er auf sein Autoradio.

»Aha.« Ben, der schon wieder vergessen hatte, gegen wen der BVB heute angetreten war, nickte.

»Na, dann los. Gleich ist Halbzeit. 1:0 steht's schon gegen de falschen Borussen. Reyna nach Vorlage von Bellingham. Dat sind Jäuster!« Dabei drehte er den Lautstärkeregler seines Radios auf Vollausschlag und stieg aus, röchelte einmal herzhaft den Kehlkopf durch und spuckte einen bräunlichen Klumpen auf den Bürgersteig. Ben wurde übel. »Pottek«, sagte der Mann und meinte offensichtlich seinen Namen.

»Pruss«, antwortete Ben.

Danach ging alles ziemlich schnell. Machen könne er da nichts (wusste Ben schon vorher), den müsse man abschleppen (wusste Ben schon vorher). Sie zogen das Auto quer durch die Stadt in Richtung Hafen und hinter Uwes Laden auf den Hof. Der würde sich darum kümmern, wie er Ben per Whatsapp versichert hatte. Die nächste Viertelstunde verbrachte Ben nahezu ohne zu atmen auf dem Beifahrersitz von Pottek, der ihm freundlicherweise angeboten hatte, ihn nach Hause zu fahren. Der Hängeordner klebte mittlerweile auf seinem Rücken, denn er hatte es nicht mal gewagt, ihn hervorzuholen, als er am anderen Ende des Abschleppseils hinter Potteks Kastenwagen den Bremser spielte. Pottek steckte sich mittlerweile seine vierte Selbstgedrehte an, die er behände aus einer vergilbten Tupperdose fummelte, welche zusammen mit sieben Wunderbäumen (Ben erkannte die Duftnoten Bubble Gum, Daisy Chain, Eucalyptus und Jungle Fever) und einer abgegriffenen Schreibkladde in der offenen Ablage vor Bens Beinen lag. Dazu kommentierte er jeden Satz der Fußballkonferenz im Radio. Meistens unterlegt mit würzigen Kraftausdrücken, ungläubigem Kopfschütteln und Schwächeanfällen, die sich äußerten, indem schlagartig alle Kraft aus seinen Gliedern zu weichen schien und er seinen Kopf auf dem Lenkrad ablegen musste. Verkehrsbeobachtung war an Spieltagen Nebensache. Erst recht in der 54. Spielminute, als Haaland einen Foulelfmeter verwandelte. Dabei schlug Pottek mit zigarettenbewehrter Hand so heftig gegen das Fahrzeugdach, dass Bens Sonnenblende abfiel und ein zarter Ascheregen auf ihn niederging. Zum Glück machte er seine Ankündigung »Ich scheiß die Wand an!« nicht auch noch wahr.

Jetzt stand Ben in seinem Flur und rümpfte die Nase. Seine Klamotten stanken nach kaltem Rauch. Er warf die Lederjacke ins Badezimmer und zog sich die Akte mit einem Geräusch vom Rücken, das an ein hundertmal feucht gewordenes und wieder getrocknetes Heftpflaster erinnerte. Die braune Vorderseite war nass von Schweiß, und das ganze Teil sah bedenklich verbogen und verbeult aus.

»Hoffentlich hat sich das gelohnt«, murmelte er vor sich hin, dann rief er: »Kai? Bist du da?«, und betrat das Wohnzimmer.

Stille. Die Wohnung war leer. Er warf die Akte auf die Couch, ging in die Küche, um sich ein Bier zu holen, und tippte dabei in sein Handy. *Was machste?*, schrieb er an Kai. Gerade als er es sich mit seiner neuen Abendlektüre und einem kühlen Pils auf der Couch gemütlich gemacht hatte, klingelte sein Handy.

»Hallo«, meldete er sich.

»Lauber hier. Guten Tag, Herr Pruss.«

Ben richtete sich auf und stellte die Bierflasche mit einem kräftigen Scheppern auf dem Tisch ab. »Herr Lauber! Warum sind Sie denn abgehauen? Ich stand ganz schön doof da.«

»Jaja, ich weiß. Tausend Mal Entschuldigung … Tausend Mal Entschuldigung. Ich weiß auch nicht, was in mich gefahren ist.« Er atmete einige Male schwer in den Hörer, so als wäre er völlig außer Atem. »Ich habe einen kompletten Blackout.«

»Wie meinen Sie das?«, fragte Ben, der sich endlich einen gehörigen Schluck Bier gönnte und merkte, wie ihm das Gebräu sofort angenehm zu Kopf stieg.

»Ich meine, ich kann mich nicht erinnern, dass ich abgehauen bin. Alles ist vollkommen verschwommen. Ich weiß, dass Sie da waren und mit mir geredet haben.

Dann bin ich erst am Tennisclub auf einer Bank wieder richtig zu mir gekommen. Ich habe wohl ziemlich ordentlich einen mitbekommen.« Er unterstrich seinen letzten Satz mit einem humorlosen Lacher.

»Sind Sie jetzt zu Hause?«

»Nein, nein.« Wieder ein Lacher. »Ich hab mir ein Taxi zu Richard von Dauss genommen. Ihr Spezi ist übrigens auch hier. Bei Isana.«

Die letzte Information klang in Bens Ohren irgendwie zweideutig, so als hätte Lauber ihm verbal ein Augenzwinkern durch die Leitung geschickt.

»Woher kennen Sie Kai?«, fragte Ben, der sich über diesen Themenwechsel wunderte.

»Ah! Klar. Da bin ich Ihnen natürlich eine Erklärung schuldig, Herr Pruss. Ich bitte tausend Mal um Entschuldigung!«

Das wären dann schon dreitausend, überlegte Ben, der feststellte, dass ihm Lauber unsympathisch war, sobald er auf zwei Beinen stand.

»Ich wusste natürlich von Richard, dass er Sie und Ihren Kompagnon damit beauftragt hat, seine vergötterte Mitchell wiederzubeschaffen.« Das Lachen klang schon weit weniger humorlos, wenn es auch meilenweit davon entfernt war, Fröhlichkeit auszustrahlen. »Ein genialer Schachzug, wenn Sie mich fragen! Eigentlich sollte *ich* das Bild zurückholen. Bis Sie ins Spiel kamen ...« Er machte eine bedeutungsschwangere Pause, und Ben wollte etwas sagen, um die Stille zu durchbrechen, als Lauber weiterredete. »Meine Wenigkeit sollte dann lieber aus dem Hintergrund agieren und den Überblick behalten.« Er kicherte schelmisch, dann fuhr er fort: »Dazu habe ich, und Sie werden es mir hoffentlich nachsehen, auch einen genaueren Blick auf Sie und Ihren Kompagnon Siebert gerichtet. Übrigens großartige Arbeit, die Sie da im Zack-Varieté gemacht haben. Toll, toll, toll.«

»Äh, vielen Dank«, antwortete Ben. »Und was haben Sie …«, fuhr er fort, doch Lauber unterbrach ihn.

»Eine Sekunde, Herr Pruss. Ich bin noch nicht fertig. Sagen Sie, haben Sie die beiden Bösewichte erkannt, die bei mir eingedrungen sind? Haben Sie sie gesehen?« Er klang so aufgeregt, als wollte er Ben berichten, er habe den Weihnachtsmann samt Rentieren über den Westfalenpark fliegen sehen. In Bens Ohren klang es aufgesetzt.

»Ich hab sie gesehen. Es waren die Bilderdiebe.« Wieder eine Pause, dann wiederholte Lauber dramatisch: »Es waren die Bilderdiebe. Richtig. Und wollen Sie wissen wieso?« Ohne die Antwort abzuwarten, fuhr er fort: »Weil sie mich warnen wollten.«

»Sie warnen? Weswegen?« Ben trank einen weiteren Schluck Bier und konnte einen sich anbahnenden Rülpser im letzten Moment lautlos in den Raum pusten.

»Die Jungs haben ihre Hausaufgaben gemacht, Herr Pruss. Da ich nicht erschienen bin, obwohl ich doch seit Jahren alle Spezialaufträge für von Dauss erledige, sind sie wohl auf die Idee gekommen, ich könnte im Hintergrund damit beschäftigt sein, ihnen auf die Schliche zu kommen.«

»Und? Sind Sie?«, wollte Ben wissen.

Lauber lachte. »Herr Pruss, unter uns …« Er senkte die Stimme, als wären feindliche Agenten in sein Blickfeld geraten, die dabei waren, etwas aufzuschnappen, was ganz und gar nicht für ihre Ohren bestimmt war. »Ich hab mich hier und da ein bisschen umgehört. Ein wenig Mist umgegraben. Wem sag ich das? Das hätten Sie doch auch gemacht.«

»Ach ja?«, antwortete Ben, der mit Schrecken an den Mist dachte, den er mit dem Diebstahl von Laubers Akte in seinen eigenen vier Wänden »umgegraben« hatte.

»Papperlapap«, sagte Lauber. »Damit ist ab sofort Schluss. Keine Nachforschungen mehr von meiner Seite. Ich habe die Warnung verstanden. Herrgott, ich dachte, die schlagen mich zu Tode.« Er atmete hörbar aus und schien sich einen Moment sammeln zu müssen. »Ich rate Ihnen, Pruss ...« Das *Herr* vor Bens Nachnamen schien plötzlich passé zu sein, und auch sein Tonfall war von freundlich/unverbindlich zu konsequent/unmissverständlich gewechselt. »Lassen auch Sie die Finger davon. Mit den Kerlen ist nicht zu spaßen.«

»Vielen Dank für den Ratschlag, Herr Lauber. Ich hatte nicht vor, in dieser Richtung weiter zu recherchieren.«

»Gut für Sie, gut für Ihren Kompagnon und gut für die junge Dame Isana. Die scheint Ihren Kai regelrecht anzuhimmeln.« Er lachte speckig und Ben nahm kurz den Hörer vom Ohr und guckte diesen angewidert an. »Was haben Sie jetzt vor?«, fragte Ben.

»Ja, Herr Pruss. Ich hoffte, Sie könnten mich noch auf den aktuellen Stand bringen. Wie gesagt. Meine Erinnerungen gehen nicht darüber hinaus, dass ich mir die Schuhsohlen der Einbrecher mehrfach aus nächster Nähe angesehen habe und dann der rettende Engel

Ben Pruss vor mir stand. Danach hörte ich eine Zeit lang nur *Blowing in the Wind* und fand mich später auf einer von der Sparkasse gesponserten Parkbank wieder. Was ist passiert, Herr Pruss? Und warum sind Sie überhaupt bei mir aufgetaucht?«

»Mmh, mmh«, sagte Ben knapp. Lauber war ihm bei ihrer ersten Begegnung zwar deutlich angeschlagen, aber ganz und gar nicht verwirrt vorgekommen. Natürlich war es *möglich,* dass er desorientiert und umnachtet durch die Gegend geirrt war, doch recht glauben wollte Ben das nicht. Deshalb fühlte er sich auch nicht sonderlich schlecht dabei, ihm zu berichten, wie er aus seinem Kellerfenster einen Panoramaausblick gemacht hatte. Lauber hörte größtenteils schweigend, hin und wieder – vornehmlich als Ben zu der Stelle mit Laubers gestohlenem Auto kam – grummelnd zu. Das Gefühl blieb, ohne dass Ben genau festmachen konnte, woran es lag. Er war sich sicher, dass Lauber die Geschichte in weiten Teilen kannte.

Als Ben geendet hatte, sagte Lauber: »Sie haben mir noch nicht verraten, warum Sie überhaupt bei mir aufgetaucht sind.«

Das stimmte. Diese Information hatte Ben bisher für sich behalten – zumal er selbst die Antwort nicht genau kannte. Halbwegs wahrheitsgemäß antwortete er: »Was soll ich sagen, Herr Lauber? Da ist wohl der Schnüffler mit mir durchgegangen. Ihr Name tauchte zwei, drei Mal nebenbei auf, und ich wollte einfach wissen, wer dieser mysteriöse Lauber ist.«

»Und woher hatten Sie meine Adresse? Die posaune ich nämlich nicht groß raus, wissen Sie?«

»Ich hab so meine Quellen«, antwortete Ben geheimnisvoll, ohne mit einer Silbe zu erwähnen, dass seine Quelle in einem rustikalen Bücherregal zu finden war und einmal die Woche feucht abgewischt wurde.

Lauber schien eingesehen zu haben, dass er sich damit zufriedengeben musste: »Na. Dann werde ich erst mal bei meinem Nachbarn anrufen und ihn bitten, ab und zu mal nach dem Haus zu gucken. Tja, und dann werde ich mich wohl auch noch bei der Polizei melden müssen und mein Verschwinden aufklären. Die werden an einer Unterhaltung mit mir interessiert sein.« Wieder legte er eine rhetorische Pause ein und fügte dann mit tiefer, unerschütterlicher Stimmlage hinzu: »Und wir beide lassen das Schnüffeln sein, Pruss.« Dann legte er auf.

Ben warf das Handy neben sich auf die Couch, lehnte sich an und atmete einmal tief aus und ein. Er wusste nicht genau, was er von diesem Telefonat halten sollte. Er war sich nur sicher, dass er den wahren Tabbart Lauber nur in zwei Sätzen herausgehört hatte. In diesen beiden Sätzen hatte er ihn bewusst »Pruss« genannt und nicht »Herr Pruss«, wie in dem übrigen Gespräch, in welchem er sich wie eine Kreuzung aus Versicherungsvertreter und katholischem Sozialarbeiter angehört hatte.

An zwei Dinge glaubte Ben nicht. Erstens daran, dass Lauber verwirrt und deshalb abgehauen war. Und zweitens, dass die Einbrecher Lauber nur warnen wollten. Vielmehr sah es so aus, als hätten sie etwas gesucht. Natürlich war möglich, dass sie Lauber nur demütigen wollten, indem sie seine Akten durchwühlten, doch das schien Ben nicht plausibel. Für eine Warnung hätten sie ihn einfach verprügelt und ihm seine Botschaft in drei knappen Sätzen deutlich gemacht. Sie hatten garantiert versucht, irgendwas aus ihm herauszubekommen. Und Ben war ihnen dabei in die Quere gekommen. Er schnaubte einmal kräftig durch die Nasenflügel aus, trank das letzte Drittel Bier mit einem Schluck aus der Pulle und blickte die gestohlene Akte mürrisch an. Dann griff er danach. Der Plastikreiter, der an der Seite angebracht war, fiel dabei zu Boden, und als Ben sich danach bückte, las er noch einmal die drei Worte, die mit schwarzem Kuli auf ihm geschrieben standen. *Elisa von Dauss.*

* * *

Wut war keine mehr in ihm. Auch kein Hass. Über diese Gefühle war er lange hinaus. Wenn er überhaupt noch etwas fühlte, dann war es tiefe, tränenlose Traurigkeit. Oder Bitterkeit? Das war es. Das Leben war bitter geworden. Er hatte den Eindruck, diese Bitterkeit förmlich auf der Zunge schmecken zu können. Auch der letzte Schluck aus der Weinbrandflasche konnte diesen Geschmack nicht tilgen. Diesen Geschmack würde er nicht mehr los. Er ließ die Flasche fallen. Im Vorbeigehen sah er sein Spiegelbild im braunen Glas der Vitrine. Das sollte *er* sein? Kaum wiederzuerkennen. Er stieß ein flüchtiges, abgehacktes Lachen hervor. Bitter.

Während er durch den Flur zum Eingang der Garage schlurfte, kam es ihm in den Sinn, dass das, was gleich geschehen würde, vielleicht nicht hätte geschehen müssen. Wenn er nur schon Jahre früher herausgefunden hätte, dass sein Leben bitter war. Er hatte es einfach nicht gewusst. Nicht wahrgenommen. Stattdessen hatte er seine ganze Energie darauf verwendet, die Bitterkeit mit künstlicher Süße zu übertünchen. Dicke, zähe Süße, die über die Jahre jede Pore verstopfte. Jede Synapse seines Gehirns, jede Klarheit und jeden guten Willen.

In der Garage war es kühl und düster. Ein Geruch von Abgasen und Farbe lag in der Luft. Der Kanister stand wie immer ganz unten im Regal. Seit wie vielen Jahren? Er schraubte den ölig verschmierten, orangefarbenen Plastikdeckel ab und warf ihn achtlos auf den Boden. Das Benzin reichte fast bis an den Rand. Als er den Kanister hochwuchtete, plätscherte einiges von seinem Inhalt auf den Boden. Das bemerkte er nicht einmal.

Er mühte sich zurück ins Haus und in den ersten Stock. Seine Beine fühlten sich schwer wie Blei an. Das Arbeitszimmer war sein erstes Ziel. Er goss das Benzin auf den Computer, dann auf den Laptop. Danach zog er eine breite Schlangenlinie durch den Raum bis zum angrenzenden Schlafzimmer. Er durchtränkte die Matratze, die Bettdecke, das Kopfkissen. Der Zehn-Liter-Kanister war schon um einiges leichter geworden, doch er hatte das Gespür für Leichtigkeit und Schwere verloren. Er öffnete den Schrank und bespritzte seine Kleider, dann die Vorhänge. Ihm fiel ein, dass er kein Feuerzeug hatte, und er lachte laut auf. Das Lachen ging über in einen Schrei. Dann in ein Schluchzen. Er ließ seinen Kopf auf die Brust sacken, und sein Körper schüttelte sich im

Rhythmus seiner Seelenqualen. Dann setzte er sich behäbig wieder in Bewegung. Natürlich hatte er ein Feuerzeug. Es lag in der Schublade seines Schreibtischs im Arbeitszimmer. Sein altes Pfeifenfeuerzeug.

Beim zweiten Versuch loderte die Flamme auf, und er blickte sie eine Sekunde lang an. Er fühlte in sich. Fast sehnlich nach etwas suchend, das ihn zurückhalten würde. Doch da war nichts. Dann bückte er sich und hielt die Flamme an die Benzinspur auf dem Boden. Das Feuer breitete sich in Sekundenschnelle in beide Richtungen aus. Erst als er sich vergewissert hatte, dass die Computer in hellen Flammen standen, drehte er sich um und ging die Treppe hinunter. Den Flur entlang, zur Haustür hinaus, ohne sie hinter sich zu schließen, die Auffahrt weiter und auf die Straße. Er bemerkte seinen Nachbarn, der ihm vom Gartenzaun aus irritiert zunickte. Er nickte zurück. Den Namen des Nachbarn hatte er vergessen, und er war sich nicht sicher, ob er sich an seinen eigenen Namen erinnern konnte. Zweihundert Meter geradeaus, dann kam rechts der kleine, ausgetrampelte Pfad. Er war ihn noch nie entlanggegangen, trotzdem wusste er, wohin er führte. Er blickte auf die Uhr.

Hinter einer Biegung wurde der Pfad schmaler. Seine Hose verhakte sich ein ums andere Mal in den Dornen der dichten Brombeersträucher zu seiner Linken. Sein Ziel lag ihm direkt vor Augen. Entschlossen ging er darauf zu. Sein Kopf war vollkommen leer, keine Bitterkeit mehr, keine Trauer. Nur selige, allumfassende Leere. Ein Teil von ihm nahm die Martinshörner wahr, die in der Ferne aufheulten, doch brachte er sie nicht mit seinem brennenden Haus in Verbindung. Ein Schritt noch, dann ein Blick nach rechts. Der Zug rauschte an.

* * *

Ben hatte Kai eine kurze Bestandsaufnahme seines gestrigen Tages gegeben, kurz nachdem dieser auf leisen Sohlen vor knapp zwanzig Minuten an diesem Morgen die Wohnung betreten hatte. Er tapste so vorsichtig auf Zehenspitzen, als ob er am liebsten gar nicht wahrgenommen werden wollte. Pech! Angefangen hatte Ben mit seiner merkwürdigen Begegnung mit Lauber in dessen Keller. Dann erzählte er ihm von seinem plötzlichen Verschwinden und endete beim aufschlussreichen Telefonat mit ebendiesem Typen. Kai war dem Monolog seines Freundes eher schläfrig gefolgt und ließ sich nur durch mehrmaliges Nachfragen dazu bewegen, seine eigene Begegnung mit Lauber zu beschreiben. Schließlich hatte der ebenfalls die Nacht im Haus von Richard von Dauss verbracht. Leider lieferte Kai keine verwertbaren Erkenntnisse zu diesem Thema. Er hatte zwar mitbekommen, dass »irgend so ein Kerl« bei von Dauss gewesen war und im Gästezimmer übernachtet hatte, aber weder wusste er, um wen es sich dabei handelte, noch hatte er sich dafür interessiert.

Der Coup mit der »ausgeliehenen« Akte von Elisa, die Ben sich für das fulminante Ende aufgespart hatte, weckte aber doch sein Interesse. Wenn auch auf eine andere Art, als Ben sich erhofft hatte.

»Du hast was?« Sein Mitbewohner glotzte ihn mit großen Augen an. »Du kannst doch nicht einfach eine

Akte klauen, Alter!« Er sah Ben an, als hätte dieser komplett den Verstand verloren.

»Sagt derjenige, der sich nebenbei in mindestens zehn oder zwanzig andere Computer eingehackt hat.«

»Das ist was …«, wollte er sich rechtfertigen, doch Ben schnitt ihm das Wort ab.

»Guck dir das wenigstens mal an.« Ben vollführte eine präsentierende Geste über dem Wohnzimmertisch, auf dem der gesamte Inhalt von Elisas Akte ausgebreitet lag.

Kai grummelte etwas von »Eigentlich wollte ich gleich wieder los …«, schmiss den grauen Stoffbeutel, den er sich eben mit den wichtigsten Überlebensutensilien (Zahnbürste, Unterhose und Socken) gepackt hatte aber doch auf den Boden und setzte sich auf den Sessel Ben gegenüber.

»Guck hier.« Ben griff nach einem Blatt Papier und hielt es seinem Untermieter vor die Nase. »Ein kompletter Personenbogen von Elisa. Passbild, Name, Geburtstag, Größe und alles. Sogar die Nummer von ihrem Personalausweis und ihren Mädchennamen hat der hier notiert. Sozialausweisnummer ebenfalls. Oder hier …« Er legte das Blatt zurück an seinen Platz und griff nach dem nächsten. »Bilder von Elisa, auf denen die einen anderen Mann als von Dauss im Arm hat.« Hastig nahm er einen weiteren Zettel und wedelte damit. »Da. Da küsst sie ihn! Jannick Kramer heißt der Typ. Hat auch einen Personenbogen. Guck, was da draufsteht.« Er tippte wild mit dem Finger auf einen weiteren Bogen auf dem Tisch. »Kopie aus Akte *Jannick Kramer*.« Er blickte Kai mit einer nervösen Mischung aus Ent- und Begeisterung an.

»Ja, na und?«, fragte Kai und zog die Schultern hoch. »Hat eben der Frau von seinem Arbeitgeber hinterhergeschnüffelt. Und gründlich ist er eben auch. Im Gegensatz zu dir.«

Ben verschraubte die Augen. »Diese Bilder hier sind zufällig mit einem Datum versehen. Hier, am 12.4.2017 hat sie mit ihm geknutscht.«

Kai zog die Stirn kraus. »12. April?«

»Ja genau.« Ben nickte eifrig.

»2017?«

»Richtig. Wieso? Sag schon!«

Kai machte eine Pause und legte sich in einer nachdenklichen Geste die rechte Hand vor den Mund. Dann sagte er in gewichtigem Tonfall: »An dem Tag hab ich auch geknutscht. Du etwa nicht?«

»Penner!« Ben zeigte Kai beide Mittelfinger, dann flogen seine Augen wieder suchend über die Tischplatte. Scheinbar wahllos griff er einige Blätter und überflog deren Inhalt. »Da!«, sagte er triumphierend. »Das war genau zwei Monate vor ihrem Tod.« Er tippte wild mit dem Zeigefinger auf das Dokument, als wollte er es durchlöchern.

»Du willst mir doch wohl nicht erzählen, dass Lauber Elisa umgebracht hat?« Kai ließ sich an die Sessellehne fallen und verschränkte die Arme vor der Brust.

»Wer weiß? Wenn nicht sogar im Auftrag vom Dauss selbst! Guck dir das mal an. Elisa ist in Nairobi eingeäschert worden. Steht alles hier. Am … hier! Am 12.6. ist sie gestorben, und am 14.6. ist sie eingeäschert worden. Eingeäschert, hörst du, EIN-GE-ÄSCH-ERT!«

»In Nairobi?«, fragte Kai und verzog die Stirn. »Oder meintest du Nordstadt?«

»Eben nicht!«, Ben hielt ihm ein weiteres Blatt Papier vor die Nase. »Sie hat sich in Kenia für so eine Organisation eingesetzt, *African Stories* heißt die und kümmert sich um Kleinkredite für afrikanische Frauen, die sich selbstständig machen wollen. Alle halbe Jahre ist sie da hingeflogen.«

Kai sah ihn mit einem Blick an, der sich nicht zwischen Mitleid und Hilflosigkeit entscheiden konnte. Er sah konsequent an dem Zettel vorbei, den Ben immer noch hochhielt. »Ja und? Viele lassen ihre Lieben einäschern, Alter. Meine Oma hat …«

»ABER!« Ben richtete seinen Oberkörper kerzengerade auf. »Die Daussens haben seit Urzeiten eine Familiengruft. Steht auch alles hier. Elisa ist mit ihrer Urne aber nicht da reingewandert. Die liegt ganz woanders auf dem Acker. Und ich habe Jenny angerufen. Die hat mir gesagt, dass eine Urnenüberführung aus Afrika am billigsten ist. Wenn du mich fragst, kann das für von Dauss wohl kein Grund gewesen sein. Und sie hat mir auch gesagt, dass man aus der Asche im Nachhinein nichts mehr rekonstruieren kann.«

»Ich würde spontan sagen, du verrennst dich da in was, Junge.«

»Die komischen Sachen hören noch nicht auf, Kai Siebert. Hör weiter hin!« Ben griff wieder andere Blätter vom Tisch und hielt sie Kai wie einen Fächer hin.

»Soll ich eine ziehen?«, fragte er, doch ohne eine Antwort setzte Ben zu einer Erläuterung an: »Die Personenbögen von drei Frauen. Alle im ähnlichen Alter von Elisa.«

Kai blätterte die Bögen mit sichtbarem Desinteresse durch. »Und?«

Ben schwieg und sah Kai einige Sekunden stumm an, dann sagte er patzig: »Ja, keine Ahnung. Komisch eben.« Kai verdrehte die Augen, doch Ben fuhr unbeirrt fort: »Hier sind noch ein paar Haare in einem Plastikbeutel. Garantiert von Elisa. Haare! Was soll das bitte schön? Und hier ...« Er zog einen großen, zusammengefalteten Bogen hervor und klappte ihn auf. Der Grundriss eines Hauses wurde sichtbar. »Guck dir das an. Keine Adresse. Aber hier.« Er tippte mit dem Zeigefinger hektisch auf einen Bereich rechts oben auf dem Papier. »Hier ist mit rotem Edding reingekritzelt worden.« Tatsächlich war auf dem Plan ein Raum deutlich rot umrandet.

»Und was soll das bedeuten, Mr. Detective?«

»Ja, vielleicht liegt sie da?« Ben sah Kai fassungslos an. »Vielleicht ist das eine Baustelle vom Dauss, und der hat da seine Frau für die Ewigkeit in Beton gegossen? Schon mal daran gedacht?« Seine Stimme hatte etwas deutlich Herausforderndes angenommen.

Kais Augen rollten einmal von rechts nach links, während sein übriger Körper unbewegt blieb. »Ich denke, Elisa von Dauss ist verbrannt worden. Hast du mir doch eben gerade erzählt.«

Ben sah ihn einen Moment konsterniert an, dann sagte er kleinlaut: »Ach ja ... Stimmt ja. Ist aber auch egal. Irgendwas stimmt da jedenfalls nicht, und wir werden uns das mal genauer ansehen. Ich würde vorschlagen, dass du ...«

»Echt, Ben«, unterbrach ihn Kai. »Ich nehme jetzt meine Tasche hier und gehe zu Isi. Wir wollen heute in den Westfalenpark, und je schneller ich dort gewesen bin, umso schneller komme ich wieder zu ihr ins Bett!« Er blickte Ben mit einem lüsternen Grinsen an und erhob sich von seinem Sessel.

»Widerlich«, sagte Ben abschätzig und rümpfte die Nase. »Habt ihr etwa schon? Nach einem Treffen?«

»Manche Leute sind eben nicht so kompliziert wie du. Aber ich muss zugeben: Als wir gestern essen waren und ich ihr die Sache mit Ivo Sunstein erzählt habe, sah es im ersten Moment nicht gut aus.« Er grinste süffisant. »Auf dem Rückweg hab ich dann noch mal meinen ganzen Charme spielen lassen, und sie hat mich auf den obligatorischen Kaffee mit eingeladen.« Er zwinkerte Ben zu.

»Ach, hau doch ab!«, gab Ben zur Antwort.

»Kluge Entscheidung«, sagte Kai, der sein Täschchen gegriffen hatte und schon auf dem Weg in den Flur war. »Und ich rate dir. Schlag dir die Sache aus dem Kopf. Da kommt nichts bei rum. Isi hatte auch kein gutes Verhältnis zu ihrer Mutter. Und ihr Vater wohl auch nicht.«

»Das ist ja mal ein toller Grund, um sich zurückzulehnen.« Ben schüttelte den Kopf. »Was hat sie denn erzählt?«

Kai schnaubte. Wahrscheinlich ärgerte er sich, dass er nicht die Klappe gehalten hatte. Trotzdem lehnte er sich an den Türrahmen und sagte: »Hat sie mir heute Morgen beim Frühstück erzählt. Ihre Mutter war wohl ein bisschen durchgeknallt. Hat Isi nur schlecht behandelt. Geschlagen. Eingesperrt und so. Schon als kleines Kind. Richard von Dauss war immer arbeiten, und die Mutter war überfordert. Sagt sie. Überfordert. Ich würde das anders nennen!«

»Ach, und ihr Vater konnte wohl nichts dagegen tun?«

Kai zog die Achseln hoch. »Keine Ahnung. Jedenfalls lässt sie nichts auf ihn kommen. Ein gutes Verhältnis hatten Isis Eltern wohl schon lange nicht mehr.« Er zeigte auf die Papierstapel auf dem Tisch. »Der Kerl, den die da küsst, wird auch nicht ihr einziger gewesen sein.«

»Die ist garantiert tot, Alter«, sagte Ben geheimnisvoll.

»Klar ist die tot. Und eingeäschert.«

»Mann. Dann eben umgebracht worden. Von Lauber, im Auftrag von Richard von Dauss.«

»In Nairobi oder wo?« Kai schüttelte energisch den Kopf. »Glaub, was du willst. Ich bin da jedenfalls raus.« Er hob die Hand zum Gruß. »Bin jetzt weg. Wenn du wieder klar im Kopf bist, ruf doch mal Jenny an. Dir täte mal ein bisschen Abwechslung gut.« Er drehte sich um und verschwand aus der Wohnung.

KAPITEL 5

Das Kapitel, in dem Ben drei Frauen besucht und danach unsanft im Straßengraben landet.

Sowohl an der Sache mit Ivo als auch an der mit Elisa war etwas faul, da war Ben sicher. Darauf würde er sein Siegfried-Fischbacher-Glitzerjackett verwetten, welches er als Jugendlicher bei einem Siegfried-und-Roy-Preisausschreiben gewonnen hatte. Er beschloss, sich alleine auf den Weg zu machen.

Als er auf dem Bürgersteig vor dem Haus stand und mit seinen Augen die belegten Parkplätze nach seinem fahrbaren Untersatz absuchte, fiel ihm ein, dass er ja über gar keinen mehr verfügte. Zumindest keinen mit vier Rädern und einem Dach. Er stöhnte laut und vernehmlich auf, was bei einigen vorbeigehenden Teeniemädels einen Kicheranfall auslöste, und ging zurück ins Haus, geradewegs in den Keller. Irgendwo hier musste doch seine alte Möhre sein. Peinlich! Seit Ewigkeiten hatte er sich vorgenommen, wieder öfter mit dem Rad zu fahren. Jetzt wusste er nicht einmal mehr, in welchem der Gemeinschaftsräume sein altes Gefährt rumstand. Im Heizungskeller hinter einer verstaubten Matratze samt Lattenrost (beides gehörte ebenfalls ihm und müsste dringend mal auf den Sperrmüll) wurde er fündig. Lilafarbener Rahmen, tiefer Einstieg und ein geflochtenes Weidenkörbchen am hellblau behäkelten Lenker.

»Ach du Scheiße«, murmelte er, als er es die Kellertreppe hochwuchtete.

Damals mit zwanzig, als er noch jeden Weg locker mit dem Fahrrad abgeranzt hatte, war es irgendwie cool gewesen, mit diesem Teil durch die Gegend zu gurken und schon von Weitem als liebenswerter Sonderling entlarvt zu werden. Heute hatten die Jahre längst für den sichtbaren Beweis gesorgt, dass er tatsächlich ein Sonderling war. Hoffentlich erkannte ihn keiner!

Nachdem er eine Luftpumpe im Keller aus dem Karton seiner Playmobil-Ritterburg zutage gefördert hatte und beide Reifen wieder einen soliden Eindruck machten, radelte er los. Sein erster Weg führte ihn ins Kaiserviertel. Ben zog es vor, nicht direkt bis vor Jannick Kramers Haus zu fahren und stattdessen das Rad in einiger Entfernung an einen Laternenpfahl zu ketten. Auf Anhieb fiel ihm die Zahl seines Nummernschlosses wieder ein. 1111. Der Einfachheit halber und der festen Überzeugung geschuldet, dass kein Schlossknacker jemals eine so leichte Kombination ausprobieren würde! Außerdem sah er am Beispiel von Uwe, der schon mit zwölf jedes Schloss in drei Minuten geknackt hatte, dass auch eine ausgeklügeltere Zahlenkomposition keinen annähernd sicheren Schutz vor Langfingern bieten konnte.

Jannick Kramer war nicht zu Hause. Nicht mal ein Klingelschild mit seinem Namen war am Eingang des Zwölf-Parteien-Hauses zu finden. Natürlich hatte Ben damit gerechnet, dass die Adressen in Laubers Akte nicht mehr aktuell waren, trotzdem machte sich ein fahles Gefühl von Enttäuschung in ihm breit. Er suchte sich das Klingelschild aus, welches am ältesten wirkte. Unten links. J. Börner war offensichtlich zu Hause, denn schon kurz nach dem Klingeln signalisierte ihm ein Klacken gefolgt von einem hohen Summen, dass sein Einlassgesuch erhört wurde.

Ein glatzköpfiger, gebeugt hinter seiner Wohnungstür hervorlugender, alter Herr blickte Ben aus wässrigen Augen an. Sein Gesicht bestand hauptsächlich aus schlaffer, rötlicher Haut, welche auf seiner Stirn zahllose Dauerfalten und unter der Nase müde Hängebacken produziert hatte. Er erinnerte Ben stark an einen in die Jahre gekommenen und müde gewordenen Bluthund. Offensichtlich funktionierten seine Augen nicht mehr recht, denn er sprach Ben, der am Fuße der ersten Treppe stand, mit einem gekrächzten »Erika?« an.

»Nein, nein«, antwortete Ben und lief die Treppe hoch.

Die unerwartete Antwort und die fremde Stimme ließen den Mann einen bangen Schritt nach hinten machen und die Tür bis auf einen schmalen Spalt schließen.

Wow, jetzt bist du in Sicherheit, alter Mann, dachte Ben amüsiert und sagte: »Mein Name ist Ben Pruss. Eigentlich wollte ich zu Jannick Kramer. Der soll hier wohnen, hat man mir gesagt.«

»Arschloch«, murmelte Börner.

»Wie meinen?«

»Arschloch habe ich gesagt«, antwortete Börner etwas lauter, so als ob Ben Schwierigkeiten mit seinem Gehör hätte.

»Das habe ich wohl gehört. Ich muss gestehen, dass ich nicht weiß, was Sie damit meinen. Mich hoffentlich nicht.« Ben war eher amüsiert über den alten Kauz, kein bisschen verärgert.

»Na, Sie haben doch mit dem Kramer angefangen, und der ist eben ein Arschloch.«

»Ach so! Ich verstehe«, sagte Ben, der überhaupt nichts verstand. »Vielleicht können wir kurz reingehen, und Sie erzählen mir was darüber?«

Börner schien eine Sekunde zu überlegen, dann verzog er den Mund zu einem umgekehrten U, wobei ihm die überschüssige Gesichtshaut einigen Spielraum bot, und öffnete die Tür so weit, dass Ben ihn zum ersten Mal in ganzer Pracht wahrnehmen konnte. Er trug einen fliederfarbenen, speckigen Pullover, der ihm gute drei Nummern zu groß war, und darunter ein kariertes Hemd, bei dem der oberste Knopf geschlossen war, und dennoch mindestens zwei Finger breit vor dem ausgeprägten Kehllappen schlabberte. Seine ausgebeulte, schwarze Stoffhose flatterte um zwei dürre Beine. Offensichtlich hatte es eine Zeit in Börners Leben gegeben, in der Haut und Kleidung weit mehr Körper zu verpacken hatten als heute.

»Ich bin …« Ben hüstelte, weil ihm der Satz wieder mal schwer über die Lippen ging. »Ich bin Privatdetektiv.« Dabei hielt er dem Mann eine Visitenkarte hin, die er schnell aus seiner Innentasche gefischt hatte.

»Na, dann komm Se mal rein. Und versuchen Sie mit mir *ja* nicht den Enkeltrick. Hab nämlich keine Enkel und bin noch nicht so senil, dass ich das nicht mehr wüsste. Und Erika kommt auch gleich.«

Er ließ Ben an sich vorbeigehen und schloss die Tür hinter ihm.

»Ihre Frau?«, fragte Ben und dachte dabei: Hoffentlich kommt die schnell und lüftet hier mal.

»Nee«, antwortete Börner und zeigte auf die Tür am anderen Ende des Gangs. »Küchentisch«, schob er hinterher. Das Thema Erika schien für ihn erledigt zu sein.

Ben betrat den Raum und stellte mit einem leichten Gefühl der Panik fest, dass der Gestank hier wesentlich intensiver war. Eine drückende Mischung aus Kohl, Mettwurst und abgestandenem Bierfurz, über die er nicht länger nachdenken durfte, wenn sich nicht alsbald auch noch der Geruch von frisch Erbrochenem dazugesellen sollte. Er setzte sich auf eine bunte Küchenstuhlsünde aus verchromtem Metallrohr und plastiküberzogenem Pressspan und kratzte sich ausgiebig an der Oberlippe. Er hoffte, ein unauffälliges Durch-die-Finger-Atmen würde seinen sicheren Erstickungstod etwas hinauszögern. Börner schien das nicht zu bemerken und setzte sich auf den Stuhl auf der anderen Seite des quadratischen Tisches, auf dem neben einem schwarz-gelben Pfeffer- und Salzstreu-Kombigerät zahlreiche klebrig aussehende Flecke aus verschiedenen Zeitaltern auszumachen waren.

»Der Kramer ist mit meinem Geld abgehauen.« Er sprach den Satz mit reichlich Grimm in der Stimme aus und verzog dabei den Mund in einer Weise, dass Ben sehen konnte, dass nur noch zwei Zähne vorne in Börners Mund die Stellung hielten. Die vier, die eigentlich in der Mitte stehen sollten, waren verschwunden, und zurückgeblieben war lediglich eine rosafarbene Zahnfleischleiste.

»Mmh. Hat er Sie beklaut?«

»Nee. Ich hab's ihm gegeben, weil er mir was besorgen sollte. Hat der öfters mal gemacht. Mir was besorgen, meine ich. Ich konnte ja nicht ahnen, dass der sich nur bei mir einschmeicheln wollte.«

Ben nickte, nahm einen weiteren scheuen Zug Luft durch die Finger und fragte dann: »Sagen Sie, könnten wir etwas das Fenster öffnen? Ich …«

»Nee. Ich heize schon.«

Ben versuchte ein wohlwollendes Lächeln. »Ach so! Na dann … Was sollte er Ihnen denn mitbringen?«

»Ne Kiste Brinkhoff's. Hat der jede Woche gemacht. Fünfzehn Euro hat der immer bekommen. Rest durfte er behalten. Jetzt muss ich jeden Tag immer selber anne Bude. Ich krieg ja keine Kiste mehr hoch.«

»Also Herr Kramer hat Ihnen jede Woche eine Kiste Bier besorgt, und dann hat er es eines Tages nicht mehr gemacht, richtig? Wissen Sie, warum nicht?«

»Abgehauen ist der. Von heute auf morgen. Geld hat er schon eingesackt. Wundert mich nicht.« Er stieß ein feucht klingendes Röcheln aus und wischte sich mit dem Ärmel über den Mund. »Schulden hatte der. Ne Menge!«

»Woher wissen Sie das?«

»Hat mir die von der Hausverwaltung gesagt. Die haben drei Wochen später seine Bude ausgeräumt. Der hat monatelang nicht seine Miete bezahlt. Und als es dann eng wurde …« Er schlug mit der flachen Hand auf die Tischplatte. »Hat der sich abgesetzt.«

Ben nickte ausgiebig und versuchte einen mitfühlenden Gesichtsausdruck aufzusetzen. »Mmh, mmh. Wissen Sie, wie die Hausverwalterin heißt und wo die erreichbar ist?«

»Sicher weiß ich das! Das ist die Frau Zwenge, die sich schon immer um das Haus kümmert. Von DaussBAU.«

Ben konnte beim Namen DaussBAU sein Pokerface, welches in den letzten Minuten eher ein Was-soll-ich-tun-um-nicht-zu-ersticken-Face war, nicht mehr wahren. Er riss einen Moment seine Augen weit auf. Jannick Kramer, der Liebhaber von Elisa von Dauss, hatte in einem Haus von DaussBAU gewohnt. Und die haben die Wohnung auch noch eigenhändig leer geräumt. Wenn das nicht interessant war … »Wann war das?«, fragte er weiter.

»Am Montag, den 17. Juli 2017.«

»Das wissen Sie noch so genau? Das ist ja über drei Jahre her.«

»Ja sicher! War ein Tag nach dem Wimbledon-Finale. Federer gegen Čilić. Haben Sie das etwa nicht geguckt?«

»Ah! Äh … Nee.« Ben machte eine vage Geste. Wenn es um Tennis ging, kannte er Boris Becker und Steffi Graf, das war es auch schon. Er kramte einen kleinen Notizblock aus seiner Jackentasche, auf den er das Datum zusammen mit dem Hinweis *Jannick Kramer verschwunden, drei Wochen später Wohnung von DaussBAU ausgeräumt* krickelte.

»Haben Sie denn eine Ahnung, wohin er abgehauen ist?«

Statt zu antworten, zog Börner nur die Schultern hoch und deutete ein Kopfschütteln an.

»Hat er mal irgendwas von Freunden oder von der Familie erzählt?«

»Angeblich hatte der keine Verwandten in der Stadt. Hat mir gesagt, er kommt irgendwo aus dem Osten.« Wieder zog er die Schultern hoch. »Was weiß ich schon? Vielleicht war das auch gelogen? Sagen Sie mal, juckt Ihnen die Nase? Brauchen Sie ein Taschentuch?«

Ben zuckte zusammen, als Börner die unerwartete Frage stellte, und antwortete hastig, bevor dieser ein Taschentuch aus irgendeinem Loch hervorzaubern würde: »Alles klar. Nicht nötig. Vielen Dank.« Er rieb sich ausladend über den Nasenrücken, als wollte er besonders deutlich machen, dass er sich schon alleine zu helfen wisse. »Nur ein kleiner Schnupfen. Nase juckt total!« Er stieß ein kurzes, verlegenes Kichern aus. »Äh, könnte es nicht auch einen anderen Grund für sein Verschwinden geben, Herr Börner? Haben Sie darüber mal nachgedacht?«

»Keine Ahnung. Ich weiß nur, der ist weg und hat mir mein Geld geklaut. Und er hat seine Miete nicht bezahlt.«

»Hat die Polizei nicht nach ihm gesucht?«

»Hier bei mir in der Wohnung jedenfalls nicht.« Er beugte sich über die Tischplatte und blickte Ben verschwörerisch an. Ben überwand sich und kam auch seinerseits mit dem Kopf näher, als es seinem Wohlgefühl zuträglich war. Börner flüsterte: »Haben Sie 'ne Zigarette für mich? Erika will nicht, dass ich rauche.«

Gut, dachte Ben, hier erfahre ich wohl nichts mehr.

* * *

Ben genoss es, die miefige Luft der westlichen Dortmunder Innenstadt tief in seine Lungen zu saugen. Danach klopfte er seine Kleidung an Armen, Beinen und

Oberkörper ab, als wollte er so die negativen Energien aus seinem Körper treiben. Er hatte das Gefühl, dass der merkwürdige Kohlgeruch aus Börners Wohnung überall in seinen Klamotten hing. Zum Glück war er mit dem Fahrrad da. Der Fahrtwind würde sich schnell auch um den letzten Mief kümmern.

Die erstmals aufkeimende Freude über sein aktuelles Fortbewegungsmittel hielt nicht lange an, als er in der Karten-App auf seinem Handy erkannte, dass die nächste Fahrt mindestens zwanzig Minuten dauern würde. Daria Backer, Nummer eins der drei Frauen, deren Personenbogen Ben in Elisas Akte gefunden hatte, wohnte in Hacheney. Mist, fünf Minuten auslüften hätten ihm wunderbar ausgereicht.

Als Ben an der Adresse in Hacheney ankam, schmerzte sein Hintern, als wäre er drei Stunden mit nacktem Arsch auf einem Kamel galoppiert. Normal ist das nicht, Pruss. Ab sofort ist Schluss mit dem faulen Leben, schwor er sich. Diesmal handelte es sich um ein adrettes zweistöckiges Mietshaus mit vier Parteien, weißen Wänden und artig gepflegtem Vorgarten. Ben konnte sofort Daria Backers Namen auf den einheitlichen, mit schwarzer Schrift auf weißem Grund geprägten Klingelschildern ausmachen. Er blähte einmal die Wangen auf, um die Anspannung aus seinem Gesicht zu scheuchen, und drückte den Taster.

»Ja?«, meldete sich eine blecherne Stimme, die aus einer im Türrahmen eingelassenen Plastikabdeckung hervorkam.

Ben wäre es lieber gewesen, sein Anliegen von Angesicht zu Angesicht vorzubringen, doch da zwischen ihm und Daria Backer nun mal lediglich eine kratzige Sprechverbindung bestand, sagte er mit einer künstlichen Lächel-Fratze auf den Lippen, um möglichst gewinnend und positiv rüberzukommen: »Hallo! Ben Pruss mein Name. Ich bin Privatdetektiv. Frau Backer, könnten Sie mich kurz reinlassen? Ich würde mich gerne einen Moment mit Ihnen unterhalten.«

Eine Zeit lang herrschte Pause am anderen Ende der Leitung, und Ben glaubte schon, dass keine Antwort mehr kommen würde. Doch dann meldete sie sich wieder mit skeptischer Stimme: »Was wollen Sie denn von mir?«

»Könnten wir das vielleicht persönlich besprechen?«

»Ich will erst wissen, worum es geht.«

»Okay.« Ben räusperte sich. »Ich möchte mich mit Ihnen über einen Herrn namens Tabbart Lauber unterhalten. Vielleicht kennen Sie auch Elisa von Dauss, ich ...« Er wurde jäh unterbrochen.

»Tabbart Lauber? Vergessen Sie's! Ich habe zu diesem Typen nichts zu sagen.« Ein Klacken. Danach herrschte Funkstille.

Ben blieb noch eine halbe Minute vor der Tür stehen, in der Hoffnung, Daria Backer würde es sich anders überlegen, dann drückte er noch einmal schüchtern den Klingeltaster. Das leise Summen, welches er eben noch vernommen hatte, blieb aus. »Toll, Klingel abgeschaltet«, murmelte er.

* * *

Bei Elvira Zink (fünfzehn Minuten gemütliche Fahrt mit Rückenwind durch den Rombergpark) erlebte Ben einen

Teilerfolg, indem er die Dame wenigstens zu Gesicht bekam. Sie öffnete schwungvoll die Tür und musterte ihn freundlich lächelnd. Auf Ben wirkte es fast so, als hätte sie ihn erwartet. »Hallo«, sagte sie und Ben überlegte, ob er die großgewachsene, schlanke Frau mit kurzen, dunklen Haaren vielleicht irgendwoher kannte. Er entschied, dass das eindeutig nicht der Fall war, und startete die Kommunikation seinerseits erneut mit seinem Detektivspruch. Zum dritten Mal an diesem Tag ausgesprochen, ging ihm der Satz schon deutlich lässiger über die Lippen. Danach folgte die stillschweigende Übergabe seiner Visitenkarte. Nachdem Elvira Zink diese einige Sekunden aufmerksam studiert hatte und ihn weiterhin freundlich anlächelte, tastete er sich sanft mit den Namen Richard und Elisa von Dauss vor und achtete genau auf Elvira Zinks Reaktion. Diese lächelte einfach weiter, zog dabei jedoch die Stirn in Falten und schüttelte den Kopf. Beide Namen hatte sie angeblich noch nie gehört.

Mit seinem psychologischen Viertel- bis Halbwissen entschied Ben, dass ihre Reaktion durchaus glaubwürdig rüberkam. »Und wie sieht es mit Tabbart Lauber aus? Kennen Sie den?«

»Den Herrn kenne ich durchaus«, sagte sie in einem Tonfall, der vermuten ließ, dass Liebe, Glück und Freundschaft nicht zu den ersten Assoziationen gehörten, wenn sie an diesen Typen dachte. Ihr Lächeln sackte kraftlos in sich zusammen.

»Gut! Vielleicht könnten wir …« Ben zeigte bei den Worten an ihr vorbei ins Innere ihrer Wohnung.

»Nicht nötig. Was ich über diesen komischen Lauber weiß, kann ich Ihnen gleich hier sagen. Mich würde zuerst mal interessieren, warum Sie etwas über ihn wissen wollen. Und wie sind Sie auf mich gekommen?«

»Ihr Name ist zusammen mit dem von Lauber in einem Fall aufgetaucht, den ich gerade bearbeite«, sagte Ben, bemüht, sich möglichst schwammig auszudrücken.

»Aha. Dann wissen Sie also schon etwas über mich?«

»Bisher nur Ihren Namen. Und Sie haben mir eben bestätigt, dass Sie Lauber kennen.«

Sie nickte und schwieg einen Moment. Ben fand, dass sie ohne das aufgesetzte Lächeln hübscher aussah. »Lauber wollte mich erpressen«, sagte sie fast beiläufig und lehnte sich dabei lässig an die Seite ihres Türrahmens. »Die Sache ist gelaufen, und er hat es auch nicht geschafft, das von mir zu bekommen, was er wollte.«

»Was …«, begann Ben, doch anscheinend hatte sie seine Gedanken gelesen, denn sie unterbrach ihn.

»Das ist garantiert für Sie uninteressant. Wie gesagt, die Sache ist gelaufen.« Sie stieß sich mit dem rechten Arm vom Türrahmen ab und baute sich kerzengerade vor Ben auf, den sie um gute zehn Zentimeter überragte. »Lauber kam zu mir, präsentierte mir irgendwelche *Beweise.*« Bei diesem Wort malte sie imaginäre Anführungszeichen in die Luft. »Und war sich sicher, damit würde er mich überreden können, irgendeinen Job für ihn zu erledigen.« Sie lächelte spöttisch mit einem Mundwinkel, bevor sie weiterredete. »Als ich ablehnte, legte er sogar noch 5000 Euro obendrauf. Da hab ich ihn rausgeschmissen.«

»Richtig so!«, hörte Ben sich sagen und dachte dabei an seinen »Job«, der ihm ebenfalls 5000 Euro eingebracht hatte und der ihn immer noch beschäftigte. Einen

Moment lang ging ihm das Gesicht von Ivo Sunstein durch den Kopf, und ein unbehaglicher Druck huschte in Sekundenschnelle von unten nach oben durch seine Eingeweide. Dann blickte er wieder zu Elvira Zink. »Ich frage nicht mehr, worum es ging und wie die Sache ausgegangen ist. Nur eins noch. Wann war das? Können Sie sich daran erinnern?«

Sie zog die Stirn kraus und sah nachdenklich an Ben vorbei in den wolkigen Himmel. »Das muss im März oder April 2017 gewesen sein. Vielleicht auch Mai.« Sie zog die Achseln hoch. »Irgendwo um den Dreh.«

»Vielen Dank, Frau Zink. Sie haben mir sehr geholfen«, sagte Ben und überlegte, ob das wirklich der Fall war. Wieder las sie seine Gedanken.

»Echt? Kam mir gar nicht so vor.« Sie winkte ab und trat einen Schritt zurück in ihre Wohnung. »Ich rate Ihnen, wenn Sie irgendwas finden, um diesem Lauber an den Karren zu pissen, dann stürzen Sie sich drauf!«

»Klar!« Ben verzog sein Gesicht zu einem kläglich verunglückten Lachen. »Und wenn …«

»Ja! Wenn mir noch was einfällt, dann rufe ich Sie an!« Sie zwinkerte einmal und schloss die Tür hinter sich.

* * *

Nach einer prächtigen Currywurst mit Pommes weiß beim legendären Hubertus Grill im Kreuzviertel fühlte Ben sich gestärkt für seinen nächsten und letzten Besuch für heute bei einer Dame namens Jasmin Wollenberg, die in der Nähe des Tremoniaparks wohnte. Während des Essens verzog er sich in die hinterste Ecke der Frittenbude und starrte durch die anderen Gäste hindurch. Er durchdachte die Ergebnisse der vergangenen Stunden. Kleine Merkwürdigkeiten waren zutage getreten, die für sich genommen willkürlich und zufällig erschienen. Gemeinsam betrachtet warfen sie jedoch einige Fragen auf.

Jannick Kramer, Elisas heimlicher Freund, war seit Sommer 2017 verschwunden. Er wohnte in einem Haus, das von Dauss gehörte. Ein paar Monate zuvor bekam Elvira Zink ein Angebot von Tabbart Lauber, welches sie *eigentlich* nicht ablehnen konnte und es dennoch tat. Ebenfalls im Sommer 2017 starb Elisa von Dauss irgendwo in Afrika. Er atmete tief aus, als er seinen Teller von sich wegschob und sich an die Lehne des Stuhls drückte. Verdammt armselig, ging es ihm durch den Kopf, als er bemerkte, dass er der Einzige war, der an diesem Sonntagnachmittag alleine bei Hubertus am Tisch saß. Es gab zwei Pärchen, zwei Familien mit Kindern und eine zeitweise laut grölende Männertruppe in BVB-Montur. Er spürte einen bitteren Geschmack im Mund und spülte ihn mit dem letzten Schluck im Glas hinunter.

Was war in seinem Leben falsch gelaufen, dass die tollste Sonntagsaktion die war, mit Kai auf der Couch zu sitzen und eine ganze Staffel *Walking Dead* am Stück zu glotzen? Okay. Zwei Sonntage hatte er mit Jenny verbracht, doch die Erinnerung daran löste eher eine Nackenverspannung aus als ein positives Kribbeln – obwohl sie, das musste er zugeben, schöne Nachmittage gewesen waren. Die schönsten Sonntage überhaupt. Es war bei diesen beiden Verabredungen geblieben. Wusste er warum? Klar! Er hatte einen Auftrag bekommen. Er sollte einem angeblich kranken Arbeitnehmer nachweisen, dass dieser anstatt zu Hause heißen Tee zu schlürfen und sich kalte Wickel um die Waden zu binden, sich lieber auf einer Baustelle ein paar Mark schwarz dazuverdiente. Das hatte ihn (der Kerl war verdammt raffiniert) ganze zwei Wochen am Stück gekostet, in denen er zu allen möglichen und unmöglichen Zeiten auf Tour musste. Folglich war er gezwungen gewesen, zwei Verabredungen mit Jenny kurzfristig abzusagen, und dann hatte er sich aus einem vorgeschobenen Gefühl des Unbehagens heraus (er vermied es, das Wort Scham zu denken) zwei Wochen nicht bei ihr gemeldet. Und auch nicht, wie behämmert musste man sein, auf ihre Nachrichten auf dem Handy geantwortet. Schäbig, das wusste er. Danach war der Ofen aus gewesen und das Eisen, das gerade angefangen hatte zu glühen, wieder erkaltet. »Was hilft dagegen?«, fragte er sich leise, als er aufstand und seinen Teller griff. »Fahrradfahren.«

Hubertus war nur einige Minuten vom Tremoniapark entfernt, an dem Tabbart Lauber Jasmin Wollenbergs Adresse verortet hatte. Doch hier hatte Ben kein Glück. Am Klingelschild des Einfamilienhauses war zu lesen, dass hier *Familie Kling* lebte, die sich, den Zusatzinformationen auf dem Schild zufolge, in diesen vier Wänden auch noch *liebten und stritten*. Ben grummelte ein leises »Scheiße« vor sich hin und überlegte, ob er trotzdem klingeln sollte. Er entschied, zunächst sein Handy zu konsultieren, und ärgerte sich darüber, dass er die Namen in Laubers Akte nicht alle schon vorher mal im Internet gecheckt hatte.

Bei der Suchmaschine war ihm das Glück nicht hold, doch bei Facebook machte er eine Jasmin Rechner aus, die ihrem Namen ein zusätzliches *Wollenberg* in Klammern hinzugefügt hatte. Das internationale Zeichen für verheiratete Frauen, die auch unter ihrem Mädchennamen gefunden werden wollten. Offensichtlich hatte die Frau seit 2017 ihren Beziehungsstatus und damit ihren Nachnamen geändert. Ihr Profil war offen zugänglich für jedermann und zeigte neben diversen nett angerichteten Abendessen und Desserts zahlreiche katzendominierte Videos, bei denen Ben sich nur schwer zurückhalten konnte, sie nicht anzuklicken. Jasmin Rechner hatte einige Mitteilungen von einer Gruppe namens *Dortmunds Süden* geteilt und auch kommentiert, was in Bens Augen zweierlei bedeuten konnte. Erstens, dass sie höchstwahrscheinlich im Dortmunder Süden wohnte, und zweitens, dass er sich nicht nur höchstwahrscheinlich, sondern ziemlich sicher einen wunden Arsch auf seinem harten Mädchensattel holen würde, wenn er da auch noch hin- und vor allem wieder zurückradeln musste. Er öffnete *telefonbuch.de* im Handybrowser und suchte nach Leuten mit Namen Rechner in Dortmund. Vier gab es, davon eine Familie im Süden. »Na toll!«, stöhnte er, als er das Handy wegsteckte und sich auf seinen Sattel warf. »Hombruch, ich komme.«

Er fuhr in die Richtung, aus der er gekommen war, und stutzte nach gut zweihundert Metern Fahrt. Da stand, entgegengesetzt seiner Fahrtrichtung, ein weißer Kastenwagen auf dem Standstreifen. Ein Glatzkopf saß am Steuer und blickte auf seinen Schoß, wahrscheinlich guckte er auf sein Handy. Ben hätte schwören können, dass er diesen Wagen heute schon mal gesehen hatte. Bei J. Börner am Haus. Oder war es Zufall? Daran glaubte Ben nicht mehr, als der Motor des Autos knapp zehn Sekunden später aufheulte und sich der Wagen zunächst in die andere Richtung fortbewegte, um dann in einer schmalen Hauseinfahrt zu wenden. Ben kam die Warnung von Lauber wieder in den Sinn. War es möglich, dass die Bilderdiebe auch ihn auf dem Schirm hatten, weil sie annahmen, er würde gegen sie ermitteln? Scheiße. Aber möglich, dachte er.

Er war auf der Höhe des Gartenvereins angekommen. Rechts führte ein kleiner Pfad zu den Schrebergärten. Durchaus breit genug, dass ein Auto durchfahren konnte. Zu seinem Glück jedoch teilte direkt vor dem schmiedeeisernen Tor ein umlegbarer, rot-weißer Absperrpfosten den Weg. Sicher würde er auf der anderen Seite einen Weg hinausfinden, McKastenwagen aber nicht mal einen hinein. Er überlegte, wenn er seine Fahrt anschließend in Richtung Fachhochschule fortsetzen würde, könnte er dort die B 1 über die BVB-Brücke in Richtung Stadion überqueren. Hier würde er den Verfolger garantiert loswerden. Wahrscheinlich auf Nimmerwiedersehen. Ihn schauderte.

Und das zu recht.

* * *

Da hatte sie sich verbessert, dachte Ben, der im Geiste Jasmin Rechners altes Haus mit dem neuen verglich. Er lehnte das Fahrrad an eine Laterne und kettete es an. Dabei blickte er misstrauisch in jede Richtung. Der Kastenwagen war bis jetzt nicht wieder aufgetaucht, weder diesseits noch jenseits der B 1. Fürs Erste war sein Plan aufgegangen. Über alles Weitere konnte er sich später Gedanken machen. Er ging den grau gepflasterten, schmalen Weg zur Haustür des hellbraun verputzten Neubaus. Er bemerkte gleich die kleine Kamera neben der Klingel, was ihm nicht behagte. Was würde Jasmin Rechner wohl denken, wenn sie am Sonntagnachmittag ein fremdes Gesicht vor der Tür ausmachte?

Er klingelte. Nach wenigen Augenblicken öffnete sich die Tür, und ein Mann stand vor ihm.

»Guten Tag«, begann Ben zögerlich. Dann räusperte er sich und sagte mit festerer Stimme: »Ben Pruss ist mein Name. Entschuldigen Sie, dass ich hier am Sonntagnachmittag einfach so reinplatze.« Er lächelte schuldbewusst, doch sein Gegenüber blieb regungslos. Ein Mann um die fünfzig. Typ Firmenchef, fand Ben. Kurze, graue Haare zu einem Seitenscheitel gekämmt, Gleitsichtbrille mit hauchfeinem Gestell, dazu ein blaues Hemd, dessen Kragen durch einen teuren, roten Pullover mit V-Ausschnitt lugte, blaue Jeans (die er garantiert nur am Wochenende und »für gemütlich« trug) und beigefarbene Hausschuhe. »Ich würde gerne mit Jasmin Wollenb… äh, Rechner sprechen. Ist die auch zu Hause?«

Der Mann legte die Stirn in Falten und sagte dann: »Die ist da. Sekunde, ich hole sie.« Dann schloss er die Tür, was Ben ihm nachsehen konnte. Er hörte den Mann im Inneren des Hauses rufen: »Jasmin? Kommst du mal bitte? Hier ist jemand an der Tür, der dich sprechen möchte.« Dann folgte eine Zeit lang Stille, danach leises Tapsen auf dem Parkett und gedämpftes Gemurmel. Dann wurde die Tür erneut geöffnet. Vor Ben erschien eine großgewachsene Frau mit langen, braunen Haaren, quer gestreiftem Pullover und Jeanshose. Er schätze sie auf das ungefähr gleiche Alter wie ihren Ehemann (Ben war sich sicher, dass es ihr Ehemann war), so um die fünfzig Jahre. Im Gegensatz zu Elvira Zink wirkte Jasmin Rechner zurückhaltend und skeptisch. Ben wunderte sich fast, dass sie alleine in der Tür erschienen war und ihr Mann nicht als Aufpasser hinter ihr im Flur wachte. Wahrscheinlich lauerte der sprungbereit hinter der Tür. Ben, dessen Aufregung sich in einem staubtrockenen Hals körperlich manifestiert hatte, schob den Gedanken beiseite.

»Ja bitte?«, sagte Jasmin Rechner zaghaft.

»Hallo Frau Rechner, Ben Pruss mein Name. Entschuldigung, dass ich hier so unangekündigt reinplatze. Ich bin Privatdetektiv hier aus Dortmund.« Er überreichte ihr seine Karte, die sie zögerlich annahm und eingehend studierte. »Ich ermittle gegen jemanden namens Tabbart Lauber. Mein Auftraggeber wurde von ihm erpresst, und im Zuge meiner Ermittlungen bin ich auf Ihren Namen gestoßen, als möglicherweise ebenfalls Geschädigte dieses Herrn.«

»Geschädigte?«, fragte Jasmin Rechner geistesabwesend und blickte unangenehm nach rechts und links, so als befürchtete sie, neugierige Nachbarn könnten aus ihren Häusern gepilgert sein und das Gespräch belauschen. Die Tür im Hintergrund öffnete sich, und Herr Rechner erschien. »Wollen Sie dem Lauber den Arsch aufreißen? Dann sind wir dabei!« Er schob seine Frau mit sanfter Gewalt zur Seite und öffnete die Tür bis zum Anschlag. Ein eindeutiges Zeichen an Ben, einzutreten.

Na, der Lauber war ja echt beliebt, dachte er, gratulierte sich innerlich zu seiner Volltrefferlüge und betrat das Haus. Als Rechner hinter ihm die Tür schloss, fuhr ein schmutzig weißer Kastenwagen langsam am Haus vorbei.

* * *

Nachdem Ben seinen ihm zugewiesenen Platz auf der großen, braunen Ledercouch eingenommen hatte und mit einem Glas Mineralwasser ausgestattet war (inklusive der Bitte, es auf die zum Tisch passenden Filzkugeluntersetzer zu stellen und nicht direkt auf die Tischplatte), setzten sich Frau und Herr Rechner nebeneinander auf die Couch gegenüber von Ben. Herr Rechner schaute ihn erwartungsvoll an, seine Frau sah eher danach aus, als würde sie lieber eine Wurzelbehandlung ohne Narkose an sich durchführen lassen, als hier und jetzt auch nur einen Pieps von sich zu geben.

»Und?«, fragte Herr Rechner.

»Mich würde Ihre Geschichte mit Tabbart Lauber interessieren, Frau Rechner.« Er rutschte ein Stück im Sessel nach vorn, bemüht um eine offene und zugewandte Körpersprache. Immer wichtig bei Befragungen, wie er aus seinem Detektivkurs bereits wusste. »Natürlich wird das alles ganz diskret behandelt. Ich versuche nur eine Ahnung davon zu bekommen wie Herr Lauber agiert und was seine Methoden sind.«

Jasmin Rechner bewegte sich unbehaglich auf ihrer Sitzfläche. »Der Deal war, dass ich den Mund halte«, entgegnete sie mit leiser Stimme und sah ihren Mann hilfesuchend an.

»Ach Jasmin.« Herr Rechner schenkte seiner Frau einen strengen Blick. »Es gibt überhaupt keinen Deal. Und es gab nie einen.« Dann wendete er sich an Ben. »Ich fange mal an. Ich habe die ganze Geschichte ja auch erst später erfahren.« Er nickte seiner Frau mit einem Ausdruck zu, der zu sagen schien: »Lass mich nur machen«, und wandte sich dann an Ben. »Dieser Lauber ist eines Tages bei Jasmin aufgetaucht und hat ihr Fotos gezeigt, auf der sie zusammen mit mir abgelichtet ist.« Er räusperte sich. »Eindeutige Fotos, wenn Sie wissen, was ich meine.«

Ben nickte zaghaft und dachte an zahlreiche Gegebenheiten, in denen er selbst solche »eindeutigen« Fotos geschossen hatte.

»Nun«, fuhr Rechner fort. »Zu diesem Zeitpunkt war Jasmin noch mit jemand anderem verheiratet.« Er verzog den Mund und legte die Stirn in Falten. »Dieser Jemand hatte Lauber den Auftrag erteilt, Beweise gegen Jasmin zu finden. Er hatte damals schon etwas geahnt.« Er nahm Jasmin Rechners Hand, die sie auf der Couch abgelegt hatte, und drückte sie zärtlich.

Durch diese Geste offenbar ermutigt, ergriff Jasmin Rechner das Wort. Ihre Stimme klang fester als zuvor. »Lauber hat mir gesagt, ich könnte einen kleinen Job für ihn erledigen und sogar noch 5000 Euro dabei verdienen. Er würde die Bilder dann verschwinden lassen und meinem Mann sagen, dass ich … wie hatte er es noch ausgedrückt? Brav wie eine Sauerländer Ordensschwester sei oder so ähnlich. Dabei hat er mich lüstern angegrinst und ein Auge zugekniffen. Widerlich, der Kerl.« Sie löste ihre Hand aus der ihres Mannes und warf ihm ein verstohlenes, kleines Lächeln zu. Dann hob sie ihr Glas vom Tisch und trank einen Schluck. »Sie müssen wissen, dass meine Ehe zu diesem Zeitpunkt schon am Ende war. Zumindest für mich. Vielleicht hat Ralf, mein Exmann, das anders gesehen. Für mich gab es nur eine Zukunft mit Jörg.« Jetzt war sie es, die seine Hand griff und zu sich heranzog.

»Dann haben Sie den Job abgelehnt?«, fragte Ben, und Jasmin Rechner lächelte verschmitzt. Ihre anfängliche Schüchternheit schien langsam, aber sicher dahinzuschwinden.

»Das hätte ich sicher getan, wenn er nicht die 5000 Euro erwähnt hätte. Ich war kurz davor, mein komplettes Leben umzuwerfen. Da erscheinen einem 5000 Euro durchaus willkommen. Außerdem war ich sehr daran interessiert, meinem Mann … also Exmann … die Bilder mit Jörg zu ersparen. Ich hatte vor, ihm die Wahrheit selbst zu sagen. So viel war ich ihm schuldig. Aber einem widerlichen Kerl, der mit einem Batzen Geld winkt, muss man das ja nicht unbedingt unter die Nase reiben. Also hab ich mir angehört, um was für einen Job es sich handelte.«

»Was hat er von Ihnen verlangt?«, wollte Ben wissen.

»Das bleibt unter uns, Herr Pruss? Kann ich mich darauf verlassen? Ich kenne Sie aus der Zeitung und denke, Sie sind ein ehrlicher Mann. Und wenn Sie versuchen, uns einen Strick daraus zu drehen, werde ich alles abstreiten.«

Wow, die gab Gas, dachte Ben und antwortete: »Ich bin Privatdetektiv, Frau Rechner. Mein Kapital ist das Vertrauen, das mir meine Kunden und natürlich auch meine Quellen entgegenbringen. Sie können sich absolut sicher sein, dass das alles vertraulich behandelt wird. Ich stehe auch unter Schweigepflicht.« Er hatte keine Ahnung, ob das stimmte. Es hörte sich in seinen Ohren jedenfalls sinnvoll an.

»Auch wenn es um eine Straftat geht?«, warf Jasmin Rechner ein.

Jetzt wollte Ben erst recht wissen, worum es ging. »Wenn es nicht gerade ein Mord ist, den Sie mir beichten, dann gilt mein Schweigen auch für eine Straftat.« Er fühlte sich leicht unbehaglich bei dem Gedanken und fragte sich, was für Verbrechen es noch geben könnte, die er nicht in seinem Innersten verschließen konnte. Gleichzeitig hoffte er, dass es nicht sonderlich dramatisch werden würde. Nicht für lumpige 5000.

»Das juckt doch sowieso keinen mehr«, sagte Jörg Rechner und machte eine abwinkende Handbewegung.

»Wahrscheinlich nicht«, sagte Jasmin Rechner. »Mein Job sollte darin bestehen, dass ich mit einem falschen Pass und unter einem falschen Namen von Frankfurt nach Nairobi fliegen sollte. Dort sollte ich einen Tag bleiben und dann am nächsten Tag wieder zurück nach Frankfurt fliegen. Dann unter meinem richtigen Namen.« Sie sah Ben mit einem Blick an, der zu sagen schien: »So, jetzt ist es raus.«

In Ben gingen alle Alarmglocken an. Elisa von Dauss war laut Laubers Akte am 12. Juni 2017 in Nairobi gestorben, zwei Tage später wurde sie eingeäschert. »Wissen Sie noch, wann das genau war? Am besten das Datum.«

»Am 9. Juni 2017«, sagte sie mit einer Bestimmtheit, die Ben verwunderte. »Einen Tag nach Jörgs Geburtstag«, fügte sie hinzu. »Deshalb kann ich mich so genau erinnern.« Dabei warfen sich die Eheleute einen kurzen verliebten Blick zu.

Ben nickte. »Sie sollten mit einem falschen Pass fliegen? Das hätte mächtig Ärger gegeben, wenn man Sie dabei erwischt hätte, Frau Rechner. Ich nehme an, dafür wandert man ins Kittchen. Und das für 5000 Euro? Entschuldigen Sie …« Ben blickte sich deutlich im Raum um. »Sie sehen mir nicht danach aus, als ob Sie für 5000 Euro so ein Risiko eingehen müssten.«

»Das täuscht leider, Herr Pruss. In diesem Haus wohnen wir erst seit Mai. Erst seit dem letzten Jahr geht es uns finanziell ganz gut.«

»Ich habe 2016 angefangen, ein neues Geschäft aufzubauen«, sagte Jörg Rechner. »Das lief zu Beginn eher schleppend.«

»Hinzu kam, dass ich die Vermutung hatte, dass es mit Unterhalt seitens meines Exmannes auch problematisch werden könnte, erst recht, wenn er die Bilder zu Gesicht bekommen hätte.« Sie räusperte sich und trank erneut einen Schluck Wasser. »Die 5000 Euro waren wichtig und die Bilder auch. Ich hatte natürlich schon Angst, aber … Sie kennen das doch. Beim Check-in wird einmal auf den Pass geguckt, danach interessiert sich keiner mehr dafür. Lange Rede, kurzer Sinn. Ich habe es gemacht, und es ist alles problemlos gelaufen. 2.500 Euro hab ich vor dem Flug erhalten, den Rest nach der Landung noch direkt am Flughafen. Überbracht von einem Boten.«

»Und die Bilder hat er Ihnen ausgehändigt?«

Sie lachte freudlos. »Natürlich nicht. Die hat er schön behalten. Schließlich musste er ja auch nach meinen Diensten« – sie formte unsichtbare Anführungszeichen um das Wort Dienste – »sicherstellen, dass ich den Mund halten würde. Und was bringt es auch? Man weiß ja doch nie, ob es nicht noch irgendwelche Kopien gibt.«

Jetzt holte Ben zu seiner letzten Frage aus, und er wettete, dass er die Antwort bereits kannte. »Wissen Sie noch, welcher Name auf dem Pass stand?« Jasmin Rechner blickte ihren Mann mit in Falten geworfener Stirn an. »Wie war das noch? Eleonora von Gauss, oder so? Irgendeine ›*von*‹ jedenfalls.«

Jörg Rechner zog die Schultern hoch und schüttelte stumm den Kopf.

»Elisabeth von Dauss?«, half Ben den beiden auf die Sprünge.

»Wo Sie es jetzt so sagen. Das könnte stimmen.«

* * *

Jasmin Rechner, damals noch Wollenberg, war unter dem Namen Elisabeth von Dauss nach Nairobi geflogen, nur um am nächsten Tag unter ihrem richtigen Namen wieder zurückzujetten. Warum? Weil die *echte* Elisabeth von Dauss wenige Tage später als ein Häufchen Asche in einer kenianischen Urne ihren letzten Flug angetreten war. Doch was ergab das für einen Sinn? Der einzige Sinn, den Ben darin finden konnte, war, dass

Elisabeth von Dauss in Wirklichkeit niemals nach Kenia geflogen war, sondern nur jemand den Eindruck erwecken wollte. Wenn Elisabeth von Dauss gar nicht in Kenia gewesen war, dann konnte es auch nicht ihre Asche gewesen sein, die ein paar Tage später postwendend zurückgeflogen war. Bens Gehirn drehte und wendete die Sache wieder und wieder hin und her, während seine Füße monoton in die Pedale traten. Während seine Augen die Lichtzeichen der Ampeln wahrnahmen. Während seine rechte Hand den silbernen Hebel der Handbremse betätigte. Während seine Ohren das pfeifende Knarzen der abgenutzten Bremsbeläge auf der blankgeriebenen Felge hörten, ohne das Geräusch bewusst wahrzunehmen. Just keimte ein verrückter Gedanke in ihm auf, doch bevor er vollends ins Bewusstsein rückte, bevor er am Schlafittchen gegriffen und in Worte gefasst werden konnte, spürte er einen heftigen Schlag an seinem Hinterreifen. Unversehens fand er sich in der Gegenwart wieder. Das Fahrrad schwankte in kleinen Wellenlinien auf dem Asphalt nach rechts und links. Er sah, wie das Vorderrad den schmutzig-weißen durchgezogenen Streifen am Rand der Fahrbahn querte und rechts daneben auf das schmale Stück feinen Splits rollte. Er trat mit aller Wucht in die Rücktrittbremse, er zerrte die Handbremse, bis sie den Chrom des Lenkers kratzte. Er spürte die Schlagseite, wusste, dass er das Rad nicht mehr unter Kontrolle hatte, wusste, dass er im Straßengraben landen würde.

Scheiße, dachte er, als die mit hohem Gras zugewucherte Mulde immer näher kam, hoffentlich ist da kein Wasser drin!

Sein rechter Fuß glitt einige Meter über die Grasnarbe, dann stieß Ben sich mit einem letzten Ruck ab, löste sich dabei von seinem Rad, welches gänzlich zur Seite kippte und genau wie er selbst in den Graben stürzte. »Verdammte Hacke«, schrie er, als sein Bein bis zum Knie in kaltes, schlammiges Wasser eintauchte, welches sich unter einer vitalen Decke aus Gräsern, Ähren und (VERDAMMTE Scheiße!) Brennnesseln getarnt hatte. Seine Hände fanden keinen Halt, und er segelte, die Arme schützend vor den Kopf haltend, in voller Länge in die wenig einladende Brühe. Fluchend rappelte er sich hoch. Die Kälte des Wassers, die seine Kleidung durchnässt hatte, lenkte ihn im ersten Moment von den Schmerzen ab, welche die verschissenen Brennnesseln auf seinem Handrücken, auf Stirn und Ohren hinterlassen hatten. Er sah sich um, blickte die Straße zurück. Als er den weißen Kastenwagen knapp zehn Meter hinter sich am Straßenrand erkannte, begriff er. Der Mistkerl hatte ihn umgefahren.

»Pass auf, du Arsch«, schrie er in die Richtung des Wagens und gab sich Mühe, seinen Körper zurück auf die Straße zu bugsieren. Er war auf hundertachtzig. Diesem Arsch würde er die Scheiße aus dem Leib kloppen, so viel war mal klar. Er hatte sich zurück auf den Asphalt gezogen und kam langsam auf die Beine. Dicke Tropfen brackigen, stinkenden Wassers tropften vor ihm auf die Straße. Sein Gesicht, seine Arme brannten wie Feuer. Er war so wütend wie damals in der siebten Klasse, als Matze Dörholt nach der Schule auf sein fast volles Paniniheft gepisst hatte. Matze Dörholt hatte es bereut, und so würde auch …

Die Fahrertür des Kastenwagens öffnete sich bedächtig. In der Windschutzscheibe waren nur die Wolken am dämmrigen Himmel zu erkennen, nicht aber der Fahrer. Dieser Arsch. Dieser Wichser! Ein Fuß erschien aus dem Inneren der Fahrerkabine und wurde stampfend auf den Boden gestellt. Ben bremste seine Geschwindigkeit einen Deut ab. Springerstiefel über schwarzer Lederhose, wenn Ben das richtig erkennen konnte. Mindestens Größe 45, wenn die Schuhe klein ausfielen. Eine Sekunde später kam der Rest des Stiefelträgers zum Vorschein. Ein Riese. Und zwar in jedweder Richtung des dreidimensionalen Raumes. Speckige Glatze. Sonnenbrille. Platte Nase, deren Anblick Ben mehr Geschichten erzählte als alle acht Rocky-Teile auf einmal. Schwarze Lederkutte mit Aufnäher auf der Brust, dessen Beschriftung Ben aus seiner Entfernung nicht entziffern konnte. Das Emblem der rosa Einhornliga war es wohl nicht, so viel stand fest. Es sah eher aus wie überkreuzte Maschinengewehre. Oder? Ben war zum Stehen gekommen. Specknackenriese kickte mit der Rückseite seines Schuhs die Tür des Wagens ins Schloss und tat einen Schritt auf Ben zu, dann verschränkte er gelassen die Arme vor der Brust.

Verschissen, dachte Ben, es waren Morgensterne. Mit einem Mal spürte er, wie ihn alle Wut verließ. Die *Kampf*-Reaktion von vor einer Sekunde hatte sich schlagartig in eine ausgewachsene *Flucht*-Reaktion verwandelt. Ich bin schneller als der, sagte er sich und blickte sich hektisch um. Zum ersten Mal realisierte er, wo er war. Im Nirgendwo. Die Straße führte einfach nur geradeaus. In der Richtung, aus der er gekommen war, gab es nach gut hundert Metern eine Kreuzung. Das war auch schon das Aufregendste. Häuser, Menschen, Zivilisation, kurz gesagt Hilfe in ihrer grundlegendsten Form war in beiden Richtungen nicht vor einem Kilometer zu erwarten. Es sei denn, es würde zufällig jemand des Wegs kommen, der es mit Specknackenriese aufnehmen wollte. Vielleicht die Klitschko-Brüder, Hagrid oder Samson aus der Sesamstraße. Der einzige Lichtblick schien Ben die Schonung mit jungen Fichten zu sein, die nach einigen Metern auf der anderen Seite des Grabens begann. Vielleicht konnte er sich dort verstecken oder auf einen Baum klettern oder sonst irgendwas. Egal. Specknackenriese setzte seinen massigen Körper in Bewegung, und Ben musste reagieren. Jetzt.

* * *

Er sprang problemlos über den Graben auf die andere Seite und schlüpfte zwischen zwei Baumreihen hindurch, in den künstlich angelegten Wald. Im Augenwinkel sah er, dass Specknackenriese es ihm gleichgetan hatte. Auch er war, weitaus behänder, als Ben es sich erhofft hatte, über den Graben gesprungen. Bisher hatte sein Verfolger geschwiegen, und Ben vermutete, dass Konflikte verbal auszutragen nicht seine größte Stärke war. Ben schaffte es ein gutes Stück in den Wald hinein. Im Dickicht wechselte er ein paar Mal die Baumreihen. Dann stoppte er abrupt hinter einer jungen Fichte, deren Nadelkleid ihm dichter erschien als bei den meisten anderen. Er gab sich Mühe, möglichst zu atmen. Das

Gefühl, jeden Moment wegen Sauerstoffmangels zu kollabieren, wurde immer stärker.

Er fingerte in seiner Hosentasche nach dem Handy. Vielleicht konnte er die Polizei anrufen und einen Notruf flüstern … »Verdammte Scheiße«, fluchte er in gedämpften Tonfall, allerdings lauter, als er es sich für den Hilferuf vorgenommen hatte, als er feststellte, dass von seinem Handy nur noch ein nasser, nutzloser Klumpen Elektroschrott übrig war.

Ein deutliches Knacken von Ästen ganz in seiner Nähe ließ ihn zusammenzucken. Springerstiefel auf Fichtenholz, ganz klar. Er duckte sich tiefer und lugte vorsichtig um den Stamm des Baumes herum. Specknackenriese und er blickten sich direkt in die Augen.

* * *

Der Hüne stand nur knapp zwei Meter von Ben entfernt. Ein Schrecken zuckte durch seine Glieder, doch er fing sich schnell. Auch Specknackenriese war über die plötzliche Begegnung offensichtlich verdutzt – und glücklicherweise geistig träger als Ben. Specknackenrieses Körper war wohl um einiges schneller gewachsen als sein Verstand. Ben sprang aus der Hocke auf, hob das Handy hoch über seinen Kopf. Wie ein Messer, dessen Schneide viel zu breit und viel zu stumpf war, hieb er es Specknackenriese auf die glänzende, ausladende Stirnpartie, direkt oberhalb der Schläfe. Ben war nie der Typ gewesen, der als Erster zuschlägt, aber an Specknackenrieses Gesichtsausdruck erkannte er unmissverständlich, dass Angriff in diesem Fall die beste Verteidigung war. Sein Verfolger brüllte auf. In dem Laut schwang mehr Wut mit als Schmerz. Er griff nach Bens Hand, die, bereit für einen zweiten Schlag, soeben in die Höhe flog – tat einen Schritt nach vorne und stolperte über eine Wurzel, die neben seinem linken Fuß aus dem Boden gewachsen war und neben seinem rechten, wie ein überdimensionaler Regenwurm, wieder im Erdreich verschwand.

Ben verzichtete auf den Schlag und vollführte stattdessen einen Satz nach hinten. Was sein Glück war, denn Specknackenriese hätte beinahe sein Bein zu fassen bekommen. Ben war klar; wenn er erst mal am Boden lag, würde er in Nullkommanichts zu einer äußerst gedeihlichen Pilzfarm verarbeitet werden. Er hatte nur noch eins im Kopf: Land gewinnen. Meter machen. Distanz aufbauen. Vielleicht konnte er es zurück zur Straße schaffen. Vielleicht würde er das Auto erreichen und einfach wegfahren. Hatte Specknackenriese den Schlüssel stecken lassen? Im Notfall würde er die Knöpfe runterdrücken und …

Er erreichte den Rand der Schonung und stand wieder auf freiem, grünem Acker. Er fasste sich an die Brust und atmete tief ein und aus, während er sich über seine fehlende Kondition ärgerte und darüber nachdachte, in welche Richtung er weiterlaufen musste. Vor ihm lag Acker. Dahinter kam ein Acker, und danach konnte er einen Acker ausmachen. Rechts und links … Acker. Ben hatte das Waldstück einmal längs durchmessen und war auf der der Straße genau gegenüberliegenden Seite wieder herausgekommen. Er hatte also die Wahl. Entweder zurück durch den Wald oder zweimal rechts oder zweimal links. Ben entschied sich für zweimal rechts, weil er in diesem Fall – zumindest seinem mäßigen Orientierungssinn nach – ungefähr in Höhe des Kastenwagens wieder die Straße erreichen müsste.

Auch diese Entscheidung erwies sich als angemessen, denn just im selben Moment, in dem Ben zu seinem Sprint ansetzte, erschien Specknackenriese links von ihm auf der Bildfläche. Zum Glück gut und gerne dreißig Meter weiter hinten. Ben ließ sich nicht beirren. Er rannte, was das Zeug hielt. Der Boden war hier bedeutend weicher als im Wald, was das Rennen schwieriger machte, dafür war der Boden ebenmäßiger und wies weniger Stolperfallen auf. Ein hastiger Blick über die Schulter zeigte ihm, dass sein Verfolger zwar nicht bedeutend näher an ihn herangekommen war, die Distanz zwischen den beiden sich jedoch auch nicht signifikant vergrößert hatte. »Dämlicher Scheiß, dämlicher«, keuchte Ben atemlos. Seine Lungen brannten, und seine Arme und sein Gesicht glühten vom Bad im Brennnesselparadies noch immer. Hinzu kam, dass er höchstwahrscheinlich noch zwei oder drei Kilo Wasser in seiner Kleidung mit sich herumschleppte, was das Laufen nicht eben leichter machte.

Er bog um das Ende der Schonung und sah, dass Specknackenriese breitbeinig mit vorgebeugtem Oberkörper auf dem Feld stand. Die Hände hatte er auf die Knie gelegt, der Oberkörper hob und senkte sich wie ein riesenhafter Blasebalg. Sein Blick fand das Ende des Feldes, an dessen Rand er den Kastenwagen erkannte. Das Scheißding war weiter weg, als er vermutet hatte. Er nahm die Beine in die Hand.

Wie in einem mehr als schlechten Witz fuhren ausgerechnet in diesem Augenblick vier Autos hintereinander die Straße entlang – viel zu weit entfernt, als dass Ben die Aufmerksamkeit der Fahrer auf sich hätte lenken können. Trotzdem wedelte er beim Rennen wild mit den Armen. Als der Straßengraben endlich in sein Sichtfeld rückte und Ben das Tempo noch einmal anzog, um mit einem beherzten Sprung zurück auf die Straße zu kommen, war diese wieder vollkommen verwaist. Specknackenriese war zäh. Auch er war nicht mehr weit entfernt und würde nur Sekunden nach Ben über den Graben springen.

Lass den Schlüssel stecken. Scheiße, lass den Schlüssel stecken!, ging es Ben wie ein verrücktes Mantra durch den Kopf. Tür aufreißen, rein in den Wagen, Knöpfe runter, sofern die Knarre Knöpfe hatte – und dann Gas geben und weg. So weit Plan A. Plan B gab es nicht, und wenn es einen Plan B geben musste, dann war es der, sich möglichst effektiv vor den Hieben wegzuducken und im Nachgang kein Blut zu spucken.

Ben sprang, erreichte die andere Seite der breiten Furche, rutschte ab und stand mit den Füßen wieder in der kalten Pampe aus stehendem Wasser und Matsch. Er griff mit beiden Händen tief in das hohe Gras, um sich hochzuziehen. Eine fiese Distel ritzte ihm den Handrücken auf, doch den Luxus, sich dem Schmerz hinzugeben, hatte er nicht. Specknackenrieses dumpfe Stampfer wurden hinter ihm stetig lauter. Er hörte sogar das kehlige, tiefe Schnaufen seines Atems. Der Kerl war in der Tat äußerst ambitioniert, stellte Ben mit einem Klumpen im Bauch fest.

Die linke Hand klatsche auf den Asphalt, der sich warm und solide anfühlte. Dann die rechte. Ben drückte sich hoch, stand auf festem Boden. Das Gefühl der Sicherheit, des nahenden Triumphes flackerte einen Wimpernschlag lang in ihm auf. Specknackenriese war noch auf der anderen Seite, während er nur noch das Auto umrunden musste und …

* * *

Ein Klacken, dann schelmisch aufleuchtende Blinklichter, die Ben jäh das Ende seines Traums kundtaten. Eines Traums, in welchem er – im sicheren Abstand zum fluchenden und wild gestikulierenden Specknackenriesen – das Auto mitten auf der Straße anhielt, sich mittig auf den Asphalt stellte und Specknackenriese seinen nackten Arsch und die Worte »FRISS SCHEISSE«, gefolgt von einem maliziösen Lachen, präsentierte.

Doch es war Specknackenriese, der atemlos lachte und Ben den Autoschlüssel zwischen Daumen und Zeigefinger seiner hochgehaltenen Pranke präsentierte. Dann sprang auch er über den Graben. Ben war in diesem Moment klar, dass er geliefert war. Und dazu musste er nicht mal unbedingt das Emblem erkannt haben, welches vorne auf Specknackenrieses abgewetzter Kutte prangte. Zwei blutige Fäuste und darunter die liebevoll gestickte und wahrscheinlich ganz und gar nicht ironisch gemeinte Botschaft: YOU'RE DEAD! Bens gepeinigtes Denken zauberte doch noch einen Plan B hervor, der allerdings miserabler nicht sein konnte. Sein Fahrrad lag irgendwo dort drüben im Graben. Wenn er es schnell genug erreichte, konnte er es vielleicht auf die Straße hieven und einige Meter machen, bis Specknackenriese zurück an seinem Auto war und ihn motorisiert verfolgen konnte.

Er rannte los. Sein Verfolger nur einen Wimpernschlag hinter ihm. Ben sprang in den Graben. Wasser, Brennnesseln, Disteln, alles war vergessen. Sein Fahrrad lag schräg auf der Seite. Lenker und Sattel unter der Wasseroberfläche, die beiden Räder standen nutzlos in der Luft. Ben schlängelte sich um das Rad herum, packte die vordere und hintere Gabel und riss es mit einem Ruck hoch. Es löste sich mit einem müden Schmatzen aus dem brackigen Wasser. Es kam Ben viel leichter vor, als er es in Erinnerung hatte. Specknackenriese eilte, nun keine vier Meter mehr von ihm entfernt, durch den Bach auf ihn zu. Seine Füße platschen lautstark ins Wasser, und in sein ohnehin schon nicht freundliches Gesicht war purer Hass getreten. Ben erkannte, dass er es unmöglich auf die Straße schaffen würde, bevor der Riese bei ihm angelangt war. »Was willst du von mir?«, schrie er.

»Dich auseinandernehmen, du kleiner Wichser. Ich hoffe, du hast Durst. Du wirst gleich eine Menge von der Plörre hier saufen.«

Ben erkannte seine einzige Chance. Er drehte den Oberkörper abrupt und kraftvoll nach links und hieb Specknackenriese die Speichen seines Hinterrades ins Gesicht.

Der Schlag zeigte Wirkung. Specknackenriese schrie auf, und diesmal schien etwas mehr Schmerz als Wut in seiner Stimme zu liegen. »Ich mach dich platt.« Er taumelte wie ein Betrunkener nach hinten, stützte sich mit der rechten Hand am Rand des Grabens auf.

Oh, lieber Gott … oh, lieber, lieber Gott, ging es Ben durch den Kopf, als er zu einem zweiten Hieb ansetzte. Er erkannte, dass Specknackenrieses Oberkörper etwas nach hinten gebeugt war. Er hob das Rad über seinen Kopf und donnerte den mit roten Stoffröschen verzierten Gepäckträger vor Specknackenrieses linke Gesichtshälfte. Diesmal schrie er nicht, er knurrte wie ein wildes Tier. Ihm war klar, dass er entweder als Sieger aus der Schlacht hervorgehen würde oder als Leiche. Specknackenriese kippte nach hinten, wobei sein breiter Hintern eine beachtliche Welle im flachen Gewässer auslöste. Eine Sekunde schien er benommen. Er griff sich ans Ohr und stellte fest, dass es blutete. Ben hatte den gut einen Zentimeter breiten Blutstreifen bereits wahrgenommen. Er wusste; geschlagene wilde Tiere waren das eine – blutende geschlagene wilde Tiere etwas ganz anderes. Er warf das Fahrrad auf die Straße und sprang direkt hinterher. Er spürte, wie etwas an seinem Hosenbein zerrte. Specknackenriese hatte ihn gepackt. Ben drehte seinen Körper. Sein Hintern berührte den weißen Begrenzungsstreifen der Fahrbahn, und er versuchte verzweifelt, seine Hände hinter sich in den Asphalt zu krallen. Ben strampelte, doch der Riese machte keine Anstalten, das Bein loszulassen. Ben trat mit seinem freien Fuß zu. Er traf Specknackenriese erneut an dessen blutendem Ohr, und es gelang ihm, sich freizumachen. Er sprang auf die Beine, griff sein Fahrrad.

Oh, bitte, bitte fahr noch. Liebes, altes Fahrrad, fahr noch! Er schob es an, wurde dabei immer schneller. Rannte, sprintete neben dem Fahrrad her. Dann sprang er auf und trat in die Pedale. Hey ho, Silver!!!, ging es ihm durch den Kopf, und er hatte keine Ahnung warum. HEY HO! Seine Lunge platzte fast, als er es endlich wagte, sich über die Schulter umzublicken. Sein Tempo drosselte er nicht. Was er sah, überraschte ihn. Specknackenriese machte keine Anstalten, ihm zu folgen. Er stand neben seinem Auto und schlug wütend auf das Dach der Fahrerkabine ein. »Der hat seinen Schlüssel verloren«, schnaufte Ben sich atemlos zu. Dann musste er laut lachen. »Der Spinner hat *wirklich* seinen Schlüssel verloren!«

* * *

Kaum hatte Ben zurück in die Ruhrpottzivilisation gefunden und die Hauptstraße sicherheitshalber durch kleinere Nebenstraßen ersetzt, wurde ihm klar, dass es wahrscheinlich das Beste war, gleich zum Flughafen weiterzufahren und sich ein Ticket nach Hawaii zu besorgen. Garantiert kannten die Typen seine Adresse, und Specknackenriese sah nicht aus wie jemand, der gerne verlor.

Langsam trocknete seine Unterhose, und zwischen seinen Oberschenkeln fing es widerlich zu jucken an. Klar kannten die seine Adresse. Sie wussten ja auch, wo er sich eben noch befunden hatte. Und das, obwohl er den Kastenwagen definitiv am Tremoniapark abgehängt haben musste. Zumindest, wenn Specknackenriese seinen Wagen nicht geschultert hatte und ebenfalls zu Fuß über die BVB-Brücke stolziert war. Er trat auf die Bremse und stellte fest, dass sie kein Quietschen mehr von sich gab – bei gleich gebliebener Bremsleistung von knapp dreißig Prozent. Wozu ein kleines Bad im Brackwasser doch nützlich sein konnte. Er stellte das Rad auf den Ständer und trat drei Schritte zurück. Das wütende Hupen eines vorbeifahrenden Opel Corsa motivierte ihn dazu, die Fahrbahn zu verlassen und auf den Bürgersteig zu wechseln. Prüfend blickte er sein Fahrrad an, blähte unbewusst die Backen auf und verzog die Augen zu kleinen Schlitzen. »Wo bist du, du Scheißding«, murmelte er leise. Unter dem Sattel wurde er fündig. Nicht, dass er auf Anhieb erkannt hatte, dass es sich um einen Minipeilsender handelte. Doch die Tatsache, dass das fünfmarkstückgroße, schwarze Ding mit einer Art Knetmasse zwischen den Federn des Sattels angeklebt war, reichte ihm als Beweis aus. »Fahrrad mit Peilsender«, murmelte er leise vor sich hin, als er das Teil gegen den bewölkten Himmel hielt und es kritisch ansah. »So was hat's auch noch nicht gegeben.« Dann fuhr ihm der Schreck durch die Knochen, als ihm bewusst wurde, dass alle Fahrerei durch kleine Straßen und Gässchen, die er eben hinter sich gebracht hatte, null und nichtig war. Zumindest wenn das Peildings sein Bad im Wassergraben überlebt hatte. So wie das Teil an allen Ritzen und Nähten verschweißt war, konnte man davon ausgehen, dass es nach wie vor seine Peilwellen ins Universum jagte. Ben blickte sich um und bemerkte einen schwarzen Pick-up, der in diesem Augenblick vorbeirauschte und, wenn Ben Glück hatte, in knapp zweihundert Metern vor einer roten Ampel zum Stehen kommen würde. Er drehte das Fahrrad herum und fuhr dem Pick-up hinterher.

»Ha! Münchner Nummernschild. Das sollte erst mal reichen«, sagte er und warf den Sender auf die Ladefläche des Pick-ups, drehte um und radelte in die entgegengesetzte Richtung davon.

* * *

Eine knappe Stunde später saß Ben in einem kuscheligen und etwas zu kleinen, rosafarbenen Bademantel auf der Couch. Er duftete angenehm nach Strawberry-Dream-Duschgel, und seine nassen Kleider drehten sich munter in der Waschmaschine im Keller. Die Hände wärmte er sich an einer mit einer Wildrose verzierten Tasse von Villeroy & Boch, die mit heißem, frisch aufgebrühtem Detox-your-feelings-Tee gefüllt war. Auf seiner Weiterfahrt zurück in die Innenstadt war er zu dem Schluss gekommen, dass *eine* falsche Entscheidung mehr oder weniger an diesem Tag auch keinen Unterschied machen würde, und so war er, nass, dreckig und zerkratzt wie er war, kurzerhand zu Jenny gefahren.

»So!«, Jenny kam zurück ins Wohnzimmer. In der Hand eine Tupperschale mit ungekochtem Reis gefüllt. »Da stecken wir dein Handy erst mal rein, und wenn du Glück hast, funktioniert es morgen wieder.« Sie setzte sich auf den Sessel ihm gegenüber und stellte die Tupperschale auf den Tisch.

Sollte das eine Einladung sein, bis morgen zu bleiben?, fragte er sich.

»Dann erzähl mal, was du dir wieder geleistet hast.«

Bisher hatte Ben ihr nur berichtet, dass er in der von-Dauss-Sache ermittelt und ein kleines Stelldichein mit einem grizzlygroßen Specknackenriesen gehabt habe. »Gleich, Jenny«, sagte er aufgeregt und sprang regelrecht von der Couch hoch. Ihm war eingefallen, dass Kai möglicherweise auch einen Besuch abgestattet bekommen könnte, sollten die Bilderdiebe annehmen, dass auch er weiterhin in dieser Sache ermittelte. Sicher wusste er es zu schätzen, vor einem missgestimmten Schurken mit 4XL-Oberarmen gewarnt zu werden. Vor allem, wo Kai momentan ständig bei von Dauss ein und aus ging. Er meinte, einen flüchtigen Ausdruck von Enttäuschung in Jennys Blick ausgemacht zu haben, und es tat ihm leid, dass er sie schon wieder ausschloss, nachdem sie sich ohne viel Aufhebens sofort um ihn gekümmert hatte. »Ich muss mal dringend mit Kai telefonieren«, sagte er. Und um ihr eine Erklärung zu geben, warum das momentan wichtiger war, als mit ihr zu sprechen, fügte er hinzu: »Ein Kerl war heute hinter mir her. Einer von den Bilderdieben, nehme ich an. Ich muss Kai warnen. Vielleicht sind die auch hinter ihm her?«

»Klar«, entgegnete Jenny und lächelte matt. »Hier, nimm mein Handy.« Sie nahm das weiße Telefon vom Tisch, wählte Kais Nummer aus den Kontakten und reichte es ihm.

»Danke.« Er hielt sich den Hörer ans Ohr.

»Ja? Jenny?«, meldete sich Kais Stimme nach einigen Sekunden.

»Hi. Ich bin's. Ben. Mein Handy ist im Arsch. Du, ich bin heute überfallen worden von …«

Kai unterbrach ihn: »… von so'nem Meister Propper-Nazi?«

»Äh … Ja. Woher weißt du das?« Bens Magen fühlte sich mit einem Mal flau an, in ihm keimte eine düstere Vermutung auf. Und wenn es ihn nicht täuschte, hörte sich Kais Stimme irgendwie nicht ganz taufrisch an.

»Stand eben hier im Hausflur vor unserer Wohnung.« Mit einem mulmigen Gefühl bemerkte Ben, dass Kai deutliche Probleme beim Sprechen hatte. »Hat mir die Fresse vermöbelt und gesagt, dass ich dir schöne Grüße ausrichten soll.« Kai machte ein Geräusch, welches irgendwo im Grenzbereich zwischen Lachen, Schniefen und Rotzen angesiedelt war. »Er möchte gerne, dass du aufhörst zu schnüffeln, sonst hätten wir, hast du gehört, *WIR* ...« Er machte wieder dieses röchelnde Geräusch und ließ dann ein Stöhnen erklingen, das eindeutig auf ausgeprägtes körperliches Leid hindeutete. »... sonst hätten *WIR* bald ein paar Löcher mehr im Kopf, durch die wir atmen könnten.«

Jenny blickte Ben mit großen Augen an. Zwar hatte sie kein Wort von dem verstanden, was Kai gesagt hatte, aber Bens zunehmend entsetzter Gesichtsausdruck hatte ihr auch so deutlich gemacht, dass die Situation angespannt war.

Ben zog scharf die Luft ein. Sein Blick schien durch Jenny hindurchzugehen. »Ach du Scheiße«, sagte er dann und hätte sich am liebsten dafür geohrfeigt, dass er Kai nicht schon früher eine Warnung hatte zukommen lassen. Er selbst war gemütlich über Schleichwege durch Dortmund gejuckelt und hatte sich mächtig darauf gefreut, eine Ausrede zu haben, um bei Jenny zu klingeln. Und dabei keine Sekunde lang daran gedacht, dass er ja einen Mitbewohner hatte, der ebenfalls in der Sache steckte. »Wir müssen die Bullen ...«, begann er, doch er wurde erneut unterbrochen.

»Ach ja«, näselte Kai noch stärker als vorher, und Ben stellte sich vor, wie er sich die bluttriefende Nase mit einem Taschentuch zudrückte. »Meister Propper schlägt außerdem vor, dass wir nicht zur Polizei gehen sollten, wenn wir ... wie sagte er noch so schön? Ach ja, uns in

Zukunft noch selber den Arsch abwischen wollen. Vernünftiger Vorschlag, findest du nicht? Ich hab ihm gleich recht gegeben und zweimal heftig gegen sein linkes Knie genickt. Das tut ihm jetzt garantiert ordentlich weh.«

Ben wusste nicht, was ihm mehr Sorgen bereitete, die Drohung von Specknackenriese oder Kais unverhohlen sarkastischer Unterton. Jenny, die mittlerweile aufgestanden war, gestikulierte mit fragender Miene vor Ben herum, doch der schüttelte nur sanft den Kopf und machte eine beschwichtigende Geste. »Wir müssen uns unbedingt treffen.«

»Klar! Komm vorbei. Vielleicht ist Meister Propper ja noch unten, dann kannst du ihn gleich mitbringen, und wir diskutieren die Sache aus. Und bring Bier mit! Ich hab mir gerade das letzte aufgerissen.«

»Ich weiß nicht, ob du unbedingt Bier trinken solltest, Kai, es …«

»Wieso denn nicht?«, fragte er mit schneidend freundlicher Stimme. »Mir ist kotzübel, ich sehe Sterne, und mir ist schwindelig. Das wird von einem gepflegten Bierchen garantiert nicht schlimmer, alter Kollege. Oder was meinst du?«

»Mann, Kai«, Bens Stimme wurde lauter. »Tut mir wirklich, *wirklich* leid, dass das passiert ist, aber das ist ja nicht meine Schuld.«

»Ach nein? Wer wollte denn unbedingt weiter ermitteln?«

»Doch nur wegen dieser Elisa von Dauss. Und diesem komischen Lauber-Typen. Bei den Bilderdieben habe ich mich ja gar nicht reingehängt. Die denken wahrscheinlich, dass wir mit diesem Lauber zusammenarbeiten.«

Kai machte einen Laut, der sich irgendwie wie »Äääääch« anhörte, und Ben meinte, ein winziges Entgegenkommen aus diesem Geräusch herauszuhören. Nach einer Pause sagte Kai dann: »Ich zeige den Wichser auf jeden Fall an! Ich lass mich doch nicht von dem unterkriegen! Ich kapiere sowieso nicht, dass die noch hier sind. Die müssten doch lange auf der Flucht sein.«

»Darüber hab ich mich auch schon gewundert. Ich mache mich dann jetzt auf den Weg.«

»Wir müssen's ja heute nicht unbedingt übertreiben und uns hier treffen. Frag doch Jenny, ob es bei ihr geht.«

»Das finde ich nicht so ...«

»Gib sie mir mal.«

»Nee, echt, ich ...«

»GIB. SIE. MIR.« Ben gehorchte kleinlaut und reichte das Telefon mit instabilem Lächeln an Jenny weiter. Insgeheim fand er die Idee, sich hier zu treffen, gar nicht so übel. Jenny begrüßte Kai und lauschte eine Weile, bevor sie große Augen machte und ein gedehntes »Okeeee« von sich gab. Ben, der kein Wort von dem verstand, was Kai ihr einflüsterte, schüttelte mit skeptischem Blick den Kopf. Er wollte ihr gleich signalisieren, dass *er*, womit auch immer, nichts zu tun hatte. Nach einigen Sekunden sagte Jenny: »Wollt ihr euch denn nicht über diese von-Dauss-Sache unterhalten?« Dann wieder eine Pause und ein zweites »Okeeee«, gefolgt von einem »Na, dann bis gleich, ihr beiden«. Sie legte auf.

»Wie, ihr beiden?«, frage Ben.

»Kai bringt seine neue Flamme mit. Diese Isi.«

»Was?« Aus Bens Stimme sprach tiefste Empörung. »Das gibt's ja wohl nicht. Gib mal gleich das Telefon wieder, den ruf ich sofort noch mal an.« Ben streckte ihr unmissverständlich die Handfläche entgegen.

»Nee, lass mal. Ich hab's ja erlaubt.« Sie ließ das Handy in die hintere Hosentasche ihrer engen Jeans verschwinden.

Ben überlegte, ob ein Anfall von Schnappatmung gerechtfertigt war. »Ja, und wie stellt der sich das vor? Ich wollte ihm ja was von Isanas Mutter erzählen, und …«

»Er hat gesagt, dass er und Isi keine Geheimnisse hätten«, fiel Jenny ihm ins Wort.

»WAS?«, die tiefste Empörung war tiefstem Entsetzen gewichen. »Ist der völlig durchgeknallt, oder was? Der kennt die ja nicht mal eine Woche. Und außerdem ist die ja auch eine Verdächtige. Wer weiß, ob die sich nicht nur an Kai herangeschmissen hat, um ihn auszuhorchen. Das ist doch …«

»Glaub ich nicht«, warf Jenny ein. »Wenn sie ein falsches Spiel treiben wollte, hätte sie sich doch lieber an dich rangeschmissen, oder? Schließlich bist du doch der Chefermittler, oder?«

Ben versuchte in ihrer Miene auszumachen, ob sie vielleicht einen Scherz mit ihm trieb, konnte aber nichts Verdächtiges feststellen. »Na ja«, sagte er und konnte sich den Anflug eines Lächelns nicht verkneifen. »Stimmt natürlich schon. Dann hätte sie es bestimmt zuerst bei mir versucht.«

Jenny nickte. »Und bestimmt ist sie ganz nett. Vielleicht wird es sogar ein ganz lustiger Abend.«

Ben stieß ein skeptisches Lachen aus. »Ich in deinem kuscheligen Wohlfühlbademantel und Kai mit neu sortiertem Gesicht. Das kann ja nur lustig werden. Vielleicht ziehst du dir dann noch das Clownskostüm an, von der Party bei Ralle vor zwanzig Jahren.«

»Mann Ben, entspann dich mal! Chill deine Base, wie unsere neue Praktikantin sagen würde. Und erzähl mir erst mal, was genau passiert ist.« Während sie sprach, kam sie langsam in seine Richtung und legte ihm ihre Hand auf die Schulter.

Ein Schauer lief durch Bens Körper. Er konnte sich nicht erinnern, wann er das letzte Mal so etwas Angenehmes auf der Haut gefühlt hatte. Er sagte nichts und hoffte nur, dass Jenny ihre Hand nicht wieder wegziehen würde. Sie tat es nicht. Stattdessen blickte sie ihm in die Augen und lächelte sanft. »Wenn du dich nicht traust, zu Hause zu schlafen, dann kannst du gerne heute hier übernachten.«

»Auf der Couch«, säuselte Ben wie hypnotisiert.

»Klar, auf der Couch!« Sie lachte und stupste ihn mit der Hand an die Schulter.

* * *

Kai saß schon im Auto, als Ben erneut bei ihm anrief. Nein, er werde *garantiert* nicht noch einmal zurückfahren, und nein, er habe keine Klamotten bei Isi, die er ihm leihen könne, und *nein*, es interessiere ihn nicht, dass Ben nur die Wahl zwischen einem rosa Frotteemantel und einer lilafarbenen Leggins mit türkisem Ralph-Lauren-T-Shirt habe.

Um fünf vor halb neun klingelte es. Ben hatte Jenny soeben die Geschichte seines Tages berichtet.

Er bedeutete ihr sitzen zu bleiben und ging zur Tür, um zu öffnen. Sollte Kai doch möglichst schnell seinen Lachanfall hinter sich bringen, sofern er durch die Schwellungen in seinem Gesicht überhaupt zu derartigen Gefühlsausbrüchen in der Lage war. Außerdem hatte er vor, Kai bei dieser Gelegenheit noch unauffällig einen erzürnten Blick und einen Vogel zu zeigen, ob seiner Schnapsidee, Isi mit anzuschleppen. Als dann Kais Gesicht auf der Treppe in sein Sichtfeld rückte, war er es, der einen Lachflash kaum noch unterdrücken konnte. Kai hatte eine dicke Lippe und ein blaues Auge. Darüber hätte Ben garantiert niemals gelacht. Aber dann war da noch der Umstand, dass Kai eine neue Frisur sein Eigen nannte. Sein oberes Haupthaar fiel in einem lässig-locker-fluffigen Seitenscheitel von links nach rechts. Weitere Haare gab es nicht. Die Seiten waren mindestens fünf Zentimeter ab Ohrhöhe komplett abrasiert. *Undercut des Grauens* ging es Ben durch den Kopf, der Schwierigkeiten hatte, die spontanen Kontraktionen seines Zwerchfells unter Kontrolle zu halten. Eindeutig Frisösenzwischenprüfung, dachte er, was ihn innerlich vor unterdrücktem Lachen fast zerriss. Die Klassenletzte, die Kai den Schnitt mit an Sicherheit grenzender Wahrscheinlichkeit in die Kopfhaut (und für alle Zeiten in Bens Gehirn) geschweißt hatte, ging zwei Schritte hinter Kai und hielt mit ihrer Rechten Kais rechte Hand. Sie sah, das musste Ben neidlos eingestehen, toll aus. Ihr blondes Haar war zu einem Bauernzopf geflochten, und sie strahlte Ben freundlich an. So, als ob sie sich unglaublich freute, ihn wiederzusehen. Womöglich war das ihre Art, einem Lachanfall wegen Bens extravagantem Erscheinungsbild kreativ entgegenzuwirken.

»Hi«, sagte Ben und hob einen Zeigefinger zum Gruß. Eine Geste, die sein Körper von alleine aus dem Hut zauberte – sein Denken hatte sich noch nicht von dem Frisurenschock erholt. »Sorry, meine Klamotten sind nass. Ich musste was von Jenny anziehen, und ihre anderen Hosen passen mir nicht.«

»Hi«, sagten auch Kai und Isana fast gleichzeitig, wobei Isana immer noch über ihr ganzes Gesicht strahlte und leicht nickte. Kai hingegen musterte Ben von oben bis unten und blickte äußerst humorlos drein.

Ein weiteres »Hi« ertönte hinter Bens Rücken. Auch Jenny war an die Tür gekommen, um die Besucher in Empfang zu nehmen. Als Ben sich zu ihr umdrehte, registrierte er ihre spontan geweiteten Augäpfel, als sie Kai das erste Mal nach Friseurstunde null ansah. Doch auch sie riss sich schleunigst von dem Anblick los und bot Isana milde lächelnd die Hand an. Perfekt! Die Begrüßung der beiden Frauen nutzte Ben für seinen bösen Blick in Richtung Kai.

»Geile Frisur«, raunte Ben Kai zu und half seinem Freund mit einem sanften Stoß in den Rücken über die Schwelle.

»Tolles Outfit«, konterte Kai in brummeligem Flüsterton.

»*Ich* sehe morgen wieder normal aus«, hauchte Ben, der es genoss, das letzte Wort zu haben.

Nach einigen sperrigen Begrüßungsfloskeln über das Wetter, über Kleidung und Wohnungsinterieur hatte die kleine Gruppe Jennys Wohnzimmer erreicht, und sie verteilten sich auf die Sitzgelegenheiten. Isana und Kai ließen sich auf der Dreiercouch nieder, und Ben ging zurück auf die Zweiercouch, auf der er schon vorher gesessen hatte. Sein Herz tat einen angenehmen Schlag, als Jenny sich wie selbstverständlich neben ihn setzte und sich nicht für den Sessel an der anderen Ecke des Tisches entschied.

Eine Pause entstand, in der niemand etwas sagte und sich jeder nur mehr oder weniger unbehaglich im Raum umblickte. Nur Jenny hatte noch die wunderbare Ausrede, sich um was zu trinken zu kümmern, und Ben wäre froh gewesen, wenn sie seinen Vorschlag, ihr dabei zur Hand zu gehen, nicht abgelehnt hätte. Zum Glück schaffte sie zunächst zwei Flaschen Bier ran, an denen er und Kai nuckeln konnten, während sie für sich und Isana einen Aperol Spritz oder Hugo oder irgendwas anderes Prickelndes zusammenmixte. Ben war froh, als sie dann noch die Idee hatte, was zu essen zu bestellen. Toll, damit war das Gesprächsthema für die nächsten paar Minuten gesichert, und jeder ließ sich bereitwillig darauf ein. Chinese oder Inder, nicht schon wieder Pizza und bloß kein Sushi. Am Ende wurde es der Chinese ums Eck, der eigentlich Pakistani war und immer schnell lieferte. Danach ging alles etwas entspannter zu.

»Erzähl mal, was passiert ist«, sagte Ben, und Kai tat ihm den Gefallen. Anscheinend drängte es ihn plötzlich, die Geschichte loszuwerden, nachdem er zunächst etwas wortkarg schien, sein halber Liter Bier aber schon zu zwei Dritteln geleert war.

Er sei gegen sieben »zu Hause« (ein Begriff, den Ben mittlerweile, ohne es zu bemerken, akzeptierte) in den Hausflur getreten und oben vor der Tür des Büro/Probenraums von diesem Meister Propper erwartet worden. Ben erklärte ihm, dass er ihn »Specknackenriese« getauft habe, was Kai mit einem anerkennenden Nicken kommentierte. Meister Propper sei auf ihn zugekommen und habe kommentarlos seinen Arm auf den Rücken gedreht. Dabei habe, so Kai weiter, seine Nase eine erste Bekanntschaft mit dem Rauputz der Wand gemacht. »Dann sagte er zu mir, dass ich dir einen schönen Gruß ausrichten soll und dass wir aufhören sollten rumzuschnüffeln.« Er hielt inne und ergänzte dann nachdrücklich: »Ich gehe auf jeden Fall zur Polizei!« Während er erzählte, tätschelte Isana unaufhörlich Kais Hand. Eine Geste, die authentisch wirkte – und verdammt vertraut. Ben musste sich eingestehen, dass ein Teil von ihm es gerne gesehen hätte, wenn er Isana als Tussi hätte abtun können. Doch ihre Art hatte etwas Unschuldiges und Einnehmendes. Und auch wenn sie nicht viel zum Gespräch beitrug, konnte Ben sich ihrer Strahlkraft nur schwer entziehen. Dank Jenny gelang es ihm dennoch. Sie war für ihn die Schönste.

Ja, das war sie.

»Ben? Beeen!«

»Ja?« Ben drehte seinen Hals wieder Richtung Kai.

»Ich habe gefragt, ob du *auch* zur Polizei gehst. Was hat der Typ denn mit *dir* angestellt. Und warum ist bei dir im Gesicht immer noch alles da, wo es hingehört?«

»Was? Ach ja.« Langsam kroch Ben die Müdigkeit in die Knochen. »Lass uns morgen früh am besten zusammen zu Huntrich gehen.« Er gähnte. »Mich hat der Typ vom Fahrrad geholt. Ich bin im Straßengraben gelandet.« Es klingelte, und Ben zuckte unwillkürlich zusammen. Ach ja, der pakistanische Chinese. Er war froh, als er sah, dass Isana gleich aufsprang und sich anbot, die Bestellung an der Tür abzuholen. Jenny ging in die Küche, um Besteck zu holen. Nein, keiner wollte Stäbchen.

»Sag mal, was soll das eigentlich?«, begann Ben, als er und Kai alleine im Raum waren. »Ich recherchiere zu Isanas Mutter, und du bringst die einfach mit hier her. Bist du Panne? Ist dir klar, dass die da irgendwie mit drinstecken kann?« Er schlug sich demonstrativ mit der flachen Hand vor die Stirn. »Ich hab einiges zu Elisa und Lauber rausgefunden. Das hätte ich dir gerne erzählt, und das geht ja jetzt mal gar nicht.«

»Reg dich ab, Alter!«, konterte Kai energisch. »Ich hab dir gleich gesagt, dass du den Scheiß sein lassen sollst. Ich will darüber gar nichts hören. Und außerdem, Isi hängt da nirgends mit drin. Schon gar nicht in der Bullyparade von heute. Das war eindeutig ein Gruß von den Bildheinis.«

»Und wenn die dich nur aushören will?« Dabei machte er eine Geste mit dem Daumen in Richtung Flurtür.

»Will sie nicht.«

»Aha, und woher weißt du das?«

Kai verzog die Stirn und beugte sich näher an Ben heran. »Weil es in unseren Gesprächen nie über das Thema geht, vielleicht?« Er trank den letzten Schluck aus seiner Flasche und betrachtete sie eine Sekunde von außen, um zu prüfen, ob sie tatsächlich schon leer war. »Und sie fragt auch nichts.«

Ben, der nicht einsah, nicht das letzte Wort zu haben, sagte: »Aber 5000 Schleifen abkassieren und die Tochter vom Auftraggeber und das war`s dann, oder was?«

»Hä? Die 5000 Euro hab ich für einen ganz klaren Auftrag bekommen. Unter anderem dafür, dass ich eine Stunde lang an dich gefesselt war. Und sicher war's das!«

Mmh, das war nicht zu leugnen. Ben merkte, dass er mit Argumenten nicht weiterkam. Da halfen wohl nur noch Beleidigungen. »Sag mal, wer hat dir denn diese scheiß Frisur verpasst? Alter, du siehst ja aus wie ein Zweifinger-Faultier mit AFD-Parteibuch.« Jenny, die mit einem Tablett beladen mit Tellern, Besteck und zwei weiteren Flaschen Bier bewaffnet gerade wieder den Raum betrat, konnte sich ein unterdrücktes Kichern nicht verkneifen.

»Boah, hör bloß auf.« Kais Stimme war deutlich leiser geworden. Im Flur war soeben die Tür nach einer freundlich-distanzierten Übergabezeremonie zwischen Isana und dem Lieferboten geschlossen worden. »Das hat Isi gemacht. Die sagt, dass das echt geil aussieht. Alter. Geil? Ich finde es total Horror.« Er breitete in einer unschuldigen Geste die Arme aus. »Was soll ich tun? Junge Leute tragen das heute so.«

Ben schlug sich auf den Oberschenkel, lachte und gab sich Mühe, genug Gehässigkeit in seine Stimme zu legen. »Genau! Junge Leute … Und du!« Darüber musste auch Kai lachen, was ihm angesichts seiner dicken Lippe sichtlich schwerfiel und die beiden anderen zu einer noch massiveren Lachsalve anstachelte.

In diesem Moment kam Isana um die Ecke, die einen Stapel Aluschalen balancierte und offenbar die Hitzeeinwirkung auf ihre Hände unterschätzt hatte. Jenny eilte ihr zu Hilfe. Als die Schalen endlich auf dem Tisch standen und sie sich ein paar Mal in die Handflächen gepustet hatte, sagte sie: »Hier ist es ja lustig. Was hab ich verpasst?«

»Och, nicht viel. Wir haben uns nur über Kais Aussehen kaputtgelacht.« Ben räusperte sich, als er merkte, was er da eben von sich gegeben hatte. »Also über sein Gesicht …« Er deutete auf sein eigenes. »Dicke Fresse und so.« Er lächelte verlegen in Isanas Richtung, die sich wieder neben Kai setzte. »Als ich letztes Jahr so aussah – obwohl bei mir war's ja noch schlimmer –, da haben mich die beiden auch ausgelacht. Oder?« Er blickte erst zu Kai, dann zu Jenny. Beide nickten pflichtschuldig und murmelten etwas von »Jaja, den haben wir auch ausgelacht!« und »Wer solche Freunde hat …«

Isana hatte ein Schmunzeln auf den Lippen. »Was sagt ihr denn zu seiner neuen Frisur? Er wollte unbedingt einen Undercut, obwohl ich ihm gesagt hab, dass er schon ein bisschen zu groß dafür ist.« Sie klopfte Kai liebevoll aufs Knie. »Ich hab, glaube ich, das Beste draus gemacht, was geht. Ihm gefällt's jedenfalls.« Sie zog die Schultern hoch und die Stirn kraus.

Ben spürte, wie sich ein Lach-Schrei in seiner Brust breitmachte, der kurz davor war, schamlos herauszubrechen. Schnell blickte er in eine andere Richtung. Dann trank er einen Schluck, sammelte sich wieder und dachte an Specknackenriese. Das half endgültig, den Lachflash kleinzukriegen. »So, dann erzähle ich euch mal, was ich so erlebt habe.« Dabei blieb er einzig und allein bei seiner Begegnung mit Specknackenriese, und während er sprach, stellte er fest, dass die Situation doch ziemlich brenzlig war. Einige Passagen, vor allem den Endkampf im knietiefen Wasser, kürzte er auf die wichtigsten Fakten ab. Er wollte schließlich nicht wie ein Angeber rüberkommen.

»Mann, Mann«, sagte Kai, als Ben geendet hatte. »Da hast du ja heute echt deine Siegerurkunde in Weglaufen gemacht!«

Okay, Angeber hin oder her. Er hatte Meister Specknackenriese Propper nun mal tatsächlich für die entscheidende Sekunde ausgeknockt und war als Sieger aus dem Fight hervorgegangen. »Wenn schon, dann Ehrenurkunde«, sagte er bestimmt. Er sah auf Jennys kleine Wanduhr neben dem Fernseher. Mittlerweile war es Viertel vor zehn. Jenny bemerkte seinen Blick und sagte: »Oh Mann, ich muss mal runter und deine Klamotten in den Trockner stecken. Wenn wir die über Nacht im Wäschekorb liegen lassen, kannst du morgen doch noch in meinen Leggins zur Polizei gehen.«

»Ja bitte«, sagte Kai lachend. »Du bekommst fünf Euro von mir, wenn du seine Sachen nicht trocknest.« Isana knuffte Kai in die Seite.

»Fünf Euro?«, fragte Jenny. »Ich mach's für zwei!«

»Blödsinn«, sagte Ben und erhob sich von seinem Platz. »Ich erledige das selbst.«

KAPITEL 6

Das Kapitel, in dem Ben in einem fremden Bett aufwacht und sich beim Mittagessen nicht ganz wohl in seiner Haut fühlt.

Hey.« Ein Flüstern. Dann wieder: »Hey.« Ein sanftes Tippen auf Bens Schulter.

»Mmmh?« Ben öffnete zaghaft ein Auge und schloss es gleich wieder. Der schmale Lichtstrahl, der durch die Tür fiel, bereitete noch zu große Schmerzen auf der Netzhaut.

»Ich muss los zur Arbeit.«

»Mmmh!« Er zwinkerte ein paar Mal, dann erkannte er Jennys Gesicht im matten, gelben Schein. Sie saß auf der Bettkante neben ihm. Er spürte ihre Hand, die warm auf der Decke über seiner linken Schulter lag. Er griff danach und hielt sie fest. Seit vor drei Sekunden die Erinnerung an den Abend mit einem Schlag zurückgekommen war, war er hellwach.

Nachdem Isana und Kai gegangen waren, hatte eins zum anderen geführt. Ohne dass er etwas erzwungen hätte – dazu wäre er vor Aufregung nie und nimmer in der Lage gewesen –, ging alles von alleine. Sie hatte sich, wie selbstverständlich, wieder neben ihn auf die Couch gesetzt, und sie hatten geredet. Geredet über den Tag, über die Arbeit, über die paar Male, an denen sie sich getroffen hatten. Irgendwann hatte sie dann ihre Hand auf sein Bein gelegt. Nicht nebenbei, nicht schüchtern, sondern mit voller Absicht und einer Klarheit, die ihm eine Sekunde lang den Atem nahm. Dann wusste er, dass alles stimmte, dass das die einzige Möglichkeit war, das Einzige, was passieren konnte. Theoretisch gab es Millionen Alternativen, praktisch nur diese eine. Er hatte seine Hand auf ihre gelegt. Die nächste einzige Möglichkeit.

»Bleib hier«, sagte er mit rauer Stimme und drückte ihre Hand fester.

»Nein. Ich muss *wirklich* gehen.« Doch sie zog die Hand nicht zurück. Ließ sie einfach dort liegen. Ben schloss die Augen. Seligkeit. Dann entzog sie sich ihm doch. Und noch bevor seine suchenden Hände sie erreichen konnten, war sie aufgestanden.

»Um zwölf Uhr hab ich Mittag. Wenn du bei Huntrich warst, komm mich doch besuchen, dann lade ich dich in die Kantine ein.«

»Das mach ich.« Er gähnte und streckte sich. »Auf jeden Fall!«

Als sie verschwunden war, verabschiedete sich auch langsam das Gefühl der Seligkeit in ihm. *I like me better when I'm with you*, ging es ihm durch den Kopf. Specknackenriese, Elisa und sein kaputtes Auto kamen ihm nach und nach wieder in den Sinn und …

»Scheiße!« Er riss die Augen auf und richtete sich kerzengerade im Bett hoch. Heute war Montag, und er hatte um 8:30 Uhr einen Termin mit Frau Umbreit wegen des Auftritts zu ihrem achtzigsten Geburtstag.

* * *

Es fühlte sich nicht sonderlich angenehm an, das Haus in der Roonstraße zu betreten, nach dem, was Kai hier am Vortag passiert war. Schon auf dem Weg hierher hatte Ben ständig hinter sich geblickt, um sich zu vergewissern, dass er nicht verfolgt wurde. Hoffentlich bleibt das nicht für immer so, dachte er, als er sein Fahrrad hinter einer Hecke am gegenüberliegenden Spielplatz an den Zaun kettete. Er wollte unbedingt vermeiden, dass man es direkt vor dem Haus stehen sah. Seine Wohnung betrat er nicht, dafür war er zu spät dran. In weniger als fünf Minuten war halb neun, und wie er Frau Umbreit einschätzte, würde sie pünktlich hier eintreffen. Und er musste sein Büro/Probenraum noch von Detektiv auf Zauberer umdekorieren. Das war nicht schwierig. Der Stadtplan musste eingerollt werden, was schon mal dafür sorgte, dass das Houdini- und das Dante-Plakat wieder sichtbar wurden und einen zarten magischen Charme versprühten. Und dann schob er noch die Schranktür, die entweder nur die rechte oder die linke Hälfte des Regals bedeckte, auf die andere Seite. Nun wurden die (hautsächlich gefakten) Fallordner verdeckt und die Zauberbücher und -requisiten sichtbar. Praktisch und effektiv! Auf den Schreibtisch legte er zu guter Letzt eine grüne Filzunterlage und darauf ein aufgefächertes Kartenspiel. Der versierte Kartenkünstler exerziert eben täglich seine Fertigkeiten!

Er blickte auf die Uhr des Handys, welches just von 29 auf 30 umschlug, als es klingelte. »Wusste ich's doch! Auf die Sekunde«, murmelte er, als er zur Tür ging. Eine Sekunde bevor er den Türöffner betätigte, besann er sich eines Besseren. Er lief zurück zum Bürofenster und steckte den Kopf hinaus, um sich zu vergewissern, dass Frau Umbreit nicht mit Waffengewalt in Schach gehalten wurde, erst dann drückte er auf. Durch den Spion vergewisserte er sich noch ein zweites Mal, dass sie es war und nicht Specknackenriese, der sich mit Faltenrock und grauer Perücke als Oma verkleidet hatte.

»Frau Umbreit!«, begrüßte er sie überschwänglich mit einem breiten Lächeln auf den Lippen. Er musste den Kopf deutlich nach vorn senken, um die alte Dame ansehen zu können. Er schätzte sie auf nicht mal einen Meter fünfzig. Und mit der knappen Körpergröße kam die Erinnerung zurück und Ben bekam einen Schrecken. Dass er diese Dame noch einmal als Kundin begrüßen durfte, hätte er damals, auf ihrem Siebzigsten, nicht angenommen.

»Herr Pruss«, sagte sie und wedelte ihren Gehstock vor dem Körper hin und her, was offensichtlich einem Winken nahekommen sollte. Dann drückte sie sich an ihm vorbei in den Flur. »Hach! Treppensteigen ist nichts mehr für mich. Ich muss mich erst mal setzen. Haben Sie ein Glas Wasser für mich?« Sie ging zielstrebig in Bens Büro/Probenraum und ließ sich dort auf den Besucherstuhl fallen. Den Spazierstock stellte sie zwischen ihren Beinen auf den Boden und legte beide Hände auf dem Knauf ab.

»Ja klar, Frau Umbreit«, sagte Ben und wusste gleichzeitig, dass er gar nichts dahatte. »Sekunde!« Er lief zu einer der Requisitenkisten und klappte den Deckel auf. Ein Berg bunter Seidentücher, nach Jahren aus dem engen Plastiksarg befreit, türmte sich vor ihm auf. Er fing an zu kramen. Irgendwo hier musste doch … Und dann sah er es. Neben der Geisterröhre, links vom Zaubermalbuch und halb unter der Wasserzeitung lag das schwebende Colaglas, welches bis auf zweimal in der Probe noch nie geschwebt hatte. Er versteckte es notdürftig unter seinem Pullover, lächelte Frau Umbreit freundlich an, die jeden seiner Schritte beobachtete und huschte ins Badezimmer. Er wusch das staubige Plastikglas notdürftig und trocknete es mit dem deutlich angegrauten Handtuch ab, bevor er es halbvoll mit frischem Kranwasser füllte.

»Ich hab nur Stilles«, sagte er, als er zurück im Büro/Probenraum war und sich auf seine Seite des Schreibtisches setze.

»Das tut nichts.« Sie winkte ab. »Es ist nur halb neun, und da muss ich was einnehmen.« Sie kramte in ihrer Handtasche und brachte ein schmales Medikamentenpäckchen zum Vorschein. »Hier! Digotricin Forte 200«, las sie ab und hielt die Schachtel dabei so weit vom Körper entfernt, wie ihre kurzen Arme es zuließen. »Das soll ganz neu erforscht sein, ist gerade erst seit drei Monaten auf dem Markt. Und davon brauche ich nur noch eine am Tag statt drei.«

»Aha«, gab Ben beeindruckt zur Antwort.

»Man muss nur genau die Zeiten einhalten. Halb neun, sagt der Arzt, ist die beste Zeit. Biorhythmus, wissen Sie? Ist wegen meinem Herzen. Hab seit zehn Jahren Last.« Sie steckte sich eine der Pillen in den Mund

und nahm einen Schluck Wasser. »Seit Ihrem ersten Auftritt«, ergänzte sie und lächelte schelmisch.

Ben lächelte ebenfalls, konnte allerdings nicht den nötigen Humor aufbringen, um die Aussage lustig zu finden. Er hatte damals zum ersten und letzten Mal einen Gag ausprobiert, bei dem er vorgab, die Gravur in einem geliehenen Ehering würde *Aldi Nord* heißen. Lacher gab es dafür von der erlesenen Gesellschaft keine, und er hatte sich noch Monate später für diesen Flachwitz geschämt.

»Nein, nein, vergeben und vergessen, Herr Pruss.« Frau Umbreit lächelte versöhnlich. »Aber dass Sie mir in diesem Jahr den dummen Scherz nicht wieder machen, hören Sie?«

Ben schwor das äußerst gerne und hob die rechte Hand für einen Eid. Dann regelten die beiden innerhalb von zwei Minuten alle weiteren Details für den Auftritt – ein zweiminütiges Telefonat hätte wunderbar dafür ausgereicht, aber Frau Umbreit hatte nun mal darauf bestanden, ihn persönlich zu treffen. Dann zwang sie ihm noch einen Kartentrick ab, empfahl sich freundlich lächelnd, steckte Ben einen Fünfziger als »Anzahlung« in die Hand und machte sich auf die beschwerliche Reise die Treppe hinab. Ben atmete tief aus und schloss nach ihr die Tür ab. Zwei Mal.

* * *

Zehn vor elf. Ben saß auf einer kargen Holzbank vor Huntrichs Büro. Kargheit war das Schlagwort, welches den Flur in seiner Gänze beschrieb. Rauverputzte Wände in sterbensfrohem Ockergelb, zahnbelaggrüner Linoleumboden, der lange keine Bohnermaschine mehr zu Gesicht bekommen hatte, und eine abgehängte Decke, zwischen deren schwer entflammbaren Pressplatten hier und da nackte Leuchten mit einzelnen Neonröhren hervorschauten. Das Licht, welches sie im Raum versprühten, verwandelte Bens Hautfarbe in einen Ton zwischen frischem Eiter und voller Windel. Aufgelockert wurde die Tristesse durch einen Kopierer, der beschlossen hatte, genau in diesem Moment seinen lautstarken Selbstreinigungsprozess zu aktivieren und einen sanften Tonergeruch durch die Gänge wehen zu lassen.

Ben selbst fühlte sich vergleichsweise prächtig. Nicht so gut wie noch am Morgen in Jennys Bett und lange, lange, lange nicht so gut wie am vergangenen Abend in Jennys Bett, doch weitaus besser als eben auf dem Fahrrad, nachdem er seinen Büro/Probenraum verlassen hatte. In halsbrecherischem Tempo war er durch Dortmund gerast. Zumindest so schnell wie seine untrainierten Beine und sein veritabler Muskelkater in den Arschbacken die Pedalen bearbeiten konnten. Er war froh um jeden Park, den er durchqueren konnte und der ihm die Garantie bot, dass ihn hier kein Auto würde verfolgen können. Als er am Polizeipräsidium in der Markgrafenstraße angekommen war, kettete er sein Rad direkt an die Laterne vor dem Eingang an und hastete durch die kantige Drehtür ins Innere. Der erste Blick auf einen freundlich lächelnden, uniformierten und vor allem bewaffneten Beamten am Empfang ließ ihn entspannt aufatmen. In einem Tonfall, der vermuten ließ, dass er diesen Weg schon des Öfteren erklärt hatte, beschrieb der Beamte Ben den Weg zu Huntrichs Büro.

Jetzt saß er hier, rieb sich das Kinn und starrte auf einen hellen, quadratischen Fleck auf der Wand ihm gegenüber. Irgendwann in grauer Vorzeit hatte hier mal ein Bild gehangen. Wahrscheinlich ein in dunklen Tönen gehaltenes Ölgemälde, auf welchem ein Kriegsschiff torpediert wurde oder schreiende Menschen aus einem brennenden Haus flüchteten. Vielleicht würde er den ganzen Tag hierbleiben. Mittags mit Jenny essen gehen – hier im Haus. Dann wieder auf die Bank. Sicher ist sicher. Vielleicht würde sich Jenny nach Feierabend einfach hier zu ihm gesellen, und sie könnten auf der Bank …

»Hey, Ben!«

Er zuckte zusammen. Kai war um die Ecke getreten. Sein Gesicht leuchtete noch eine Nuance farbenfroher als am Vortag, dafür war die Schwellung an der Lippe so weit zurückgegangen, dass es schien, als würde Kai ausschließlich mit der rechten Oberlippe ein laszives Duckface versuchen. Ben wartete, bis er sicher war, dass Isana nicht auch noch durch die Tür schlüpfte, bis er antwortete: »Hast du dein Mädchen nicht mitgebracht? Ich dachte, du kannst nicht mehr ohne.« Er lächelte schelmisch mit einem Mundwinkel.

»Muss arbeiten«, entgegnete Kai mit einem wahrlich enttäuschten Gesichtsausdruck.

»Echt? Ich dachte, Frisösen hätten montags frei?«

»Vielleicht in irgend 'nem Sauerlanddörfchen. Hier gibt's das schon lange nicht mehr.«

»Mein Frisör hat montags immer zu!«, antwortete Ben in überzeugtem Tonfall.

»Alter. Du lässt dir die Haare vom Nordstadt-Benno Beck schneiden. Der ist Mitte siebzig, wenn nicht noch älter. Der macht auch noch Pause von zwölf bis drei. Das Innovativste an dem Laden ist sein Name. Kamm Beck. Ich lach mich tot.« Er schlug sich mehrfach die Fingerspitzen an die Stirn.

»Stimmt. Da hättest du auch mal hingehen sollen.« Eigentlich hatte er vorgehabt, nicht wieder auf Kais Frisur rumzureiten, doch diese Steilvorlage war einfach zu verlockend gewesen. Gerade als sich Kais Gesichtszüge verdunkelten und er zu einem verbalen Gegenschlag ausholen wollte, öffnete sich Huntrichs Tür.

»Moin. Na, dann komm Se mal rein.« Huntrich trug ein beigefarbenes Jackett aus derbem Stoff über einem blau-weiß karierten Hemd. Eine ausgewaschene Jeans und ausgebeulte Lederschuhe bewiesen zusätzlich, dass weder seine Frau noch seine Mutter ihm morgens die Kleider zurechtlegten. Sie folgten Huntrich ins Büro und setzten sich auf zwei schmucke Holzstühle, die einen zweckdienlichen altmodischen Liebreiz verströmten. Huntrich selbst umrundete den kargen Schreibtisch, auf dem sich außer einem Monitor, einer Tastatur, einer Maus, drei Hängeordnern und einem Telefon nichts weiter befand, und setzte sich auf einen gepolsterten Ledersessel. Am Sitzkomfort der Mitarbeiter wurde zumindest nicht gespart. Das Büro an sich war weitaus lebensbejahender eingerichtet, als es der Flur erwarten ließ. So waren hier die Wände mit einem bezaubernden Drei-Monats-Kalender des Waffenherstellers Walter sowie einer abgerissenen Schwarz-Weiß-Kopie eines Cartoons geschmückt, auf dem ein Redner auf der Bühne »Ihr seid alle Idioten« sagt und ein Zuschauer zu seinem Sitznachbarn entgegnet: »Wenigstens mal einer, der sich traut, die Wahrheit zu sagen.«

Nachdem er Kai eine Sekunde zu lange ansah, als es nötig gewesen wäre, nahm Huntrich ihre Geschichten zu Protokoll. Dann rief er ein Programm im Rechner auf und drehte seinen Monitor in ihre Richtung. »Schauen Sie sich mal die Typen hier an«, sagte er in dem gelassenen Tonfall, den er schon die ganze Zeit aufgesetzt hatte. »Alles glatzköpfige Schlägertypen hier aus der Region. 432, um genau zu sein. Vielleicht ist Ihrer dabei. Hörte sich für mich nicht so an, als wäre der Typ bis vorgestern lammfromm und mit Minipli durch sein armseliges Leben gewandert.« Dabei blickte er noch einmal verdächtig in Richtung von Kais neuer Frisur.

»Bestimmt nicht«, gab Ben ihm recht, der die Hand auf die Maus legte, die Huntrich in seine Richtung geschoben hatte.

274 Bilder später hatten sie ihn. Meister »Specknackenriese« Proppers Gesicht in seiner ganzen stupiden Pracht. »HIER!«, schrien Ben und Kai gleichzeitig und zeigten unisono auf den Bildschirm. Sogar die Kutte stimmte. YOU'RE DEAD!, war klar und deutlich zu lesen. Der Typ musste sich seiner Sache entweder verdammt sicher sein, oder er war verdammt dämlich. Letzteres war garantiert der Fall, und Ben schauderte bei dem Gedanken, dass er von seiner Einschüchte-

rungstaktik so tief überzeugt war, dass er jegliche Maskerade für überflüssig hielt.

Vielleicht sind auch Kai und ich einfach nur dämlich, dachte Ben.

Huntrich drehte den Monitor zurück in seine Richtung, griff sich mit der rechten Hand die Maus und setzte mit der linken Hand die Lesebrille auf die Nase, die er aus der Brusttasche seines Hemdes fischte. Einige Klicks später hatte er die Daten des Verdächtigen aufgerufen. Er las still, dann sagte er: »Mmmh. Sind Sie sicher?«

»Hundertprozentig!«, antwortete Kai, und Ben nickte. »Warum?«

Huntrich antwortete nicht gleich, sondern starrte weiter auf den Monitor. Dann nahm er die Brille ab und wandte sich an Kai und Ben: »Dieser Typ, Karl-Heinz ...« Er hielt sich die zusammengeklappte Brille vor die Augen und las vom Bildschirm ab. »Karl-Heinz Bangel, von seinen Verehrern und Fans auch liebevoll Kalle Bengel genannt, ist hier in der Ecke ziemlich bekannt. Gibt nicht viel, was nicht in seiner Akte auftaucht. Waffen- und Drogenhandel, Körperverletzung, Zwangsprostitution, Schutzgelderpressung und und und. Saß insgesamt sieben Jahre im Knast. Ihm wird auch ein Totschlag angelastet, wofür es leider nicht genügend Beweise gab. Seit einem Jahr haben wir nichts mehr von dem gehört oder gesehen. Wir dachten schon, dass er sich endlich vom Acker gemacht hat.«

»Passt doch, oder?«, meinte Ben.

»Fast. Eine Sache macht mich stutzig.« Er legte die Brille auf den Tisch und lehnte sich zurück. »Über das Nummernschild von dem Auto, das Sie vorgestern so schön zugeparkt haben, sind wir ein paar Typen auf die Schliche gekommen, die gestern in Arnheim verhaftet worden sind. Ein Holländer, ein Pole und ein Deutscher … Übrigens. Kompliment!« Huntrich verzog anerkennend die Wangen. »Das Auto zuzuparken, war ein genialer Schachzug.«

Ben lächelte verlegen und nickte. Er hatte nicht vor zuzugeben, dass er überhaupt nicht im Sinn gehabt hatte, irgendjemandes Gefährt an der Ausfahrt zu hindern.

Huntrich räusperte sich und fuhr fort: »Sie werden verdächtigt, das Bild von Richard von Dauss gestohlen und das Geld von ihm erpresst zu haben. Außerdem stehen sie im Verdacht, Ivo Sunstein getötet zu haben. Sieht nicht gut aus für die Jungs. Ich fahre heute noch zu den Kollegen nach Arnheim und werde ein paar Vernehmungen durchführen.«

»Ja und? Dann gehört dieser Kalle Dingsbums eben dazu.«

Huntrich presste die Lippen zusammen und wiegte den Kopf hin und her. »Kann ich mir nicht vorstellen. Die Kollegen in Holland hatten das Trio schon längere Zeit auf dem Schirm. Die arbeiten eigentlich immer nur allein. Schon deswegen, damit der Anteil pro Kopf höher ausfällt.«

»Mmh. Diesen Ivo haben sie sich ja auch ins Boot geholt. Vielleicht haben sie ihre Strategie geändert?«

Huntrich machte eine unbestimmte Geste. »Bis heute früh hab ich nicht so richtig dran geglaubt, dass die Ivo Sunstein rekrutiert haben sollen. Scheint aber so zu sein.« Eine Sekunde herrschte Stille, und Ben hoffte,

Huntrich würde erzählen, warum er seine Meinung geändert hatte, doch diesen Gefallen tat er ihm nicht.

»Eins ist und bleibt aber komisch.«

»Und das wäre?«, fragte Kai.

Huntrich tippte auf den Bildschirm, obwohl das Display von Ben und Kai abgewandt war. »Kalle Bengel hasst Ausländer. Egal ob Holländer oder Pole. Der hat wahrscheinlich mehr Polen und Holländer grundlos verprügelt, als dass er warme Mahlzeiten gegessen hat. Warum der plötzlich mit einer Bande zusammenarbeiten soll, die hauptsächlich aus Ausländern besteht, ist mir schleierhaft.«

»Vielleicht brauchte er Geld?«, mutmaßte Ben.

Huntrich zog die Achseln hoch und behielt seinen skeptischen Gesichtsausdruck. Dann sagte er: »Entweder das oder *Sie* beide haben Ihre Finger noch woanders drin und jemandem stößt das sauer auf. Wie steht es damit?«

* * *

»Alter, ich hab dir doch gesagt, dass du die Finger von diesem Lauber und Isis Mutter lassen sollst!«, schnaubte Kai mit gedämpfter, aber messerscharfer Stimme in Richtung Ben, als sie zurück auf dem Flur waren.

»Ach. Interessant«, antwortete Ben, der seinen gelassenen Tonfall nur spielte. »Du hast mir doch gesagt, dass ich meine Finger davonlassen soll, weil an der Sache nichts dran ist. Jetzt scheinst du ja der Meinung zu sein, dass *sehr wohl* was dran ist, wenn Lauber diesen Kalle-Spinner auf uns gehetzt hat. Verdächtig!«

»Ich weiß nur, dass man sich mit einigen Leuten nicht einlassen sollte, wenn man seine Manneskraft bewahren will.«

»Die du ja in letzter Zeit besonders nötig hast«, stichelte Ben.

»In der Tat! Und was ist eigentlich mit dir? Couch im Wohnzimmer oder …?«

»Von mir erfahren Sie nichts«, gab Ben zur Antwort, dessen tiefgründiges Lächeln Bände sprach.

»Siehst du!« Kai klopfte Ben auf die Schulter. »*Darum* solltest du dich kümmern. Genieß deine 5000 Ocken, und mach dir ein paar schöne Tage mit Jenny. Oder von mir aus auch ein schönes Leben!«

Ben stieß einen leisen, grummelnden Ton aus. Sie hatten das Treppenhaus erreicht. Ben schlug die Richtung nach oben zur Kantine ein, Kai die nach unten zum Ausgang. Auf den ersten Stufen ihrer jeweiligen Treppe blieben beide stehen. »Meinst du nicht, dass Isana das Recht hat zu erfahren, was mit ihrer Mutter passiert ist?«

»Ach.« Kai machte eine abwinkende Handbewegung. »Komm mir nicht so. Isi hatte kein gutes Verhältnis zu ihrer Mutter. Ich würde eher sagen, reiß nicht alte Wunden auf.«

Ben sah ihn eine Sekunde lang an, dann zog er resigniert die Schulter hoch. »Was machst du heute noch so?«

»Ich fahre in Isis Wohnung und muss da ein bisschen arbeiten. Ist doch einiges liegen geblieben in letzter Zeit.«

»Was kann denn bei dir liegen bleiben? Du machst doch gar nichts Richtiges.«

»Nee, ist klar. Zumindest veranstalte ich keinen Hokuspokus mit den Leuten, so wie du in all deinen Teilzeitjobs.«

»Hey, pass bloß auf!«

»Was ich mache, willst du gar nicht wissen, sonst schnüffelst du mir später auch noch hinterher.« Er lachte.

»Das sollte ich wirklich mal in Erwägung ziehen«, sagte Ben und lachte ebenfalls. »So, ich hau ab nach oben. Mach's gut und grüß deine Liebste von mir. Und denkt dran, mein Handy ist kaputt. Ich hoffe, das funktioniert gleich wieder.«

Kai war schon ein Stück die Treppe hinuntergelaufen und rief zu ihm nach oben: »Klar! In Reis legen funktioniert ganz toll bei so einer Elektronik. Aber eigentlich nur bei Vollmond.«

Ben ignorierte die Spitze und rief: »Wenn was ist, ruf mich bei Jenny an.«

»Ist nichts!«, hörte Ben Kai noch, dann war er verschwunden.

* * *

Jenny wartete schon vor dem Eingang zur Kantine. Als Ben sie vom anderen Ende des Gangs aus bemerkte, überlegte er, wie die Begrüßung aussehen sollte. Mit Kuss oder lieber ohne? Auf jeden Fall ohne Zunge, sagte er sich, als Jenny ihm die Entscheidung abnahm und ihn hölzern umarmte.

»Hi«, sagte sie knapp und drehte sich ex abrupto in Richtung Tür.

»Hi«, entgegnete Ben etwas verdutzt.

Jennys Verlegenheit war mit Händen greifbar, was Ben ebenfalls verunsicherte. Strammen Schrittes marschierte sie vor ihm her zu der gläsernen Kühlvitrine, hinter deren Scheibe in silbernen Metallschalen Salate zur Schau gestellt wurden und sich Soft- und Joghurtdrinks den Kunden zum Kauf anboten. Aus einem metallenen Gestell entnahm sie ein eierschalfarbenes Tablett sowie Besteck und eine Serviette. Besteck und Serviette zerquetschte sie förmlich in ihrer Faust, und das Tablett hielt sie sich wie einen Schild vor ihren Körper. Zwei Kollegen standen vor ihnen an der Theke und wurden von einer rundlichen Bedienung mit weißem Kittel, Haarnetz und glänzend roter Gesichtshaut bedient. Kritisch prüfte Jenny jedes Produkt in der Auslage einzeln mit ihren Blicken. »Mmmh! Sieht ja gut aus«, sagte sie gerade an den Kartoffelsalat gewandt, dessen oberste Schicht leicht eingetrocknet war und für Ben wie jeder andere Kartoffelsalat in jeder x-beliebigen Frittenschmiede aussah.

»Ham' Se sich schon watt ausgesucht?«

Jenny schnellte hoch, als wäre sie dabei erwischt worden, wie sie heimlich mit dem Finger im Salat rumgestochert hatte. »Ja! … Ja! Also für mich bitte den Gemüsebratling mit Pommes und ein Wasser.« Sie lachte auf, und Ben meinte, einen Anflug von Hysterie in ihrem Tonfall wahrzunehmen. »Gemüsebratling! Ich mach heute mal 'nen Veggieday. Und du?« Jenny drehte sich zu ihm um, schaffte es, ihm kurz in die Augen zu blicken, um sich dann rasch wieder abzuwenden. »Ich wollte dich doch einladen, oder? Hab ich doch gesagt, oder?« Die letzten Worte sprach sie mit einem Lächeln an die Bedienung gerichtet, obwohl sie an Ben adressiert waren.

»Hast du gesagt«, antwortete Ben, und gab sich Mühe, möglichst unaufgeregt zu klingen. »Ich würde das Jägerschnitzel mit Pommes nehmen. Und Mayo. Und eine Cola.«

»Oh, gut! Mayo nehme ich auch.« Sie fummelte umständlich an ihrer Hosentasche herum und beförderte eine blaue Plastikkarte zum Vorschein. »Alles auf meine Karte«, sagte sie und hielt sie vor einen Scanner an der Kasse, nachdem die Bedienung die Bestellung eingetippt und durch ein Kopfnicken ihr stummes Okay für diese Handlung signalisiert hatte.

»Klecks Krautsalat dabei?«

Jetzt saßen sich Jenny und Ben (sie ohne, er mit »Klecks« Krautsalat) gegenüber an einem weißen Zweiertisch in der hinteren Ecke des Speisesaals. Jenny hatte zwar angeregt, sich an den Tisch ihrer Kollegen zu setzen, die sie aus der Ferne mit einer Hand winkend und mit der anderen das Tablett balancierend begrüßt hatte, doch Ben hatte entschieden sein Veto dagegen eingelegt. »Nee komm. Wenn, dann wir alleine«, hatte er gesagt und auf den einzigen freien Zweiertisch gedeutet.

»Alles klar mit dir?«, fragte Ben, bevor er sich eine erste Pommes in den Mund steckte und sich mit der anderen Hand Cola in ein Glas schüttete.

»Ja. Alles klar. Bisschen stressig heute.« Jenny lachte fahrig und stopfte sich fünf Pommes zunächst auf die Gabel und dann in den Mund.

»Okay«, sagte Ben skeptisch. »Sicher, dass es nicht wegen uns ist?«

Jenny lächelte kurz und gab ein Geräusch von sich, das entfernt nach *Och!* klang. Dabei machte sie eine abwinkende Geste mit der nächsten übervollen Gabel. »Ist nichts! Und was gab's bei Huntrich? Alles erledigt?«, fragte sie.

Ben, der sich endgültig davon verabschiedet hatte, dass aus diesem Beisammensein ein Austausch von liebevollen Neckereien und Süßholzgeraspel werden würde, sagte: »Ja. Wir haben den Typen in der Verbrecherkartei gefunden. Karl-Heinz Bangel heißt der.« Fast war er froh darüber, dass sie ein Gesprächsthema gefunden hatten, an das sie sich klammern konnten. Auch Jenny schien diese Aussicht zu entspannen. Ben berichtete ihr detailliert vom Gespräch mit Huntrich. Er wollte unbedingt vermeiden, eine peinliche Stille zwischen ihnen beiden heraufzubeschwören. Einerseits ärgerte ihn das, andererseits konnte er die Verlegenheit durchaus nachvollziehen. Sie hatten jahrelang eine Kumpel-Ebene etabliert, und zumindest Jenny war damit prächtig gefahren, soweit Ben wusste. Er war immer derjenige gewesen, der mehr wollte. Doch aus vielen kleinen und schmerzhaften Erfahrungen hatte er gelernt, dass es für sein Seelenheil hilfreicher war, dem Ansinnen nach *mehr* nicht zu folgen. Er hielt es stets für die bessere Alternative, überhaupt Kontakt zu Jenny zu haben, als sie durch permanente Annäherungsversuche komplett zu verschrecken. Gestern hatte es dann doch endlich, Wunder oh Wunder, gefunkt, und Ben musste sich eingestehen, dass ihn das kalt erwischt hatte. Oh Mann, wenn er schon nicht wusste, wie *er* sich fühlen sollte, wie würde es dann erst Jenny gehen?

»Was gibt's Neues bei dir?«, fragte er und hätte sich ob dieser dämlichen Frage am liebsten eine runtergehauen. »Ich meine mit diesem Ivo … und dem Auto, was die Diebe bei diesem Lauber gelassen haben. Huntrich meinte, darüber hättet ihr die Typen gefunden.«

»Ja, das hab ich auch gehört. Von den Ermittlungen bekomme ich ja nicht viel mit«, antwortete Jenny.

Und dann war sie doch da. Die Stille. Sie lächelten sich kurz an und griffen dann gleichzeitig nach ihren Gläsern, um einen langen Schluck zu nehmen. Und dann noch einen. Sag irgendwas!, schrie Ben sie innerlich an, und glücklicherweise tat Jenny ihm den Gefallen. »Von mir hast du es nicht«, begann sie, senkte ihre Stimme ein wenig und beugte sich näher zu ihm über den Tisch. Er tat es ihr von seiner Seite aus gleich. »Wir haben im Kofferraum des Autos Haare gefunden … von Ivo Sunstein.«

Anstatt zu antworten, küsste Ben sie zart auf den Mundwinkel. Dann zog er seinen Kopf rasch zurück. Sie lächelte, blickte zur Seite und sah ihn dann fest an.

»Schön, dass du gestern bei mir geblieben bist«, sagte sie, und jede Spur von Befangenheit schien mit einem Schlag von ihr abzufallen.

Ich hab sie freigeküsst, dachte Ben und sagte: »Ich wollte einfach nicht in deinen Leggins durch Dortmund rennen und bei Mama klingeln«, entgegnete Ben, der sich um einiges wohler in seiner Haut fühlte.

»Jetzt hast du ja wieder deine eigenen Klamotten an«, sagte sie und zog gespielt mürrisch die Augenbrauen zusammen.

»Das muss ja kein Dauerzustand sein!«, sagte er und lächelte vielsagend.

»Hey!« Sie warf ihre unbenutzte Serviette in seine Richtung, die gemächlich zu Seite segelte und auf dem Boden landete. Zwei Kollegen vom Nachbartisch, welche gerade in ein tiefschürfendes Fachgespräch vertieft waren, drehten sich um und schauten sachte empört zu ihnen herüber. Ben und Jenny kicherten unterdrückt, wie damals in der Schule, und widmeten sich wieder ihrem Essen.

»Was hast du eben gesagt?«, wollte Ben wissen. »Haare von Ivo Sunstein lagen im Kofferraum von diesem Opel Astra?«

»Richtig!«

»Mmh«, machte Ben und ließ dann eine längere Pause folgen, bei der er sogar das Kauen vergaß. »Wahrscheinlich ist er nicht dort hinten eingestiegen, weil vorne alle Plätze belegt waren.«

»Eher nicht. Aber bewiesen ist es nicht, dass er oder seine Leiche hinten im Kofferraum mitgefahren ist. Es ist nur ein Indiz. Allerdings eines, das die anderen Beteiligten in dem Fall nicht eben entlastet.«

Ben nickte. »Verstehe. Trotzdem bin ich mir sicher, dass da irgendwas nicht stimmt. Ich hab da etwas übersehen, da bin ich mir sicher. Ich hab neulich Nacht von Ivo Sunstein geträumt. Er hat gesagt: ›Du hast mir nicht richtig zugehört.‹«

»Oh Mann, Ben. Quäl dich nicht mit so was rum. Allem Vernehmen nach hatte dieser Kerl mehr als eine Schraube locker. Ich habe die Akte nur überflogen, und es reichte mir.«

»Kann ja sein.« Ben verzog das Gesicht und guckte grimmig. »Aber warum, bitte schön, rennt der nachts zur Polizei und sagt, dass Isi ermordet ist?«

»Äh … hab ich doch gesagt: Schraube locker. Mehrere.« Sie drehte ihren rechten Zeigefinger bei diesen Worten vor ihrer Schläfe und lächelte Ben beschwichtigend an.

»Ach, ich weiß nicht. Ich habe diesem Ivo eben nicht richtig zugehört, ansonsten wäre ich schlauer.«

»Du hast doch gar nicht mit ihm gesprochen, du Doof«, sagte Jenny und tat so, als wollte sie anstatt einer Serviette ihr Wasserglas nach ihm werfen. »Ich weiß, was du hast!«

»Was hab ich denn?«

Sie drehte erneut den Zeigefinger vor ihrer Schläfe. »Auch Schraube locker. Mehrere!«

KAPITEL 7

Das Kapitel, in dem Ben keinen Spaß an einer Geburtstagsfeier hat, einen Mord aufklärt und einen alten Mahagonitisch unter die Lupe nimmt.

Als Ben an diesem Morgen in Jennys Bett aufwachte, hielt das Gefühl der Seligkeit und Geborgenheit etwas länger an als am Vortag. Ihrer beider merkwürdiger Tanz aus Verlegenheit und Unsicherheit hatte sich am Abend zum Glück nicht wiederholt, als Jenny von der Arbeit kam und Ben schon auf sie wartete. Mehrfach hatte er, Ben, sich noch selbst auf die Schulter geklopft, wegen seiner genialen Eingebung, Jenny einfach zu küssen. Das hatte das Eis gebrochen und unausgesprochen besiegelt, dass sie »zusammen« waren. Was genau das bedeuten würde und was als Nächstes passierte, war ihm momentan schnuppe. Eine frische Liebe – und die war es, auch wenn Ben schon seit seiner Jugend in Jenny verliebt war – sorgte eben dafür, dass man alles andere um sich herum vergaß. So weit, so gut. Doch »alles andere« hatte eben auch die unangenehme Eigenschaft, sich zu Unzeiten wieder aufzudrängen, und die Welt, egal wie rosa sie eben noch schien, wieder ein Stück grauer zu färben. Das sollte auch Ben jeden Moment widerfahren, doch noch sah er es nicht kommen.

Was er stattdessen sah, als er gemächlich ein Auge öffnete, war sein Handy. Es lag neben ihm auf dem Nachttisch, als hätte er es selbst dort abgelegt. Jenny musste es heute Morgen aus dem Reisbett geholt haben. Er tastete mit der linken Hand danach, drückte die Hometaste und erkannte die Uhrzeit. 11:23 Uhr. Mann! Wann hatte er das letzte Mal an einem Dienstag so lange geschlafen? Er schloss das Auge wieder und spürte, wie seine Sinne langsam ins Nichts schwanden.

Dann wurde das Nichts schlagartig mit der Erinnerung an den gestrigen Abend gefüllt. Einer Erinnerung, die eine eindeutige körperliche Reaktion unter der Bettdecke erzeugte. Genießen konnte er sie nicht, denn ausgerechnet in diesem Moment klingelte sein Handy. Und die nicht unerhebliche Menge Blut, die soeben damit beschäftigt war, sich in einem einzigen Körperteil zu sammeln, strömte schlagartig zurück in den Körper. Widerwillig öffnete er erneut ein Auge, um das Display des Handys an der richtigen Stelle zu streichen und den Anruf anzunehmen – Reisbett sei Dank, auch das funktionierte. Eine Dortmunder Nummer, die er nicht kannte.

»Pru…«, begann er und räusperte sich, als er merkte, dass seine Stimme nicht viel mehr als ein Krächzen war. »Entschuldigung. Pruss.«

»Guten Tag, Herr Pruss. Sind Sie erkältet?« Es war die Stimme von Huntrich.

»Nur ein bisschen«, log Ben. »Bin am Sonntag doch etwas ausgekühlt nach dem Bad im Straßengraben.«

»Kann ich mir denken. Deswegen rufe ich auch an. Ich kann Ihnen leider nur die Neuigkeit übermitteln, dass es in Ihrer Sache keine Neuigkeit gibt. Karl-Heinz Bangel wurde von unseren Kollegen mehrfach an seiner zuletzt bekannten Adresse aufgesucht. Große Überraschung – er war nicht anzutreffen. Es hatte ihn auch angeblich in letzter Zeit niemand aus der Nachbarschaft gesehen. Die Meisten gaben an, ihn gar nicht zu kennen. Ich hatte ja schon gesagt, dass er seit einiger Zeit von der Bildfläche verschwunden war und wir annahmen, dass er gar nicht mehr in der Stadt wäre.«

»Mmh«, sagte Ben, der das Gefühl hatte, in seinem Magen breite sich eine Säure aus.

»Unsere Kollegen prüfen heute noch ein paar weitere Adressen, von denen bekannt ist, dass Kalle Bengel sich dort aufgehalten hat. Ich nehme ehrlich gesagt an, da werden wir auch nicht fündig. Ich glaube nicht, dass er Sie oder Herrn Siebert noch mal angreift, aber wachsam sein sollten Sie schon.«

»Warum nicht?«, fragte Ben und richtete sich im Bett auf. »Er dürfte nicht besonders gut auf mich zu sprechen sein.«

»Das ist richtig. Aber das war er auch dann schon nicht, als er Herrn Siebert in die Mangel genommen hat. Und … das wollte ich gestern vor Herrn Siebert nicht so laut ausposaunen.« Er machte eine rhetorische Pause, bevor er weitersprach. »Dass Herr Siebert immer noch so gut aussieht und nicht im Krankenhaus oder eine Etage tiefer gelandet ist, deutet eindeutig darauf hin, dass Kalle Bengel in der Tat nur die Absicht hatte, eine Warnung abzusetzen. Wenn Sie hier in der Akte nachlesen könnten, was er sonst mit seinen Widersachern anstellt oder auch nur mit Typen, deren Nasen ihm gerade mal nicht passen, dann würden Sie mir recht geben.«

»Mmh«, machte Ben wieder und fühlte sich keineswegs überzeugt. Er wettete darauf, dass dieser Kalle ihn weiterhin ganz oben auf der Liste hatte. Instinktiv zog er seinen linken Fuß zurück unter die Bettdecke – wie als Kind, als er Angst hatte, ein Monster könne unter dem Bett hervorkommen und ihn in den Fuß beißen. Kommissar Huntrich schien darauf zu warten, dass Ben etwas sagte. Als das nicht passierte, sprach er weiter: »Mal ehrlich, Herr Pruss. Passen Sie auf sich auf, und wenn Sie diesen Bangel noch mal irgendwo sehen, rufen Sie an!«

»Und was ist mit den Typen, die Sie in Holland aufgegriffen haben?«, fragte Ben.

»Haben den Raub und die Erpressung zugegeben. Die Beweise waren ohnehin erdrückend.«

»Und den Mord an Sunstein und die Verbindung zu Bangel?«

»Langsam, Herr Privatdetektiv«, antwortete Huntrich. »Ich werde Ihnen hier nicht alle unsere Ermittlungsergebnisse ausbreiten. Das hat Sie nicht zu interessieren!«

Ben hörte Huntrichs Stuhl knarzen, dann vernahm er leise Schritte am anderen Ende. Ben nutzte diesen Impuls, um sich ebenfalls aus dem Bett zu erheben und die Glieder zu strecken. Sein unterer Rücken gab ein beeindruckendes Knacksen von sich, als er sich nach hinten beugte, und er spürte immer noch Reste des Muskelkaters in den Oberschenkeln. Er überlegte kurz, ob er Einwände gegen Huntrichs Verschwiegenheit erheben sollte, entschied sich aber dagegen. »Geht klar, Herr Kommissar«, sagte er stattdessen. Zuerst mal Kaffee, war sein vordringlicher Gedanke, und er ging in die Küche. Sein Blick wanderte über den quadratischen Küchentisch. Darauf lächelten ihn eine lila Thermoskanne und ein rosafarbener Kaffeepott förmlich an. Ein Einhorn auf der Tasse verkündete in einer Sprechblase: *Vorm ersten Kaffe geht gar nichts!* Davor lag ein ebenfalls rosafarbener Notizzettel. *Damit du wieder zu Kräften kommst!* stand da in Jennys bildschöner Handschrift. Daneben hatte sie ein Herzchen gezeichnet. Ben musste unwillkürlich lächeln.

»Und Sie halten schön die Füße still! Dank Ihrer Hilfe haben wir die Typen, die von Dauss erpresst haben, erwischt. Den Mord klären wir auch noch auf. Sie haben Ihre Schuldigkeit mehr als getan.«

Ben dachte, Huntrich hätte das Gespräch längst beendet, und er zuckte vor Schreck zusammen. »Na klar, Herr Huntrich. Ich habe in der Sache ja sowieso kein Mandat mehr.« Sie verabschiedeten sich, und Ben legte das Telefon auf den Tisch. Für den Moment glaubte er sogar, was er da soeben von sich gegeben hatte. Er zog einen Stuhl zurück, setzte sich und schraubte fast andächtig die Kanne auf. Er war durch mit dem Fall. Er würde sich ab sofort um Jenny kümmern. Als Allererstes! Und er würde lernen. Das Referat zur ABC-Beschattungstechnik hatte er immer noch vor der Brust. Er würde sich seine Bücher holen und Gas geben. Bestimmt konnte er Jennys Laptop benutzen.

Er goss sich den ersten Kaffee des Tages ein, und sogleich zog ein angenehmer Duft durch die Küche. Und ab nächster Woche hatte er auch wieder mehr Auftritte. Dann war ohnehin keine Zeit mehr, diesem Lauber hinterherzulaufen. Sollte doch die Polizei ... Sein Telefon klingelte erneut, und diesmal erkannte er, wer da anrief. Und er wusste, schon bevor er ranging, was der Anrufer wollte. Und ihm war klar, dass zumindest der Nachmittag heute nicht allzu erquickend werden würde.

* * *

Die kleine Familie Pruss, bestehend aus Vater Wolfgang Pruss, stadtbekannter Internist und bundesweit bekannter Münzsammler, Mutter Magdalena Pruss, reinliche Hausfrau und Mutter (von »liebend« konnte nur schwerlich gesprochen werden), und Ben, missverstandener Sohn und von Kindesbeinen an Letzter-Nerv-Rauber seiner Eltern, besaß einige Rituale, an die man sich zu halten hatte. Nahezu jedes dieser Rituale war von Vater Pruss ins Leben gerufen worden, und er war es auch, der stets darauf bedacht war, jedes Einzelne von ihnen penibel einzuhalten. Es handelte sich ausnahmslos um zielführende Bräuche mit präzise messbaren Ergebnissen, zum Beispiel halbjährlich die Gebisse der ganzen Familie von Zahnarzt Dr. Kronenberg in Hörde prüfen zu lassen oder genau am 1. Oktober das Vater-Sohn-Event des Winterreifenwechsels zu begehen. Aus den meisten dieser Zeremonien war Ben herausgewachsen, dennoch gab es einige, denen er auch im Erwachsenenalter nicht entkommen konnte. Ben hatte schon beim ersten Blick auf das Display erkannt, was heute fällig war. Seine Mutter hatte Geburtstag. Wie alt wurde sie noch mal? Sechsundsechzig? Oder siebenundsechzig?

»Ben hier«, meldete er sich und wusste, dass es unfreundlich war, sich bereits bei der Begrüßung genervt anzuhören.

»Ja«, kam es mit anklagendem Beiklang von der anderen Seite. Dann herrschte einige Sekunden Stille, bevor sein Vater weitersprach: »Was ist denn heute?«

Ben schloss eine Sekunde die Augen, bevor er antwortete. »Ich weiß ganz genau, was heute ist. Deswegen musstest du nicht extra anrufen.«

»Ich darf dich erinnern, wir haben eine Abmachung. Eine Familientradition. Das Geburtstagskind wird immer …«

»Wir haben überhaupt keine Familientradition«, konterte Ben, ohne seinen Vater ausreden zu lassen. Auf der anderen Seite blieb es still. Schnappatmung? »Ich bin nicht mehr fünfzehn, Vatter. Ich rufe dann an, wann ich will, und außerdem …«, er rollte genervt mit den Augen, »komme ich sowieso heute um halb vier zum Kaffee.«

»Wir starten pünktlich um fünfzehn …«

»Halb vier komme ich. Vorher habe ich den ganzen Tag zu tun. Ich muss dann auch wieder.« Er legte auf und wusste nicht, ob sein Vater verdient hatte, dass so mit ihm umgesprungen wurde, aber Ben konnte dessen ganzes Gehabe einfach nicht mehr ausstehen. Seines nicht und das seiner Mutter ebenfalls nicht. »Mist«, flüsterte er in die leere Küche hinein, als ihm klar wurde, dass er keine Ahnung hatte, was er seiner Mutter schenken sollte.

* * *

»Blumen«, sagte sie, ohne dass eine Gefühlsregung in ihrer Stimme oder Mimik auszumachen war. Ben kannte diese Neutralität seiner Mutter, und er wettete darauf, dass sie tatsächlich nichts spürte. »Leg sie in die Küche auf die Spüle, ich kümmere mich später darum.« Sie hatte den Strauß maximal »flüchtig« gemustert und ihn nicht berührt. Womöglich befürchtete sie, sie könne sich an einer der bunten Pflanzen mit einer seltenen Tropenkrankheit anstecken.

»Herzlichen Glückwunsch«, sagte Ben, der sich bereits halb von der Kaffeetafel abgewendet hatte und in Richtung Küche schlich.

Als er zurück ins Esszimmer kam – er hatte die Blumen vorsichtshalber in ein halb gefülltes Wasserglas gestellt –, setzte er sich an den für ihn reservierten Platz an die äußerste Ecke des wuchtigen Kirschholztisches. Dieser war traditionell mit sechs Gedecken des goldgeränderten Kaffeegeschirrs bestückt, welches nur zum Geburtstag von Magdalena und Wolfgang Pruss aus dem ebenso wuchtigen Kirschholzschrank herausgeholt wurde. Zusammen mit den sechs wuchtigen Kirschholzstühlen, deren goldbestickte Polster mit derben, schwarzen Nägeln an Sitzfläche und Lehne genagelt waren, der mittelbraunen, seit Jahren speckig wirkenden Tapete, dem dunkelbraunen, hochflorigen Vorwerkteppich und dem gestickten Hirsch an der Wand wirkte der Raum *etwas erdrückend*. Ben hasste ihn. Auf den drei Plätzen, die nicht mit den Hintern der Familie Pruss besetzt waren, saßen die üblichen Verdächtigen. Zwei Frauen, die in Gestus und Habitus bedenklich an seine Mutter erinnerten und deren Namen er sich nie merken konnte. Ben wäre nicht verwundert gewesen, wenn sie sich auch als Magdalenas bei ihm vorstellen würden. Doch sich ausgerechnet bei *ihm* vorzustellen, vermieden sie seit eh und je. Sie beachteten ihn schlichtweg gar nicht und beäugten ihn nur dann und wann skeptisch, wenn er ungefragt etwas von sich gab oder seine Mutter die Vermutung in den Raum warf, er habe sich nicht die Hände gewaschen nach dem Besuch des Badezimmers. Alles in allem war ihm das sehr recht. Sollten die alten Schnattergänse doch von ihm denken, was sie wollten.

Auf dem letzten Platz saß Tante Karla. Die Schwester seiner Mutter und die Einzige, die Ben als halbwegs normal empfand. Er mochte sie. Sie war mittlerweile schon siebzig und stand jeden Tag munter in ihrem Kiosk in Herne hinter dem Tresen. Merkwürdig, *ihren* Geburtstag vergaß Ben nie und auch nicht ihr Alter. »Kiosk« und »Herne« waren zwei Wörter, die seine Eltern problemlos zur Weißglut bringen konnten. Sicher auch ein Grund dafür, dass er Tante Karla so sympathisch fand. Obwohl sie drei (oder vier?) Jahre älter war als seine Mutter, wirkte sie bedeutend jünger und dynamischer. Und auch wenn Magdalena Pruss sich mit ihren Stöckelschuhen und dem übertriebenen Make-up Mühe gab, ebenso frisch zu wirken, gelang ihr das nicht ansatzweise.

»Schön, dass de gekommen bist«, sagte Tante Karla zu Ben, goss ihm Kaffee in seine Tasse und zwinkerte ihm lächelnd zu. Dann legte sie Ben das größte Stück Käsekuchen auf den Teller und nahm sich selbst das zweitgrößte.

Magdalena Pruss verzog das Gesicht zu einer Grimasse, die irgendwo zwischen Unglauben, Empörung und unverhohlener Ablehnung angesiedelt war.

Die Gespräche am Tisch liefen sperrig. Grundsätzlich galt: Wolfgang und Ben sagten nie etwas, möglichst auch nicht, wenn sie gefragt wurden. Wolfgang bedachte die Kommentare der drei Magdalenas wahlweise mit einem Lächeln, einem zustimmenden Nicken oder einem anerkennenden Stirnrunzeln. Ben saß mit nichtssagendem Blick da und fragte sich mehr oder weniger unentwegt, wie spät es wohl sei und wie man sich so ein bekloptes Stickbild an die Wand hängen könne. Tante Karla schien vollkommen uninteressiert an den Gesprächen der drei Magdalenas, brachte es aber dennoch fertig, glücklich und gut gelaunt zu wirken. Ab und zu riss sie das Gespräch an sich. Entweder mit einem kompletten Themenwechsel oder als Verfechterin der genau um hundertachtzig Grad entgegengesetzten Meinung der drei Magdalenas. Das waren die Momente, in denen Ben sich bestens unterhalten fühlte. Und wieder einmal nahm er sich vor, Tante Karla in Herne zu besuchen. Mit Jenny! Genau. Er würde mit Jenny zu Tante Karla fahren, und sie würden in Karlas Kiosk Sachen für ein Picknick im Herner Stadtgarten kaufen, und sie würden eine Runde Gassi gehen mit Karlas altem Rauhaardackel Siegfried und …

Er hielt in seinen Gedanken inne. Unglaublich, aber wahr, irgendwas Interessantes wurde da soeben erzählt. Von diesem Haus, das vor Kurzem abgebrannt war. Ben hatte das am Rande mitbekommen. Die Hand einer der anderen Magdalenas war bis zum Ellbogen in ihrer beachtlichen, schweinsrosafarbenen Handtasche verschwunden und wühlte klappernd darin herum.

»Dass Dr. Sanders Haus abgebrannt ist, das wusste ich. Der soll sich umgebracht haben?« Seine Mutter hatte diesen Satz ausgesprochen und sich dabei theatralisch die Hand vor den Mund gehalten, so als könnte sie nur mit Mühe einen Aufschrei unterdrücken. »Wusstest du das, Wolfgang?«

Wolfgang schüttelte, die Grundsatzregel beachtend, den Kopf.

»Und du hast eine Trauerkarte bekommen?« Sie blickte sichtlich empört und angriffslustig Magdalena 2 an. »Du auch?« Die Frage ging an Magdalena 3, die betreten nickte. Magdalena 2 ihrerseits griffelte nach wie vor in den Untiefen ihrer Handtasche herum. »Ja. Warte. Ich hab sie hier irgendwo.«

»Na«, sagte die echte Magdalena hörbar pikiert. »Wir werden wohl auch eine im Briefkasten haben. Ansonsten kommt sie sicher morgen.«

»Hier.« Magdalena 2 hatte einen beigefarbenen Umschlag herbeigenestelt und zog eine ebenfalls beigefarbene Karte daraus hervor, die in der Mitte geklappt war und einen schwarzen, dicken Balken als Umrandung trug. Sie reichte die Karte weiter an Magdalena 3, die sie mit den Worten »Kenn ich doch schon« desinteressiert entgegennahm und an die echte Magdalena weiterreichte, die sie ihr förmlich aus der Hand riss. »Und das ist sicher, dass der sich vor den Zug geworfen hat? Hier steht ja nichts davon. Vielleicht ist der auch an einer Rauchvergiftung gestorben oder an was ganz anderem?« Sie gab die Karte an ihren Mann weiter.

»Nee. Das ist so. Das weiß ich von der Jutta Kiesinger, die wohnt bei dem die Straße runter und hat gesehen, wie der zu den Schienen gegangen ist. Kurz danach hat sie den Rauch bemerkt, und dann hat sie gehört, wie der Zug gebremst hat. Und gebumst hat es!«

»Gebumst? Na, ob man der Kiesinger alles glauben kann? Ich weiß nicht«, sagte Magdalena Pruss schnippisch, riss ihrem Mann die Karte aus der Hand, obwohl dieser sie noch intensiv studierte, und knallte sie zwischen Käsekuchen, Ben und Tante Karla auf den Tisch.

Ben wollte eben wieder in seine Dämliches-Stickbild-Starre verfallen, als sein Blick auf das Bild fiel, welches in der Karte abgedruckt war. Es zeigte einen älteren Herrn mit Stirnglatze, Knubbelnase und traurig hängenden Wangen. Ben erstarrte. »Das ist Dr. Sander?«, schrie er und riss die Karte an sich, wobei er seine glücklicherweise leere Kaffeetasse umwarf, die klimpernd über den Tisch rollte.

»Junge!«, herrschte sein Vater ihn an.

»Bennilein!«, jaulte seine Mutter.

»Ich muss los!« Ben griff sich die Karte und eilte zur Tür. Auf halbem Wege machte er Halt, drehte sich um und sagte: »Mach's gut, Tante Karla. Ich komm mal vorbei. Mit meiner Freundin.« Tante Karla lächelte fürsorglich und streckte einen knorrigen Daumen in die Höhe. Ben hörte, wie seine Mutter hinter ihm herrief: »Bennilein. Freundin? Was für eine Freundin?«, und Magdalena 2: »Das ist meine Karte!« Doch beides nahm er kaum wahr. Er konnte nur noch an eins denken. Er hatte diesen Kerl schon mal gesehen, und er wusste auch wo.

* * *

Ben hetzte die Treppe zu seinem Büro/Probenraum hoch, als wäre der Leibhaftige oder zumindest Specknackenriese hinter ihm her. Er musste das Bild von Sanders Trauerkarte mit dem Bild auf seinem Computer vergleichen. Dabei war das eigentlich nur eine Formalität. Er *wusste*, dass Sanders Gesicht auf dem Foto zu sehen war. Was er nicht wusste oder noch nicht einordnen konnte, war die Tragweite dieser Tatsache.

Er schloss die Tür auf und knallte sie direkt hinter sich zu. Der Leibhaftige oder Specknackenriese hätte die Tür mächtig vor die Nase bekommen. Die Wartezeit, bis der Rechner endlich hochgefahren war, zerrte an seinen Nerven. Und auch als mit gähnender Langsamkeit schließlich das letzte Programmicon auf dem Bildschirm erschienen war, dauerte es noch eine gefühlte Ewigkeit, bis der Dateiexplorer aufploppte. Er klickte sich in den Ordner *cloud-ivo-sunstein*, den Kai in der letzten Woche angelegt hatte. Über dreihundert Bilder lagen in dem Ordner, doch ihn interessierte nur ein einziges. Er scrollte in der Liste nach unten. Dass die Vorschaubilder sich nur im Zeitlupentempo von oben nach unten aufbauten, juckte ihn nicht. Er wusste, wo sich das Bild befand. Ganz am Ende der Dateien. Es war das letzte Bild, welches Ivo Sunstein mit seiner Kamera aufgenommen hatte, und wahrscheinlich das letzte Bild, das Ivo Sunstein in seinem Leben überhaupt abgelichtet hatte. Ben klickte den nichtssagenden, aus Zahlen und Buchstaben bestehenden Namen doppelt an. Der Bildschirm färbte sich zunächst schwarz, dann baute sich langsam das Foto auf. Da war er. Sander blickte ihm direkt in die Augen. Alles andere auf dem Foto waren nur mehr unscharfe Schlieren, eingefasst in schwarze und hellere Flecken in gleichmäßigem Abstand. Irgendein Karomuster. Vielleicht ein Gitter? War es das, was Ivo ihm im Traum sagen wollte? Du hast mir nicht richtig zugehört! Und es stimmte. Ben hatte dieses Bild vollkommen vergessen in den letzten Tagen. Es sofort als unidentifizierbar abgestempelt und einfach nicht mehr dran gedacht. Du hast mir nicht richtig zugehört! Ergab das Sinn? Hatte sein Unterbewusstsein das Bild als so wichtig eingestuft, dass es einen Traum von Ivo Sunstein manifestiert hatte, der ihm diese Botschaft kundtun wollte? Er konnte es sich nicht vorstellen. Aber noch weniger konnte er sich vorstellen, dass es *tatsächlich* der tote Ivo Sunstein war, der ihm aus dem Jenseits eine Nachricht zukommen ließ.

Leider trug das Bild keine weitere Botschaft, die für ihn offenkundig ersichtlich war, außer der, dass Ivo Sunstein Sander fotografiert hatte. Er war so schlau wie vorher. Sollte er sich noch einmal aufs Fahrrad schwingen und zu Sanders Haus fahren? Vielleicht würde er ja irgendwas Interessantes finden? Vielleicht könnte er den Ort ausmachen, an dem Ivo Sunstein das Foto aufgenommen hatte?

Er lehnte sich im Stuhl zurück und schloss die Augen. Noch einmal holte er sich den Traum zurück. Ivo Sunstein. Als blasse Leiche, so wie er ihn im Gedächtnis hatte, als er ihn in der Hütte im Wald vor sich liegen sah. Damals hatte er noch nicht gewusst, dass es Ivo war. Der Tote hatte sich die Plastiktüte, mit der er erstickt worden war, vom Kopf gerissen. Sie hing in Fetzen von seinem Hals herab. Gehalten von dem Kabelbinder, der ihm tief in die Haut schnitt und rundherum einen schwarzen Ring aus geronnenem Blut gebildet hatte. Nach dem Erwachen hatte Ben angenommen, dass Ivo auf einer Art Bühne stand, doch jetzt erkannte er, dass es ein Flur oder Gang war. Das waren keine Scheinwerfer, sondern Deckenlampen, die den Gang in ein sanftes Licht tauchten. Die Fotokamera hing ihm schlackernd um den blutigen Hals, und er zog einen kleinen Koffer an einer weißen, toten Hand hinter sich her. »Du hast nicht richtig zugehört.« Das war es, was Ivo gesagt hatte. Nicht »Du hast *mir* nicht richtig zugehört«, sondern »Du hast nicht richtig zugehört«.

Und mit einem Mal war Ben klar, *wem* er nicht richtig zugehört hatte. Die Botschaft von Ivo war weder subtil noch magisch. Er *hatte jemandem* nicht richtig zugehört. Beziehungsweise hatte er *jemandes Gespräch* nicht richtig belauscht.

* * *

Aufmerksamkeit! Das war es, was ihm fehlte. Da war Ben sich sicher. »Du musst aufmerksamer sein!«, war das Mantra seiner Kindheit gewesen. Aufmerksamer bei den Hausaufgaben, im Straßenverkehr und bei grundsätzlich jedem Satz, der aus dem Mund seines Vaters kam. Und wenn er sich jemals zu hundert Prozent sicher war, dass er nicht aufmerksam genug war, dann heute.

Komplett außer Atem erreichte er das Cheraton Inn, schloss sein Rad an die Fahnenstange vor dem Eingang und hastete durch die Drehtür in die Lobby. Er hoffte inständig, dass er Glück haben würde – und tatsächlich, Rezeptionsheini hatte auch heute Dienst. *S. Bruckner*, ging es Ben durch den Kopf, als er auf ihn zusteuerte. Wieso konnte er sich seinen dämlichen Namen merken, aber nicht zuhören, was genau er sagte?

S. Bruckner lächelte zuvorkommend und tatendurstig, wenn auch etwas mechanisch.

»Hallo«, sagte Ben und erwiderte Bruckners Lächeln.

»Guten Tag, der Herr«, entgegnete Bruckner. »Na, wollen Sie zwei Einzelzimmer für sich und Ihren Kollegen buchen?«

Mist, dachte Ben, der nicht damit gerechnet hatte, dass Bruckner aufmerksamer war als er selbst, und antwortete: »Äh, nein. Ich komme wegen etwas, das Sie meinem Kollegen Kommissar Huntrich neulich gesagt haben.«

Bruckner wirkte irritiert. »Ihrem Kollegen?« Er zeigte zur Toilettentür und sah Ben verwirrt an. »Mit dem habe ich doch gar nicht geredet, oder?«

»Nein, nein. Ich meine nicht den, mit dem ich hier war. Ich meine den, der nach mir gekommen ist, um sich mit Ihnen über Ihren Gast Ivo Sunstein zu unterhalten. Sie hatten gesagt, dass er gegen 8:22 Uhr das letzte Mal in seinem Zimmer war, erinnern Sie sich?«

»Stimmt«, sagte Bruckner mit zaghafter Stimme. »Ach, da waren Sie wieder dabei, richtig? Oder wie?« Er nickte bei dem Satz und zeigte mit dem Finger auf Ben. Eine Geste, die deutlich machte, dass er sich kein bisschen daran erinnern konnte. Wie sollte er auch?

Jawoll, dachte Ben. »Richtig.« Er räusperte sich. Aktives Lügen ließ seinen Hals austrocknen. »Ähm, Sie haben Herrn Huntrich gesagt, dass Ivo Sunstein das Hotel verlassen hatte und *weggefahren* sei.«

»Mmh«, machte Bruckner und nickte zustimmend.

»Nun. Wir haben Herrn Sunsteins Auto draußen auf dem Parkplatz gefunden. *Damit*«, er betonte das Wort überdeutlich, »ist er also nicht weggefahren. Wir würden gerne wissen, wie Sie zu der Annahme gekommen sind, dass er weggefahren sei. Haben Sie das gesehen, oder nehmen Sie das nur an?«

»Nein, das habe ich gesehen.« Wie um Ben klarzumachen, dass er diese Leistung nicht etwa mit der Nase oder den Ohren bewerkstelligt hatte, deutete er mit Zeige- und Mittelfinger auf seine Augen. »Herr Sunstein ist rausgegangen und über den Parkplatz gelaufen. Hier vorne auf dem Behindertenparkplatz stand ein Auto, in dem einer saß.« Er zeigte auf den gepflasterten Bereich vor dem Hotel, der ausdrücklich als Behindertenparkplatz ausgewiesen war. »Der wartete schon länger dort. Der ist mir aufgefallen. Da halten öfter mal welche, wenn die jemanden abholen wollen.«

»Und Herr Sunstein ist zu ihm gegangen?«

»Nein. Herr Sunstein ist an ihm vorbeigelaufen. Sah für mich so aus, als wollte er woanders hin. Das muss nichts heißen, vielleicht hatte er ihn schon erwartet, nur eben vorne auf dem Parkplatz oder an der Straße.« Ben nickte und Bruckner redete weiter: »Der Typ aus dem Auto ist ausgestiegen und hat ihm irgendwas hinterhergerufen. Was, konnte ich natürlich nicht hören.« Er hielt beide Handflächen nach oben, um seine Machtlosigkeit diesbezüglich kundzutun. »Herr Sunstein hat sich umgedreht, und sie haben ein paar Worte gewechselt. Dann ist der Typ zu ihm hingegangen, und Herr Sunstein ist mit zu seinem Auto und bei ihm eingestiegen. Beifahrersitz. Was mir etwas komisch vorkam …« Bruckner beugte seinen Kopf ein Stück weiter nach vorne, als wollte er Ben ein Geheimnis anvertrauen. »Der Typ hat Herrn Sunstein zum Auto geleitet und ihm die Beifahrertür geöffnet. So wie man das eigentlich nur macht, wenn man ein Rendezvous mit einer Frau hat.« Er zwinkerte Ben wissend zu.

Der presste nachdenkend die Lippen aufeinander und nickte. Dann sagte er: »Würden Sie den Typen wiedererkennen?«

Bruckner tat einen Schritt nach hinten, so als ob Ben ihn mit seiner Frage vor den Kopf gestoßen hätte. Er blickte skeptisch drein und zog die Schultern hoch. »Das glaube ich eher nicht.« Und um sich zu rechtfertigen, schickte er schnell hinterher: »Ich sehe hier jeden Tag ja Hunderte von Menschen.«

»War der Typ dick oder dünn? Kurz oder lang? Was für Haare hatte er? Alles, was Sie wissen, kann für uns wichtig sein.«

Bruckner senkte den Blick und kratzte sich nachdenklich mit dem Zeigefinger an der Schläfe. »Mmh. Also, der war auf jeden Fall kleiner als Herr Sunstein und trug eine dunkle Jacke und …« Er machte eine Pause von mindestens fünf Sekunden, dann sagte er: »Mehr weiß ich nicht, tut mir leid. Wie gesagt, ich sehe hier ja jeden Tag extrem viele Leute, und da geht das hier rein und da raus.« Obwohl es erneut um die visuelle Wahrnehmung ging, deutete Bruckner bei diesen Worten zunächst auf sein linkes, dann auf sein rechtes Ohr. Ben hätte am liebsten laut geschnauft. Er überlegte, was er entgegnen sollte, als Bruckner fortfuhr: »Ich kann Sie ja anrufen, wenn mir noch irgendwas einfällt. Herr Huntrich hat mir seine Nummer dagelassen, die liegt hier irgendwo.« Er schob suchend einige Ausdrucke und Zettelchen auf dem Tresen hin und her.

»Also bitte nicht Herrn Huntrich dafür anrufen«, entgegnete Ben schnell. »Der ist unser *Haupt*kommissar.« Er stieß ein kurzes Wiehern aus, als würde diese Aussage alles erklären. »Rufen Sie am besten mich an.« Er kramte sein Portemonnaie hervor und tat so, als ob er etwas darin suchen würde. »Ah. Keine Visitenkarte mehr.« Er sah Bruckner enttäuscht an. »Dann schreibe ich Ihnen meine Handynummer einfach auf.« Er griff nach dem Kugelschreiber, der in einem silbernen Halter auf dem Tresen steckte und an einer metallenen Kugelkette befestigt war. Bruckner nickte und legte ihm einen kleinen Zettel, bedruckt mit dem Logo des Cheraton Inn, direkt vor die Nase. Eine routinierte Handbewegung. Ben steckte den Stift zurück, bedankte sich bei dem Rezeptionisten und wandte sich um.

Er war erst einige Schritte gegangen, als er Bruckners Stimme hinter sich vernahm. »Wenn alle Stricke reißen, können Sie sich ja auch die Aufnahmen der Überwachungskamera ansehen. Da müsste alles drauf sein. Lange dürfen Sie sich das nur nicht mehr überlegen. Die werden jede Woche gelöscht.«

* * *

Es war mehr oder weniger exakt so, wie Bruckner es beschrieben hatte. Sunstein war aus dem Hotel getreten und schnellen Schrittes an dem einzigen Auto vorbeigegangen, welches dort geparkt war. An der Qualität des Überwachungsvideos gab es nichts zu meckern. Zwar schwarz-weiß, dafür gestochen scharf. Links oben war die Uhrzeit zu erkennen und das Datum. *8:25, 16.09.2020* stand dort in weißen, kantigen Ziffern. Die perfekte Zeit, um zu Fuß zu meinem Büro aufzubrechen, wenn man um neun Uhr einen Termin hat, ging es Ben durch den Kopf. Sunstein trottete aus dem Erfassungsbereich der Kamera hinaus. Gleichzeitig öffnete sich die Fahrertür des Wagens, und eine Person stieg aus. Ben erkannte sie sofort. Und auch wenn er irgendwie erwartet hatte, sie auf dem Video zu sehen, durchzuckte es ihn. Tabbart Lauber. Er schien irgendetwas in Sunsteins Richtung zu rufen. Dann lief er ohne Eile um das Auto herum und stellte sich exakt mittig in den Bildbereich, den die Kamera abdeckte. Offensichtlich war ihm nicht klar gewesen, dass diese Stelle von einer Kamera überwacht wurde. Er stand einfach da und hatte die Hände in den Taschen seiner Jacke vergraben. Sein Mund bewegte sich, doch die Worte blieben ein Geheimnis. Dann stoppte sein Monolog unvermittelt, und Ben nahm an, dass jetzt der immer noch unsichtbare Sunstein redete. Dann trat Lauber ebenfalls aus dem Kamerabereich hinaus und kehrte nur Sekunden später, zusammen mit Sunstein, zurück ins Bild. Sunstein voran, Lauber so dicht hinter ihm, dass nicht mal das sprichwörtliche Blatt Papier zwischen sie gepasst hätte. Vor der Beifahrertür vollzog Lauber eine ungelenke Körperdrehung, um diese mit der linken Hand zu öffnen. Seine Rechte behielt er in der Tasche. Ben meinte, den Grund dafür ebenfalls im Video zu erkennen. Die rechte Jackentasche war deutlich ausgebeult, als wenn etwas Hartes, möglicherweise Zylinderförmiges gegen den Stoff drücken würde. Und Ben glaubte nicht, dass es sich dabei um eine zusammengerollte Ausgabe der Blitz-Illu handelte. Sunstein machte mit den Händen eine beschwichtigende Geste in Laubers Richtung und stieg dann zögernd in den Wagen. Lauber schlug die Tür zu, umrundete das Fahrzeug und verschwand seinerseits auf der Fahrerseite. Durch die Spiegelung in den Scheiben war von dem, was im Inneren des Wagens ablief, nichts zu erkennen. Ben verspürte nach knapp einer halben Minute, in der das Auto einfach nur dastand, den Drang vorzuspulen. Doch dann setzte es sich plötzlich in Bewegung und fuhr in einem gemächlichen Tempo davon.

Ben atmete hörbar aus, als das Bild der Kamera nur noch einen leeren Parkplatz zeigte. Er merkte, dass er die ganze Zeit mit verkrampftem Oberkörper auf dem alten Bürostuhl gesessen hatte, und lehnte sich jetzt zurück. Entspannung wollte sich trotzdem nicht einstellen, und Ben hatte das starke Bedürfnis, zu seinen Rescuetropfen zu greifen. Hatte er soeben wieder einen Mörder überführt? Ein Triumphgefühl blieb jedenfalls aus.

»Gut, oder?«, sagte Bruckner, der die ganze Zeit mit unverwandt begeisterter Miene neben ihm verharrt hatte.

»Was?« Ben blickte abwesend in seine Richtung. Er versuchte, die Irritation, die von ihm Besitz genommen hatte, durch heftiges Blinzeln zu vertreiben. »Ja. Ja, gut. Und warum haben Sie den Kollegen nichts von den Aufnahmen erzählt?«

Bruckner blickte ihn an, als ob dieser die Frage in einer fremden Sprache formuliert hätte. »Erst mal haben die nicht gefragt«, antwortete er in einem aufgesetzt beleidigten Tonfall, der stark nach Schülertheater klang. »Und zweitens denke ich ja nicht den ganzen lieben, langen Tag an unsere Überwachungskameras.«

An dem Tag hättest du gerne mal dran denken dürfen, dachte Ben, sprach es aber nicht laut aus. »Spielen Sie das bitte noch mal ab? Ich nehme das dann mit dem Handy auf. Wenn Sie es dann noch auf eine DVD brennen würden?«

»Gerne doch«, sagte Bruckner schnippisch. Kritikfähigkeit gehörte offenbar nicht zu seinen Signalstärken, ging es Ben durch den Kopf, während er sein Handy bereit für die Aufnahme machte.

* * *

Angeln lautete Huntrichs knappe Statusmeldung bei Whatsapp. Daneben das Bild eines dicken Fisches an einer Nylonschnur als Profilbild. Ben hatte keine Ahnung, was für ein Wassertier da am Haken hing (er konnte gerade mal einen Koi-Karpfen von einem Tintenfisch unterscheiden). Auch war er sich sicher, dass Huntrich nicht zum Angeln unterwegs war. Ben war nur froh, auf diesem Weg das Video schnell und unkompliziert Huntrich zukommen lassen zu können. Er hatte mit Bruckner vereinbart, dass dieser die CD zur »Abholung durch einen Kollegen« an der Rezeption ablegen würde. Dann hatte er sich rasch aus dem Staub gemacht und saß nun auf einer Bank an der Straße. Sein Fahrrad einsatzbereit eine Armeslänge neben sich abgestellt.

Der Upload dauerte nicht mal eine halbe Minute. Als ein blassgrüner, doppelter Haken unterhalb des Videos signalisierte, dass Huntrich die Meldung erhalten hatte, rief Ben ihn an. Ohne ein Klingeln meldete sich unmittelbar die Mailbox. Ben legte auf. »Mist«, murmelte er vor sich hin, wechselte wieder zu Whatsapp und schrieb Huntrich eine Nachricht: *Tabbart Lauber hat Sunstein vor dem Hotel abgefangen. Er war also wahrscheinlich der Letzte, der ihn lebend gesehen hat. Eine CD mit dem Video liegt an der Rezeption. Rufen Sie mich an!*

Die Anmerkung, dass Lauber mit ziemlicher Sicherheit etwas über Sunsteins gewaltsamen Tod wusste, wenn nicht gar der Mörder war, verkniff Ben sich. Darauf würden sie wohl selbst kommen, obwohl … Ben konnte sich nicht erklären, warum die Polizei nicht schon früher auf die Idee mit dem Überwachungsvideo gekommen war. Gut, ihm selbst war die Idee auch nicht zugeflogen, aber schließlich war er noch in der Ausbildung. Fast saß er schon wieder auf dem Sattel, als er sein Handy ein weiteres Mal zückte. Die Sache war doch zu wichtig. Eine Sekunde überlegte er, ob er seinen Plan ändern und die CD selbst aufs Revier bringen sollte. Allerdings würde das garantiert eine Menge Zeit kosten und eine Flut an unangenehmen Fragen heraufbeschwören. Stattdessen rief er Huntrichs Büronummer an.

»Kriminalpolizei Dortmund, Schuster, guten Tag«, meldete sich eine gelangweilt klingende Stimme. Die drei letzten Worte klangen wie: Schustergutentag.

»Ben Pruss hier, ich möchte Herrn Huntrich sprechen. Auf dem Handy erreiche ich ihn gerade nicht – und es ist wichtig.«

»Ist nicht da«, antwortete Schuster konsequent gelangweilt.

»Können Sie ihm bitte ausrichten, dass ich eine sehr wichtige CD für ihn an der Rezeption des Cheraton Inn hinterlegt habe. Es geht um den Mord an Ivo Sunstein.«

»Mord an Ivo Sunstein. Wichtige CD. Cheraton Inn. Ist notiert«, murmelte Schuster. Er schien dieser Information kein größeres Gewicht beizumessen. Seine Stimmlage klang, als hätte man ihn eben erst aus dem Tiefschlaf geweckt und unter Androhung von Repressalien von ihm verlangt, dass ABC rückwärts aufzusagen.

»Hören Sie«, sagte Ben in einem eindringlicheren Tonfall. »Die Sache hat oberste Priorität. Auf der CD ist ein Überwachungsvideo, das Ivo Sunstein an seinem Todestag zusammen mit Tabbart Lauber zeigt. Am besten, Sie holen das Video sofort ab und nehmen gleich auch noch den Lauber fest.«

»Herr Pruss«, antwortete Schuster und klang mit einem Schlag diensteifrig. »Wir machen unsere Arbeit *immer* ordentlich und gewissenhaft, und wir kennen ganz gewiss auch unsere Prioritäten, das kann ich Ihnen versichern! Auch ohne die Hilfe von einem Privatschnüffler. Wir haben die Aufzeichnungen der Überwachungskameras selbstverständlich ebenfalls angefordert. Über die Geschäftsleitung des Hotels. Das nennt man *Dienst-*

weg, Pruss.« Und schnippisch fügte er hinzu: »Schon mal was davon gehört?«

Autsch, dachte Ben.

»Warum kommen Sie nicht selbst vorbei und bringen das Video mit? Dann können Sie mir gleich mal erzählen, wie Sie dazu gekommen sind.«

Jetzt ging es ans Eingemachte! »Tut mir leid, geht gerade nicht. Die Pflicht ruft«, sagte er, wohlweislich lieber lammfromm als deftig schallend. Er war erleichtert, dass sich einige Hundert Meter Luftlinie zwischen ihnen befanden. »Ich habe es Herrn Huntrich aufs Handy geschickt, und wenn Sie gleich noch das Original holen, wird sich alles aufklären.« Er säuselte noch eine knappe Dankesformel und legte auf. Dann wechselte er zurück zu Whatsapp. Die Häkchen hinter dem Video und der Textnachricht waren nach wie vor blass, was bedeutete, dass Huntrich das Video noch nicht angesehen hatte. »Mist«, sagte er leise, stieg aufs Rad und fuhr los zu seinem nächsten Ziel.

* * *

Ben war gehörig außer Atem, als er in Sanders Straße einbog. Mittlerweile war es später Nachmittag. Ziemlich später Nachmittag sogar, und der Himmel färbte sich nach und nach rot. Das Licht schwand schneller, als Ben es vermutet hatte. Unter normalen Umständen wäre ihm der aktuelle Stand der Sonne Schnuppe gewesen. Heute war es ihm aber besonders wichtig, *vor* Einbruch der Dunkelheit seinen eigenen Einbruch zu starten. Er fühlte, wie seine inneren Organe einige Zentimeter absackten, als ihm dieses törichte Wortspiel durch den Kopf ging. Unterwegs hatte er es noch zwei weitere Male bei Huntrich versucht, vergeblich. Auch die Videodatei hatte dieser sich noch nicht angesehen. Er hoffte inständig, dass Kollege Schuster aktiv geworden war und die Sache in die Hand genommen hatte. Zum Glück wusste Lauber noch nichts von dem ganzen Kram, der heute zutage gefördert wurde.

Ben ließ das Rad langsam am Haus von Sander vorbeirollen. Es war das letzte Gebäude in der Straße, dahinter lag nur noch ein verwildertes, leeres Grundstück, danach folgte der Bahndamm. Der Eingang zum Gartentor war mit Flatterband abgeriegelt. Die Eingangstür kreuzweise mit rot-weiß-rotem Absperrband beklebt. Ein verbeultes Schild mit der Aufschrift *Eintritt verboten. Einsturzgefahr* war an eine Dachlatte genagelt und notdürftig in die Rasenfläche vors Haus gerammt worden, auf der eine beachtliche Pfütze Löschwasser dabei war, gemächlich im Dortmunder Boden zu versickern. Das schrieben die wahrscheinlich an jedes Haus, in dem es gebrannt hatte, versuchte Ben sich zu beruhigen und entschied, dass das Haus nach wie vor stabil wirkte und sich ganz bestimmt nicht ausgerechnet in der nächsten halben Stunde dazu entscheiden würde, über ihm einzustürzen. Außerdem wollte er sich erst mal nur die Praxisräume näher ansehen. Diese waren in einem länglichen Anbau seitlich des Hauses untergebracht und machten den Eindruck, als wären sie vom Feuer weitgehend verschont geblieben. Anders als die obere Etage und das Dach. Hier hatten Flammen und Rauch die blassgrüne Außenfassade und den Dachstuhl deutlich in Mitleidenschaft gezogen. Zwei Fenster waren durch die Hitze geplatzt und nach den Löscharbeiten notdürftig mit grauer Folie abgedeckt worden. Der Rauch hatte schwarzgraue Schlieren an die Wand gezeichnet, und es waren erste Flecken zu erkennen, an denen das Löschwasser durch den Putz nach außen drang. Ein rauchiger, beißender Gestank lag in der Luft, was sicher auch der Tatsache geschuldet war, dass kein Lüftchen wehte.

Ben lenkte sein Rad am Haus vorbei in Richtung Fußgängertunnel. Dieser verlief quer durch den Bahndamm und verband die beiden Seiten der Straße für Fußgänger und Radfahrer. Er vergewisserte sich mit einem Blick nach vorn und hinten, dass niemand ihn beobachtete, dann wendete er. Vom Eingang des Tunnels aus hatte er einen günstigen Blick auf Sanders Haus, ohne dass er Gefahr lief, aus einem der anderen Gebäude gesehen zu werden. Nur einem zufällig vorbeikommenden Fußgänger oder Radfahrer wäre er aufgefallen. Egal, die würden sich ihm bereits von Weitem ankündigen, und er hätte genügend Zeit, um wieder aufs Rad zu steigen und abzudampfen.

An der dem Bahndamm und dem verwilderten Grundstück zugewandten Seite des Hauses befand sich eine vierstufige Metalltreppe, welche zu einer schmalen Seitentür führte. Wenn Ben es aus der Entfernung richtig erkannte, war ein DIN-A4-Blatt großes Stück im oberen Bereich der Tür ebenfalls mit grauer Folie abgedeckt. Das musste er sich näher ansehen. Die Tür wäre als Einstiegspunkt ideal. Er konnte dort nur gesehen werden, wenn jemand von der anderen Seite des Tunnels kam.

Er schloss sein Fahrrad ab, atmete tief ein und aus und sah sich in alle Richtungen um. »Es ist kein richtiger Einbruch, vergiss das nicht, Ben Pruss.« Dann setzte er sich in Bewegung. Nach außen gab er sich Mühe, ruhig zu wirken wie ein x-beliebiger Spaziergänger. Innerlich war er zum Zerreißen angespannt, allerdings gleichzeitig auch fest entschlossen. Er ließ seine Augen so weit wie möglich nach rechts und links schweifen, ohne dabei den Kopf zu bewegen. In einem der Häuser auf der anderen Straßenseite war im Obergeschoss ein Deckenlicht angeschaltet worden, und von irgendwoher dröhnte nervige Bum-Bum-Musik an sein Ohr. Bewegung konnte er nirgends feststellen. An der Ecke des Gartenzauns wendete er seinen Körper nach links und betrat das Grundstück neben dem von Sander. Es grenzte übergangslos an dessen Haus an. Vielleicht gehörte es Sander selbst, und vielleicht war es tatsächlich mal ein ansehnlicher Garten gewesen – am Ende des Grundstücks, vor einem unbewirtschafteten Feld, standen zwei Bäume, die für Ben nach Obstbäumen aussahen. Er räusperte sich und konzentrierte sich wieder auf seine Aufgabe. Aufmerksamkeit! Ein schneller Blick zurück, niemand da. Ein schneller Blick zur Tür – ganz klar, kein Fenster mehr, nur Folie. Möglicherweise hatten die Feuerwehrleute von hier aus das Haus betreten – durchaus der bessere Weg als durch die Vordertür, da direkt in den Räumen darüber das Feuer gewütet hatte. Na, was wusste er schon?

Ben sprang mit zwei Schritten die kurze Metalltreppe nach oben und drückte die Klinke. Abgeschlossen. »Wäre auch zu schön gewesen«, grummelte er vor sich hin und machte sich an der Folie zu schaffen. Sie war mit Klebeband an der Innenseite befestigt worden und löste sich problemlos. Ein Blick nach links und rechts – niemand da. Dann lugte er durch das Loch. Der Rauchgeruch war hier deutlich intensiver und brannte in der Nase. Es schien, als hätte sich der gesamte Gestank hier gesammelt und nur auf einen passenden Moment gewartet, um nach außen zu strömen. Ben vergewisserte sich, dass keine Scherben im Rahmen steckten, aus dem die Glasscheibe herausgeschlagen worden war, und führte den Arm durch das Loch. Seine Hand fand zunächst die Klinke, tastete darunter und … »Bingo!« Von innen steckte ein Schlüssel. Wäre das nicht der Fall gewesen, hätte er sein Lockpickingbesteck aus der Tasche geholt und das Schloss in weniger als drei Minuten selbst geöffnet. So war es auf jeden Fall um einiges bequemer und bestärkte ihn zusätzlich in seinem Mantra, dass es ja »kein richtiger Einbruch« sei. Er drehte den runden Kopf des Schlüssels zuerst in die falsche Richtung. Dann andersherum. Ein Knacken, und die Tür sprang wie von selbst einen Zentimeter weit auf. Offensichtlich war sie im Rahmen verzogen und wurde nur vom Riegel des Schlosses in der Zarge gehalten. Ein Blick nach links und rechts – niemand da. Dann schlüpfte er ins Haus. Alleine. Noch.

* * *

Landhaus-Chic aus einer Zeit, als die Dortmunder Kumpels noch für die Erhaltung ihrer Zechen demonstriert hatten. Offensichtlich die Küche eines einsamen

Mannes, der wenig Zeit hier verbrachte. Die Wände waren beklebt mit einer altmodischen braun-grünen Blümchentapete, dessen sich ständig wiederholendes Muster Ben vor den Augen flirrte. Nirgends hing ein Bild, und es gab keinerlei Dekoration außer einem verblichenen Bauernhäuschen aus Salzteig, welches neben dem Lichtschalter an der Wand hing. Der Rauchgeruch begann Bens Magen hin und her zu wringen. Er hasste diesen Mief. Lieber würde er an einem saftigen Batzen Harzer Käse schnüffeln. Ihm tränten die Augen.

»Sei nicht so zimperlich, du Weichei«, pöbelte er gegen sich selbst und ging weiter in den Flur.

Er hatte angenommen, dass es hier eine Verbindungstür zu den Praxisräumen gab – und er wurde nicht enttäuscht. Und als ob Sander jeden Tag selbst daran erinnert werden musste, welche der fünf Türen die richtige war, war sie mit einem goldglänzenden und schwarz bedruckten Schild mit dem Wort *Praxis* versehen. Sie war abgeschlossen. Ben grummelte ärgerlich. Er musste wohl oder übel sein Werkzeug zum »zerstörungsfreien Öffnen von Türschlössern« verwenden, wie Uwe es genannt hatte.

Keine drei Minuten dauerte es, dann schnappte das Schloss auf. Ben warf einen Blick in den Praxisflur. Im matten Abendlicht empfand er die Atmosphäre als gespenstisch. Rechts gab es einen kleinen, in hoffnungsfrohem Mahagonibraun gehaltenen Empfangstresen, links daneben eine türlose Zarge, die nach einem Anstrich lechzte und den Weg in ein Wartezimmer freigab. Von seiner Warte aus erkannte Ben, dass die Lehnen der nackten Warteraumstühle über die Jahre hinweg einen beachtlichen Schmutzstreifen in ziemlich exakt einem Meter Höhe auf die einst weiße Wand gezogen hatten – der klassische Wartezimmerfluch. »Jetzt aber!«, sagte er und trat in den Flur. Er stellte fest, dass die Tür, durch die er gekommen war, von dieser Seite passenderweise mit dem Wörtchen *Privat* gekennzeichnet war. Auch eine weitere Tür vor Kopf trug diese Bezeichnung. Links davon lag der Eingang zum WC, und die Tür rechts war mit *Praxisraum 1* betitelt. Dafür interessierte er sich, und er wunderte sich über die Nummerierung, denn Praxisraum 1 war weit und breit der einzige Praxisraum.

Er entschied sich, zunächst dem Empfangsbereich einen Besuch abzustatten. Die wuchtige Mahagonitheke hätte perfekt in jede Hafenspelunke gepasst – einfach nur ein schmieriges, braunes Regal dahinter, mit halbvollen Schnaps- und Whiskeypullen auf den Brettern, drei Barhocker davor und fertig. Sander's Eckchen, dachte Ben. Mit Deppenapostroph! Anstelle des Regals mit Schnapspullen fand sich hinter dem Tresen neben zwei klapprigen Bürostühlen ein kleiner, weißer Schreibtisch mit Monitor und einem Computer darunter (für Ben Priorität B) und daneben ein graues Aktenschränkchen (Priorität A), wie er es auch in Laubers Keller vorgefunden hatte. Dieses hier war weitaus abgegriffener. Ähnlich wie beim Türrahmen zum Wartezimmer war auch hier der Lack an vielen Stellen deutlich abgeschlagen, und die Laden wiesen zahlreiche markante Beulen auf. Auf Ben wirkte es so, als hätte dort jemand massiv mit dem Fuß hineingetreten – möglicherweise ein unzufriedener Patient oder eine wütende Sprechstundenhilfe. Ben umrundete den Tresen und zog die oberste Schublade des Aktenschranks auf. Patientenakten in sechs Spalten nebeneinander und in Reih und Glied hintereinander aufgereiht. Metallene Reiter zeigten an, dass hier die Buchstaben A bis K zu finden waren. Ben überlegte, ob »von Dauss« bei V oder bei D eingeordnet sein würde. Bei D hatte er kein Glück, und auch das V brachte keinen Erfolg. Lauber und Sunstein waren ebenfalls nicht zu finden. Letzteren hatte er ohnehin nur aus reiner Verzweiflung gesucht, in der Hoffnung, wenigstens irgendwas Interessantes auszumachen. Enttäuscht schloss er die Lade und bedachte den Computermonitor mit einem geringschätzigen Blick. Sollte er sich tatsächlich auch noch hier ranmachen? Ihm war aufgefallen, dass die Patientenakten recht ausführlich und mit Hand geschrieben waren. Es war nicht zu erwarten, dass auf dem Computer viel mehr als der Terminkalender zu finden war. Außerdem stellte er fest, dass seine Nervosität nach und nach die Oberhand gewann. Er war schon zu lange hier. Trotzdem entschied er sich, noch einen schnellen Blick ins Behandlungszimmer werfen.

Er atmete erleichtert auf, als er feststellte, dass die Tür nicht abgeschlossen war. Als Erstes fiel ihm die braungraue Auslegeware mit deutlich sichtbaren *Wanderspuren* auf. Praktisch. Zwar reichlich unhygienisch für eine Arztpraxis, aber ausgesprochen trittschallgedämpft. Er hielt für einen Moment die Luft an und lauschte. Alles war still. Fast zu still, ging es ihm durch den Kopf. Und genau in diesem Moment hörte er das Geräusch eines näher kommenden Autos. Er spürte deutlich seinen Herzschlag, und sein Hals trocknete schlagartig aus. So unvermittelt, wie der Laut an sein Ohr gedrungen war, ebbte er wieder ab, und zurück blieb die Stille. Ganz ruhig, Alter, ermahnte er sich. Nur ein Auto. Ganz normal. Nur ein Auto.

Angestrengt lauschte er, und als er nach zehn, fünfzehn atemlosen Sekunden keine Autotür hatte schlagen hören, betrat er den Raum. Die Tür ließ er eine Handbreit geöffnet. Er sah sich im Raum um. Ein klobiger Holztisch, ebenfalls aus Mahagoni, dominierte den Raum, dahinter ein wandfüllendes Regal mit internistischen Fachbüchern, die den neuesten Stand der Medizin von 1970 bis 1985 abdeckten, und die kompletten Jahrgänge der *Internistischen Merkblätter* der Jahre 1992 und 1993. Unterhalb des gut zwei Meter breiten und einen Meter hohen Fensters stand eine Liege, dessen graues Kunstlederpolster brüchig und abgerieben war. Die Papierrolle am Fußende, die dem hygienischen Abdecken der Liegefläche diente, fehlte, weil die dazugehörige Kunststoffaufhängung irgendwann in grauer Vorzeit einmal abgebrochen war. Das Fenster selbst war mit einer grob geknüpften und mit einer wuchtigen Goldkante umsäumten Gardine behangen, deren Farbe zwischen Eitergelb und Penicilinbraun changierte. Als Ben dem Vorhang mit dem Kopf nahe kam, um einen schnellen Blick nach draußen zu wagen, stellte er fest, dass die Farbgebung in etwa dem Geruch entsprach. Ihm war es gleich – die Gardine sorgte dafür, dass er von außen unsichtbar blieb. Auf der Straße schien es ruhig zu sein. Er meinte, in einer der Einfahrten gegenüber einen Wagen zu erkennen, der vorher noch nicht dort gestanden hatte. Wahrscheinlich war ein Nachbar nach Hause gekommen. Ben umrundete den Schreibtisch und setzte sich auf den ledernen Chefsessel. Der einzige Einrichtungsgegenstand, bei dem es sich offensichtlich nicht um ein Relikt aus 1992 und davor handelte. Die circa fünf Zentimeter dicke Tischplatte lag nicht auf Tischbeinen auf, sondern auf zwei kommodenähnlichen Unterbauten, von denen jeder Einzelne schon ein Einrichtungsgegenstand für sich gewesen wäre. Die Kommoden verfügten jeweils über zwei Schubladen mit größeren Schrankfächern darunter. Ben machte sich daran, die Schubladen zu durchstöbern. Schnell stellte er fest, dass es hier bis auf Kugelschreiber diverser Pharmaunternehmen und Probepackungen von Standardmedikamenten nichts Interessantes zu entdecken gab. Anders beim Schrankfach rechts. In diesem war ein Hängeordnersystem untergebracht, in welchem nur wenige Patientenakten eingeordnet waren.

»Aha«, sagte Ben triumphierend in den leeren Raum hinein, als er die Ordner in den Führungsschienen zu sich heranzog und ihm als Erstes der Name *T. Lauber* ins Auge fiel. Er konnte sich ein kleines Lächeln nicht verkneifen. Tatsächlich gab es auch eine Akte, die mit *R. v. Dauss* betitelt war und – Ben durchzuckte es spürbar – auch eine, die *E. v. Dauss* hieß und als letzte im Ordner steckte. Ben zog die drei Akten aus dem Schrank und legte sie vor sich auf den Tisch. Er hatte gehofft, irgendetwas von Elisa von Dauss zu finden. Die Tatsache, dass ihre Akte zusammen mit der von ihrem Mann und Lauber an einem anderen Ort als die übrigen Patientenakten gelagert wurde, machte die Sache noch spannender. Am liebsten hätte er sofort einen Blick hineingeworfen, aber er sollte sich lieber schleunigst hier …

Am liebsten hätte er vor Schreck aufgekreischt, als die Praxis/Privat-Tür, durch die er eben selbst eingetreten war, unvermittelt mit einem in der Stille deutlich vernehmbaren Klacken geöffnet wurde. Dank des gleichzeitig aufkeimenden Entsetzens blieb ihm der Schrei glücklicherweise auf halbem Wege in der Kehle stecken. Sein Körper machte keine Anstalten, sich zu bewegen. Die Entscheidung, ob Fight oder Flight die beste Strategie sei, manifestierte sich zunächst noch in Form einer starren Salzsäule. Eine Sekunde lang saß er so da, dann traf ihn die Erkenntnis wie ein Hammerschlag. Er würde keine Chance mehr haben zu entkommen, sollte der neue Besucher zuerst diesen Raum ansteuern. Er würde unverzüglich gesehen werden, zumal er die Tür einen Spaltbreit offen gelassen hatte. Noch bevor er zu irgendeiner Reaktion fähig war, trat die Person wahrhaftig in sein Sichtfeld. Ben erkannte sie sofort. Es war Tabbart Lauber.

Der einzige Grund, warum Lauber Ben nicht gleich bemerkte, war der, dass Lauber nicht durch den Spalt in den Raum sah, sondern sein Blick starr an das Türblatt geheftet blieb. Er schien über irgendetwas nachzudenken, und Ben entschied sich, weiterhin als Salzsäule zu verharren und den nächsten Atemzug auf irgendwann später zu verschieben. Das Blinzeln stellte er ebenfalls ein, obwohl sein Körper beide Aktivitäten gutgeheißen hätte. Wahrscheinlich dauerte es keine zwei Sekunden, bis Lauber sich wieder in Bewegung setzte. Ben kam es wie eine Ewigkeit vor. Lauber drehte sich schnurstracks um, verschwand aus Bens Sichtfeld, und Ben vernahm, wie er die Klinke der Tür auf der anderen Seite des Flurs betätigte. Die zum WC. Dann hörte er, wie Lauber den Toilettenraum betrat und die Tür hinter sich mit einem saftigen *Wutsch-Klonk* zurückstieß – sie fiel nicht ins Schloss.

Er muss pissen, dachte Ben.

Er griff die drei Akten, schloss sanft die Tür des kleinen Tischbein-Schranks und hastete zur Tür. Laubers Pinkelgeräusche drangen durch die angelehnte Tür. Stoßweise und untermalt mit mal entspannten, mal angestrengten Grunzlauten. Der sollte lieber mal zum Urologen gehen, ging es Ben durch den Kopf. Er zog die Tür auf, wobei sich das schabende Geräusch auf dem Teppich leider nicht vermeiden ließ, und betrat den Flur. Dieser war, zu seinem Leidwesen, mit absolut Trittschall-UN-gedämpftem, grünem Linoleum ausgelegt. Hastig zog er die Tür wieder zu sich heran und hoffte, die Breite des Türspalts möglichst exakt zu treffen, dann tippelte er leise, auf Zehenspitzen und mit extra langen Schritten zurück zur Praxis/Privat-Tür, die, Lauber sei Dank, weit offen stand. Ben hörte, just in dem Moment, indem er die rettende Auslegeware der Privatseite erreichte, wie Lauber die Spülung des Pissoirs betätigte. Jetzt noch schön in Ruhe Hände waschen, du Sau, dachte er. Keine zehn Sekunden später rannte er, drei Patientenakten wie einen Kuschelteddy an seine Brust gedrückt, in Richtung Fahrradtunnel.

»Gerade noch mal gut gegangen«, sagte er atemlos zu sich selbst. Absolut im Klaren darüber, dass er auf der Stelle seine Bachblüten brauchte und liebend gerne auch ein Herrengedeck mit Zigarette. Er riss sein Fahrrad von der Tunnelwand, schloss es auf und schob es in den Teil des Tunnels, der vom Haus aus definitiv nicht mehr einzusehen war.

Hätte er sich umgedreht, wäre ihm sicher nicht entgangen, dass jemand in Sanders Wohnzimmer stand und ihn durch das Fenster hindurch beobachtete. Und sicher hätte Bens Körper noch einen zweiten Adrenalinschub parat gehabt, wenn er Kalle Bengel erkannt hätte, der ihm stumm und mit zusammengekniffenen Augen durch die rußgeschwärzten Vorhänge nachblickte.

* * *

Bens Körper hatte unabhängig von seinem Verstand dafür gesorgt, dass er auf direktem Wege zu sich nach Hause gejagt war. Als ihm auf der Treppe zu seiner Wohnung einfiel, dass er ursprünglich vorgehabt hatte, zu Jenny zu fahren, blitzte ein Schuldgefühl in seiner Magengrube auf. Seit seinem Geistesblitz, das Bild von Sander betreffend, und der Aussage des Rezeptionisten war ihm Jenny nicht ein einziges Mal in den Sinn gekommen. Vom Fahrrad aus, sogar noch im Tunnel, hatte er erneut bei Huntrich angerufen (wieder die Mailbox) und gleich danach bei Kollege Schuster im Büro, um zu melden, dass sich der (hoffentlich endlich mal!) Gesuchte Lauber in Dr. Sanders ausgebranntem Haus aufhielt. Schuster hatte die Nachricht ebenso desinteressiert zur Kenntnis genommen wie die Information mit dem Überwachungsvideo und Ben mit dem Versprechen »Wir kümmern uns« abgespeist. Die Frage, ob die Kollegen auf dem Revier sich bereits das Video angesehen hatten, brannte Ben auf der Zunge, doch er sparte sich den Atem lieber.

»Doofmann«, sagte er und war sich nicht sicher, ob er Schuster oder sich selbst damit meinte. Seine Stimme hallte im leeren Treppenhaus nach. Noch während er den Schlüssel aus der Tasche kramte und aufschloss, rief er Jenny an.

»Hey«, meldete sie sich.

»Hey«, sagte Ben.

»Na, Geburtstag von Mutti überstanden?«, fragte sie mit einem Lächeln in der Stimme.

Ben hatte soeben die Küche erreicht und warf die drei Patientenakten auf den Tisch. »Oh. Ja«, sagte er und versuchte, fröhlich zu klingen. »So gerade. Tante Karla war meine Rettung.«

»*Und*? Was hast du heute noch so vor?« Ihm entging nicht, dass ihre Stimme fordernd und ein wenig anzüglich klang – ihm nicht und einem gewissen Körperteil von ihm ebenfalls nicht. So gerne, wie er sich gleich wieder aufs Rad geschwungen und zu ihr gefahren wäre, so unaufschiebbar war das, was er gerade herausgefunden hatte. Spontan entschied er, ihr von der Sache mit Lauber und dem Überwachungsvideo zu berichten.

Als seine knappe Geschichte beendet war, stellte er mit leiser Enttäuschung fest, dass ein Gespräch über Morde und Mörder ein sanftes erotisches Hintergrundrauschen perfekt zum Schweigen bringen konnte.

»Mmmh«, machte Jenny nach einigen Sekunden des Schweigens. »Dann frage ich mich nur, wie Sunsteins Haare in den Kofferraum von *dem* Auto gekommen sind, das den Erpressern gehört. Die habe ich dort nämlich zweifelsfrei nachgewiesen.«

»Ja, aber *nur* dort und nicht noch irgendwo anders im Auto. Das kam mir gleich komisch vor. Ich glaube mittlerweile«, er spürte mit Unbehagen, wie ihm der Schweiß von seiner rasanten Fahrt auf dem Prinzessinnenfahrrad ausbrach. Und zwar mit aller Macht. »Dass Lauber die Haare von Sunstein dort abgelegt hat, bevor er zu Fuß abgehauen ist«, vollendete er den Satz. »Am Samstag, als ich bei ihm war. Wahrscheinlich ist das Ablegen von Haaren seine Lieblingsmasche. Er hat sogar Haare von Isanas Mutter in den Akten. Vielleicht zur Sicherheit. Nach dem Motto: Man kann ja nie wissen, wo und wann man mal in die Bredouille kommt und Beweise fälschen muss.« Er fühlte Sauerstoffmangel und sog tief Luft ein, bevor er weitersprach: »Ich bin mir nämlich sicher, dass ich eine Autotür gehört habe, als ich im Haus nach Lauber suchte. Vielleicht war das gar keine Tür, sondern die Kofferraumhaube?«

»Verrückt.« Sie machte eine Pause. »Und möglich. Dann werden die ihn schnell haben.« Wieder hielt sie eine Sekunde inne, bevor sie das Thema wechselte: »Was ist denn nun? Du hast mir noch keine Antwort gegeben, Ben Pruss. Was hast du heute noch vor? Oder anders gefragt, damit du es auch schnallst und nicht stundenlang um den heißen Brei herumredest: Wann bist du hier?«

»Gib mir eine Stunde«, antwortete er, obwohl er eigentlich vorhatte zu sagen, dass er heute nicht mehr kommen würde. Aber das wäre falsch gewesen. Natürlich *wollte* er sich die Akten ansehen, doch er wollte, wollte, wollte verdammt noch mal auch mit Jenny zusammen sein. Noch mehr als alles andere.

* * *

»Citalopram und Truxal und sogar was mit Dexamfetamin und was weiß ich nicht noch alles. Das sind Stimmungsaufheller und Zeugs gegen unkontrollierte Wutausbrüche und so. Hab ich gegoogelt«, schnaubte Ben in den Hörer. Die Akten waren schnell durchgesehen, auch wenn Sander eine Sauklaue hatte, die Ben stark an die Bilder von Joan Mitchell erinnerte. Jetzt hatte er Kai am anderen Ende an der Leitung.

Dieser ließ es sich mit seiner neuen Flamme auf der gemütlichen Max-Schelling-Couch im Wohnzimmer von Richard von Dauss gut gehen. Er genoss gemeinsam mit ihr eine Folge *Breaking Bad* in 4K-Auflösung auf der ansehnlichen 77-Zoll-LG-Glotze, deren gestochen scharfe Bilder von exquisitestem Dolby-Surround-Sound aus Bose-High-End-Lautsprechern untermalt wurden. Ursprünglich wollte Ben Kai nur die Sache mit Lauber erzählen (was Kai mit den Worten »Alter, laber nicht!« und »Hoffentlich kreuzt der nicht hier auf, um sich zu verkriechen« kommentiert hatte), hielt es dann jedoch für angebracht, auch die Erkenntnisse aus den Patientenakten mit Kai durchzusprechen. Nach dieser Nachricht war der – nach anfänglichem Genörgel, dass er mit der Sache nichts mehr zu tun haben wolle – um einiges aufgeschlossener. Er hatte für die Unterhaltung mit Ben sogar die kuschelige Wärme seiner Liebsten und Walter White's Crystal-Meth-Küche auf dem Bildschirm verlassen und sich auf die Stufen der Kellertreppe gehockt, um in Ruhe telefonieren zu können. Die Tatsache, dass Ben bei Sander eingestiegen war und Patientenakten »vor dem Schredder gerettet« hatte, wie Ben es ausdrückte, nahm er erstaunlich gelassen hin. Beinahe so, als könnte auch er dieses Vorgehen als logischen Schritt nachvollziehen.

»Passt ja bei von Dauss irgendwie ins Bild. Offenbar ist der Typ nur liebevoll zu seiner Tochter. Und zu Leuten, von denen er was will.«

»Na, dann viel Spaß, wenn es mit dir und Isi ernster wird.«

»Hör bloß auf. Der grüßt mich nicht mal mehr. Glotzt mich nur an, als wäre ich ein Alien oder so. Und ob es mit Isana ernster wird, das müssen wir auch noch abwarten.«

»Wieso das?«, wollte Ben wissen.

Kai grummelte erst etwas Unverständliches, und dann herrschte einige Sekunden Stille, bis er wieder anfing zu reden: »Die ist irgendwie komisch drauf manchmal. Hat schon zweimal geheult heute und gestern. Keine Ahnung warum. Sagt nichts. Entschuldigt sich nur.«

»Vielleicht doch wegen Sunstein?«

»Kann sein, keine Ahnung. Und ...« Er machte wieder eine Pause.

»Ja?«

»Wir kuscheln nur.«

»Ihr macht *was*?«, fragte Ben, obwohl er wusste, dass er die drei Wörter korrekt verstanden hatte.

»Na, die lässt mich nicht ran. Nur kuscheln eben.« Er klang zerknirscht.

»Alter, geht's dir gut? Ihr kennt euch ja auch erst ein paar Tage«, antwortete Ben empört. »Außerdem hat sich das neulich ganz anders angehört, als du dein

Beischlaf-Utensilien-Täschchen frisch gepackt hast.« Er fand es in Ordnung, schon wieder ein Stück Gehässigkeit in seine Tonlage zu legen. Wenn das einer vertragen konnte, dann Kai.

»Wollte nur angeben«, gab Kai knapp zurück. »Und überhaupt. Ich bin eben nicht der Kuscheltyp. Ich bin für *Vollgas sofort*. Wie in der Werbung für Sex-Hotlines.«

»Na, dann hast du ein echtes Problem. Musst du selbst mit fertigwerden. Erzähl mir lieber noch was von ihrem Vater. Sagt Isana da nichts, wenn er dich ignoriert?«

»Doch schon. Die keift rum wie 'ne 14-Jährige, die am Freitagabend um zehn zu Hause sein soll. Darauf reagiert der null. Sagt nur ›Isana, ich bitte dich‹ und verzieht sich in sein Arbeitszimmer. Heute pennt er zum Glück im Büro. Zumindest sagt der das. Wahrscheinlich pimpert der irgendwo rum.« Er machte eine Pause und ergänzte dann mit einem Seufzer: »Glücklicher Mann – im Gegensatz zu mir.«

Ben lachte auf. »Die Tatsache, dass er als Witwer ohne bekannte Liaison Viagra verschrieben bekommen hat – und gar nicht mal so wenig – spricht jedenfalls Bände, wenn du mich fragst. Einträge mit Datum für die ganzen Verordnungen gehen bis Juni 2017. Danach ist Sander schlampiger geworden. Da gibt es nur noch die Namen der Mittel und eine Strichliste dahinter. Kommt einiges zusammen. Der frisst scheinbar Pillen wie andere Gummibärchen.« Ben legte die Akte von Richard aus der Hand und griff sich die von Lauber. »Bei Lauber dasselbe. Einträge mit Datum bis August 2017. Nur dass der Arthrose in allen möglichen Extremitäten hat und nach dem zu urteilen, was der so wegschluckt, eindeutig schmerztablettensüchtig ist. Der haut sich Tilidin rein, da würden andere nicht mehr aufstehen.«

»Und Elisa?«

»Die hatte wohl Herzrhythmusstörungen oder so was. Das heißt, die hat über die Jahre hinweg nur dafür Kram bekommen. Grippeimpfung einmal im Jahr und sonst fast nichts. Die Einträge ohne Datum werden dann etwas merkwürdig. Viel Antibiotika und Aufbauzeugs, Vitamine und Elektrolyte und …«

»Warte mal kurz«, unterbrach ihn Kai am anderen Ende.

Ben verstummte und sah auf die Uhr. Er hörte gedämpft Kais Stimme im Hintergrund, die irgendetwas grölte. Seine Augen glitten nebenbei über Sanders krakelige Altmännerhandschrift, ohne an irgendwelchen bestimmten Stellen Halt zu finden. Er spürte, wie Müdigkeit von ihm Besitz ergriff und seine Blicke unscharf wurden. Bei Kai und Isi ging es ums Essen. Offensichtlich war sie näher zu Kai gekommen, denn jetzt hörte Ben auch ihre Stimme. Der Pizzamann könne heute nicht kommen. So viel verstand er, wenn er auch nicht den Grund raushörte. Stattdessen werde sie sich eben selbst auf den Weg machen und das Essen holen. »Soll ich mitkommen?«, hörte er Kai fragen. Isis Antwort verstand er nicht, nur wie Kai in den Hörer flüsterte: »Perfekt! Dann kann ich hier so lange den Pornokanal gucken.«

Gerade wollte Ben etwas Anerkennendes erwidern, als er mit einem Schlag hellwach war. Er hatte Sanders letzten Eintrag bei Elisa von Dauss endlich entziffert. Den Namen eines Medikamentes. Ihm wurde schwindelig. Mit einem Ruck rappelte er sich hoch. Sein Stuhl fiel um und landete hinter ihm krachend auf den Fliesen. Er riss den Elisa-von-Dauss-Ordner auf, den er bei Lauber geklaut hatte, und faltete hastig den Grundrissplan auf, der dabeigelegen hatte.

»Hey, noch da?«, fragte Kai.

»Warte 'ne Sekunde«, sagte Ben und glich den Plan vor sich mit den Bildern in seinem Kopf ab.

»Oh Mann, na klar! Ich komme sofort vorbei. Wir müssen in den Keller.«

KAPITEL 8

Das Kapitel, in dem Bens Frisur leidet und Kai sich wünscht, er hätte sich auf die Couch gefläzt und den Pornokanal angestellt.

Als Ben auf die Straße stürmte, hörte er, wie das Auto mit quietschenden Reifen um die Ecke bog, hart bremste und in der zweiten Reihe, mitten auf der Fahrbahn, zum Stehen kam. Er schenkte ihm keine Beachtung, riss sein Fahrrad von der Hauswand und spuckte einen Fluch aus, weil er ausgerechnet jetzt über kein motorisiertes Fortbewegungsmittel verfügte. Hatte er genügend Geld im Portemonnaie, um sich vorne an der Kaiserstraße ein Taxi zu nehmen? Es war Eile geboten!

Er griff sich sein Handy, um erneut zu checken ob Huntrich sein Video gesehen hatte (hatte er nicht), als eine Stimme hinter ihm in sanftem Ton sagte: »Absteigen. Sofort.« Es klang eher wie ein gut gemeinter Vorschlag als ein Befehl.

Ohne sich umzudrehen, wusste Ben, dass er am Arsch war. Richtig am Arsch. Wenn er jemals in seinem Leben am Arsch war, dann jetzt. Gerade die Seelenruhe, die diese ihm durchaus bekannte Stimme an den Tag legte, ließ in seinem Nacken eine Gänsehaut sprießen.

»Komm, steig ab, Junge, wenn du weißt, was gut für dich ist. In aller Ruhe. Wäre doch schade, wenn dein Gehirn gleich hier im Rinnstein liegt.«

* * *

»Wir müssen in den Keller?«, hatte Kai noch gefragt, aber da war die Verbindung schon unterbrochen. Er stieß ein kurzes Stöhnen aus, zog freudlos die Achseln hoch, erhob sich von der Treppenstufe, auf der er gesessen hatte, und drehte sich um in Richtung Kellertür. Zwanzig, wenn gar dreißig Minuten Pornokanal warteten auf ihn, bis Isana wiederkommen würde und …

Wir müssen in den Keller.

Behutsam drückte er die Klinke und schob die Tür langsam auf. Fast so, als wäre zu erwarten, dass ihn irgendetwas hinter der Tür anspringen könnte. »Warum müssen wir in den Keller?«, fragte er in den schmalen Gang hinein, und seine Stimme hallte kalt von den Wänden wider. »Ich muss nicht in den Keller, Ben Pruss, ich muss vor die Glotze«, murmelte er. Jetzt deutlich leiser, denn der Widerhall behagte ihm nicht besonders in dem leeren Haus. Trotzdem stand er noch da und beugte seinen Oberkörper so weit vor, dass er die Treppe ein Stück weiter hinabsehen konnte.

Warum? Wegen Ivos Bild? Gut, auf die Idee war er auch schon gekommen. Es konnte sein, dass Ivo das Bild von außen aufgenommen hatte. Durch das Loch im Fenstergitter, welches die Einbrecher hinterlassen hatten. Aber

Bens Anliegen, in den Keller zu kommen, hatte sich irgendwie drängender angehört. Was wollte er da unten? Und warum knallte der einfach den Hörer auf? Ging's noch? Kai sah auf die Armbanduhr. Zwanzig Minuten garantiert noch. Seine Beine setzten sich in Bewegung, noch bevor er wissentlich den Entschluss dazu gefasst hatte. Nur mal gucken. Nur einen kurzen Blick reinwerfen. War ja nichts dabei. Er war sowieso schon mal im Keller gewesen und hatte Auflagen für die Sonnenliegen nach oben geholt, weil Isi sich da nicht reintraute. Er war unten im Flur angelangt, im Gewölbe – er fand es schon merkwürdig, dass sich jemand den Keller so einrichten ließ. Die rauen, roten Backsteine reflektierten die sanfte, indirekte Beleuchtung auf eine Weise, dass der Eindruck entstand, man stünde wahrhaftig im Keller einer mittelalterlichen Burg. Nur das Flackern fehlte. Sonst wäre die Illusion von entzündeten Fackeln perfekt. Kai war klar, dass er hier nicht hingehörte – eigentlich gehörte er so wenig alleine in dieses Haus wie auf eine Lieber-nackt-als-Pelz-Demo. Er legte die Hand auf die Klinke zur ersten Tür auf der rechten Seite. Bisher war er nur im Vorratskeller gewesen, und die Neugier, die schlimme, schlimme Neugier wollte, dass er sich die anderen Räume ansah.

Es kribbelte in seinem Unterarm, als wäre die Klinke mit irgendeinem Kontaktgift versehen. Ein Gefühl, das ihm von seiner Arbeit am PC nicht unbekannt war. Auch dort legte er ab und zu mal die Hand auf die Klinke eines Raumes, von dem er sich lieber fernhalten sollte – wenn auch im übertragenen Sinne. Es handelte sich um die Waschküche – zwei Waschmaschinen, ein Trockner, drei Wäscheständer. Er atmete hörbar aus. »Du bist doch auch bekloppt, Siebert«, sagte er leise, als er die Tür wieder schloss.

Hinter der gegenüberliegenden Tür befand sich eine Sauna. Sehr hübsch, wie er fand, und wenn er es sich auch gut vorstellen konnte, hier mal mit Isi von einem heißen Aufguss bis zu anderen heißen Sachen so einiges zu erleben, wusste er doch, dass er sie nie dazu bewegen würde, hier herunterzukommen. Der Raum, den er als Nächstes inspizieren wollte, war der letzte Raum auf der rechten Seite. Danach warteten noch zwei auf der linken. Er drückte die Klinke. Abgeschlossen.

»Vielleicht tatsächlich dein kleines Spielzimmer, von Dauss«, murmelte er und grinste dabei. Ein Grinsen, von dem er selbst nicht recht überzeugt war. Das Schloss würde er mit einem verbogenen, starken Draht schon aufbekommen, zum Glück war es kein Bartschloss. Doch vielleicht ging es sogar noch einfacher? Er eilte den Kellergang zurück und die Treppe nach oben. »Sehr schön«, schnaufte er etwas atemlos, als er seine Vermutung bestätigt sah. In der Tür zur Küche steckte ein Schlüssel. Hastig und auf Zehenspitzen, um für seine eigenen Ohren nicht zu viel Lärm zu verbreiten, rannte er zurück. Der Schlüssel passte, hakte etwas, knarzte leise – und ließ sich drehen. »Yes, Man!«, zischte er triumphierend und blickte rasch auf die Uhr. Es waren gerade mal vier oder fünf Minuten vergangen. Noch genügend Zeit. Er zog den Schlüssel wieder aus dem Schloss – er wollte ihn auf keinen Fall hier vergessen –, drückte die Klinke und stieß die Tür auf.

Seinem Mund entwich ein enttäuschtes »Mmmh!«, nachdem er den Lichtschalter betätigt hatte und der fensterlose Raum nach einigen Sekunden in kaltes, dämmeriges Neonlicht getaucht wurde. Bis auf die nackte Leuchtstoffröhre an der rechten Wand befanden sich in diesem Raum lediglich ein klotziger Holzstuhl und eine alte, rustikale Eichenkommode an der linken Seite. Darauf stand einsam und allein eine Sprühflasche, die Kai als Duftspray identifizierte. Auf dem Boden lag ein Schrubber. So als hätte ihn eine faule Putzfrau achtlos hier hereingeworfen und hinter sich abgeschlossen, nur um nicht schrubben zu müssen. Ansonsten war der Raum leer. Der einzige Unterschied zu den anderen Räumen bestand darin, dass die Wände hier nicht verputzt und weiß gestrichen, sondern ebenfalls mit dem derben, roten Backstein vermauert waren wie der Kellergang. In dem dumpfen Licht der Neonröhre hatte der Raum allerdings überhaupt nichts Mittelalterliches oder Mystisches an sich, sondern wirkte eher wie der unbenutzte Lagerraum einer Hafenpinte.

Kai löschte das Licht und wollte die Tür wieder hinter sich schließen, als er sich besann und den Raum ein zweites Mal inspizierte. Diesmal strahlte die Neonröhre sofort auf, als er den Lichtschalter betätigte. Dann tat er rückwärts einen Schritt in den Flur und vermaß mit seinen Augen die Länge der Wand von der Tür bis zum Ende des Ganges. Kein Zweifel. Der Raum war zu klein. Die Wand war vom Flur aus betrachtet weitaus länger, als das Innere des Raumes preisgab. Er drehte sich um und öffnete die genau gegenüberliegende Tür auf der linken Seite des Ganges. Diese war nicht abgeschlossen, und hinter ihr befand sich der Weinkeller. Auf den ersten Blick ebenso groß wie der Schrubberraum, allerdings gab es auf dieser Seite des Ganges ja noch einen weiteren Raum, sodass der Platz bis zum Ende des Kellerganges auch ausgenutzt wurde. Auf der rechten Seite des Ganges war das nicht der Fall, hier fehlte einfach ein Stück, oder es gab den Raum, aber der hatte keine Tür. Kai runzelte die Stirn und überlegte, was wohl der Grund hierfür sein konnte.

* * *

Seiner Intuition folgend legte Ben den Daumen sanft auf das Handydisplay. Eine Sekunde später fingen die Icons an, lustig hin und her zu wackeln. In der rechten oberen Ecke jeder App war ein kleines X erschienen. Ben tippte das X auf dem Whatsapp-Icon an, und ein kleines Fenster öffnete sich. *Whatsapp löschen?* zusammen mit irgendeinem Text und darunter zwei Buttons. *Abbrechen* und *Löschen*. Ben tippte auf *Löschen*, und die App verschwand augenblicklich vom Display. Dann schwang er sich, immer noch stur in die entgegengesetzte Richtung blickend, vom Rad.

»Sehr schön«, sagte Lauber, der einige Schritte näher gekommen war. »Und nun gibst du mir brav dein Handy und lehnst deine alte Prinzessinenmöhre an die Hauswand. Wir machen einen kleinen Ausflug mit dem Auto.«

Ben tat wie ihm geheißen, drehte sich langsam um und blickte Lauber in die Augen. Er trug dieselbe Jacke wie auf dem Video. Und auch die Hände hatte er leger in den Jackentaschen vergraben. Sein Gesicht war deutlich demoliert. Unter dem linken Auge hatte er einen nachtblauen Flecken, der sich zur geschwollenen Nase hin ins Grünlich-Gelbe verwandelte. Ben erkannte einen schmalen, zylinderförmigen Gegenstand, der die Tasche auf Laubers rechter Seite merklich ausbeulte. Ob es sich um eine Knarre handelte oder Lauber nur irgendeinen Gegenstand vor den Stoff drückte, konnte Ben unmöglich sagen. In Anbetracht dessen, was Sunstein bei seinem »kleinen Ausflug« mit Lauber passiert war, regte sich in Ben der Gedanke, ob nicht vielleicht doch der richtige Zeitpunkt gekommen war, den Helden zu spielen. Der Gedanke regte sich zwar, doch schien Bens Körper von dieser Möglichkeit nichts zu halten. Er verharrte reglos und tat nichts weiter, als Lauber anzustarren.

»Hat's dir die Sprache verschlagen?« Lauber lachte kurz und abgehackt. »Wenn ich gewusst hätte, dass du dich so freust, hätte ich Kalle mitgebracht. Der hätte auch noch gerne ein Pläuschchen mit dir abgehalten.« Er verzog enttäuscht den Mund. »Dafür ist es jetzt leider zu spät. Wo sind die Akten?«

»Welche Akten?«, fragte Ben, der genau wusste, welche Akten. Er hatte nur nicht den leisesten Schimmer, wie Lauber davon wissen konnte.

»Stell dich nicht doof. Kalle hat dich gesehen in Sanders Haus. An mir hast du dich vielleicht vorbeigeschlichen. Aber auf die Idee, dass ich nicht allein bin, bist du nicht gekommen, du arroganter Möchtegernschnüffler.« Seine Stimmlage war schärfer geworden, was in Bens Ohren keinen Deut besser klang.

»Hab ich bei der Polizei abgeliefert«, log Ben. Der Satz hatte sich von ganz allein aus seinem Mund befreit.

»Klar«, antwortete Lauber mit einem gönnerhaften Lächeln. »Und ich hab gestern Abend Taylor Swift gebumst.« Er deutete mit dem Gegenstand in seiner Jackentasche in Richtung Ben. »Los. Wir gehen jetzt ganz brav zu dir in die Wohnung. Und du machst keine Zicken, klar? Wenn du Anstalten machst abzuhauen, dann baller ich dich ab. Ganz leise.« Er lächelte breit, bevor er genussvoll flüsterte: »Mit Schalldämpfer.«

Ben setzte sich langsam in Bewegung. Im Moment fiel ihm keine Variante ein, die zu hundert Prozent ausschloss, dass er ohne eine zusätzliche Körperöffnung aus dieser Sache herauskam.

»Sie sind so oder so geliefert, Lauber«, sagte Ben mit einem mutigeren Tonfall, als er sich fühlte. Sie hatten die Haustür erreicht.

»Ganz langsam den Schlüssel rausholen und aufschließen«, befahl Lauber, ohne auf Bens Einwand einzugehen, und dieser gehorchte. Von einer Sekunde auf die nächste hatte er einen Plan! Er war garantiert nicht gewillt, sich hier und heute von Lauber abmurksen zu lassen, und genau das würde passieren, da war er sich sicher.

Der Plan materialisierte sich in Sekundenschnelle vor seinem geistigen Auge: Die Haustür öffnete sich nach rechts, geradeaus führte die Treppe nach oben, hinter der Tür ging es fünf Stufen runter in den Keller. Er würde aufschließen, hineingehen und hinter der Tür direkt in den Keller springen. Damit rechnete Lauber garantiert nicht. Die Tür zum Keller würde offen stehen. Sie stand immer offen, weil die alte Pohl aus dem Erdgeschoss behauptete, so würden ihre Hauskittel im Wäschekeller besser trocknen. Vielleicht konnte er die Tür zuknallen, bevor Lauber in Schussposition kam. Das wäre der Königsweg. Die Tür war aus schwerem Metall und würde sicher einen Schuss abhalten können und Ben einige wertvolle Sekunden verschaffen. Zeit, in der er den schmalen Gang entlanglaufen würde, der nach knapp fünf Metern um die Ecke bog. Dann waren es maximal noch einmal sechs oder acht Meter bis zur Tür, die in den Garten führte. Das würde klappen, das *musste* klappen!

Er holte den Schlüssel mit spitzen Fingern aus der Hosentasche, hielt noch eine Sekunde inne, in der er einen tiefen Atemzug nahm – gleich würde er alle Luft benötigen, die er kriegen konnte – steckte den Schlüssel ins Schloss und drehte ihn.

* * *

Beinahe hätte Kai aufgeschrien, als sein Handy in der Hosentasche ein klirrendes Geräusch von sich gab. Er hatte eine Whatsapp-Nachricht bekommen. »Mann«, fluchte er leise, fischte das Handy aus der Tasche und las die Nachricht auf dem Sperrbildschirm. *Die stehen hier bis draußen. Das dauert noch.* Dahinter ein Emoji, dem Tränenbäche aus den Augen flossen.

»Ah! Gut!«, murmelte Kai, schaltete den Klingelton auf stumm und steckte das Handy zurück, ohne Isi zu antworten.

Er trat an die Wand, hinter der sich noch ein weiterer Raum oder sonst irgendetwas befinden musste, und klopfte mit den Fingerknöcheln vor die rauen Steine.

Das wiederholte er an verschiedenen Stellen, stets mit demselben Ergebnis. Die Wand schien überall massiv zu sein. Was hatte er erwartet? Dass ein Geheimgang aufschwang, wenn man nur auf den richtigen Backstein drückte? Trotzdem veranlasste dieser Gedanke ihn dazu, die grauen Fugen zwischen den Steinen genauer zu beäugen. Ohne Erfolg: Jeder Ziegel saß solide auf dem anderen. Keine sichtbare Lücke oder Aussparung im Mörtel. Er stieß ein enttäuschtes Grummeln aus. Ob Elisas Leiche hinter dieser Mauer beerdigt war? Hatte Ben etwa Beweise dafür gefunden? Kai betrachtete das Schränkchen in der hinteren Ecke des Raumes. Es stand fest an der Wand. Es stand … eindeutig *zu* fest an der Wand.

Er strich mit den Fingern über den rechten Winkel, den die Seitenwand der Kommode und die Steinmauer bildeten. Würde man, wie üblich, zwischen Regalrückwand und der gemauerten Wand eine Lücke erwarten, so gab es hier *keine*. Kai packte das Möbelstück rechts und links und rüttelte daran. Es bewegte sich keinen Millimeter. Wie es schien, war das Schränkchen aus irgendeinem Grund ein Stück weit in die Wand eingelassen worden. »Was soll das?«, flüsterte er, kniete sich hin und öffnete die beiden Schranktüren, die nach rechts und links aufschwangen. Ein übler Gestank schlug ihm entgegen, und er blickte sich angewidert um. Der Mief ging eindeutig von der Bürste des Schrubbers aus. Die Borsten waren mit irgendetwas Undefinierbarem beschmiert. Angewidert erhob er sich und schob den Schrubber mit dem Fuß so weit es ging von sich. Er nahm das Duftspray aus dem Regal und drückte einmal fest auf den Sprühkopf. Mit lautem Zischen befreite sich eine Tröpfchenwolke, die das Aroma einer frischen Sommerbrise auf Treibgasbasis im Raum verteilte. »Aaah!«, sagte er gedehnt und tat so, als würde er den frischen Hauch mit allen Sinnen genießen. Er stellte die Flasche neben sich auf den Boden und widmete sich wieder dem Möbelstück.

Die beiden eingelegten Regalböden wiesen rechts und links an den Innenseiten bogenförmige Abschürfungen auf. Als ob sie schon häufig aus- und wieder eingesetzt worden waren. Er hob eines der Bretter an. Es lag locker auf vier Zapfen, die aus der Innenwand herausragten. Vorsichtig lehnte er es neben sich an die Wand und entfernte auch das zweite. »Irgendwer hat das aus irgendeinem Grund schon sehr oft gemacht«, flüsterte er und rieb mit den Fingern die deutlich hervortretenden Abschürfungen im Holz. Mit den Spitzen von Zeige- und Mittelfinger klopfte er auf die Rückwand. Hier klang es eindeutig hohl, und … Er zögerte und betrachtete skeptisch die Seitenwand von außen, dann von innen. Das Holzschränkchen wirkte von innen tiefer als von außen. Außerdem reichte die Rückwand nicht bis über die Ränder des äußeren Rahmens hinaus, sondern war lediglich von innen hineingeschoben worden. Er drückte rechts und links oben in die Ecken der Platte und versuchte auch, mit den Fingernägeln in den winzigen Spalt zwischen Rückwand und Rahmen zu gelangen. Vergeblich.

Mit einem Mal, er wollte fast schon aufgeben, ließ sich die Rückwand auf der unteren rechten Seite mit einem leisen Kratzgeräusch nach hinten drücken. Jetzt saß sie schräg im Innern, und Kai konnte sie greifen und herausziehen. Er stieß einen kurzen Pfiff durch die Zähne aus. Die Rückwand war von drei Magneten – zwei im oberen Bereich, einer unten links – arretiert gewesen, und somit war es kein Zufall, dass sie sich durch einen gezielten Druck auf die rechte untere Seite gelöst hatte. Wer immer das hier gebaut hatte, hatte es nicht ohne Grund getan. Kai spürte, wie ihm Schweiß auf der Stirn ausbrach. Er hatte hier zweifelsohne irgendwas entdeckt, doch wusste er noch nicht, was.

Noch einmal fummelte er sein Handy aus der Tasche. Eine weitere Nachricht von Isi war gekommen. Ein einfaches *Hallo?*. Er tippte auf *Antworten* und schrieb: *Sorry, hatte das Handy leise. Blöd. Dann komm doch einfach wieder und koch uns was Schönes.* Dahinter setzte er einen zwinkernden Smiley und sendete die Nachricht ab. Dann wählte er den Chat mit Ben und schrieb: *Sag mal, wann du da bist. Hab mir den Keller schon mal angesehen und hier was Merkwürdiges gefunden. Geheimtür??* Während er noch schrieb, kam die Antwort von Isi: *Ha Ha. Nee, bin schon die Dritte in der Schlange. Kann sich nur noch um Stunden handeln. Hab echt Hunger!*

Er zog die Holzrückwand komplett heraus und erkannte das ganze Geheimnis. Sie war mit quadratischen, circa einen Zentimeter großen Magneten, die in drei Ecken fixiert waren, an etwas befestigt, was ein Stück tiefer in die Wand eingelassen war und auf den ersten Blick einer Kühlschranktür glich. Er griff ohne hinzusehen sein Handy vom Regal und stellte die Taschenlampenfunktion ein, um die in der Wand eingelassene Metalltür besser begutachten zu können. Er spürte ein Kribbeln auf der Haut. *Wir müssen in den Keller!* Wie war Ben darauf gekommen? Er tippte mit dem Nagel seines rechten Zeigefingers vor die Tür. Es handelte sich nicht um eine Kühlschranktür, sondern war dem Klang nach zu urteilen um einiges schwerer. Vielleicht eine lackierte Eisentür? Auf ihrer rechten Seite befand sich ein silbrig schimmernder Hebel aus Aluminium, der flächig in die Tür eingelassen war. »Wenn ich an dir ziehe, gehst du auf«, murmelte er leise. Er spürte, dass sein rechtes Bein auf dem besten Wege war einzuschlafen, und er verlagerte sein Gewicht etwas mehr zur linken Seite. Vielleicht war es ja wirklich nur eine SM-Höhle, dachte er, legte seine Finger um den Hebel und zog daran.

Der Hebel ließ sich problemlos betätigen, und es hätte Kai nicht gewundert, wenn es einen zischenden Druckausgleich gegeben hätte. Doch nichts passierte. Er hielt die Handy-Taschenlampe in seiner linken Hand wie ein Priester das Kreuz in einem Vampirfilm, dann zog er die Tür langsam zu sich.

»Heilige Sch…«, schrie er und wich schlagartig nach hinten zurück, was einen stechenden Schmerz in seinem rechten Unterschenkel auslöste, denn sein Bein war mittlerweile komplett eingeschlafen. Er stolperte nach hinten und fiel um. Er drückte sich instinktiv die Hand vor Mund und Nase. Nur mit Mühe gelang es ihm, sich nicht zu übergeben. Bei der *Heiligen Scheiße* handelte es sich um einen extrem widerlichen Gestank, der sich von einer Sekunde auf die andere aus dem Raum hinter der Tür gelöst hatte, so als hätte er schon lange dahinter gelauert und nur auf den Moment gewartet, um sich auf den nächsten Türöffner zu stürzen. Kai hatte das Gefühl, als könnte er den Gestank mit Händen greifen. Nicht atmen schien keine Lösung zu sein, ihm zu entfliehen.

Er legte sein Handy auf den Boden, griff sich den Lufterfrischer und sprühte wild drauflos in alle Richtungen. Erst einige Sekunden danach wagte er es, die Hand langsam von seinem Gesicht zu entfernen und wieder zu atmen. Die bestialisch stinkende Wolke war für den Moment weitgehend betäubt, doch sie würde nur für wenige Minuten außer Gefecht gesetzt sein. Kai hatte keine Ahnung, was in Gottes Namen in der Lage war, so einen Gestank auszulösen, und er versuchte sich einzureden, dass es kein Verwesungsgeruch war.

Zum Glück war die Dose mit Duftspray noch ausreichend gefüllt, um noch einige Runden gegen dieses Miefmonster zu bestehen. Er zog sich den Kragen seines Pullovers über Mund und Nase und näherte sich der schwarzen Öffnung vorsichtig ein zweites Mal – diesmal neben der Handytaschenlampe auch die Spraydose wie ein Schild vor sich hertragend. Seine Atmung war bloß noch darauf aus, die Minimalration Sauerstoff in seine Lungen zu lassen, die unbedingt zum Überleben notwendig war. Er sprühte eine weitere Duftwolke ins Dunkel und steckte seinen Kopf so weit in den Schrank, wie es möglich war, ohne komplett hineinzukriechen.

Der schmale Lichtschein seiner Taschenlampe genügte nicht, um irgendetwas in dem schwarzen Raum zu erleuchten. Alles, was er erkennen konnte, war der graue

Betonboden im Eingangsbereich. Kai seufzte, wechselte von der Hocke auf die Knie und arbeitete sich ein Stück weiter vor. Die Sprayflasche stellte er hinter sich auf den Boden. Es schien, als würde seine Atemtechnik zunächst ausreichenden Schutz bieten. Mit der linken Hand stütze er sich am Holzrahmen des Regals fest und neigte seinen Oberkörper weiter vor ins Dunkel. Er beleuchtete zunächst die Innenseite der Wand im unmittelbaren Umfeld rund um die Geheimtür, doch wenn es irgendwo einen Lichtschalter geben sollte, war er nicht hier angebracht. Alles, was er erkannte, war eine graue, derbe Fläche. Scheinbar massiver Beton. Ihm fiel auf, dass die Wand um einiges dicker war als die anderen Wände im Keller. Mindestens dreißig, eher vierzig Zentimeter breit musste sie sein. Ob der hier seinen Tresor stehen hatte, fragte er sich, doch er verwarf den Gedanken gleich wieder, denn mittlerweile glaubte er etwas ganz anderes.

Er rutschte mit den Knien noch weiter nach vorne und drückte seinen Oberkörper tiefer in den Raum hinein. Mit der Taschenlampe in der ausgestreckten rechten Hand leuchtete er den Boden ab. Plötzlich erkannte er etwas im weißen Schein, knapp drei Meter von ihm entfernt. Etwas lag an der Wand. Kleidungsstücke. Er kniff die Augen zusammen, um besser sehen zu können. Es war eine Jeans, die da auf dem Boden vor ihm lag und …

Kai schrie auf. Ein Schreck durchzuckte seine Glieder wie ein heftiger Stromschlag. Seine rechte Hand schnellte wie von selbst nach vorne und katapultierte das Handy in das Gemäuer. Es beschrieb einen leuchtenden

Bogen und erhellte ein weiteres Mal für einen Sekundenbruchteil die Stelle, die Kai so einen Schrecken eingejagt hatte. Wie in Zeitlupe sah er die schwarzen Knochen, die unten aus den Hosenbeinen der Jeans ragten. Seine linke Hand verlor mit einem Mal jegliche Spannung, und er kippte vornüber in die Dunkelheit. Seine rechte Hand versuchte instinktiv, den Sturz zu verhindern, doch sie fand keinen Halt und rutschte über den unebenen Betonboden. Kai knallte hart mit dem Kinn auf, und ein stechender Schmerz brandete durch seinen Kopf. Einige Sekunden blieb er benommen liegen. Den Gestank um ihn herum hatte er für den Moment vollkommen vergessen. Die Schmerzen in seinem Kinn und nun auch im aufgerissenen, rechten Handballen hatten die Vorherrschaft über seine Sinne an sich gerissen. Er rappelte sich langsam auf die Knie. Auf keinen Fall wollte er sich hier in der Dunkelheit hinstellen. Bilder von herabhängenden Spinnweben über seinem Kopf kamen ihm in den Sinn. Halloween. Eine Halloweenpuppe, schrie die Panik in seinem Kopf. Raus hier! Seine Augen suchten das leuchtende Rechteck zurück in die gute, alte Welt. Fanden es. Er kniete gleich daneben, es war ganz nah. Dann fiel ihm sein Handy wieder ein. Er wandte seinen Kopf erneut in Richtung Dunkelheit.

Jeans! Knochen! Nur eine Halloweenpuppe!

Und sah in zwei, drei Metern Entfernung zwei silbrig leuchtende Augen, die in seine Richtung starrten. Wieder schrie er auf, dann erkannte er, dass es nur sein Handy war, welches auf die Seite mit der Lampe gefallen war und nur noch ein kleines, fahles Rechteck auf den Boden warf. Er streckte sich danach, doch es half nichts.

Er musste auf allen vieren ein Stück weiter in den Raum kriechen, um es zu erreichen. Er griff es. Seine Hand hob es langsam an, und die zwei Prozent Neugier, die noch in seinem Körper-/Geist-System vorhanden waren, obsiegten für einen Moment über die restlichen achtundneunzig Prozent, die aus Panik, Angst und Ekel bestanden – und er leuchtete ein weiteres Mal auf die Jeans. Knochen!

Sein ganzer Körper begann zu zittern. Er blickte auf die Leiche. Ausgestreckt lag sie auf dem Boden. Das Wort *Halloweenpuppe* war aus seinem Geist verschwunden, es machte in Gegenwart der Realität keinen Sinn mehr. Kai erkannte, dass es die Knöchel waren, die kurz vorher als Erstes in sein Blickfeld geraten waren. Schwarz, mit pergamentartiger Haut überzogen, ragten sie aus den Hosenbeinen hervor. Die Füße steckten in schwarzen Turnschuhen. Eine Hand, die aus dem Ärmel eines roten Pullovers ragte, sah aus wie eine Kralle. Knochen und Sehnen traten an einigen Stellen durch die ausgetrocknete Haut. Die Fingernägel waren bräunlich-gelb, und es wirkte auf ihn, als ob sie in der Dunkelheit leuchteten. Schnell zog er den Lichtkegel zurück auf den leeren Boden. Er spürte, wie ihm heiße Tränen in die Augen schossen, und er hörte, dass er wimmerte. Er drehte seinen Körper links herum in Richtung Ausgang, und auch diesmal war es nur ein Sekundenbruchteil, der die linke Wand beleuchtete. Doch was Kai in diesem Moment sah, kurz bevor die Eisentür, die nach draußen führte, krachend ins Schloss fiel, sollte ihn fast um den Verstand bringen.

* * *

Die Tür schnappte mit dem gewohnten metallischen Krächzen auf. Ben drückte sie zaghaft nach innen, dann, in einem Anfall von *Jetzt oder Nie*, mit mehr Nachdruck. LOS!, schrie er sich in seinem Kopf zu und sprang nach vorne.

»Ach, der Herr Pruss«, flötete eine freundlich-krächzige Stimme.

Ben bremste abrupt und hielt sich krampfhaft am Geländer der Treppe fest, um nicht ins Straucheln zu geraten. Eine kleine, rundliche Frau in blau-grün geblümtem Hauskittelchen und mit vom Alter zerknittertem Gesicht war hinter der Tür aufgetaucht und versperrte den Weg zur Kellertreppe. Vor ihrer üppigen Brust schleppte sie einen reich gefüllten Wäschekorb in beiden Händen. »Ohne mein Spekuliereisen hätte ich Sie fast nicht erkannt.«

Ben schloss für einen Moment enttäuscht die Augen. Der perfekte Moment, um halbwegs lebendig aus der Sache rauszukommen, war vergangen und würde garantiert nicht wiederkommen. Nie und nimmer. *Good bye. C'est la vie.* Ab jetzt würde Lauber zehnmal so gut auf ihn achtgeben, denn er hatte garantiert mitbekommen, was Ben eben im Sinn gehabt hatte.

»Hallo, Frau Pohl«, sagte Ben mit tonloser Stimme.

Lauber gab ihm einen unfreundlichen Stoß in den Rücken, der ihn weiter in den Hausflur drängte, und schloss die Tür hinter sich. »Vorsicht, Junge«, zischte er mit unverhohlener Wut in der Stimme.

Frau Pohl, die immer noch lächelnd dastand, hatte scheinbar nichts mitbekommen, denn sie sagte, immer noch freundlich-krächzig: »Hab gerade die Bettwäsche abgenommen. Die trocknet bei dem Wetter immer so schön.«

»Ja, dann …«, begann Ben, doch Lauber unterbrach ihn.

»Los, hoch! Wir haben's eilig.«

»Ja, wir haben's eilig«, sagte auch Ben und trat enttäuscht den Weg die Treppe hinauf an. In seinem Kopf raste es. Er ging alle Optionen durch, die er noch hatte. Diejenige, einer Siebenundachtzig- bis Vierundneunzigjährigen nonverbal zu signalisieren, dass sie möglichst schnell die Polizei rufen möge, schied aus. So wie Lauber hinter ihm lauerte, konnte er unmöglich unbeobachtet Sichtkontakt mit Frau Pohl aufbauen. Und was sollte er auch tun? SOS mit den Ohren wackeln? Die Stirn kraus ziehen und lautlos das Wort *Hilfe* mit den Lippen formen? Nutzlos. Frau Pohl würde einfach freundlich weiterlächeln und höchstens noch mal damit anfangen, wie positiv sich das Septemberklima auf kellergetrocknete Baumwolle auswirkte.

Die Alternative, Lauber vom obersten Punkt der nächsten Treppe – es waren immerhin gut ein Duzzend Stufen – mit einem gezielten Tritt vor die Brust eine Etage tiefer zu navigieren, erschien im ersten Moment verlockend. Allerdings ging seine Erfahrung im taktischen Nahkampf nicht über eine Schnupperstunde Krav Maga beim letzten »Körne blüht auf« hinaus.

Sie passierten die Tür zum Büro/Probenraum. Noch bestünde die Möglichkeit, Lauber hier reinzulocken. Schließlich wusste er nicht, dass die Akten bei ihm oben auf dem Küchentisch lagen. Doch was sollte das bringen? Er könnte den Wälzer *The New Modern Coin Magic* aus dem Bücherregal reißen und Lauber in garantiert unmagischer Weise vor den Schädel rammen. Oder er würde schnell aus dem Hinterhalt einen Kartentrick improvisieren und Laubers Gemüt mit feinster, handgemachter Zauberkunst bändigen. Noch ehe er den Gedanken wie eine lästige Fliege beiseiteschob, hatten sie bereits die letzte Treppe erreicht. Es war besiegelt. Lauber würde sein Gast sein, ob er es wollte oder nicht.

Kurz bevor er resigniert aufschloss, drehte Ben sich zu Lauber hin, und seine lethargische Benommenheit schlug in eine fast krampfartige Panik um. Lauber hielt seine Pistole offen in der Hand. Bisher existierte die Waffe für Ben nur als eine theoretische Möglichkeit unter vielen. Tödlich und nicht-tödlich waren bis zu diesem Zeitpunkt gleichberechtigte Möglichkeiten gewesen. Gewesen. Nun, da die Knarre in mattem Schwarz schimmernd und mit dem aufgesetzten Schalldämpfer noch bedrohlicher wirkend in Laubers Hand lag, war die Bedrohungslage um einen Quantensprung konkreter geworden.

Der knallt mich ab, er muss mich abknallen, er hat gar keine andere Möglichkeit, ging es Ben durch den Kopf, und seine Hand zitterte, als er den Schlüssel ins Schloss steckte.

»Nun mach dir mal nicht in die Beine, Junge«, sagte Lauber in einem väterlichen Tonfall. »Sei schön brav und gib dem Papa, was er will, dann wird alles gut.«

Ben drückte die Tür auf, blieb auf der Türschwelle stehen und drehte sich zu Lauber um. »Durchs Wohnzimmer in die Küche. Dort liegen die Akten.« Er machte eine deutende Geste mit dem Kopf und fügte dann hinzu: »Ich hab noch nicht reingeguckt.« Kaum hatte er das ausgesprochen, fragte er sich, ob er die Akten nach dem Reingucken, auch wieder zusammengelegt hatte. Er hatte keine Ahnung.

»Klar, ich gehe gemütlich zu dir in die Küche, und du wartest hier auf mich, oder wie hast du dir das vorgestellt.« Laubers Stimme klang weiterhin wohlwollend und großmütig. Allerdings legte er zusätzlich einen Unterton hinein, als hätte er es mit einem Fünfjährigen zu tun. Dann wurde seine Stimmlage mit einem Schlag bedrohlich: »Vorwärts! Keine Faxen, sonst schieße ich dir den Arsch weg.«

Ben gehorchte und schritt auf direktem Weg in die Küche. Seine Augen suchten unentwegt die ihm so vertraute Umgebung nach Gelegenheiten ab, Lauber zu überwältigen oder zumindest zu entwaffnen. Gegen eine 45er Magnum oder was das Ding in seiner Hand auch immer für eine Knarre war, waren seine Chancen, gelinde ausgedrückt, kläglich. »Hier«, raunte Ben und deutete auf den Tisch, als sie die Küche erreicht hatten. Die Erkenntnis, dass er die Akten tatsächlich säuberlich zusammengelegt hatte, sorgte nur für minimale Begeisterung. Vielmehr wurde ihm bewusst, dass sich mit der Aushändigung der Ordner nur ein weiterer Akt im Drama *Lauber und ich* dem Ende zuneigte und sich das Stück unweigerlich dem tragischen Schlussakt näherte.

Lauber griff sich die Akten, ohne Ben dabei aus den Augen zu lassen, und überflog die beschrifteten Außenseiten, um sich zu vergewissern, dass es die Richtigen waren.

»Jetzt können Sie verschwinden«, sagte Ben und machte eine deutende Geste mit dem Kopf. Diesmal in Richtung Wohnungstür.

»Klar, Junge. Ich lass dich laufen!« Wieder hatte die Stimme eine giftig-freundliche Färbung angenommen. »Weißt du, was das Schöne ist, wenn man bei Dauss arbeitet?« Er wartete nicht ab, bis Ben etwas entgegnen konnte, sondern gab selbst die Antwort: »Man hat immer genügend Möglichkeiten, auf irgendwelchen Baustellen unliebsame Altlasten loszuwerden. Zum Beispiel weiß ich, dass morgen früh der Betonmischer in den Bärenbruch kommt und da auf einer schnuckligen Baustelle die Kellerböden gießt. Das geht ganz schnell und hält die nächsten hundert Jahre.«

»Frau Pohl hat Sie gesehen. Die wird sich an Sie erinnern.«

Lauber lachte krächzend auf. »Die scheintote Alte wird sich vielleicht erinnern, dass *jemand* dabei war, aber ohne ihre Brille hat sie ja selbst dich kaum erkannt. Außerdem stand ich die ganze Zeit brav hinter der Tür, als du dein Pläuschchen mit ihr gehalten hast, und danach hat sie nur noch meinen geilen Arsch gesehen.« Er lachte wieder. »Wenn es dir lieber ist, dann können wir sie auch gerne mitnehmen. Da, wo du hingehst, haben auch zwei Leute Platz. Wenn es dich antörnt, dann schlage ich euch zusammen in eine feine Baufolie ein. Dann könnt ihr hautnah die Ewigkeit unter einem Meter Beton miteinander verbringen. Wie wäre das?«

»Frau Pohl bleibt außen vor. Die hat nichts damit zu tun«, sagte Ben, der krampfhaft nach einem Ausweg suchte. Hier zu entkommen, war unter diesen Umständen unmöglich.

* * *

Ein Kreischen. Schrill. Und Kai begriff, dass dieses Geräusch aus seiner Kehle kam. In wilder Panik stieß er sich vom Boden ab. Erneut glitt ihm das Handy aus der schweißnassen Hand. Er sah – fast in Zeitlupe –, wie es sich in einem hohen Bogen von ihm entfernte und hart auf einer Kante aufschlug. Das Licht der Taschenlampe erlosch. Er selbst taumelte, wild mit den Armen rudernd, rückwärts, landete schmerzhaft auf dem Steißbein und knallte mit dem Hinterkopf an die nackte Steinmauer in seinem Rücken. Blankes Entsetzen und ein stechender Schmerz sorgten dafür, dass er nicht das Bewusstsein verlor. Wieder löste sich ein Schrei aus seiner Kehle, aber diesmal klang es mehr wie ein tiefes, gequältes Stöhnen. Er selbst nahm das nicht wahr. Alle Besonnenheit, alle Logik und alle Klarheit waren zu einem nadelfeinen Punkt in seinem Gehirn zusammengeschrumpft, zurück blieb nichts als gleißende Panik. Weiß glühend und hart wie Stahl durchzog sie seinen Körper. Die Augen, war der einzige Gedanke, der ihn erfüllte. Beim ersten Mal noch still. Dann schrie es auch in seinem Kopf.

DIE AUGEN … DIE AUGEN …

Er schlug mit beiden Fäusten gegen die nackte Wand. Schrie weiter. Wusste nicht, dass er schrie. Wusste nicht, dass er um sich schlug. Trat. Wusste nicht, dass er sich die Hände an der rauen Wand blutig kratzte, dass die Platzwunde auf seinem Hinterkopf ebenfalls blutete und ihm die rote, heiße Flüssigkeit in den Nacken und über den Rücken floss. Wusste nicht, dass seine Handgelenke verstaucht waren. Schlug weiter und weiter und dachte nichts als: DIE AUGEN!!!

* * *

»Gute Entscheidung«, sagte Lauber väterlich lächelnd. »Ein bisschen müssen wir noch warten. Bis es richtig dunkel geworden ist.« Ohne die Pistole von Ben abzuwenden, warf er einen Blick aus dem Fenster. Lange würde es nicht mehr dauern, bis die Sonne untergegangen war. Dann trat er einen Schritt zurück in Richtung Küchentisch. Aus seiner hinteren Hosentasche holte er ein Paar Handschellen und warf sie mit einem Klimpern auf die Tischplatte. Bens Augen weiteten sich, als er zu erkennen meinte, was Lauber vorhatte. Dieser hielt in der Bewegung inne und grunzte: »Was ist los? Was glotzt du so?«

»Nichts. Alles klar«, antwortete Ben, der inständig hoffte, dass Lauber nach wie vor den Plan verfolgte, sich auf den Kai-Stuhl zu setzen. Das tat er. Und nicht eben sanft. Er zog eine Ladung Rotz hoch, lehnte sich an, hob seinen linken Fuß auf den rechten Oberschenkel und ...

Nichts passierte. Das Ding hielt, als wäre es gar nicht bloß ein Ding, sondern tatsächlich ein Stuhl.

»Hast du Bier im Kühl...«, begann Lauber, als der Kai-Stuhl genau in diesem Moment die Arbeitsverweigerung aufgab und doch noch seinen Job tat. Die Lehne und die hinteren beiden Stuhlbeine hatten sich von Sitzfläche und Vorderbeinen mit einem hämischen Knarzen verabschiedet. Laubers stattliche neunzig bis hundertzehn Kilo kippten halt- und freudlos nach hinten. Ben sah, wie Lauber überrascht die Augen aufriss, als er realisierte, dass sich unter seinem Arsch nur noch abgestandene Küchenluft befand. Instinktiv, doch völlig nutzlos, warf er die Hände nach oben. Dabei stieß er einen Schrei aus, als würde er gerade vom höchsten Punkt einer Achterbahn in den Abgrund kacheln. Holz krachte, und Ben vernahm so etwas wie ein »Kaduff«.

Unschlüssig, ob er lieber gleich verduften sollte oder erst versuchen, Lauber unschädlich zu machen, stand er reglos da. Dann spürte er Hitze an seiner Kopfhaut, die nahtlos in einen reißenden Schmerz überging. Lauber lag am Boden, die Knarre war ihm aus der Hand gefallen, und er fingerte unbeholfen danach, während er gleichzeitig damit beschäftigt war, sich auf die Seite zu drehen, um aufstehen zu können. Ben kickte nach der Pistole, und sie glitt über den PVC und die Türschwelle, drehte sich noch zwei Mal um die eigene Achse und blieb dann auf dem Wohnzimmerteppich liegen. Eine neue Schmerzwelle durchzog Bens Kopfhaut, doch er hatte keine Ahnung, was passiert war. Kam nicht auf die Idee, dass sich ein Schuss gelöst und ihm ein Stück seiner linken Kopfhaut bis auf den Schädelknochen skalpiert hatte. Instinktiv griff er sich den Teil des Stuhls, der aus Sitzfläche und Vorderbeinen bestand. Zu leicht, das Scheißding, dachte er, als er es mit übertriebener Wucht hochriss und durch die überschüssige Kraft ein Stück nach hinten taumelte.

Lauber hatte es geschafft, sich auf die Seite zu drehen, und es gelang ihm beinahe, sich aufzurichten. Zum Glück war er durch seine kompakte Bauweise und einen Body-Mass-Index jenseits der dreißig nicht eben der Leichtfüßigste, was Ben genügend Zeit einräumte, um ihm eines der Stuhlbeine direkt und heftig auf den Hinterkopf zu pflastern. Er stöhnte auf und sackte schwerfällig zusammen. Ben hielt seine Kai-Stuhl-Waffe weiterhin in einer Hand – bereit, sie ein zweites Mal einzusetzen, doch das schien momentan nicht nötig zu sein. Mit seiner freien Hand griff er sich an den Kopf. Sofort durchzuckte ihn ein glühender Schmerz. Er zog die Hand zurück und sah, dass seine Handfläche blutverschmiert war. In diesem Moment erst registriere er den Schmauchgeruch, der stechend in der Luft lag.

»Fuck«, rief er und kniff schmerzverzerrt die Augen zusammen. Nun, da er wusste, dass ihm ein Projektil einen mehr als gründlichen Haarschnitt verpasst hatte, kannte der Schmerz keine Grenzen mehr. Ben zog scharf die Luft ein, als er sich ein halbwegs sauberes Küchenhandtuch griff, welches an einem Plastikaufhänger in Form eines lächelnden Schweines neben dem Kühlschrank hing. »Fuck«, fluchte er ein zweites Mal, als er spürte, wie ihm warmes Blut an Ohr und Wange hinablief. Zum Glück döste Lauber weiter vor sich hin. Oder tat der vielleicht nur so? Ben ließ das Handtuch auf dem Kopf liegen und näherte sich, halbstuhlbewaffnet, dem reglosen Körper. Nicht, dass ich ihn totgeschlagen hab, ging es ihm durch den Kopf, als er gleichmäßige ruhige Atemzüge bei Lauber feststellte. »Zum Glück«, raunte er und tippte Laubers Oberschenkel mit seiner Schuhspitze an, als wäre das die angebrachte Methode, um Vitalzeichen zu prüfen und zu eruieren, ob der Ohnmächtige möglicherweise gleich wieder angriffslustig sein würde. Lauber regte sich nicht. Ben schlich langsam zurück und in Richtung der Pistole, die unschuldig auf dem Wohnzimmerteppich lag. Ohne Lauber aus den Augen zu lassen oder seine provisorische Schlagwaffe abzulegen, hob er die Knarre behutsam mit Daumen und Zeigefinger direkt am Schalldämpfer an. Wohlbedacht, weder dem Abzugsbügel zu nahe zu kommen noch den extra langen Lauf auf sich oder Lauber zu richten. Die Knarre wog mehr, als er erwartet hatte, und er musste sie wohl oder übel fester greifen, um sicherzustellen, dass sie ihm nicht entglitt. Selbst wenn Lauber die Augen geöffnet haben sollte, hätte er davon nichts mitbekommen, denn sein Kopf war in die entgegengesetzte Richtung gedreht.

»Ich habe Ihre Waffe«, sagt Ben. »Ich habe *hier* Ihre Waffe!« Und dann, um die Fronten eindeutig zu klären und Lauber keinen Deutungsspielraum zu geben, fügte er hinzu: »Hier in meiner Hand.«

Er trat langsam näher an Lauber heran. Er hatte das Gefühl, fast zu ersticken, weil er dem Drang, tief und hörbar durchzuatmen, widerstand. Er gab sich Mühe, seine Stimme fest und entschlossen klingen zu lassen. »Ich komme näher. Und Sie werden schön still liegen bleiben, Lauber. Schön still! Sonst …« Das Bild von Bruce Willis in Unterhemd mit einer Riesenwumme in der Hand kam ihm in den Sinn, ließ sich jedoch nicht mit dem zitternden Hänfling in Einklang bringen, für den er sich in diesem Moment hielt. Nur schweren Herzens rang er sich dazu durch, seinen Schlagstuhl auf dem Küchenboden abzulegen. Dieser hatte ihm weitaus mehr an subjektiver Sicherheit vermittelt, als es die Knarre in diesem Moment tat. Durch die Tatsache, dass er sie am Lauf festhielt und nicht am Griff, würde er auch damit kraftvoll zuschlagen können, sollte das unbedingt notwendig sein. »Schön stillhalten«, sagte er beschwichtigend, als er die Handschellen vom Tisch griff und sich neben Lauber kniete. Der gab beim Klimpergeräusch der Kette prompt ein verschlafenes Grunzen und ein minimales Zucken von sich, was Bens bewaffnete Hand reflexartig dazu verleitete, ihm den Griff wuchtig auf den Hinterkopf zu hämmern. Laubers Körper nahm es widerspruchslos hin. »Oh, sorry. Das hätte nicht sein müssen«, flüsterte Ben, der spürte, wie ihm der Schweiß in Bächen vom Kopf lief und auf Laubers Mantel tropfte. Das rot-weiß karierte Küchenhandtuch, welches nach wie vor seine Kopfhaut zierte und den Schmerz, der von der Wunde ausging, hatte er vollkommen vergessen. Die Pistole parkte er kurz auf dem Küchentisch, um beide Hände frei zu haben. Dann drehte er Laubers Arme auf dessen Rücken und legte ihm die Handschellen an. Vorsichtshalber fixierte er ihn zusätzlich am Heizungsrohr, und dafür mussten Laubers Arme etwas unnatürlich verbogen werden. Sicher würde seine Schulter später ordentlich wehtun. Wen juckte es? Erst als Ben sicher war, dass Lauber seinen Körper nicht mehr Erfolg versprechend würde einsetzen können, selbst wenn er eine Spontanheilung erfahren sollte, ließ er sich nach hinten gegen den Backofen sinken und atmete keuchend.

Der Schmerz in seinem Kopf setzte wieder ein, und eine Sekunde lang fühlte er sich einer Ohnmacht verdammt nahe. »Nur nicht schlappmachen«, ermahnte er sich selbst. »Ich muss zu Kai.« Er drehte wie ein Suchender seinen Kopf nach links und rechts, so als würde er Kai bereits dort vermuten, dann rappelte er sich auf. Sein Blick wanderte durch Zufall zu der Stelle an der Wand, an der das Projektil eingedrungen war. Ein daumendickes Loch klaffte dort. Drumherum war der Putz in einem Durchmesser von gut zehn Zentimetern abgeplatzt und die weiße Raufasertapete wölbte sich wie ein Krater nach außen.

»Ach du Scheiße«, stammelte er. Keine Sekunde hatte er daran gedacht, dass die Kugel, die ihn gestreift hatte, ja auch irgendwo eingeschlagen war. Und nun, wo er mit eigenen Augen sah, welchen Schaden so eine Knarre anrichten konnte, wurde ihm übel. Seine Hände zitterten, und er musste sich kurz an der Arbeitsplatte abstützen, wenn er sich nicht jeden Moment, ebenfalls bewusstlos, zu dem schlafenden Lauber gesellen wollte. Er riss einen der Hängeschränke auf, dann einen zweiten, griff wahllos eine Tasse, füllte sie an der Spüle und trank ihren Inhalt in einem Zug aus. Dann wiederholte er das Prozedere ein zweites und ein drittes Mal. Das frische Wasser entfaltete augenblicklich seine Wirkung. Raus hier, dachte er und schritt in Richtung Tür.

Im letzten Moment fiel ihm die Knarre ein, die nach wie vor auf dem Küchentisch lag und die er unmöglich hier zurücklassen durfte. Er packte sie am Griff und achtete erneut darauf, dass der Lauf möglichst weit von ihm wegzeigte und seine Finger nicht in die Nähe des Abzugs kamen. Er verfluchte sich dafür, keine Ahnung zu haben, wie man das Magazin aus dem Ding entfernte oder wie die Sicherung zu aktivieren war. Das musste er sich auf jeden Fall von Uwe erklären lassen. Er stolperte ins Badezimmer, griff nach einem Handtuch, wickelte die Knarre vorsichtig ein und legte sie auf den Toilettendeckel. Dann biss er die Zähne zusammen und zog langsam das Küchentuch von der Wunde.

Zum Glück war es noch nicht angetrocknet. Er sah in der Mitte einen handtellergroßen, dunkelroten Fleck. Er warf es angewidert in die Duschkabine. Er öffnete das Badezimmerschränkchen. Wenn ihn nicht alles täuschte, müssten hier irgendwo ein paar Wundkompressen liegen. Er hatte Glück. Auch eine Packung Ibuprofen und Vomex lagen hier – Kais Katermedizin. Er nahm die Schmerztabletten an sich. Rescuetropfen waren gut, die steckte er sich ein. Im Moment favorisierte er allerdings die Segnungen der evidenzbasierten Schulmedizin. Er drückte sich zwei Tabletten aus dem Blister und spülte sie mit Wasser hinunter. Dann öffnete er mit den Zähnen eines der Kompressenpäckchen und legte den Tupfer vorsichtig auf die Stelle, an der er die Wunde vermutete. Dorthin, wo sein Schädel glühte wie ein Dönerspieß in der Hölle. Für den Moment musste das reichen, er hatte es eilig.

Im Flur griff er sich Kais BVB-Kappe von der Garderobe und setzte sie vorsichtig auf. Das würde die Kompresse erst mal an Ort und Stelle halten und dafür sorgen, dass er nicht allzu dämlich aussah. »Nur der BVB!«, murmelte er, öffnete die Wohnungstür, trat hinaus und zog sie hinter sich zu.

»Scheiße!«, rief er, noch während das Klacken der Türverriegelung im leeren Treppenhaus verebbte. Er drückte gegen die Tür, doch selbstverständlich, oh Wunder, bewegte sie sich keinen Millimeter. »Wie doof muss man sein«, spie er wütend aus und konnte sich nur knapp davor bewahren, sich selbst vor den Kopf zu schlagen. Anscheinend hatte der Streifschuss einen

Großteil seiner rational denkenden Gehirnregion mit auf die Reise in das Küchenwand-Land genommen. Er hatte komplett vergessen, Lauber die Handys abzunehmen – sowohl Laubers eigenes als auch sein eigenes. Und er hatte auch nicht eine Sekunde daran gedacht, den Wohnungsschlüssel mitzunehmen. Und Laubers Knarre lag auch fein eingerollt in Blümchenfrottee auf dem Klodeckel. »Egal«, schnaufte er, als er bereits die zweite Treppe erreicht hatte und zwei Stufen auf einmal nehmend in Richtung Haustür hastete. »Kein Schlüssel, kein Handy, Lauber bewusstlos in meiner Bude. Ich muss doch bekloppt sein …«

Draußen erwartete ihn die nächste Überraschung. Sein Fahrrad war weg. Offensichtlich gestohlen. »Alter. Ich werde wahnsinnig!«, schrie er und stampfte wütend zwei Mal auf den Bürgersteig, was einen älteren Herrn mit Plastiktüte, unter der sich drei braune Flaschen abzeichneten, veranlasste, ihn misstrauisch zu beäugen. Er hielt sich resigniert eine Handfläche vor die geschlossenen Augen. Die wie ein Baby in ein Handtuch eingewickelte Pistole hielt er vor der Brust. Irgendwer, Konfuzius oder Herbert Grönemeyer, hatte mal gesagt, man solle lachen, wenn es nicht zum Weinen reichen würde. Bei Ben reichte es problemlos, um lautstark und hysterisch loszuheulen, und er verspürte nicht übel Lust, das ein oder andere Kellerfenster einzutreten. Doch er hielt sich tapfer zurück und atmete tief.

Die Bullen konnte er nicht rufen, die würden ihn ewig aufhalten, und ob sie den Ernst der Lage begreifen würden, war auch nicht klar. Und diesen Kommissar Schuster würde er garantiert nicht noch mal anrufen. Er musste jetzt erst zu Kai. Das hatte oberste Priorität. Er schlug die Augen auf und sprach das Offensichtliche aus: »Ich muss ein Fahrrad klauen!«

Er blickte sich um. Doch noch bevor er ein Fahrrad entdeckte, das infrage gekommen wäre, tauchte etwas anderes vor seinen Augen auf. Laubers Auto. Das hatte er total vergessen. Abgestellt in der zweiten Reihe, und das Seitenfenster auf der Fahrerseite ein Stück weit heruntergelassen. Ben rannte die knapp zehn Meter. Es handelte sich um irgendeinen Seat. Wahrscheinlich ein Leihwagen. Ben erkannte tatsächlich eine blaue Plastikmappe von Avis auf dem Beifahrersitz, und am Zündschloss baumelte, direkt am Autoschlüssel hängend (Leck mich am Arsch, halleluja!), ein Avis-Schlüsselanhänger. Lauber hatte es dankenswerterweise nicht für nötig empfunden, den Schlüssel abzuziehen. Ben riss die Fahrertür auf und sprang förmlich auf den Sitz. »Dann klaue ich eben ein Auto!«

* * *

Ben hupte andere Verkehrsteilnehmer an, er fluchte und machte mehr als einmal eine unflätige Geste gegen andere, die ihm leicht ein Bußgeld von einigen Hundert Euro hätte einbringen können. Er hatte es sogar geschafft, ohne zu wissen wie, mit quietschenden Reifen anzufahren. Das Radio war angesprungen, als Ben den Zündschlüssel gedreht hatte und der Jingle von WDR4 ertönte. Doch anstatt, dass danach Helene Fischer oder die Jakob Sisters aufheulten, erklang ein Lied von Tom Petty. Ben wusste nicht, dass der Text für ihn geschrieben war:

We went straight into darkness
Out over the line
Yeah, straight into darkness
Straight into night

Die Bremsen knirschten, als er, keine zwölf Minuten später, vor dem Haus von von Dauss mit einer satten Vollbremsung zum Stehen kam. »Herr von Dauss«, rief er, noch ehe er die Fahrertür ganz geöffnet hatte.

Richard von Dauss, der selbst neben seinem Auto stand und eben dabei war einzusteigen, hielt abrupt in der Bewegung inne und blickte irritiert in Bens Richtung. »Herr Pruss. Was wollen Sie denn hier?« Er schaute in beiden Richtungen die Straße entlang, als erwartete er, dass sich noch jemand zu ihnen gesellen würde.

»Lauber kommt nicht«, sagte Ben knapp, der von Dauss' Blick richtig gedeutet hatte. »Ich muss zu Kai. Der ist im Haus.«

»Keiner ist im Haus. Ich komme gerade von drinnen, und ich muss wieder los.« Seine Stimme fand nach der anfänglichen Irritation zurück zu ihrem beherrschten, leicht arroganten Ton.

Ben hatte keine Zeit für irgendwelche Spielchen. Kurzerhand schnappte er sich von Dauss' Autoschlüssel, den dieser locker in der Hand hielt, und rannte den Fußweg entlang in Richtung Haustür.

»Doch, der ist da. Hab eben mit ihm telefoniert«, rief er dabei.

»Hallo? Geht's noch?«, schrie von Dauss wütend und eilte hinter Ben her, der bereits die Tür erreicht hatte.

Dummerweise war der Wohnungsschlüssel nicht am Autoschlüssel befestigt. Ben betätigte mehrfach den Klingelknopf und klopfte gleichzeitig mit der Faust an die Tür. Zusätzlich rief er Kais Namen in Dauerschleife. Als von Dauss ihn erreicht hatte, zerrte dieser ihn am Kragen zurück. »Feierabend, Kollege! Ich hab doch gesagt, dass keiner da ist.«

Ben schüttelte sich los und schob von Dauss die drei Stufen zurück auf den Gartenpfad. Dann setzte er ungerührt seine Klingel- und Ruftirade fort.

»Alles klar bei euch?« Der Ruf ertönte von der anderen Seite des Gartens. Isana stand hinter dem Gartenzaun und glotzte die beiden Kampfhähne befremdet an. In den Händen hielt sie zwei Pizzakartons, auf denen sie eine Plastikschüssel mit Salat und eine Tüte Pizzabrötchen balancierte. Beide Männer stoppten in ihren Bewegungen und fingen gleichzeitig an zu reden.

»Ich muss dringend zu Kai«, sagte Ben.

»Der Kerl hat mir meinen Autoschlüssel geklaut«, sagte von Dauss, dann ging das Handgemenge wieder von vorne los.

Isana hatte den Gartenweg erreicht und kam ihnen mit ungläubig hochgezogenen Augenbrauen entgegen. Sie sagte nichts, während sie die Pizzakartons neben Ben auf der obersten Steinstufe abstellte. Dieser war gleichzeitig bemüht, mit der einen Hand von Dauss daran zu hindern, ihm den Autoschlüssel zu entwinden und mit der anderen die Klingel zu betätigen.

»Warum lässt du ihn denn nicht rein?«, fragte Isana, ohne näher auf das merkwürdige Verhalten der beiden gestandenen Männer einzugehen.

»Der ist nicht hier. Hab ich dem ja die ganze Zeit schon gesagt.«

Isana blickte verdutzt drein. »Wieso soll der nicht da sein? Natürlich ist der da«, sagte sie, nahm wie selbstverständlich Ben den Autoschlüssel ab und warf ihn ihrem Vater zu.

Ben war sich sicher, dass von Dauss nun nicht mehr so scharf darauf war, schnell abzuhauen. Isana drehte sich um und schloss mit ihrem eigenen Schlüssel die Tür auf. Dann hob sie die Pizzakartons vom Boden auf und verschwand ins Haus. Die Tür schlug sie den verdutzten Männern vor der Nase zu. »Kai?«, rief sie laut in den Flur, und noch einmal: »Kai?« Dann war sie aus Bens Sichtfeld verschwunden.

»Du haust besser ganz schnell ab, Pruss, bevor es noch böse für dich ausgeht«, zischte von Dauss, und seine Stimme klang in Bens Ohren mächtig überzeugend.

Trotzdem antwortete er mit tonloser, drängender Stimme: »Wo. Ist. Kai.« Er betonte den Satz so, als stünde hinter jedem Wort ein Punkt.

»Das ist mir scheißegal, wo der Penner ist. Hier ist er jedenfalls nicht. Hau. Jetzt. Ab.« Dabei kam er mit dem Gesicht so nah an das von Ben heran, dass dieser sowohl dessen Rasierwasser als auch seinen abgestandenen Atem riechen konnte.

»Wenn ich gehe, komme ich in ein paar Minuten mit den Bullen zurück.«

»Na toll, und was willst du denen erzählen?«

Mist! Von Dauss hatte recht. Was sollte Ben denen schon erzählen? Seine Vermutung, was sich hier im Keller befand, war eben genau das: eine Vermutung.

Und selbst wenn Ben an die Akte von Sander kam (verdammte Hacke, die hab ich Spacko ja auch bei Lauber liegen lassen), würde das bei der Polizei mehr Fragen aufwerfen, als er es sich momentan leisten konnte. Und schließlich lag da ja noch der Lauber selbst. Gefesselt. Verprügelt. Zum Glück ersparte ihm die wiederkehrende Isana eine Antwort.

»Kai ist wirklich nicht da. Und er geht auch nicht an sein Handy.«

In Ben manifestierte sich von einer Sekunde auf die andere ein Gedanke. Eine Gewissheit, was zu tun war. Er trat ein Stück nach vorne und stieß mit einem Ruck die Haustür nach innen, wobei er die verdutzte Isana gleich mit zurück in den Flur bugsierte. Dann kannte er nur noch eine Richtung. Wie von Kalle Bengel gejagt, sprintete er ins Haus und nahm Kurs auf Küche und Kellertür. Wie aus einem Munde riefen ihm Isana und Richard von Dauss ein »Hey!« hinterher. Eine Sekunde danach ließ Richard von Dauss' Lähmung nach, und er hastete Ben hinterher ins Haus, ihn fluchend beschwörend, sofort (»Aber ganz schnell, Freundchen!«) stehen zu bleiben. Ben erreichte die Kellertür, als von Dauss gerade die Tür zur Küche passierte. Er riss am Türknauf, rief Kais Namen die Kellertreppe hinunter und wollte eben seinen Fuß auf die erste Stufe setzen, als Richard von Dauss ihn am Kragen packte und unsanft zurückzerrte. Ben weigerte sich, den Griff um die Klinke loszulassen, und versuchte mit seiner freien Hand, von Dauss' Griff zu lösen. Bar jeglicher Nahkampferfahrung setzte er auf die seit Jahrtausenden bewährten Methoden Kratzen, Fingerverbiegen und Hauen.

»Bleib stehen, du Dreckskerl«, rief von Dauss, der nicht daran dachte, Ben loszulassen. Dabei hieb er mit der Linken auf Bens Nacken ein.

Auch von Dauss schien nicht besonders nahkampferprobt zu sein, wie Ben dankbar feststellte. Fast hätte er sich freigestrampelt, als von Dauss' dritter Hieb ihn genau auf seine Kopfwunde traf. Ein stechender Schmerz durchzuckte Ben, der, wie es schien, vom Kopf bis direkt in die Eingeweide reichte. Ihm wurde schwarz vor Augen.

* * *

Sein Körper entschied, den Griff um die Klinke zu lösen. Langsam auf die Knie zu sinken. Aufzugeben. Dabei den Sturz die Treppe hinunter vielleicht, nur vielleicht, zu vermeiden. Ein schriller Schrei brachte ihn wieder ins Hier und Jetzt.

Isana war in die Küche getreten. »Seid ihr bescheuert?«, schrie sie, ohne dass Ben sie sehen konnte.

Er spürte, wie von Dauss ihn an der Jacke nach hinten riss. Ben drehte sich um und blickte Richard von Dauss direkt ins Gesicht. Bens rechter Arm holte nach hinten aus, er formte die Hand zur Faust. Zum ersten Mal seit der sechsten Klasse, als er Ulli Wenderka eine reingehauen hatte, weil der ihm im Sportunterricht die Hose runtergezogen hatte, schlug er jemandem mit der Faust ins Gesicht. Es war nicht Richard von Dauss, den er traf.

* * *

»Ich mach dich kalt!«, spie ihm Richard von Dauss entgegen. Dann ließ er von Ben ab und kniete sich zu seiner Tochter, die bewusstlos am Boden lag.

»Scheiße«, stöhnte Ben, der sich nicht erklären konnte, wie Richard von Dauss es fertiggebracht hatte, sich in bester Jackie-Chan-Manier wegzuducken. »Das wollte ich nicht«, raunte er in zerknirschtem Tonfall, dann drehte er sich um und rannte die Kellertreppe hinunter. Isana hin oder her. Er musste Kai finden. Sie würde es ihm noch danken! Von Dauss hatte ihn garantiert irgendwo hier eingesperrt, so rabiat, wie er den Keller verteidigte. »KAI!«, rief er aus Leibeskräften, doch er vernahm keine Antwort. »KAAAAI!«

Er hatte den Fuß der Treppe erreicht und hörte, dass von Dauss erneut hinter ihm her war. Mit wenigen Schritten gelangte er zur ersten Tür und riss sie auf. Fahles Dämmerlicht. Der Waschkeller. Hier war auf den ersten Blick nichts Weltbewegendes zu erkennen. Von Dauss hatte ihn beinahe erreicht. Ben hastete weiter in den Gang und zur zweiten Tür, welche nach rechts abzweigte. Er riss auch diese auf, trat hinein und knallte sie krachend hinter sich zu. Mit einem Griff bemerkte er, dass leider, leider kein Schlüssel von innen im Schloss steckte. Verzweifelt bemühte er sich, die Klinke nach oben zu drücken, während Richard von Dauss nur Sekunden später auf der anderen Seite versuchte, diese mit aller Gewalt in die entgegengesetzte Richtung zu bewegen. Gleichzeitig überschüttete er Ben mit einer Tirade aus nicht jugendfreien Flüchen und Drohungen. Ben hielt dem Druck stand, doch er ahnte, dass das nicht mehr lange so bleiben würde. Mit dem Arm drückte er neben der Türzarge mehrfach gegen die Wand. Beim dritten Versuch hatte er Glück, und sein Ellbogen fand den Lichtschalter.

Dumpfes Licht gab sich Mühe, die Dunkelheit zurückzudrängen, und Ben verspürte – obwohl ihm klar war, dass er dadurch nicht viel gewonnen hatte – ein zartes Gefühl des Triumphs. Sofort fiel sein Blick auf den Stuhl, der keine zwei Meter von ihm entfernt mitten im Raum stand. Vielleicht konnte er damit die Klinke blockieren? Der alte Schrubber, der neben dem Stuhl lag, schien nicht besonders geeignet für irgendetwas zu sein, was jenseits von Spinnwebenentfernung war. Er verstärkte den Druck der Schulter gegen das Türblatt und ließ seinen Körper langsam Richtung Boden gleiten. In dieser Position war es ihm nicht mehr möglich, den Türgriff nach oben zu ziehen. Er musste schlagartig von Zug auf Druck umstellen, und fast sah es so aus, als ob von Dauss diesen Moment für sich nutzen konnte. Den Moment, in dem Ben für den Bruchteil einer Sekunde keine Kraft auf die Klinke ausübte. Die Tür schnappte ein paar Zentimeter weit auf und fiel dann zurück ins Schloss.

So nicht, du Arsch!

Ben spürte, dass seine neue Position für ihn vorteilhaft war. Vorteilhaft, doch bei Weitem keine Dauerlösung. Er streckte sein linkes Bein in Richtung des Stuhlbeins aus, welches seinem Körper am nächsten war. Er müsste noch weiter runterrutschen, doch das hätte zur Folge, dass er niemals den nötigen Druck aufbringen konnte, um von Dauss draußen zu halten. Das würde er allerdings sowieso nicht mehr lange schaffen. Er hatte das Gefühl, von

Dauss hing mit seinem ganzen Gewicht an der Klinke. Die Verwünschungen und Schimpfattacken von der anderen Seite waren mittlerweile weitgehend verebbt – von Dauss legte alle Energie in seine Aufgabe. Bald würde er die Oberhand gewinnen und die Tür aufbekommen. Also Plan B, dachte Ben. Er musste die Klinke loslassen und zum Stuhl hechten. Er schloss die Augen und zählte innerlich bis drei. Eins ... zwei ... Dann krachte es.

* * *

Er vernahm einen handfesten Fluch von der anderen Seite, der ausnahmsweise nicht ihm galt. Er spürte, dass der Druck auf die Türklinke mit einem Schlag verschwunden war. Vielleicht hatte er nur eine Sekunde Zeit. Vielleicht konnte er es doch noch schaffen, den Stuhl unter die Klinke zu bekommen, bevor von Dauss wieder loslegte. Er hastete, halb auf allen vieren kriechend, halb laufend, in die Mitte des Raumes, griff die Lehne des Stuhls und eilte zurück. Ein weiteres Krachen folgte. Heftiger als beim ersten Mal. Von Dauss hatte scheinbar seine Strategie geändert und trat oder sprang nun gegen die Tür. Und Ben erkannte auch warum. Mit einem metallischen Poltern fiel die Türklinke auf seiner Seite zu Boden. Zurück blieb ein quadratisches Loch, in dem der Vierkantstift gesteckt hatte, über den beide Klinken miteinander verbunden gewesen waren. Offensichtlich war auf der Seite seines Widersachers die Klinke abgebrochen, und von Dauss hatte, zumindest ohne Werkzeug, keine Möglichkeit mehr, auf konventionelle Weise in den Raum zu gelangen.

»Leck mich am Arsch!«, raunte Ben, der über den Zeitgewinn mehr als erfreut war. Ihm wurde plötzlich bewusst, dass er mit diesem Kellerraum direkt ins Schwarze getroffen haben musste. Denn ansonsten wäre von Dauss ja froh gewesen, dass Ben sich hier verschanzt hatte. Er hätte ihn in diesem Fall einfach gewähren lassen und die Tür von außen abschließen oder anders verbarrikadieren können.

Der nächste Tritt vom Gang aus riss Ben aus seinen Gedanken. So schnell würde die Tür nicht nachgeben. Von Dauss hatte garantiert nicht billig eingekauft. Ben sah sich im Raum um. Nachdem sich der Stuhl mangels Klinke als barrikadenuntauglich erwiesen hatte, blieb nur noch das Holzschränkchen übrig, um sich von Dauss vom Hals zu halten. Es wirkte recht stabil und sah so aus, als wäre es irgendwann mal aus Omas altem Wohnzimmer vor dem Sperrmüll gerettet worden. Ben rannte hin, zog daran, doch nichts tat sich. Er verstärkte kühn und entschlossen den Griff, stützte sogar einen Fuß an der Wand ab, zerrte, riss, ruckelte, doch der Schrank ignorierte seine Bemühungen ungerührt. Das Teil schien an der Wand festgetackert zu sein, auch wenn Ben nicht erkennen konnte wie.

Draußen im Gang war es still geworden. Gleich würde von Dauss mit größeren Geschützen zurückkehren, und dann würde Ben ihn nicht mehr zurückhalten können. Noch einmal legte er sein ganzes Gewicht auf das Möbelstück. Zerrte aus Leibeskräften, verzog das Gesicht zu einer angestrengten Grimasse, unterstützte seine Anstrengungen mit einem motivierenden »Grrrrrrrrr«, doch der Schrank rührte sich keinen Millimeter. Dann hörte er es.

* * *

Ein Klopfen? Dumpf. So als wäre von Dauss auf den Dachboden gelaufen und hätte sich dort eine Tür ausgesucht, auf die er nun schlug. *Poch … Poch … PochPochPoch.* Nur wahrnehmbar bei vollkommener Stille zwischen zwei *Grrrrs.* Noch bevor er die Situation in irgendeine Schublade seines Gehirns einordnen konnte, fiel Ben noch etwas anderes auf. Die Rückwand des Schränkchens lehnte rechts daneben an der Wand. Und er erkannte im Innern des Schränkchens eine weiße Tür. Fast wie eine Kühlschranktür. Und ihm wurde klar, dass diese Kühlschranktür eigentlich hinter der Rückwand verborgen sein sollte. Die Erkenntnis kam mit einem Schlag. Kai war hinter dieser Tür. Und es musste auch Kai sein, der von der anderen Seite dagegen hämmerte. Das Klopfen war zu einem durchgängigen *PochPochPochPochPochPoch* geworden, und Ben spürte die Panik, die daraus sprach.

Er unterdrückte den Impuls, erneut den Namen seines Freundes zu rufen. Stattdessen ging er auf die Knie und zog an dem in die Tür eingelassenen Griff. Er ließ sich problemlos bewegen, und die Tür öffnete sich mit leisem Klacken einen Zentimeter. Und dann, gerade wollte er sie komplett öffnen, bekam sie einen heftigen Schlag von innen. Ben fiel nach hinten, landete auf dem Rücken, und noch ehe er wusste, was mit ihm geschah, war Kai über ihm. In einer grotesken Mischung aus Springen, Krabbeln und Zappeln war er in Sekundenschnelle aus dem Loch geschossen. Er kam nicht alleine. Zusammen mit ihm wehte ein markerschütternder Gestank aus dem Verlies. So intensiv, dass Ben unwillkürlich Tränen in die Augen schossen, und der schwerer zu wiegen schien als Kai, der zitternd auf Ben zusammengesunken war. Dabei zerrte er mit beiden Händen am Stoff von Bens Kragen und starrte ihn aus riesigen, entsetzten Augen an. Kai sah aus, als wäre er einer Irrenanstalt entflohen und hätte schon längere Zeit seine Pillen nicht mehr bekommen.

»Alter, du stinkst«, sagte Ben, und schob Kai mit einiger Kraftanstrengung zur Seite. Dieser sackte kraftlos neben ihm auf dem Boden zusammen, rollte sich in Embryonalhaltung ein und zitterte am ganzen Leib. Dabei ließ er ein leises Wimmern von sich hören. Der Gestank schien Ben förmlich ins Gehirn zu stechen, und er drückte die Tür bis auf einen kleinen Spalt zu. Dann kletterte er über Kai, der mit leerem Blick in die andere Richtung starrte.

»Wenn einer Rescuetropfen braucht, dann du, mein Lieber«, sagte er, holte das braune Fläschchen aus seiner Innentasche und träufelte Kai eine gehörige Portion davon in den Mund, der debil und kraftlos offen stand. Dann gab er ihm zur Sicherheit noch rechts und links eine Backpfeife. »Auch evidenzbasierte Schulmedizin«, murmelte er.

Kai schien sich etwas zu beruhigen. Das Zittern ebbte zusehends ab, und sein Blick fand den von Ben. »Zwei«, sagte er, doch es war mehr ein Hauchen. Er deutete auf die Tür in dem Wandschrank. »Sind tot.« Er zog die Lippen beeindruckend weit nach unten, richtete sich ein Stück weit auf und blickte Ben aus so fassungslosen Augen an, dass diesem das Gesicht seines Freundes wie das eines Fremden erschien. »Und ich war mit denen EIN-GE-SPERRRRT«, krächzte er, dann sprang er auf die Beine und schüttelte sich wie ein Straßenköter nach einer Moorpackung.

»Ja«, sagte Ben in sanfterem Ton, als er es selbst von sich erwartet hatte, stand ebenfalls auf und klopfte Kai freundschaftlich auf die Schulter. Das musste fürs Erste reichen. »Denk erst mal an was Schönes. Dein neues Linus-Update oder das Feierabendbier, das wir gleich trinken. Du musst dich nur noch ein einziges Mal zusammenreißen.« Er vernahm ein Knarzen an der Tür, und auch Kai hatte es vernommen. Er drehte sich in die Richtung, bevor er wieder Bens Blick suchte.

Von Dauss war zurückgekommen und versuchte mit einem Brecheisen oder etwas Ähnlichem die Tür zu knacken. Entweder besaß er keinen dicken Schraubenzieher, den er als Klinkenersatz verwenden konnte, oder er hatte als Sesselfurzer keine Ahnung, dass es so einfach sein konnte. So oder so, jeden Moment würde er hier aufschlagen, und dafür musste Ben noch ein paar kleine Vorbereitungen treffen.

* * *

Das Türblatt wölbte sich zum dritten Mal bedenklich nach innen. Gleich war es so weit, Ben packte die Lehne des Holzstuhls fester. Zum zweiten Mal an diesem verrückten Tag war es ein Stuhl, der eine wichtige Rolle in seinem Leben spielte. Was für eine Symbolik, ging es ihm grimmig durch den Kopf, sitzen werden du und Lauber eine lange Zeit. Dann hörte er ein unscheinbares kleines Geräusch. *Klack* machte es, und die Verriegelung war aus dem Rahmen gebrochen.

Eine Sekunde blieb es totenstill. Als sammelte von Dauss hinter der Tür noch einmal alle Kraft. Dann folgte ein dumpfer Schlag – von Dauss hatte gegen die Tür getreten, und Ben blickte direkt in das Gesicht seines Gegenspielers. Dieser hielt das schwere Brecheisen vor sich ausgestreckt in der rechten Hand. Eiskalte Wut stand ihm ins Gesicht geschrieben. Und nicht nur Wut. Es war blanker Hass. Und Ben, der spürte, wie ein Frösteln seinen Körper hinaufglitt, war sich sicher, auch eine Spur Wahnsinn in von Dauss' Zügen ausmachen zu können. Der Bauunternehmer hatte sein Jackett ausgezogen. Sein ehemals blütenweißes Hemd klebte schweißnass auf der Haut, die obersten Knöpfe waren abgerissen, und ein Stück nackte, weiße Brust war zum Vorschein gekommen. Seine ansonsten in feinen Wellen nach hinten gekämmten grauen Haare standen wild vom Kopf ab. Dieser Typ würde das Brecheisen auch gegen Schädelknochen einsetzen, so viel stand fest. Um seine Geheimnisse zu wahren und seine Schätze zu retten. Denn die waren sein Lebenselixier, seine ganze Geschichte, und er würde sie nicht kampflos aufgeben. Das wurde Ben erst in diesem Augenblick mit voller Wucht klar.

Klar wurde ihm auch, dass der Stuhl, hinter dem er sich verbarg und den er jeden Augenblick als Schutzschild hochreißen würde, kein triftiges Argument gegen diese schmiedeeiserne Handwerkskunst darstellte.

»Ich bring dich um, Pruss«, spie ihm von Dauss entgegen, und Ben sah glitzernde Speicheltropfen durch die

Gegend fliegen. Und dann tat er etwas, das Ben eine Sekunde lang verwunderte: Er warf das Brecheisen von sich.

* * *

Klimpernd fiel es zu Boden, rutschte auf dem rauen Untergrund einen halben Meter zur Seite und blieb dann liegen. Hier bin ich, hier bleib ich. Tödlich und momentan zu nichts zu gebrauchen. Ben folgte seinem Weg entgeistert mit den Augen, und als er den Blick zurück auf von Dauss lenkte, verstand er, warum dieser keine Verwendung mehr für das Brecheisen hatte. Irgendwoher, wahrscheinlich aus der hinteren Hosentasche, hatte er ein beachtliches Messer zum Vorschein gebracht und hielt es drohend gegen Ben gerichtet. Ausbeinmesser, dachte dieser unbehaglich, ohne zu wissen, woher er das Wort kannte. Und er erkannte, dass es nur eine Chance gab.

»JETZT!«, schrie er, riss den Stuhl hoch und rannte damit gegen von Dauss an.

Gleichzeitig sprang Kai mit einem Angriffsschrei aus seiner Deckung hinter der Tür hervor und stürzte sich auf von Dauss' ausgestreckten Arm. Er krallte sich fest und zerrte ihn mit aller Macht nach unten. Von Dauss, der garantiert mit einem Angriff von Ben gerechnet, aber Kai überhaupt nicht auf dem Schirm gehabt hatte, wurde kalt erwischt. Er schnappte instinktiv mit der freien linken Hand in Kais Haare und riss daran, während er gleichzeitig versuchte, seine bewaffnete Hand freizubekommen. Kai schrie vor Schmerz, von Dauss vor Wut. Ben blieb stumm und rammte eines der hinteren Stuhlbeine in von Dauss' Weichteile. Auch der schrie nun schmerzgepeinigt und sackte ein Stück weit nach vorne zusammen. Kai versetzte ihm einen Tritt gegen die Fußknöchel, und der Hausherr stürzte rücklings zu Boden. Sein Kontrahent mit ihm, bemüht, von Dauss' bewaffnete Hand nicht den Bruchteil einer Sekunde aus der Kontrolle zu geben.

»Lass das Messer los, du Arsch«, schrie Kai und drückte sein ganzes Gewicht auf von Dauss' Arm, der mittlerweile flach am Boden lag.

Von Dauss setzte alles daran, seinen Oberkörper zu drehen und den Arm unter Kai wegzuziehen. Dabei strampelte er mit den Beinen. Ben war nach der ausgefeilt choreografierten Stuhlbein-in-die-Eier-Aktion in eine Art eisiger Starre verfallen, hatte den Stuhl wie ein Popcornverkäufer im Löwengehege ängstlich vor seinen Körper gehalten und gehofft, dass Kai alleine mit der Situation fertigwerden würde. Schließlich hatte der einen *richtig guten* Überraschungsmoment frei Haus geliefert bekommen. Doch bald erkannte er, dass das monumentale Gefecht Computernerd vs. Bürohengst noch lange nicht entschieden war.

»Mach mit, du Penner«, keifte Kai in seine Richtung, der immer mehr den Rücken vermöbelt bekam und nur aus purem Selbsterhaltungstrieb von Dauss' Arm weiter am Boden festgenagelt hielt.

Ben ließ endlich den Stuhl fallen und schnappte sich das massive Brecheisen vom Boden. Ach du Scheiße, dachte er, als er das schwere Gewicht in seinen Händen spürte. Wenn ich dem damit eine überbrate, ist sein Schädel Brei. Er hielt die Eisenstange in von Dauss' Sichtfeld und schrie: »Lassen Sie das Messer los, von Dauss, sonst ...« Ja, was sonst? Sonst haue ich Sie? Sonst mach ich nicht mehr mit?

»Mann, gib ihm eins damit, Alter!«, schrie Kai und setzte seinerseits zum nächsten Überraschungsangriff gegen von Dauss an, indem er herzhaft in den Ballen seiner Hand biss.

Von Dauss schrie vor Schmerzen auf und wurde nur noch wilder. Fast war es ihm gelungen, auf die Knie zu kommen. Mit seiner freien Hand riss er erneut an Kais Haaren, und auch dieser schrie aus vollem Mund. Es nutzt nichts, dachte Ben, trat einen Schritt näher und schlug von Dauss die Brechstange vor den Hinterkopf. »Au!«, schrie dieser, zog den Kopf ein Stück tiefer in Richtung Boden. Weitgehend ungerührt ließ er sich nicht von seiner Mission abbringen. »Verdammt«, keuchte Ben, der gehofft hatte, dass der gemäßigte Schlag ausreichen würde, um von Dauss zur Räson zu bringen. Von Dauss bekam den rechten Fuß auf den Boden. Sein linkes Knie drückte er Kai in den oberen Rücken. Dieser ließ ob der Zentnerlast auf seinem Torso ein ersticktes Stöhnen hören, wobei sein Biss sich löste und von Dauss die bewaffnete Hand freibekam.

»Es reicht!«, spie Ben aus und hämmerte von Dauss das Brecheisen unterhalb des Schädels in den Nacken. Volle Kraft voraus. Zwei Sekunden später hätte Kai das Messer im Rücken gehabt.

Von Dauss' Schulterblätter wölbten sich nach hinten, seine Arme schnellten unkontrolliert nach vorne. Die Kraft aus seinen Händen war verschwunden, und das

Messer flog im hohen Bogen durch die offene Tür in den Kellergang. Er gab ein gedehntes »Aaaaaaah« von sich, dann sackte er zusammen. Sein Körper blieb auf Kai liegen, die Stirn schlug mit einem satten *Plock* neben Kais Kopf auf dem Betonboden auf.

»Weg, weg, weg«, schrie der und zappelte sich unter von Dauss' Körper frei, als drohte dieser jeden Moment zu explodieren. »Na danke auch«, sagte er mit grimmigem Blick an Ben gewandt, nachdem er sich wieder aufgerappelt hatte. Er rieb sich die schmerzende Kopfhaut an der Stelle, an der von Dauss ihm an den Haaren gerissen hatte. Fast hätte Ben gesagt, dass die Frisur, die ihm von Dauss verpasst hatte, besser aussehe als die von Isi, verkniff es sich aber und wählte lieber den Weg der faktenbasierten Argumentation. »Gebissen und Haare gezogen habt *ihr* ja schon. Da musste ich mir meine Taktik erst mal gut überlegen. Und fass das Ding mal an.« Er hielt das Brecheisen hoch. »Wenn ich ihm damit eins auf den Kopf gedonnert hätte, wäre der ein Fall für den Bestatter.«

»Wie die beiden da drin«, sagte Kai und deutete auf die versteckte Tür. Ben blickte ihn mit einem Gesichtsausdruck an, der andeutete, dass er über diese Neuigkeit nicht sonderlich überrascht war. »Lass uns die Bullen rufen«, sagte er. »Und einen Krankenwagen. Oben liegt auch noch Isana bewusstlos.«

»Was? Isana?«, schrie Kai aus und dann in Richtung Tür gewandt und lauter: »ISANA?« Er trat einen Schritt an von Dauss vorbei über die Schwelle.

Ben wollte gerade hinterherschicken, dass er hier warten und auf von Dauss aufpassen würde. Doch in dem

Moment, in dem er den Mund öffnete, bemerkte er, dass das Messer nicht mehr am Boden lag. »Achtung, Kai!«, schrie er noch, doch es war zu spät.

* * *

»Keiner geht«, hauchte Isana mit brüchiger Stimme. Ihr Körper zitterte, und das Zittern übertrug sich auf Kai, der eng an sie gedrückt vor ihr stand. Sie war von der Seite aus an ihn herangeschlichen, als er in den Flur getreten war. Ihre linke Hand umklammerte Kais Bauch, in der Rechten hielt sie das Messer, dessen blitzende Klinge sie an Kais Hals drückte. »Keiner geht«, wiederholte sie und zog Kai mit sich in den Raum hinein. Sie stützte ihren Oberkörper neben dem Regal an die Wand, und auf Ben wirkte es, als fehlte nicht mehr viel und sie würde in sich zusammensacken wie eine leere Hose. Ihre Nase und Oberlippe waren blutverschmiert. In Ben keimte ein Gefühl der Scham auf, weil er sich nicht um sie gekümmert hatte. Dessen ungeachtet fühlte er sich ungewöhnlich ruhig trotz dieser bedrohlichen Situation, und ihm war selbst nicht klar, was der Grund dafür war. Vielleicht traute er Isana nicht zu, das Messer auch wirklich zu benutzen. Vielleicht war sein Vorrat an Adrenalin auch einfach für die nächsten drei bis dreißig Jahre aufgebraucht. Ob Kai die Sache ebenfalls so entspannt betrachtete, wusste er nicht. Dieser hatte die Hände leicht vor dem Körper angehoben – die althergebrachte Ich-mache-keine-Dummheiten-Geste. Ansonsten schien er zu baff, um irgendeine Reaktion zu zeigen.

»Isana«, sagte Ben in betont ruhigem Tonfall. Dabei hielt er die Handflächen in ähnlicher Weise erhoben wie Kai, nur aus seiner Perspektive war es die weltweit anerkannte Wir-wollen-doch-nichts-überstürzen-Geste. »Wir müssen die Polizei rufen.« Er blickte auf Richard von Dauss, der nach wie vor bewusstlos am Boden lag. »Und einen Krankenwagen. Für deinen Vater.«

»Was wollt ihr hier?«, fragte Isana, doch sie wartete nicht auf eine Antwort. Sie richtete sich auf und drückte Kai das Messer fester an den Hals. Sein Körper wirkte gespannt wie eine Bogensehne, und ihm floss der Schweiß in Bächen über die Augen.

»Wach auf, Papa. Wach auf.« Ihre Stimme war zu einem Schluchzen geworden. »WACH AUF! Ich kann die nicht einfach gehen lassen, Daddy.« Sie stupste einige Male mit der Fußspitze gegen Bein und Becken ihres Vaters, doch der schlief weiter seinen Schlaf des Ungerechten.

»Isi«, krächzte Kai, als wäre sein Hals so ausgetrocknet wie der Gärkessel der Bergmannbrauerei. »Alles wird gut, glaub mir. Nimm bitte das Messer runter.«

Ben sah ihr in die Augen. Die starke, junge Frau war verschwunden. Zurückgeblieben war ein verängstigtes und mit der Situation vollkommen überfordertes Mädchen, das ohne ihren Papa, ihren Daddy, keinen Ausweg mehr kannte. Nur dass Daddy, der Kümmerer, der Macher, am Boden lag und keinen Mucks mehr von sich gab. Ben hatte keine Ahnung, wie lange dieser Zustand andauern würde. Und noch schlimmer. Ob der Zustand jemals enden würde, wenn von Dauss nicht schnellstmöglich ärztlich behandelt wurde. »Isana«, sagte er und war bemüht, seinen beschwichtigenden Ton beizubehalten. »Dein Vater braucht einen Arzt! Und im Raum hierhinter …«, er deutete auf die Wand, an die sich Isana gelehnt hatte, »liegen zwei Leichen. Wir glauben, dass Lauber die hier abgelegt hat.«

Isana stieß ein Heulen aus, das Ben die Knie schwach werden ließ. Er hatte das Gefühl, jeden Moment auch das äußere Gleichgewicht zu verlieren. Das innere hatte er schon länger eingebüßt.

Dann sagte sie: »Ich weiß.« Es war nicht mehr als ein Schluchzen, doch Ben war sich sicher, die Worte richtig verstanden zu haben. Ihr Körper wurde unter ihren Seelenqualen heftig durchgeschüttelt. »Er hat das für mich gemacht. Für mich.« Eine Sekunde sah es so aus, als wollte sie hinter Kai auf die Knie gehen, doch dann richtete sie sich auf und trat erneut, diesmal panikartig und alles andere als sanft, mit der Schuhspitze vor das Becken ihres Vaters. »Wach auf!«, schrie sie verzweifelt. »WACH AUF!«

* * *

Ben war nicht sicher, ob sich mit der neuen Situation alles zum Besseren wenden oder ob die Lage für ihn und Kai nur noch bedrohlicher werden würde. Von Dauss begann langsam, sich zu rühren. Seine Hand hob sich schwerfällig vom Boden ab, und er führte sie zitternd zur Stirn. Alle drei beobachteten gebannt und schweigend die Szene. Insgeheim hoffte Ben darauf, dass Kai es irgendwie fertigbringen würde, den Moment für sich zu nutzen und Isana zu entwaffnen, doch ein schneller Blick verriet ihm, dass sein Freund aller Voraussicht nach ebenfalls den Verstand verloren hatte. Kais Augen bekundeten genau denselben stupiden Einschlag, den er auch dann bekam, wenn er zwölf Stunden ununterbrochen irgendwelche Codezeilen in den Rechner hackte und alle Tugenden wie rationales Denken, gesunden Menschenverstand und Körperpflege unerreichbar weit in den Hintergrund gerückt waren. Meistens konnte Ben ihn unter diesen Umständen mit einer Tasse Kaffee, Aldi-Doppelkeksen und einem Schlag auf den Hinterkopf wieder ins Hier und Jetzt befördern, doch das alles schied momentan aus. Von Daus rieb sich die Stirn, dann zog er sich behäbig in eine sitzende Position. Er wirkte desorientiert und abwesend.

»Daddy?«, sagte Isana mit leichter Hysterie in der Stimme. »Daddy? Was soll ich machen? … Papa?«

Von Dauss blinzelte ein paar Mal und bewegte dann langsam den Kopf in Richtung seiner Tochter. »Isana«, sagte er mit matter Stimme, die gleichzeitig Verwunderung und Wiedersehensfreude ausdrückte, dann blickte er Kai an, dann Ben. Anscheinend fiel ihm bei deren Anblick wieder ein, was passiert war, denn er versuchte, sich hektisch auf die Beine zu stemmen. Zu Bens Erleichterung scheiterte er damit kläglich. Seine unteren Extremitäten wollten ihm noch nicht wieder gehorchen. Am liebsten hätte Ben sich schon mal die Brechstange gesichert, die ungemütlich nahe an von Dauss lag. Doch er wagte es nicht, sich zu rühren.

Von Dauss zog sich ein Stück zurück, näher an die Wand, an die er nun seinen Oberkörper lehnte. »Warte kurz.« Es klang eher wie ein Lallen. »Ich kümmere mich gleich. Bleib … bleib erst mal so.« Er machte eine unbestimmte Geste und legte seine Hand in den Nacken, um ihn zu massieren. »Wir regeln das.«

»Herr von Dauss«, begann Ben. »Sie brauchen dringend einen Arzt. Und sagen Sie Ihrer Tochter, dass sie das Messer fallen lassen soll. Sie wollen doch nicht, dass sie sich unglücklich macht.«

»Hör nicht drauf, Isana«, entgegnete von Dauss. »Bleib so. Ich kümmere mich gleich.« Er stieß ein rasselndes Husten aus. »Du weißt doch, dass wir zusammenhalten müssen, oder?« Und dann nach einer Pause: »Wir beide?«

Isana zog hörbar ihren Rotz hoch und wackelte mehrfach mit dem Kopf. Das Nicken einer Übergeschnappten. Ben überdachte seine Optionen. Dann begann er innerlich zu zählen. Eins … zwei …

Und wieder kam er nicht weiter. Mit einem Schlag waren alle Gedanken aus seinem Kopf gelöscht. Pure Leere herrschte in Bens Geist, während sein Körper mit einem Schlag zu einer Säule aus massivem Eis gefroren war. Nicht mal mehr bis drei zählen war möglich. Er konnte nur noch sehen. Und was seine Augen erblickten, war so schier unglaublich, dass sein Gehirn keine Worte dafür fand. Er spürte, wie eine Welle des Entsetzens an seinen Füßen aufkeimte und ihm gnadenlos von unten nach oben über den Körper rollte. Heiß. Dann wieder eiskalt. Die Haut an Beinen und Armen richtete sich auf, und dann hörte er, wie sich aus seiner Kehle ein gequältes, schmerzvolles »Nein!« löste. Die drei anderen Personen wurden auf ihn aufmerksam und blickten Ben unisono an. Dann folgten ihre Augen seinem Blick. Hin zum Holzschränkchen.

* * *

Von ihren Positionen aus konnten Kai, Isana und von Dauss noch nichts erkennen. Nur Ben sah, dass die Tür zum Verlies nicht mehr angelehnt war. Sachte hatte sie sich ein Stück weit geöffnet. Nein. *Jemand* hatte sie geöffnet.

Und dann bewegte sie sich weiter. Ben spürte instinktiv, wie die anderen ebenfalls vor Entsetzen erstarrten. Nun, da sich das äußere Ende der flachen Tür etwas aus dem Schränkchen abhob und in ihr Sichtfeld rückte. Ich wusste es, war der erste Gedanke, der sich in seinem Geist manifestierte. Ich wusste es! Tränen schossen ihm in die Augen. Er wusste es, seit er in Sanders Akte gelesen hatte, welches Medikament der Arzt Elisa verabreicht hatte. Digotricin Forte. Dasselbe Mittel, das auch Frau Umbreit für ihr Herz bekam und das erst seit drei Monaten auf dem Markt war. Er hatte mit dem Schlimmsten gerechnet und war fast erleichtert gewesen, als Kai kurz vorher erwähnt hatte, dass zwei Leichen im Verlies liegen würden. Er hatte sich offenbar getäuscht.

Zuerst war es nur ein schwarzes Viereck, welches sich seinem Blick offenbarte. Eine schwarze Leere jenseits der Luke. Dann sah er sie. Ihr Gesicht war das einer Toten. Eingefallen. Schwärzlich grau. Verhärmt. Die langen Haare, schlohweiß geworden. Verkrustet. Starr vor Dreck. Nur eine Sekunde lang hatte er ihr in die Augen geblickt, bevor sie diese vor dem grellen Licht im Raum schloss. Dieser Anblick würde ihn verfolgen. Sein ganzes Leben. Ihre Augen waren klar, weiß und durchdringend gewesen. Voller Leben. Und dieser Gedanke brachte ihn fast um den Verstand. Voller Leben. Oh Gott. Eine Träne lief ihm über die Wange. Voller Leben.

»Isana?«, sagte sie. Und ihre Stimme klang nicht wie die einer Toten. Oder einer Hexe, für die man sie halten konnte. Einer abscheulichen Gestalt aus der Unterwelt. Ihre Stimme klang weich. Fast zärtlich. Voller Leben!

»Isana?«

Und Isana sah ebenfalls. Sie sah und erkannte.

»Nein«, entkam es atemlos ihrer Kehle. »Nein, nein, nein. Oh nein!« Sie ließ von Kai ab. Zitterte. Ihre Beine versagten den Dienst, und sie sank auf die Knie. Unfähig, den Blick von ihrer Mutter zu nehmen, die ihren Oberkörper bis zur Hälfte aus dem Schrank gezogen hatte. Mehr Kraft steckte nicht in ihr. Ihr Körper bäumte sich noch einmal wie ein Bogen gespannt auf und sank dann kraftlos in sich zusammen.

»Isana«, sagte sie erneut, doch diesmal war es keine Frage mehr, sondern eine Erkenntnis.

»NEEEEEIIIIN!«, schrie Isana und drückte sich die Fäuste gegen die Schläfen, als wollte sie ihren Kopf davor bewahren, zu explodieren und sich im Raum zu verteilen. Das Messer hielt sie nach wie vor in der rechten Hand. »Du hast gesagt, sie ist tot!«, spie sie aus, und in ihrer Stimme mischten sich Trauer, Entsetzen und blanker Hass. »DU HAST GESAGT, SIE IST TOT!« Ihr Oberkörper wurde von einem heftigen Schütteln erfasst.

Richard von Dauss beugte sich nach vorne, riss den Blick zum ersten Mal vom Körper seiner Frau und kroch auf allen vieren auf seine Tochter zu. »Isana«, sagte er leise. Beschwichtigend. »Isana. Alles wird gut. Ich hab … Ich wusste nicht …«

Ben erkannte, dass die Zeit gekommen war einzuschreiten. Kai stand nach wie vor paralysiert da, unfähig, den Blick von Elisa von Dauss zu wenden. Er war keine große Hilfe, aber den Rest würde Ben auch alleine schaffen. Er tat einen Schritt auf Isana zu.

»NEEEEEIIIIN!«, schrie Isana wieder, doch diesmal war es reiner Hass, der aus ihrer Kehle sprühte. Ben sah, wie ihre rechte Hand einen weiten Bogen in Höhe ihres Brustkorbs beschrieb.

* * *

Die Klinge glitt ohne erkennbaren Widerstand durch Richard von Dauss' Kehle. Ben spürte heiße Tropfen im Gesicht, erkannte nadelfeine, rote Spritzer neben Kai an der Wand, noch bevor er begriffen hatte, was passiert war. Alle Töne um ihn herum verschwanden in einem Meer von Stille. Alles bewegte sich in Zeitlupe. Er sah, wie seine Hand nach Isanas Arm griff und ihr das Messer entwand. Er sah, wie Richard von Dauss vor seinen Füßen zusammensackte. Wie Isana einen scheinbar stummen, doch nie enden wollenden Schrei ausstieß. Er sah, wie er selbst auf die Knie ging, Richard von Dauss umdrehte und ihm eine Hand auf die klaffende Wunde drückte, aus der im Rhythmus seines schwächer werdenden Herzschlags unaufhörlich Blut pumpte. Er sah, wie Kai irgendetwas Unhörbares in seine Richtung rief und aus dem Raum rannte.

EPILOG

Ben hielt die Augen geschlossen. Er spürte, wie sein Körper vom Untergrund, auf dem er lag, sanft getragen wurde. Spürte das Gras unter den Handflächen, die neben seinem Körper lagen. Die tief stehende Oktobersonne wärmte sein Gesicht. Und eine Sekunde lang gab es nichts weiter.

Dann kehrte das Bild zurück, welches ihn jetzt seit zwölf Tagen verfolgte. Elisa von Dauss. Wie sie ihm für einen Moment direkt in die Augen geblickt hatte. Es war nur ein kurzer Augenblick gewesen, aber der hatte sich ihm für ewig in die Netzhaut gebrannt. Zusammen mit ihrer Geschichte, die er in den letzten Tagen in vielen kleinen, allesamt unverdaulichen Happen von Huntrich präsentiert bekommen hatte. Richard von Dauss hatte seine Ehefrau über zwei Jahre lang in dem dunklen Kellerverlies gefangen gehalten.

»Eins verstehe ich nicht«, sagte er, etwas lauter, damit ihn der andere hören konnte. Die Augen hielt er dabei geschlossen. »Warum haben die Elisa denn aus dem Keller rausgeholt? An dem Tag, mein ich, als Ivo Sunstein das Foto durch das kaputte Kellerfenster aufgenommen hat?«

Statt einer Antwort hörte er nur ein wütendes: »Verdammt, die beißen hier nicht auf Wobbler. Ich muss mal auf Steamer umsteigen.«

Ben öffnete ein Auge, dann das andere und sah die Gestalt knapp vier Meter entfernt von ihm am Ufer stehen. Sie war damit beschäftigt, mit gemächlichem Kurbeln die Angelschnur einzuholen. Die Rolle sirrte angenehm. Die Gestalt trug eine Latzhose in Tarnfarbe, welche nach unten hin in dunkelbraune, kniehohe Gummistiefel mit beigefarbener Sohle auslief und deren Latz ein kurzärmliges, blau-grün kariertes Hemd großzügig überdeckte. Ein quietschgelber Südwester Regenhut, der besser auf einen Hochseekutter im nördlichen Atlantik gepasst hätte als auf einen sanft abfallenden Uferwall des Dortmund-Ems-Kanals in Holthausen.

Ben richtete seinen Oberkörper auf und hörte, wie sein Rücken ein anklagendes Knacken von sich gab. Er hatte dringend mal wieder eine Massage nötig. Die Idylle um ihn herum entging ihm nicht. Ruhrpottidylle schlechthin. Ein Frachtschiff unter holländischer Flagge zog gemächlich an ihnen vorbei. Der Ratschlag *Langzaam maken* klebte in großen, hellblauen Buchstaben am seitlichen Fenster der Steuerkabine. Der vollbärtige Mann am Steuerrad, der, genau wie der Südwesterhut, ebenfalls problemlos auf einen Hochseekutter im nördlichen Atlantik gepasst hätte, wirkte, als ob er mächtig viel Erfahrung damit hatte, wie »langsam machen« ging. Er beneidete ihn.

»Sagen Sie mal!«, rief er Huntrich entgegen, der an einem Angelhaken rumfummelte. Huntrich stöhnte, hielt einen Moment inne und blickte über das sich sanft kräuselnde Wasser. Dann legte er behutsam die Angel ins Gras, ging zu einer wuchtigen, ebenfalls in Tarnfarben gehaltenen Kühlbox. Er öffnete sie an dem rundumlaufenden Reißverschluss und fischte zwei Dosen Brinkhoff's hervor. Wenigstens etwas Anglerglück. Ben sah, wie das Kondenswasser vom kalten Aluminium perlte, als Huntrich näher kam und ihm eine Dose reichte.

»Danke«, sagte Ben und griff danach. Ohne die andere Hand einsetzen zu müssen, öffnete er sie mit dem Zeigefinger. Er hatte das Gefühl, ein Bier wäre jetzt genau richtig. Das Gefühl hatte er seit gut zwei Wochen jeden Tag, und noch fand er nicht die Kraft, ihm zu widerstehen.

»Sie denken zu viel nach, Pruss«, sagte Huntrich, der sich mit einem Stöhnen neben ihn setzte und ebenfalls die Dose öffnete.

Huntrich hatte Ben drei Tage zuvor zu diesem Angelausflug eingeladen. Ben hatte kein nennenswertes Interesse am Angeln, und sein Appetit auf Fisch ging nicht über ein Zehnerpack Fischstäbchen hinaus, die er sich alle halbe Jahre mal gönnte. Aber er hatte Huntrich durchschaut, und er war ihm dankbar dafür. Huntrich hatte in den vielen offiziellen Zeugenaussagen und inoffiziellen Gesprächen herausgehört, dass Ben die Geschichte nicht so einfach ablegen konnte wie seinen Zauberstab nach einer Show. Oder wie es ein alter Hase bei der Dortmunder Polizei vermochte. Oder wie Kai, der die Geschichte mittlerweile schon wieder dafür benutzte, um Frauen aufzureißen. Oder wie Jenny, die die rechtsmedizinische Untersuchung an der Leiche im Kellerverlies vorgenommen hatte. Hierbei handelte es sich, wie Ben schon vermutet hatte, um Jannick Kramer, den heimlichen Geliebten von Elisa von Dauss, der an inneren Blutungen durch äußere, stumpfe Gewaltanwendung gestorben war.

Hin oder her, Huntrich hatte offensichtlich das Bedürfnis, sich väterlich um Ben zu kümmern, und dieser ließ es momentan gerne zu. Vielleicht konnte er sich ja etwas professionelle Distanz bei ihm abgucken?

»Ich sag's Ihnen, wenn Sie unbedingt wollen, aber es ist keine angenehme Geschichte«, redete Huntrich weiter, nachdem Ben nicht auf seinen letzten Einwand eingegangen war. »Von Dauss hat seiner Frau einmal am Tag Essen ins Loch gebracht. Wenn er nicht konnte, mussten Lauber oder Sander die Sache übernehmen. Wie es scheint, haben die beiden sich den Sander durch Erpressung gefügig gemacht. Wir haben auf seinem zerstörten Computer Daten wiederherstellen können.« Er nahm einen großen Schluck Bier und hielt einige Sekunden inne, bevor er weiterredete. Ben fand es angenehm, dass er dabei unentwegt aufs Wasser starrte und den Blick nicht auf ihn richtete. »Kinder«, raunte Huntrich, und das reichte als Erklärung. Huntrich räusperte sich und nahm einen weiteren Schluck von dem Gerstensaft. Ben tat es ihm gleich, er spürte einen Kloß im Hals. »Tut auch nichts zu Sache. Jedenfalls war von Dauss sehr darauf bedacht, seine Frau am Leben zu halten.«

»Wohl nicht aus Freundlichkeit«, warf Ben ein.

»Wohl nicht aus Freundlichkeit«, bestätigte Huntrich. »Er hat ihr regelmäßig ihre Herztabletten gegeben und sie zusätzlich mit Vitaminen versorgt, und wenn es nötig war, mit Antibiotika. Dafür brauchten sie Sander im Team.«

»Dann war das an dem Abend ein Gesundheitscheck, oder was?«

»Nicht ganz«, antwortete Huntrich zögerlich. Es schien, als fühlte er sich nicht mehr wohl in seiner Haut. Er schlürfte den letzten Schluck Bier aus der Dose, stand auf und ging zur Kühltasche. »Auch noch eins?«, fragte er auf dem kurzen Weg.

»Ja«, sagte Ben. Er legte seine leere Dose neben sich ab und hatte nichts gegen eine weitere. Erst die zweite Dose brachte den gewünschten Effekt in seinem Kopf. »Und dann raus mit der Sprache.«

Huntrich warf Ben eine zweite Dose zu, der sie mit beiden Händen fing. Wenn er auch kein Problem damit hatte, sie mit einer Hand zu öffnen, war er im Fangen keine Granate.

»Von Dauss hat in der Vernehmung über diesen Abend rege geplaudert. Wahrscheinlich, damit im Protokoll möglichst deutlich wird, dass er seine Frau nicht umbringen wollte. Das behauptet er zumindest seit dem Tag, seitdem er wieder ansprechbar ist. Und er behauptet natürlich auch in einer Tour, dass er Lauber davon abhalten wollte, dass der sich den Sunstein krallt und kaltmacht. Er hätte auch gar nicht bemerkt, dass der am Fenster gestanden und die drei beobachtet hat.« Huntrich ließ sich wieder neben Ben nieder und öffnete seine Dose, aus der sofort ein Berg Schaum hervorwuchs. Er schlürfte den Berg mit einem Atemzug fort, bevor er weiterredete. »Labert nur, der Kerl. Widerlich. Der wollte seine Frau umbringen. Aber nicht schnell, sondern ganz, ganz langsam. Verrecken lassen in dem Loch.«

Langzaam maken, dachte Ben, doch jetzt schauderte ihm dabei.

Huntrich räusperte sich und reckte den Rücken gerade. Dann sprach er in geschäftsmäßigem Ton weiter: »Als von Dauss an diesem Abend die Luke zum Loch öffnete, hat er seine Frau nach Atem ringend und auf dem Rücken liegend vorgefunden. Er hat sie daraufhin rausgezogen und festgestellt, dass sie etwas verschluckt hatte. Wahrscheinlich wollte sie sich umbringen.« Sein Blick war wieder in die Ferne gewandert, und er blieb still, bis Ben ihn drängte weiterzuerzählen. »Ja was hat sie denn geschluckt? Mann, Herr Huntrich. Lassen Sie sich doch nicht alles aus der Nase ziehen.«

Huntrich machte keine Anstalten, Klartext zu reden. »Ich kenne das aus dem Knast. Da verschluckt hin und wieder mal einer 'nen Löffel oder so. Ist eine ganz beliebte Methode dort, wo Deckenhaken und Rasierklingen eher spärlich anzutreffen sind. Elisa von Dauss hatte natürlich keinen Löffel.« Er machte eine kurze Trink- und Rülps-Pause. »Sie hat einen Knochen von Jannick Kramer geschluckt.« Ben spuckte fast den Schluck Bier aus, den er gerade in seinem Mund hin und her wälzte. »Was?«, fragte er entgeistert, als er ihn doch runtergebracht hatte und sich einen schmalen Rinnsal vom Kinn wischte. »Einen Knochen von der Leiche?«

»Ja. Eine Rippe. Hat sie regelrecht aus dem Leichnam rausgebrochen. Bisher haben wir ja nur die Aussage von von Dauss. Elisa von Dauss sagt noch keinen Ton. Aber scheinbar stimmt es. Ihre Freundin hat bestätigt, dass ein Rippenknochen bei der Leiche fehlt.«

»Oh Mann«, sagte Ben und hielt sich die Stirn, als wollte er prüfen, ob er Fieber hätte.

Huntrich nickte Ben verständnisvoll zu. »Von Dauss hat ihr das Ding aus dem Hals gezogen.« Er atmete schwer aus. »Da sitzt die mehr als 23 Stunden pro Tag alleine in dem dunklen Loch, und dann steckt die sich den Knochen ausgerechnet in den Hals, kurz bevor der Kerl reinkommt.« Er schüttelte den Kopf. »Jedenfalls hat von Dauss ihr den Knochen entfernt und dann zur Sicherheit Sander angerufen. Und natürlich seinen Lauber, ohne den der Typ scheinbar lebensunfähig ist. Was momentan gut für uns ist.«

»Und in dem Loch hat sie dann weiße Haare bekommen? Auf den Fotos von ihr waren sie ja braun.«

»Teils, teils.« Huntrich wiegte den Kopf hin und her. »Blond war ihre Naturfarbe. Genau wie die von Isana. Sie hat sich früher wohl immer die Haare gefärbt. Konnte platinblond vielleicht nicht leiden? Von ihrer natürlichen Haarfarbe aus ist es zu Weiß nicht mehr so ein großer Sprung.«

Ben nickte. »Das erklärte auch, warum Ivo Sunstein angenommen hat, er hätte Isana gesehen. Der ist ja überhaupt nicht darauf gekommen, dass das die Mutter sein könnte.«

»Richtig«, bestätigte Huntrich. »Und wahrscheinlich war sie gerade bewusstlos, als Sunstein sie gesehen hat. Deshalb hatte er angenommen, er sähe eine Leiche.«

»Gibt's zu Lauber schon was Neues?«, fragte Ben, und Huntrich schüttelte den Kopf.

»Weiterhin auf der Flucht. Die Kollegen verfolgen gerade das Geld. Scheinbar hat er hier und da ein paar

Milliönchen geparkt. Früher oder später wird das seinen Aufenthaltsort verraten. Auch Kalle Bengel ist untergetaucht.« Er gab einen grummelnden Laut von sich und winkte kurz mit der freien Hand ab. »Die haben wir bald. Nur 'ne Frage der Zeit.« Dann blickte er verständnislos auf seine Bierdose, die schon wieder leer war.

* * *

Wie sich herausstellte, hatte Huntrich ein ganzes Sixpack in seiner Kühltasche gehabt, und beide hatten sich nach dem zweiten noch ein drittes Pils gegönnt. Das hatte endgültig dafür gesorgt, dass es Ben für den Moment besser ging. Trotzdem war er noch klar genug im Kopf, um sich zu ermahnen, dass das kein Dauerzustand sein durfte. Geangelt wurde nicht mehr. Irgendwann hatten beide Männer nur noch still dagesessen, und auf das sich sanft kräuselnde Wasser geblickt. Bis es Zeit war zu gehen. Aus Mangel an triftigen Gründen läutete die Tatsache, dass das Bier ausgegangen war, den allmählichen Aufbruch ein.

Jetzt stand Ben im Flur seiner Wohnung und roch, dass Kai da war. Er wusste nicht, ob das eine generelle Superkraft von ihm war oder ob Kais Geruch – eine Mischung aus Koffeincreme gegen die hartnäckigen Fältchen ab vierunddreißig, einer Prise Bruno Banani und, das könnte Ben schwören, einem Hauch von Penatencreme – so prägnant war. Wie auch immer. Er würde einen Teufel tun und irgendjemandem dieses Geheimnis verraten. Um erst gar keinen noch so kleinen Verdacht in dieser Richtung aufkommen zu lassen, begrüßte er Kai, der auf seinem privat wie beruflich genutzten Stammplatz rechts außen auf der Couch saß, mit den Worten: »Ach, du auch hier?« Es war unmöglich zu erkennen, ob momentan der private oder der geschäftliche Kai auf der Couch saß, denn beide hatten immer das Laptop auf dem Schoß und glichen sich von außen wie ein Gameboy dem anderen.

»Mmh«, machte sein Freund, ohne sich die Mühe zu machen aufzusehen. Er hatte seinen Kopf auf der Faust der linken Hand abgelegt. Mit dem rechten Zeigefinger wischte er lustlos auf dem Touchpad seines Laptops hin und her.

»Alles fit bei dir?«, fragte Ben, der mitten im Raum stand und seine Jacke auf die Lehne des Sessels warf.

»Mmh«, machte Kai erneut. Dann sagte er, was ihm mit der eingequetschten Wange auf der Faust etwas schwerfiel: »War bei Isi.«

»Was erzählst du?«, fragte Ben mit einem skeptischen Gesichtsausdruck, der vermuten ließ, dass er annahm, Kai wäre dem Wahnsinn zum Opfer gefallen.

Jetzt nahm Kai sein Gesicht von der Faust und blickte Ben an. »Ja, sag ich doch. Ich war bei Isi.«

»Im Knast, oder was?«

»Jep.« Er hatte sein anscheinend unglaublich schweres Haupt wieder abgelegt.

»Was hast du denn da gemacht? Wie bist du da überhaupt reingekommen? Was wolltest du da?«

»Lange Geschichte. Später vielleicht«, gab Kai zur Antwort und schob wieder den Zeigefinger auf dem Touchpad hin und her.

»Mann, Alter, nicht später. Jetzt!« Bei diesen Worten war er drei Schritte nach vorn gegangen, und beim Wort

»Jetzt« hatte er kaltblütig den Stecker des Laptops aus der Steckdose gezerrt.

Kai blickte empört auf. »Das ist nicht dein Ernst, oder?« Er drehte den Bildschirm des Laptops in Kais Richtung. Es zeigte das Instagram-Profil einer ansehnlichen rothaarigen Dame. Wenn Kai nicht gerade dabei war, sich in ihre Konten zu hacken, war die Frage, ob er arbeitete oder nicht, damit gelöst.

»Das ist ein Laptop. Schon mal was von unterbrechungsfreier Stromversorgung gehört?«

Das war Ben egal. Denn jetzt hatte er wenigstens Kais Aufmerksamkeit.

»Die hat mich durch ihren Anwalt anrufen lassen«, begann Kai dann auch gleich. »Der hat mir einen davon vorgefaselt, wie wichtig ihr das sei und so weiter. Dass ich die komplette Geschichte hören sollte und so. Sie hätte vor, das Ganze auszupacken, wollte aber angeblich erst mir alles erzählen und so'n Blabla.« Er klappte den Laptop zu und stellte ihn neben sich ab. »Ich hab natürlich gesagt, dass ich das nicht machen würde, und hab aufgelegt.«

»Ja, und?«

»Dann fiel mir ein, dass ich damals immer diese Frauenknastserie auf RTL geguckt habe. Und eine davon sah in ihren Knastklamotten ganz süß aus. Ich dachte mir, wie Isi wohl aussieht in …«

»Ach, halt doch die Klappe, du Spinner«, unterbrach ihn Ben, und Kai lachte gehässig.

»Nee«, fuhr er fort. »Ich dachte mir einfach, vielleicht ist es ja ganz interessant, was sie mir zu sagen hat, und irgendwie war es das ja auch.«

»Kann man denn da einfach so reinmarschieren, wenn jemand in U-Haft sitzt?«

Kai zuckte mit den Achseln. »Der Anwalt hat mir so einen Wisch beim Staatsanwalt besorgt. Sprechschein heißt das wohl. Damit bin ich reingekommen. War auch die ganze Zeit ein Bulle mit dabei.«

»Dann erzähl mal.«

Kai machte eine abwinkende Handbewegung. »Isi sah jetzt nicht besonders süß aus. Ziemlich eingefallen und graue Ringe unter den Augen. Kein bisschen geschminkt, und die Haare …«

»Ist gut, ich kann es mir vorstellen. Komm zum Punkt.«

Kai legte die Stirn in Falten und verzog nörglerisch den Mund, redete aber weiter: »Stell's dir lieber nicht vor … Sie hat erst rumgedruckst, von wegen wie schön es ist, dass ich noch komme und dass sie sich das alles anders vorgestellt hat und so. Aber dann hat sie mir erzählt, dass sie dachte, dass ihre Mutter tot sei.«

»Okay, aber nach ihrer Reaktion im Keller zu urteilen, wusste sie auch, dass ihre Mutter nicht in der Urne auf dem Friedhof lag.« Im Flur klingelte das Telefon. Ben drehte genervt den Kopf in Richtung des Geräuschs, machte aber keine Anstalten aufzustehen. Sein Blick ging zurück zu Kai, das Läuten verebbte nach dem sechsten Mal.

»Richtig. Ihre Mutter hätte eines Tages leblos im Wohnzimmer gelegen, als sie gerade reinkam. Ihr Vater stand daneben.«

»Auha, jetzt wird's interessant!«

»Jep. Sie dachte, ihre Mutter wäre tot, weil ihr Vater ihr das erzählt hat. Er wäre ganz aufgebracht gewesen und hätte von einem Unfall gefaselt und dass sie die Treppe runtergefallen wäre.«

»Und die sind nicht drauf gekommen, mal einen Rettungswagen zu rufen?«, fragte Ben sichtlich skeptisch.

»Wird schwammig jetzt. *Sie* hätte geglaubt, Mutter sei tot. *Er* hätte ihr erzählt, sie könnten jetzt nicht den Rettungswagen oder die Polizei rufen, denn dann wäre er geliefert und die ganze Firma auch und sie gleich mit. Er würde sich aber schon um alles kümmern. Sie müsste nur dichthalten. Dann hat er sie mehr oder weniger freundlich aus dem Haus geschubst.«

»Dann hat er danach Lauber drauf angesetzt, jemanden zu finden, der mit Elisas Papieren nach Kenia fliegt«, sagte Ben, und Kai nickte.

»Richtig. Die Reise war sowieso geplant. Und so haben Lauber und Dauss die Geschichte von einem Unfalltod in Kenia gesponnen. Nicht schlecht.«

»In der Tat«, gab Ben ihm recht. Das Telefon klingelte wieder, doch er blieb weiterhin sitzen.

»Willst du nicht rangehen?«, fragte Kai.

»Vielleicht ist es ja für dich. Schließlich wohnst du auch hier«, sagte Ben gereizter, als er es geplant hatte. Dann fügte er in sanfterem Ton hinzu: »Aber wieso war das okay für Isana?«

»Schwer zu sagen. Aber dass die ein merkwürdiges Verhältnis zu ihrem Vater hat, das habe ich ja schon in den paar Tagen gemerkt. Und sie hat noch mal erwähnt, wie schlimm ihre Mutter sie behandelt hat und so.«

»Na, ob das als Grund reicht?«, stellte Ben in den Raum und dachte dabei an sein eigenes Verhältnis zu seinen Eltern.

Kai zog die Schultern hoch. »Von der Reise nach Afrika, die Lauber und Dauss ja dann fingiert haben, hat sie dann erst ein paar Tage später erfahren. Lauber hätte ihr das alles erzählt. Sie dachte wirklich, ihre Mutter sei tot.«

»Und was ist mit diesem Jannick Kramer? Kannte sie den auch?«

»Na, den hat sie echt in die Hölle gewünscht. Der hatte eine heimliche Beziehung mit Elisa. Und als die plötzlich verschwunden war und der Typ gehört hat, dass sie angeblich in Afrika gestorben sei, hat er sich an Isana rangemacht.«

»War wohl ein bisschen zu alt für die, oder?«

»Rangemacht, weil er die Wahrheit wissen wollte, meine ich. Ihm war nämlich klar, dass da irgendwas faul war, weil er einfach nichts mehr von Elisa gehört hat. Ist eines Abends bei Isana aufgetaucht und hat sie bedrängt, ihr die Wahrheit zu erzählen.«

»Da wäre mal ein Ivo, der auf der anderen Straßenseite steht und alles mitbekommt, ganz hilfreich gewesen.« Ben lachte kurz auf, hielt aber gleich wieder inne, weil er seine Reaktion plötzlich selbst unpassend fand.

Kai lachte und nickte auch, aber bei seinem verdrehten Humorverständnis musste das nichts heißen.

»Sie meint, er hätte sie dann in ihrer Wohnung vergewaltigt und wäre dann abgehauen. Sie hat das natürlich ihrem Vater gepetzt, und der hat seinen Lauber drauf angesetzt, um den Typen abzumurksen.«

»Vergewaltigt? Verrückte Geschichte, ehrlich!«, sagte Ben, der feststellte, dass er schon wieder Lust auf ein Bier bekam. Ob das alles stimmte und wie die wahren

Zusammenhänge waren, musste ein Gericht klären. Er beschloss, sich darüber keine Gedanken mehr zu machen, und wusste gleichzeitig, dass er damit jämmerlich scheitern würde.

»Ehrlich«, echote Kai.

Das Telefon klingelte erneut. Ben stieß einen Grunzlaut aus und erhob sich widerwillig. »Wetten, da will mir einer 'ne Zahnzusatzversicherung verscherbeln?«, schnaubte er im Gehen.

»Glaub es nicht, wenn dir jemand erzählt, dass die Sparkassen nicht mehr sicher sind und du dein ganzes Geld abheben sollst«, rief ihm Kai lachend hinterher.

»Nur, wenn sie dabei seriös klingen«, entgegnete Ben, der das Telefon erreicht hatte und abhob.

»Hallo?«, meldete er sich.

»Ben?«, fragte eine Stimme, die Ben kannte. Er versuchte, die Gewissheit, um wen es sich am anderen Ende der Leitung handelte, mit dem kraftlosen Gedanken, dass das nun wirklich nicht sein könne, wegzuwischen, was kläglich misslang. Sein Körper versteifte sich, und er spürte, wie die Haut auf seinem Gesicht zu kochen begann, als die Stimme wieder zu hören war und den letzten kleinen Schatten eines Zweifels endgültig wegwischte.

»Lauber hier. Ich hoffe, es geht dir gut!«

ENDE

DANKSAGUNG

Erst mal gilt mein Dank allen Lesern des ersten Ben-Pruss-Romans. Euch ist es schließlich zu verdanken, dass dieser zweite Teil überhaupt erschienen ist. Das Feedback, das ich von euch bekommen habe, war mehr als wertvoll, und es ist schon ein tolles Gefühl, wenn man zum ersten Mal als Autor echte »Fanpost« bekommt. Darüber freue ich mich auch weiterhin! Schreibt mir gerne direkt an as@andre-storm.de, und natürlich freue ich mich auch sehr über öffentliche Bewertungen.

Besonders danken möchte ich meinen Testlesern Elli, Dany, Susanne und Carsten. Ihr wart wieder unglaublich schnell und habt ganz tolle Arbeit geleistet. Ohne euer wertvolles Feedback würde mein Lektor Volker Neumann, der seinen Dienst wieder mehr als top verrichtet hat, noch mehr an meinen Ausschweifungen verzweifeln.

Danke auch an Sabine Hockertz, Ira Schneider und Gisela Pip vom KBV-Verlag, die immer für mich da sind, wenn ich Fragen habe. Was, zugegeben, recht häufig vorkommt … Und natürlich gebührt auch dem Chef von's Ganze mein Dank, nicht zuletzt für das tolle Buchcover, das Ralf Kramp da wieder hingezaubert hat!

Ganz zum Schluss möchte ich meiner Familie danken. Kirsten, Emily und Nick. Ihr seid das Beste in meinem Leben! Und Kinder, dieses Buch ist übrigens *das* Geschenk an euch, an dem ich am längsten von allen gebastelt hab!